侧涛 著

现代中国画家旧体诗词史略

文化藝術出版社
Culture and Art Publishing House

图书在版编目（CIP）数据

现代中国画家旧体诗词史略 / 叶澜涛著. -- 北京：文化艺术出版社, 2025. 3. -- ISBN 978-7-5039-7802-9

Ⅰ. I207.209

中国国家版本馆CIP数据核字第20257Y8R71号

现代中国画家旧体诗词史略

著　　者	叶澜涛
责任编辑	汪　勇
责任校对	董　斌
书籍设计	赵　蠹
出版发行	文化藝術出版社
地　　址	北京市东城区东四八条52号　（100700）
网　　址	www.caaph.com
电子邮箱	s@caaph.com
电　　话	（010）84057666（总编室）　84057667（办公室）
	84057696—84057699（发行部）
传　　真	（010）84057660（总编室）　84057670（办公室）
	84057690（发行部）
经　　销	新华书店
印　　刷	国英印务有限公司
版　　次	2025年5月第1版
印　　次	2025年5月第1次印刷
开　　本	710毫米×1000毫米　1/16
印　　张	21.75
字　　数	320千字
书　　号	ISBN 978-7-5039-7802-9
定　　价	98.00元

版权所有，侵权必究。如有印装错误，随时调换。

序　言

李遇春

　　叶澜涛的博士论文要出版了，他嘱我在前面写几句话。回想起来，澜涛跟随我读博士是2014年秋天的事情，一晃就十多年过去了。三年卒业，他顺利拿到博士学位，回到广东海洋大学继续任教。这十年来他进步很大，视野更开阔了，材料功夫下得更足了，对自己所从事的研究课题也更有文化使命感了。说起来，当初让他从事现代中国画家旧体诗词研究这个课题，我作为导师，内心其实并没有十足的把握，只是抱着试一试、看一看的心态，万一他沉不进去，一年后再改弦易辙，继续做他熟悉的当代小说研究也不迟。没想到他一头扎进去还乐此不疲，读博期间又顺带完成了一本关于萧军旧体诗词注评的小书，算是对旧体诗词研究的投石问路，也初步激发了他的研究热情。澜涛回忆说，当初领命做现代中国画家旧体诗词研究这个课题，感觉自己踏上了一条"孤独凶险"的道路。这种感觉颇有点"壮烈"，好在于今都化作辛勤劳作后收获的喜悦了。

　　其实，我最初带博士也是抱着"摸着石头过河"的心理。但在带博士之前我已经在现代中国旧体诗词研究领域里差不多独自摸索了快十年，所以也不能说心里完全没底，但要说完全能无视学术上的风险，也是不真实的。事实上，任何学术探索都有风险，我们不可能总是在前人的学术框架里打转转，学术研究必须要有打破常规惯例的勇气。但仅有勇气是不够的，我们还需要在既有的学术秩序中发现习以为常的话语破绽，然后在强大的学术秩序的薄弱地带用力，庶几可以开辟出新的领地来。这就是我在21世纪初毅然决然地闯入旧体诗词研究这一片学术荒地的缘由。当时既有担心空手而归的忐忑，也有隐秘探险的愉悦。十多年来，很高兴我的一些博士弟子们也和我一样经历了这种忐忑而愉悦的学术旅程。除了澜涛做画家旧体诗词研究之外，他们还有的做新文学家旧体诗词研究，做学者旧体诗词研究，做革命家旧体诗词研究，做女性旧体诗词研究，甚至做遗民旧体诗词研究，总之是全面介入现代中国社会中不同类型的旧体诗词创作群体，期待能为现代中国文学研究的新旧融合、古今贯通奉献我们团队的绵薄之力。作为学人，我深知学术个性的重要，但又切身感受到在我们这个时代里"有组织的学术"的重要性。显然，面对如此庞大的百年旧体诗词学术矿藏，仅凭少数人的单打独斗是无济于事或曰杯水车薪的，我们必须组建志同道合的学术团队，把大家团结起来，拧成一股绳，才有不断趋近目标的可能性。但忧虑也不是没有，我时常担心自己牺牲了团队中学生的个人兴趣和学术个性，可见一切行动中都存在集体与个体利益的两难处境。好在澜涛博士扛过来了，他毕业后还能在现代画家旧体诗词研究领域中孜孜矻矻地求索，这让我十分欣慰！

现在大家看到的这本《现代中国画家旧体诗词史略》，与澜涛当初答辩通过的博士论文《现代中国画家旧体诗词研究》相比，已经有了很大的改变。首先是历史意识明显增强了。较之博士论文所涉及的诸多方面，书稿对现代中国画家旧体诗词创作与社会实践活动的历史概括与描述明显增强，故而首章的篇幅有了大幅度的增补与完善。这得益于澜涛博士这些年不断增强的史料意识，他像我一样醉心于搜集第一手的旧体诗词史料，坚持"论从史出"而不是"以论带史"。他在书末附录了自己整理的350多位现代中国画家刊行的数百种诗词别集，可谓琳琅满目，让读者目不暇接。除了史料意识之外，澜涛的历史意识还体现在他始终坚持传统的社会历史批评方法，坚持"知人论世""以意逆志"，使自己的研究逐步摆脱了现当代文学学科中常见的西方流行话语阐释模式，从而为本学科重建中国自主知识话语体系贡献了一份自己的力量。当然，澜涛的历史意识无处不在，他对中国绘画史、中国文学史、中国诗歌史的古今演变有着比较广泛且深入的涉猎与理解，这渗透在他的视野与思考中，也体现在他行文的字里行间，对此读者自有公论，也就无用我多言了。其次是问题意识明显增强了。较之博士论文的综合立体考察，本书删繁就简、直抵要害，紧扣问题的核心，即紧紧围绕现代中国画家旧体诗词创作的两种类型进行论述。无论是为这个群体所独有的"书画诗词"，还是为整个现代中国旧体诗词创作群体所共有的"生活诗词"，澜涛都在本书中做出了较为细致且精彩的文本分析。看得出来，澜涛毕业后对中国传统画论与诗论的关系做了更加深入的学习与探究。唯其如此，他才能在展开文本分析与创作透视时做到"瞻前顾后""左右逢源"，时常有出彩之论。

十年前我让澜涛做这个选题，实际上还隐含了另一种苦心或用意。当时我在大学里已任教了十年之久，每每感觉到大学中文系学生在知识摄取上的局限，他们过于看重"文学"，过于看重"文本"，而忽视了"文学文本"之外的社会历史背景，以及与"文学文本"相关的其他各种艺术门类的创作实践。就拿旧体诗词研究来说，显然我们不能就诗词谈诗词，不可避免地会涉及诗词与书画、音乐、戏曲、影视等其他艺术门类的关系。其实我们的研究对象，与其说是纯粹的"诗人"，毋宁说是立体的"文人"。现代中国作家中的佼佼者，往往都是立体的"文人"，而非单一的根据所谓文体划分的"作家"。特别是在当今我们所处的这个大时代里，新一轮的学科调整势在必行且业已启动，我们很难再株守在固有的"文学"学科领地独善其身了。国家新近倡导的新文科建设，其实就是重建大文科和跨学科融合，这意味着我们必须因时而动，首先就要从"纯文学"里跳出来，走向"大文学"或"杂文学"，走向"跨艺术"和"跨学科"，如此方能在这个不断唱衰文科前景或"文科终结论"的高科技时代实现学科自救。从这个意义上讲，澜涛当初所做的这个课题，至今还有一定的前沿性。

考虑到澜涛一直在理工科高校里从事文学教育，我始终认为他应该把这个课题继续坚持研究下去，因为中华诗词与中国书画的关系是一个具有永恒价值的论题，不仅文科生感兴趣，而且理工科学生也能在这个领域中发挥自己的才能。高科技与文艺相结合是时势所趋，数字人文也正在兴起，这一切都给现代中国画家旧体诗词研究带来了新的机遇，有很大的学术空间等待着年轻一代的学人去开创。即使是运用传统的文艺研究方法，这个领域同样大有可为，现代中国画坛诗坛中有许多名家个案，乃至艺术流派，都亟待我们去深入探究，其历史的丰富性与差异性都等待着我们去揭橥，所以澜涛坚持的这条学术道路，虽然不再像十年前那么"凶险"，但途中的"孤独"依旧存在，他必须砥砺前行。

出版在即，权作此序，聊以与澜涛博士共勉。

乙巳年正月廿日
序于武昌贵志楼

目 录

绪　论 / 001

第一章
现代中国画家旧体诗词的创作历程

第一节　变革期（1912—1936）：传统与现代 / 048

第二节　深化期（1937—1949）：战乱与忧患 / 077

第三节　转折期（1949—1976）：合唱与独吟 / 097

第四节　复苏期（1977—　）：归来与更生 / 116

第二章
现代中国画家的书画诗词创作透视

第一节　文人意识与图像意识 / 136

第二节　"诗画一律"的题画诗 / 157

第三节　山水纪游诗中的绘画思维 / 172

第四节　论艺诗与艺术观 / 186

第五节　咏物诗与书画意识 / 202

第三章
现代中国画家的生活诗词创作分析

第一节　咏史怀古诗词与历史反思意识　/ 220
第二节　时事诗词与现实关怀　/ 236
第三节　咏怀诗词与生命意识　/ 257
第四节　怀人诗词与感情世界　/ 275

结　语　/ 293
参考文献　/ 301
附录　现代中国画家诗人列表　/ 320
后　记　/ 336

绪论

一、选题缘由与研究价值

中国文学发展的历史源远流长,诗歌的发展历程更是年代悠久。中国诗歌在古代确立了以《诗经》《楚辞》为代表的诗歌传统。以《诗经》为代表的现实主义传统和以《楚辞》为代表的浪漫主义传统构成了中国两千多年诗歌发展历程的主脉。在《诗经》之前,我国的古代诗歌都收集在杨慎的《风雅逸篇》、冯惟讷的《风雅广逸》及《诗纪》的前十卷《古逸》中,如果从这些诗集中的诗歌算起,中国的诗歌历史要更加久远一些,已经有超过三千年的历史。[①] 为什么在中国古代会产生诗歌这样一种艺术形式?朱光潜认为这源于诗歌与音乐、舞蹈之间密切的联系:"诗歌、音乐、舞蹈原是三位一体的混合艺术。其共同命脉是节奏。后来三种艺术分化,每种均仍保存节奏,但于节奏之外,音乐尽量向'和谐'方面发展,舞蹈尽量向姿态方面发展,诗歌尽量向文字方面发展,于是彼此距离遂日渐其远。"[②] 正是因为诗歌偏重文字意义方面的发展,因而诗歌成为中国古代文学最早的文学样式,也是发展较为成熟和完备的文学形式。

《诗经》作为我国第一部诗歌总集为中国诗歌日后的发展确立了许多价值标准。对爱情生活的丰富描写和对政治的强烈关注都为后世的诗歌创作确立了典范。除了爱情主题和政治关注外,《诗经》中的抒情手法也是其重要特点。《诗经》中的抒情是从日常生活中产生,后来中国的诗歌保持世俗化的文学审美眼光与《诗经》确立的传统密切相关。除了《诗经》中的集体创

---

① 参见陆侃如、冯沅君《中国诗史》,山东大学出版社2009年版,第3页。
② 朱光潜:《诗论》"前言",上海古籍出版社2005年版,第8—9页。

作外，中国诗歌在起源后不久就涌现出了优秀的个体诗人。最早的个人诗歌写作者可以从屈原算起。屈原强烈的忧患意识在《楚辞》中得到了充分的展现，可以说"个人与社会的矛盾、冲突，就是《楚辞》文学的主题"[1]。屈原忧国忧民的知识分子传统与高洁雅致的个人风格此后一直得到了继承和发展。古代诗歌起源除了《诗经》《楚辞》之外，还有一类诗歌传统也值得关注，就是大量的乐府诗。部分乐府诗产生于少数民族地区，与汉族的诗歌传统迥然不同。大量的"鼓吹曲""相和歌"等诗歌形式无论在题材上还是在形式上都与中原的诗歌区别明显。阅读汉乐府《战城南》，感受到的不仅有《诗经》中情爱的炙热，或者《楚辞》中的忧愤，更多的是草原的辽阔和对生死的豁达。少数民族创作的乐府诗丰富了以汉族为诗歌主体的创作样式和抒情规范，为诗歌提供了更多的写作题材和创造空间。

《诗经》《楚辞》与乐府诗是古代中国诗歌创作的三大源头，三者确定了古代诗歌的基本范式和基本内涵。到了两汉魏晋南北朝时期，诗歌形式上从四言过渡到五言，出现了"建安七子"、曹氏父子及"竹林七贤"等。魏晋时期的诗歌对于中国诗歌的主要贡献是作为诗歌的过渡阶段，在诗歌形式上进一步扩展，这为后续的诗歌发展奠定了良好的基础。唐代是中国诗歌的高潮阶段。无论是初盛唐期的汪洋恣肆还是中晚唐期的悲愤幽悼，许多诗人在诗歌风格上进行了各种形式的创新和尝试，涌现出了初盛唐时期的王维、岑参、李白等，中晚唐时期的杜甫、韩愈、白居易等一批流传千古的优秀诗人。

诗歌在盛唐时期经历了快速发展后，在五代时期发生了诗体转折，即由诗向词的转变。被称为"诗余"的词不仅在形式上发展了五言、七言的诗歌传统，演变为长短句的形式，而且在词牌、风格上也更加灵活。词发展延

---

[1] ［日］吉川幸次郎：《中国诗史》，章培恒、骆玉明等译，复旦大学出版社2012年版，第22页。

续的是诗歌散文化的发展方向。诗歌从四言、五言到七言,体式上变得越来越长,容量上越来越大,形式也更加灵活多样,这正显示出诗歌在发展的历程中不断寻求突破和变化的趋势。词的出现适应了这一发展趋势,并且将之深化,从词牌名称的数量剧增中可见一斑。词牌的名称实际标示出词的写作范式或韵脚规律。词牌名在经历了长期的发展变化以后,具体出现了多少种词的变化形式已很难统计。据现代画家吴藕汀在《词名索引》《词调名辞典》中的统计,目前共有1000余种词调名。由此可见,词在诗歌散文化的发展方向上确实向前大大跨进了一步。

唐五代至宋代涌现出许多优秀的词作者,例如李煜、柳永、苏轼、周邦彦、晏几道、秦观、辛弃疾、姜夔、吴文英等。其中伤感词风如李煜型、雄浑词风如辛弃疾型、全能如苏轼型都是这一时期词创作的代表人物。诗歌经历了词的变革后进一步向"散文化"方向发展,慢慢地向曲过渡。元代曲的形式多样,除散曲外还有小曲和歌谣。元代曲的兴盛已经脱离诗的基本样式,变得"非诗"化。曲在元代产生后继续发展,明清时期散曲创作依然兴盛。诗词曲作为主要韵文形式发展到明清时期进入集大成阶段,这标志着诗词作为古典文学的代表形式开始全面成熟。除了诗歌类别上的成熟外,诗歌团体的不断涌现也意味着诗歌风格的成熟。从宋代开始就出现了有明确诗歌宗旨的创作团体,如"江西诗派"等,明清时期的诗歌团体就更多,如"前七子""后七子""性灵派"等。整体上而言,明清时期的诗歌主要注重继承和梳理前人的诗歌成就,但与此同时诗歌创新性有所不足。

在中国漫长的诗歌发展历程中,产生了璀璨如星辰般的诗人,在这些诗人中有一类群体显得十分耀眼,这就是画家诗人群。画家诗人的出现是绘画发展的必然结果。中国画起源于远古时期的河图。《易·系辞上传》记载:

"河出图，洛出书，圣人则之。"①《论语》记载："子曰：'凤鸟不至，河不出图，吾已矣夫！'"②唐代张彦远在《历代名画记》中也认为河图的出现标志着我国绘画艺术的确立。③中国画的上古期属于夏商周以及春秋战国时期，这一时期的绘画线条较为简单，多以农耕、狩猎为题材。具有风格化的画家或绘画流派要到汉代才开始出现。绘画真正的繁盛期是在汉武帝时期开始的，汉武帝为了彰显自己的文治武功，搜罗法书名画，建造宫殿以包藏之。《汉书·郊祀志》记载："武帝作甘泉宫，中为台室，画天地太一诸鬼神，而置其祭具，以致天神。"正是由于汉武帝的推崇，使得武帝之后绘画在社会各阶层中发展起来。④这一时期绘画得到发展表现在一部分文人专注于绘画技艺，出现了如毛延寿、张衡、赵岐、蔡邕等著名画家。南北朝时期出现的画论意味着绘画思想开始成型，在品鉴比较中逐渐总结绘画的得失，累积绘画创作经验。最早品鉴类绘画理论著作应为谢赫的《古画品录》。《古画品录》确立了绘画评价和绘画创作的六条重要原则，称之为"画之六法"。"六法者何？一、气韵生动是也；二、骨法用笔是也；三、应物象形是也；四、随类赋彩是也；五、经营位置是也；六、传移模写是也。"⑤绘画理论是对绘画创作的经验总结，这一时期绘画理论的出现可以视为绘画思想开始走向自觉的标志。唐代张彦远的《历代名画记》将这一思想继承发扬，在《历代名画记·论画六法》中评价"画之六法"："彦远试论之曰：古之画，或能移其形似，而尚其骨气，以形似之外求其画，此难与俗人道也；今之画，纵

---

① 《易学百科全书》编辑委员会编：《易学百科全书》，上海辞书出版社2018年版，第331页。
② （宋）张栻：《论语解 孟子说》，邵逝夫导读，黄山书社2021年版，第81页。
③ 参见潘天寿《中国绘画史》，团结出版社2006年版，第3页。
④ 参见潘天寿《中国绘画史》，团结出版社2006年版，第20页。
⑤ （南朝齐）谢赫：《古画品录》，载傅慧敏编著《中国古代绘画理论解读》，上海人民美术出版社2012年版，第12页。

得形似，而气韵不生，以气韵求其画，则形似在其间矣。"①唐代同一时期的著名画论，如李嗣真的《画后品》、张怀瓘的《画断》等也都沿用这一评价标准。对于绘画"气韵生动""脱形求神"的美学追求在宋代以后逐渐成形，北宋郭熙和郭思的《林泉高致》、南宋袁文的《论形神》等画学论著中进一步发扬和完善，这成为中国画特别是文人画的重要特征。

绘画与诗文相结合是中国艺术史上的大事件，诗画各自独立发展了近一千年后开始走向融合。诗画融合肇始于魏晋南北朝时期。魏晋南北朝时期题画诗人的出现可视之为画家与诗人身份融合的标志。实际上，汉代形成的画赞传统就是将文学与画艺相结合的最早尝试。②所谓"画赞"指的是用诗文来评价绘画的得失成败的文学形式。魏国曹植《画赞序》中记载："昔明德马后，美于色，厚于德，帝用嘉之。尝以观画，过虞舜庙，见娥皇、女英，帝指之戏，后曰：'恨不得如此人为妃！'又前见陶唐之像，后指尧曰：'嗟呼！群臣百僚，恨不得为君如是！'帝顾而笑。"③这种对绘画作品评的做法，意味着论者有意对画作的艺术水平进行评判，这种做法客观上促进了诗与画的结合。这一时期涌现出了如曹植、夏侯湛、陶渊明等一批题画诗人。曹植少年才思敏捷，据《隋书·经籍志》记载，他作有五卷画赞，而夏侯湛则以《东方朔画赞》著名。此外，夏侯湛的《管仲像赞》《鲍叔像赞》等亦属于题画诗文类。陆云的《荣启期赞并序》、陶渊明的《陶渊明集》也有大量的题画诗作。单单《陶渊明集》即收录陶渊明创作的题画诗14首，他是魏晋南北朝时期创作题画诗最多的诗人。他的《读〈山海经〉十三首》中有五首是典型的题画诗作。现取《其七》如下：

---

① （唐）张彦远：《历代名画记·论画六法》，载傅慧敏编著《中国古代绘画理论解读》，上海人民美术出版社2012年版，第13页。
② 参见刘继才《中国题画诗发展史》，辽宁人民出版社2010年版，第25页。
③ 王伯敏主编：《中国美术通史》，山东教育出版社1996年版，第261—262页。

粲粲三珠树，寄生赤水阴。亭亭凌风桂，八干共成林。灵凤抚云舞，神鸾调玉音。虽非世上宝，爱得王母心。

文学与绘画结合在魏晋时期以题画诗的形式固定以后，成为绘画与诗歌创作的新传统。此前单纯的绘画作品与文学作品在此时相交汇，让两种艺术形式都产生了巨大的光芒。书法与绘画相贯通，与诗文相结合的时间要更晚一些，虽然同属于线条艺术，但毕竟在形式追求上有很大差异。因此，书画相通相融要在汉代以后才正式开始。东汉赵壹的《非草书》是我国最早的书法理论作品，《非草书》的出现标志着中国的文字书写已经摆脱单纯的实用功能，进入到艺术欣赏的境界。赵壹的《非草书》后，蔡邕的《笔论》《九势》、王羲之的《书论》《用笔赋》、王僧虔的《论书》等都对汉字书法的用笔规则和谋篇布局进行了总结。魏晋时期，诗书画三源合流，形成了独具特色的诗书画"三位一体"的东方艺术传统。启功曾在《谈诗书画的关系》一文中总结诗与书及画的关系时谈道："诗与书，有些关系，但不如诗与画的关系那么密切，也不如那么复杂。"[1] 书法作为诗文的形式载体，形态上的变化与风格和诗文内容之间形成了一定程度的呼应关系。唐代孙过庭《书谱》中写道："写《乐毅》则情多怫郁，书《画赞》则意涉瑰奇，《黄庭经》则怡怿虚无，《太师箴》又纵横争折。暨乎兰亭兴集，思逸神超；私门诫誓，情拘志惨。"[2] 从这段论述不难看出王羲之在创作《兰亭序》时强调书法与诗文的一致性。

在论述诗与画关系时，常常会将王维的"诗中有画，画中有诗"作为诗画统一的例证。事实上，王维作为唐代山水田园诗的开创者，其成就不仅

---

[1] 启功：《谈诗书画的关系》，载启功原著，沈培方选编《启功论艺》，上海书画出版社 2010 年版，第 259 页。
[2] 祝嘉：《祝嘉书学论著全集 历代书学论著疏证》，苏州大学出版社 2021 年版，第 771 页。

在诗画理论方面，而且在诗文创作和绘画创作上亦有很高的造诣。在《王右丞集》中就有六首画像题赞，如《崔兴宗写真咏》云："画君年少时，如今君已老。今时新识人，知君旧时好。"王维的绘画打破了李思训、李昭道父子青绿山水一派的风格，使用"破笔"（用水渗透墨彩渲染之法）和"簇就"（用笔点簇之法）等技巧，注重抒发画家的精神境界。因此，董其昌在《画旨》中将王维称之为文人画的开端，"文人之画自王右丞始。其后董源、巨然、李成、范宽为嫡子，李龙眠、王晋卿、米南宫及虎儿皆从董、巨得来，直至元四大家黄子久、王叔明、倪元镇、吴仲圭，皆其正传"[①]。在诗画理论建设方面，以苏轼的《书摩诘蓝田烟雨图》为定论，"味摩诘之诗，诗中有画；观摩诘之画，画中有诗"。自此，"诗画一律""诗画同源"的提法反复出现在北宋苏轼的《书黄子思诗集后》、韩拙的《山水纯全集·序》、黄庭坚的《次韵子瞻子由题〈憩寂图〉》、明何良俊的《四友斋画论》、清石涛的《石涛画语录》、笪重光的《画筌》、盛大士的《溪山卧游录》等著作中。"诗画一律"俨然成为中国画创作定律。至此，中国画形成了与西方绘画迥然不同的诗画传统。

启功将"书画同源"理论阐述得更加透彻，他由"书画同源"进一步推导出"诗画同核"。他从四个方面来讨论诗画关系，即王维画作的留空、画面境界会因诗而丰富提高、诗画可以互相阐发、诗画结合的变体奇迹。[②]其实，诗书画三个看似互不相关的艺术形式能够在东方美学体系中统一起来，恐怕与东方思维模式中重综合、轻分析，重气韵、轻形态的美学整体特征有关。关于这一点，在钱锺书的《中国诗与中国画》中也有过详尽分析。《七缀集》中有两篇文章《中国诗与中国画》《读"拉奥孔"》都涉及诗与画

[①]（明）董其昌：《画禅室随笔》，载陈师曾著《中国绘画史》，人民美术出版社2019年版，第47页。
[②] 参见启功原著，沈培方选编《启功论艺》，上海书画出版社2010年版，第262—263页。

的关系问题。他除了分析中国"诗画一律"的成因外,还一针见血地指出中国诗画评价标准的差异:"中国传统文艺批评对诗和画有不同的标准:论画时重视王世贞所谓'虚'以及相联系的风格,而论诗时却重视所谓'实'以及相联系的风格。"①

"诗书画"三位一体的风格和形式(亦有"诗书画印"四位一体的说法)使得中国古代艺术呈现出相融相通的态势。三者皆追求"意""韵""气"的表达和摹写,实际上这也是整个东方艺术的特征。以莱辛为代表的西方文艺理论家在思考这一问题时,思考的角度和逻辑起点却是迥然不同的。莱辛在《拉奥孔》中常常提出这样的问题:"诗与画在塑造形象的方式上的分别""诗与画在构思和表达上的差别""诗中的画不能产生画中的画,画中的画也不能产生诗中的画""能入画与否不是判定诗的好坏的标准"等,从《拉奥孔》中我们不难窥见莱辛个人乃至整个西方艺术的基本美学观点。书中随处可见这样的判断:"艺术家所描绘的神和精灵并不完全就是诗人所要用的神和精灵。对于艺术家来说,神和精灵都是人格化的抽象品,必须经常保持这样的性格特点,才能使人认得出他们。对于诗人来说,神和精灵却是实在的发出行动的东西,在具有他们的一般性格之外,还各有一些其它特性和情感,可以按照具体情境而显得比一般性格还更突出"②,"艺术家自己也自然而然地不大关心这方面的要求。因为他明白,构思不是他的长处所在,他的最大的荣誉要靠表达","事实上诗人如果运用熟悉的故事和熟悉的人物,就是抢先走了一大步。这样,他就可以放过许多枯燥的细节"。③类似于强调诗歌与绘画的差异性表述还有很多。由此可见,东西方艺术传统的差异性在其诞生之时就初现端倪,它们在各自艺术理论不断总结和指导下走上

---

① 钱锺书:《中国诗与中国画》,载钱锺书《七缀集》,生活·读书·新知三联书店2002年版,第23页。
② [德]莱辛:《拉奥孔》,朱光潜译,人民文学出版社1979年版,第53—54页。
③ [德]莱辛:《拉奥孔》,朱光潜译,人民文学出版社1979年版,第66—67页。

不同的发展方向。正是这种差异性使得东西方艺术缔结出美妙的艺术果实，并依此相互交流学习。这里可以举一个有趣的例证来说明东西方绘画艺术交流时产生的碰撞。1956年夏，寄寓法国的张大千听闻西班牙艺术大师毕加索的盛名后前往拜访。毕加索一开始并不热情，他从没有听闻这位东方画师的大名，表现得很冷漠。他当时所藏的中国画仅有几幅齐白石的画作。毕加索与张大千交谈之后，各自留下墨迹作为纪念，其中也暗含较劲之意。毕加索以张大千为原型给他画了一幅抽象的人物肖像，而张大千则用蘸满墨汁的毛笔写下了"张大千"三个字。看完"张大千"这三个字后，毕加索不无感慨地说："我最不懂的，你们中国人为什么跑到巴黎来学艺术？"[①]可见两人相见后确实相互倾慕。以中国为代表的东方艺术在漫长的发展历程中，形成了独特的审美趣味和价值建构，丰富了人类绘画艺术乃至整个艺术体系。

中国诗书画结合的艺术传统发展到了近代，得到了进一步的继承和发展。中国近代面临与古代截然不同的政治语境和文化语境，内外交困的政治形势、西方文化的大举入侵和女性解放运动的推进使得以农耕为主的经济形态、以儒家价值观为社会规范的社会体系面临极大挑战。社会基础的变化导致了文化上的相应变化，这些变化也折射到了绘画领域。

（一）政治上的动荡

自1840年鸦片战争至新中国成立一百多年来，中国一直在政治上动荡不安。晚清洋务运动虽然局部上改变了清朝封闭落后的军事实力和经济实力，但却无法拯救大厦将倾的颓势。清朝的政治失败以帝王逊位为结局，结束了中国两千多年的封建统治。然而，北洋政府时期军阀混战的局面不仅没有终止政治上的动荡，相反加剧了社会分裂的局面。皖系、直系、奉系、滇系、桂系、粤系等军阀大大小小数不胜数，单单短命的北洋政府就诞生了袁

---

① 杨继仁：《张大千传》，文化艺术出版社2006年版，第375页。

世凯、黎元洪、冯国璋、徐世昌、曹锟等五位总统。这样的政治局面对于画家而言，是从未面临过的新形势。孙中山建立民国临时政府，较为完整和相对稳定地维护了中国统一和平的局面。但这种局面并没有维持太久，由于北洋政府内部争权夺利，加之外族入侵危机，使得百姓为逃避战乱四处颠沛流离，画家自然也不例外。当然，这一时期一大批画家为抗战胜利鼓劲、为民族解放呐喊，产生了大量优秀的画作和诗作，可见画家们的风骨和气节。在取得抗日战争的胜利后，中国又面临三年的解放战争，自然也少不了政治的分化和文艺的"鼓与呼"。政治动荡的局面直至中华人民共和国成立才得以全面结束，画家也得以安心创作、享受生活。在经历了十七年稳定发展后，"文革"给画家乃至整个文艺界带来了灾难，许多画家由于历史问题和政治问题受到了事业上的打击和家庭的冲击。"文革"结束后，一大批画家又可以重新拿起画笔，描绘祖国的大好河山和美丽生活。20世纪80年代以后，中国绘画事业经过短暂过渡后迅速进入繁盛期，中国美术在继承和吸收中不断扩充壮大。

（二）外来文化的冲击

中国进入近现代以来，传统文化受到外来文化的猛烈冲击。在中外文化交流的历史长河中，中国还不曾遇到这样强烈的伴随着战争的整体性冲击。由于中国文化本身具有较强的包容性，因而当外来文化入侵时常常会以化解和反哺的方式来回应外来文化的冲击。例如历史上边疆少数民族入侵带来异族的音乐、舞蹈甚至农作物等都被充分吸收和改造成为中华民族文化的有机组成部分。中国历史上第一次较大规模的文化冲击是魏晋时期，从印度传来的佛教文化被带入中原。南北朝时期佛教极一时之盛，杜牧在《江南春》中曾形容"南朝四百八十寺，多少楼台烟雨中"，可见当时佛教兴盛时的情形。然而，佛教在发展演变的过程中也不断地中国化，最终发展成与原生地印度有很大差异的宗教形态。由此可见，中国文化具有强大的吸纳改造能力。中国文化在历史上与其他文化交流沟通过程中表现出了自信、包容的特征，正是这种自信包容使得我们不仅屡次经受了外族文化的冲击，而且还极大影响了周边的国家和地区。就亚洲地区而言，形成了以中国为中心的儒家文化圈。通过"一带一路"，中国的物产和文化远播到欧洲和北非一带。可以说，中国古代社会正是由于建立了以儒家文化为主体兼容并蓄的价值体系，因而形成了中国社会的"超稳定结构"。

近代以来，频繁遭遇的外族入侵和屈辱的外交使得中国先进知识分子以挽救社会、融化新知为己任，大量吸收外国先进的文化知识。具体到画学而言，便是西洋油画的兴起。一大批青年学子远赴法国、英国、德国等地学习西方的绘画技巧，希望以此丰富中国的绘画技艺，达到文化救国的目的。李铁夫、徐悲鸿、刘海粟、潘玉良、林风眠等青年画家正是第一代西方油画技艺的朝圣者。除了在知识结构上有所创新外，中国画家在美学趣味和组织结构上也出现了新的特征。

1. 文人画家的收入来源逐渐从宫廷转向市场。古代画家大致分为两大群体：文人画家与院体画家。文人画家与院体画家的重要区别在于，文人画家重内心情感的抒发和表达，强调"画风即人"的美学理念，这一点与院体画家有本质区别。宫廷院体画制始于五代，两宋时期达到鼎盛。院体画由于受制于宫廷需要，因此题材上多以山水、花鸟和宫廷生活、宗教等为题材，技巧上偏华丽细腻一路，南宋的李唐、刘松年、马远、夏圭等都是院体画的代表画家。文人画家大多是将绘画作为自身文化修养内容之一，绘画常与诗文、书法结合融合构成古代文人的文化人格。这些画家大多具有较高的文化修养和艺术感受能力。作画时强调托物言志，通过山水、花鸟等题材表达或隐逸、或悲愤的心情，因而画作往往有强烈的个人风格。由于不受宫廷或政府的限制，画家具有非职业性和非功利性的特点。虽然文人画不受政府管控，但依然通过润例等形式获取一定的经济收入。画家通过亲朋好友的介绍或托卖于南纸店的方式将作品向公众出售，收入亦是可观。例如清代郑板桥辞去潍县县令后客居扬州，就是以卖画为生的。民国时期，外国资本大量进入中国，促进了国内工商业发展，原本属于社会末流的商业行为受到鼓励和推崇。商业文化的兴盛同样影响了艺术界。书画艺术市场逐渐形成，最为典型的是"海上画派"的形成。"海上画派"形成的重要原因是新兴的资产阶级在经济实力壮大后出现了审美需求。无论这种行为是出于附庸风雅还是投资保值的需要，这种需求切实存在。

2. 文人画家的审美趣味出现了世俗化倾向。例如"海上画派"为了迎合市民阶层的审美习惯，在色彩运用、题材表现上都做了大幅调整，最为典型的莫过于吴昌硕。1914年"缶庐润目"记载了他当时的润例情形。

堂匾念（"廿"的大写）两；斋匾八两；楹联三尺三两，四尺四两，五尺五两，六尺八两；横直整张四尺八两，五尺十二两，六尺十六两；书画一例；条幅视整张减半；琴条四两；书画一例；册叶、纨折扇每件二两，一尺为度，宽则递加，山水视花卉例加两倍；题诗题跋每件八两，篆与行书一例，分隶真楷不应；磨墨费每件二钱。癸丑正月缶翁七十岁重定。

每两作大洋一元四角[①]

从吴昌硕的润例不仅可以看出吴昌硕当时的书画收入情况，而且还可以看出诗词题跋与书画润例之间的关系。对于通过作画来求取钱财的行为，吴昌硕表现得有些犹豫和矛盾。他在三年后，即七十三岁时又重订了润例，价格上有些上涨。

[①] 王中秀、茅子良、陈辉编著：《近现代金石书画家润例》，上海画报出版社2004年版，第90页。

堂幅念两，斋匾十二两；楹联三尺四两，四尺五两，五尺六两，六尺十两；横直整张四尺十二两，五尺十六两，六尺念两，八尺三十二两；条幅视整张减半；琴条五两；书画一例；册页、纨折扇每件四两，一尺为度，宽则递加，山水视花卉例加三倍，篆与行书一例，磨墨费每件二钱。每两作大洋一元四角。丙辰正月缶翁年七十又三重订。

题跋每件十二两，金笺加半。①

为了安抚买家，也为了说明情形，吴昌硕还特意在新的润例前附诗一首说明自己的无奈："耳聋足躄吾老矣，乱涂乱抹真可耻。加润频年非所喜，养疴得闲亦为己。"从诗中不难看出吴昌硕的坦率和真诚，在追求金钱的同时还有一份知识分子的矜持和犹豫。润例制度一直贯穿于整个民国时期，这一制度帮助了许多书画家和文人度过了抗战时的艰难岁月，即使是大学教授在困难时期有时不得已也通过为人治印贴补家用，例如清华教授闻一多亦是刻印高手，篆隶之印皆属当行。在抗战时期，他靠治印来贴补家用。乔大壮任职于重庆中央大学教授、国民政府官员期间，即通过治印、作书赚取润笔。由此可见，书画市场的存在一定程度上使得传统的文人书画家获得了经济上的独立地位，也使得书画作品进一步走向普通民众，提高一般民众的审美鉴赏能力。

3.女性画家的大量出现。中国美术发展史上一直以男性画家为主体，女性画家数量寥寥。但是历史上可查找的女性画家也有几位，例如金朝的宫素然是个道姑，曾作有《明妃出塞图》。元代管道昇是著名画家赵孟頫的妻子，作有《水竹图》。明代的文俶为著名画家文徵明的玄孙女，作有《花鸟

---

① 王中秀、茅子良、陈辉编著：《近现代金石书画家润例》，上海画报出版社2004年版，第93页。

图》。其他亦有明代的马守真、周淑禧、李因，清代的恽冰等。中国近现代历史上这一传统同样得到发扬和壮大。现代中国的女性艺术活动由于女性解放运动的推广和普及，让以前只能待在内闱，依靠男性生活的女性画家逐渐走向社会，开始独立的经济活动，精神上也得到进一步解放。中国近现代著名女画家数不胜数，例如龚韵珊、潘素、陆小曼、李青萍、颜裴仙、吴砚耕、潘玉良、李圣和、宋亦英等，其中潘玉良的经历最为典型。

潘玉良（1895—1977），安徽桐城人，生于江苏扬州，中国著名女画家、雕塑家。早年因母亲逝世寄养于舅舅家，被舅舅连哄带骗地卖给妓院当了雏妓，后被潘赞化救出妓院收为小妾。1918年考入上海美术专科学校学习绘画，1921年考取官费赴法留学，与徐悲鸿为同学。1928年回国后，先后执教于上海美专、上海艺大，后任中央大学艺术系教授。1937年后一直寄寓法国，从事绘画和雕塑事业。可以说，绘画是潘玉良一生命运的转折点。正是依靠绘画，潘玉良摆脱了寄人篱下的悲惨生活，走上了独立生活的道路。潘玉良这种极端的例子毕竟少数，但书画这种主要为男性文人所掌握的艺文雅趣被女性掌握之后，同样成为陶冶女性身心性情乃至谋求经济独立的手段。除了出现独立人格追求的女性画家外，现代中国历史上还出现了第一个女性书画社团——中国女子书画会。这是中国艺术史上第一个全部由女性组成的书画艺术团体，从1934年成立至1949年后画社成员星散，短短十多年的发展历程见证了中国女性书画发展的兴衰起伏。社团在鼎盛时期成员达200余位，每三年举行一次画展。仅以1934年首次举行的画展为例，展出作品600余件，观者达数千人，可见当时的盛况。[①] 其中著名社员包括吴淑娟、张光、李秋君、江采、陆小曼、顾青瑶、冯文凤、谢月眉、顾飞、陈小翠、周炼霞、潘志云、沈绮文等。这些社员不仅组织画展、售卖书画，而且还组织艺术教育机构，培养更多的女性从事绘画艺术活动。中国

---

① 参见包铭新《海上闺秀》，东华大学出版社2006年版，第49页。

女子书画会的成立是现代美术教育事业的重要事件，许多受惠于中国女子书画会美术教育的成员后来都成为中国美术事业的骨干和活动家。

4.西画背景的中国画家大量涌现。由于中国诗画之间的密切联系，许多现代画家传承了诗词创作的传统，通过诗画结合的方式来表现现代中国波诡云谲、起伏动荡的社会生活。这些画家虽然家庭背景、艺术经历各有不同，但爱好诗词和绘画的趣味是相通的。有意思的是，如果说中国画背景的画家爱好诗词创作不难理解的话，那么许多西方绘画背景的中国画家同样爱好诗词创作则值得关注。现代中国画家不乏如李铁夫、徐悲鸿、刘海粟、李叔同、方君璧等具有西方绘画和艺术背景的画家，他们也写作了数量不菲的诗词作品。

现代中国画家正是在赓续传统与文化变革的演进中不断进行艺术创作的。旧体诗词作为现代画家重要的艺术创作，同样折射出二者力量的角力与平衡，梳理现代画家的旧体诗词不失为理解"现代"含义的新维度。此外，研究现代中国画家旧体诗词的嬗变，还有以下三点意义：

第一，考察现代中国诗画关系。中国传统的诗画关系一直有学者关注和梳理，这种关注和梳理在古代主要散见于各类个人文集和美术著作中，较为著名的有南朝齐谢赫的《古画品录》、唐代张彦远的《历代名画记》、唐代朱景玄的《唐朝名画录》、北宋沈括的《梦溪笔谈》、明代董其昌的《画禅室随笔》、清代石涛的《画语录》。通过这些著作，画家身兼作者和评论家双重身份，在绘画理论建设方面做出了许多卓有成效的工作。姜澄清在《中国绘画精神体系》中将中国传统绘画的精神体系分为四个维度：哲学精神、宗教精神、伦理精神和厌世精神。[①] 中国绘画通过这四种精神维度建立起与外在世界的联系和纽带。中国画发展到了现代，其发展现状究竟如何？如何通过考察他们的诗作来了解他们对现代书画艺术的看法和观点？这一工作却鲜有

---

① 参见姜澄清《中国绘画精神体系》，甘肃人民美术出版社2008年版，第1页。

人关注和研究。学者刘继才在撰写完《中国题画诗发展史》后，将手中资料归纳整理，以戏说的方式续写了《趣谈中国近代题画诗》。然而，现代中国诗画之间的关系远非题画诗这一种可以概括，时间上也远非止于近代。本书试图延续这一古老的艺术命题，考察这一艺术命题的现代命运，通过诗词记录现代画家的心声暗语和艺术观点，完成"诗画一体"的现代命题。

第二，考察现代中国的旧体诗词状况。中国文学在近现代以来发生了剧烈的变动，不断从古典文学向现代文学转变。在这一转变过程中传统的文学形式和文学趣味被放逐，小说、新诗、散文、话剧成为新文艺的主流，古典文学形式如话本、诗文、小品文和戏曲等被斥为旧的文艺形式不断地边缘化。例如在诗歌方面，新诗在许多研究者眼中成为具有唯一合法性和研究价值的文体形式。不可否认，新诗在一百年的发展历程中，做出了许多可贵的尝试和探索。新诗的分行规律、节奏研究、人称代词问题、虚词的使用等都是旧体诗不曾遇到的新问题。现代新体诗人在形式和韵律问题上从未停下探寻的脚步。无论是闻一多的"三美"理论、徐志摩主张新诗的节奏应以情绪为中心的理论建设，还是郭小川的楼梯体、贺敬之的歌谣体创作实践，我们都可以看到中国新诗的建设者们做出了辛勤的努力。然而，新诗的成就却无法抹去旧诗的痕迹。现代旧体诗词一直处于隐蔽状态，虽然不断出现新的旧体诗人，出版数量惊人的旧体诗集，然而评论和研究状况却并不乐观。不仅如此，旧体诗词也一直被主流的现代文学史排除在外。

纵观整个现代旧体诗词发展史，大致经历了这样一条轨迹："'五四'后旧体诗词与新诗形成分水岭，各自发展—抗战期间旧体诗词达到创作高峰—国共内战时继续发展—新中国成立后走向低谷—'文革'时沉潜地下—粉碎'四人帮'后复苏—改革开放后繁盛。"① 由此不难看出，旧体诗词的两次写作高潮时期：一个是抗战时期；一个是20世纪80年代。抗战时期，

---

① 刘梦芙：《近百年名家旧体诗词及其流变研究》，学苑出版社2013年版，第14页。

一大批民众受到战争冲击，颠沛流离、辗转奔袭，心中悲愤难以言表。旧体诗词易记易诵，成为许多知识分子在颠簸战乱的生活中表达内心情感、控诉敌寇入侵的最佳手段。从1931年日本占领东三省开始至1945年战败投降，短短十几年的时间涌现了一大批抗战爱国诗词。何香凝、张宗祥、陈树人、徐悲鸿、刘蘅、冼玉清、王个簃、张大千、叶恭绰、陈小翠、周炼霞等一大批画家借助诗词书画激励民众团结抗日。可以说，抗战极大地调动和团结原本具有自由主义传统的知识分子（包括画家群体），形成了现代中国第一个诗词创作的高潮。第二个高潮时期是20世纪80年代。这一高潮的序幕是《天安门诗抄》，诗集中大部分是旧体诗词。新时期以来，中国的思想界迎来了外国文艺思想再次涌入的浪潮。另一方面，传统文化也得到了复兴和更生。《当代诗词》《诗词》《中华诗词》等一批诗词期刊相继创办，各地恢复诗词学会，还成立了全国性的诗词组织——中华诗词学会。这些组织和机构中除了官员学者外，还有一大批书画家成员兼骨干。可以说，正是由于他们的诗词创作实践，使得诗词创作在短时间内得到复兴和发扬。

第三，了解画家人生经历，窥探其内心世界。自从旧体诗词被打入另册，诗词便成为许多写作者内心情绪的载体和媒介。无法用新文艺的形式来表现的内容，诗人们往往借助旧体诗词来表达。之所以如此，与旧体诗词对阅读者的文化素养要求较高，字词内容更加隐晦有关。有的诗词在创作时甚至根本没有考虑过发表，是仅属于诗人自己的"抽屉文学"。有意思的是，许多新文学的健将一方面高喊打倒旧文艺，发表新文学作品；另一方面私下又写作旧体诗词自己欣赏或亲友交流。可以说，诗词成为了解他们内心想法和感受的另一面隐秘的镜子。这样的作家诗人数量不少，其中不乏现代文学史上的大家名人，例如鲁迅、郭沫若、田汉、叶圣陶、老舍、沈从文、胡风、茅盾、姚雪垠、臧克家、何其芳等都是新旧两套笔墨。在绘画领域，许多画家也是绘画、诗词同时创作，用不同的艺术形式表达内心的情绪感受，例如柯璜、李叔同、苏曼殊、徐悲鸿、冼玉清、刘海粟、潘天寿、丰子恺、方君璧、蒋彝、启功等。这些画家借助诗词不仅表达了内心情感，还记录人生经历。无论是抗战时的辗转迁徙，抑或是土改时的昂扬奋进，还是"文革"中的忍辱负重，当然还有"文革"结束后的狂喜叹喟，这些与国家民族的经历紧密联系在一起的个人经历都在他们的诗词中有所体现。除了政治生活外，私人生活中的生老病死、书画交往、友朋唱酬等日常生活亦在他们的诗词中被一一记录了下来。鉴画者通常只关注画家的代表画作及市场价值，却较少关注这些画家内心转折处的细微褶皱，而诗词正是了解画家的社会生活外私人情感世界的津梁。

二、现代中国画家旧体诗词的研究现状

由于上述原因，开展现代中国画家旧体诗词研究显得十分重要和迫切。然而，现实情形却并不乐观。由于长期的学术忽视和艺术偏见，现代中国画家的旧体诗词研究一直没有得到系统的搜集和梳理，真正开始这一工作是20世纪90年代中后期，主要是一些从事绘画研究者旁涉的单篇论文。21世纪以来取得了一定的成就，但成果仍然并不让人满意。画家旧体诗词的研究存在许多客观问题和障碍，主要体现为三点：首先，随着时间的推移，许多原本少见的手抄诗集、自刻印本由于散佚缺损变得越来越少见，搜集起来越来越困难。其次，由于社会动荡和政治运动等原因，许多画家旧体诗集保存的情况也相当令人担忧，如吴茀之的诗作只保存至20世纪30年代。据《吴茀之画中诗》的编者介绍，吴茀之生前吟就了许多诗作，因为各种原因留存下来的相当少。这些因素无疑加大了研究难度，阻碍了研究进度。最后，画家通常兼擅书法，因而他们的诗集常常采取手抄本的形式进行印刷，字迹工整者尚可辨识，字迹潦草者则阅读都成困难，更遑论研究。正是由于这些客观因素的存在，中国画家旧体诗词的研究状况一直不太让人满意。目前，就笔者目力所及，对这一问题有胡迎建的专著《民国旧体诗史稿》有所

涉及。在《民国旧体诗史稿》中辟有专章"书画家中的诗人"讨论吴昌硕、李瑞清、黄宾虹、经亨颐、潘天寿、吴茀之、邓散木、齐白石、溥心畬、张大千等画家的诗作。由于篇幅所限,对每个画家的诗作只是概略性介绍,略微提及其诗集种数量和诗作风格,谈不上深入细致的讨论。

试图真正了解和研究现代画家的旧体诗词,需要从两个方面入手:一方面,了解中国古代绘画、诗词的历史发展脉络和基本线索;另一方面,现代画家诗词的写作和研究现状。前者是为现代画家诗词研究建立历史维度,后者是从材料出发,了解现代画家诗词的出版和研究现状。

(一)古代绘画及诗词研究现状

研究中国现代画家旧体诗词,需要了解中国古代绘画和诗词的历史发展及基本理论的现有研究成果。中国古代艺术发展历史悠久,独特的东方艺术体系不仅延续时间长,而且与西方的诗画系统截然不同,梳理中国古代诗书画发展的脉络对于研究现代画家的诗词渊源和理论沿革有着十分重要的意义。现拟从四个方面来讨论这一问题:中国绘画发展史、中国绘画理论史、中国古代诗词发展史和中国古代诗词理论史。

1. 中国绘画史研究现状。中国绘画史主要分为中国古代绘画史和中国近现代绘画史两个部分。论述中国古代绘画史的著作截至目前有700余部,其中较有代表性的有潘天寿著《中国绘画史》,王伯敏著《中国绘画史》,李超、姚笛和张金霞合著的《中国古代绘画简史》等。大部分的中国绘画史著作都是按照时间为序,讲述中国绘画的基本历程,例如潘天寿的《中国绘画史》分为上古史、上世史、中世史、下世史四个部分。上古史包括夏商周、春秋及秦代,上世史包括汉代、魏晋、南北朝、隋代,中世史包括唐、五代、宋元,下世史包括明代和清代。这种对中国古代绘画史的划分受到了当时日本美术界对中国美术史研究的影响。关于中国现代绘画史的著作相对较少,在100部左右,其中张少侠、李小山著《中国现代绘画史》,李铸晋、万青力著《中国现代绘画史》(晚清之部 民国之部 当代之部),吕澎著《中国现代美术史》等影响较大。张少侠、李小山著《中国现代绘画史》完成于20世纪80年代,是当时国内较早讨论中国现代绘画史的专著。该书摆脱了常见的"总论＋画家"的常见模式,以史论为主线介绍重要的美术现象和美术思潮,成就之处在于较为清晰地描述和评论了代表性美术现象;不足之处在于作为现代绘画史草创之作,发展脉络的描述仍不够清晰,语言上也带有明显的时代特征。李铸晋、万青力的《中国现代绘画史》以地域为划分标准,列举北京、上海、广东、台湾等地的代表画家和地域风格。由于受外国绘画思想影响出现了一些新的绘画类别,因此也有一些专题类绘画史,如李允经的《中国现代版画史》、唐英伟的《中国现代木刻史》等。

2.中国绘画理论史研究现状。中国绘画理论史从时间上而言与绘画发展史的划分标准一致,也分为古代与近现代两部分。其中,中国古代绘画理论史大约有30部,其中陈传席的《中国绘画理论史》、杨铸的《中国古代绘画理论要旨》、傅抱石的《中国绘画理论》、张建军的《中国画论史》等较有代表性。以《中国古代绘画理论要旨》为例,该书分上、下编,从古代绘画理论中的关键词入手分析中国画的特点,例如"传神""诗画一律""书画一律""外师造化,中得心源""虚实相生"等。《中国绘画理论》在体例上较有特色,分为泛论、总论和分论。泛论部主要讨论修养、造意、神韵等画家修养问题,总论部讨论笔墨、设色、临摹、款题等整体问题,分论部则主要讨论林木、山石、装饰、皴擦等具体画法,这是一本较为实用的绘画理论手册。关于中国近现代绘画理论史的著作大约有60部,多从批评的角度以主题的方式来论述现代美术理论的发展,例如"中国当代中青年艺术家系列""新世纪中国绘画理论与中国画创作研究系列"等,这里对当代美术的批评自然视为现代美术批评的组成部分。从史学角度论述这一问题的主要有王云亮的《现当代中国画理论及创作研究》、刘其伟的《现代绘画理论》等著作。《现当代中国画理论及创作研究》分为上、下两编,上编主要研究现代时期的中国画理论话语由传统向现代转型的问题,并探讨现代时期转型理论;下编主要研究当代时期特别是20世纪90年代以来的中国画创作问题,尤其对花鸟画、山水画的创新探索有深入独到的思考。

3. 中国古代诗词史研究现状。研究中国诗词发展历史的著作大约有100部,有的侧重诗词通史研究,有的侧重专题研究。例如陆侃如、冯沅君著《中国诗史》,日籍学者吉川幸次郎著《中国诗史》,李维著《中国诗史》等就是论述中国诗歌通史有代表性的著作。刘毓盘的《词史》、木斋的《曲词发生史》、王易的《词曲史》等专门探讨词和曲的发展历程。陆侃如、冯沅君的《中国诗史》大多以时间为序,将中国诗歌的发展分为古代、中代和近代三个阶段。《诗经》《楚辞》《乐府》作为诗歌起源,属于诗歌发展的古代时期,中代以三国、六朝为开端,一直延续到唐代为其兴盛期。近代诗歌从唐五代开始一直延续到明清时期,这一时期诗词在梳理总结的同时进入了衰落期。到了现代时期,诗词由于受到各种因素的冲击,一度研究上较为萎靡。近十多年来,由于研究者的不断努力,出现了较为全面和深入的现代诗词研究专著,其中以吴海发的《二十世纪中国诗词史稿》、刘梦芙的《近百年名家旧体诗词及其流变研究》、胡迎建的《民国旧体诗史稿》、李遇春的《现代中国旧体诗词通论》《中国当代旧体诗词论稿》等为代表。这些著作注重打捞史料,从不同方面论述中国现当代旧体诗的发展状况,《二十世纪中国诗词史稿》《近百年名家旧体诗词及其流变研究》注重史论结合,整体上描述现代旧体诗词发展概况。《民国旧体诗史稿》主要注重从诗人身份和群体地域等分析其创作,《现代中国旧体诗词通论》以专题的形式讨论了旧体诗词的文体价值、媒介传播、女性诗词、抗战诗词等问题,《中国当代旧体诗词论稿》则以案例分析的方式重点解读有代表性的诗人诗作。

4. 中国诗词理论史研究现状。讨论诗词理论史的著作不多,丁放著《金元明清诗词理论史》较为集中探讨了这一问题。该书上编介绍诗论,下编介绍词论,诗词分论均以朝代为划分标准,列举了重点理论家的观点和著作。在诗词理论史的研究中值得注意的是诗词类别史的研究，中国古代诗词根据内容可以划分为许多种类别，例如祝寿、悼亡、怀人、题画、咏史等。这些类型的诗歌均有专题诗史研究成果，例如关于题画诗有刘继才著《中国题画诗发展史》《趣谈中国近代题画诗》等；关于山水诗，有丁成泉著《中国山水诗史》、王国璎著《中国山水诗研究》等；关于咏史诗，有赵望秦、张焕玲著《古代咏史诗通论》，张焕玲、赵望秦著《古代咏史集叙录稿》等；关于悼亡诗，有胡旭著《悼亡诗史》；关于唱和诗，有赵以武著《唱和诗研究》、巩本栋著《唱和诗词研究——以唐宋为中心》等；关于女性诗词，有康正果著《风骚与艳情——中国古典诗词的女性研究》等。理解不同内容的专题诗史有利于研究者了解某一类型的诗词在古代的发展状况，从而对现代同类型诗词的发展嬗变有更加全面深入的理解。

（二）现代画家诗词研究概况

分析现代中国画家诗词的状况，主要从两个方面着手：一类是画家诗词的创作状况；一类是现代画家诗词的研究状况。前者是着重于文本本身，后者则注重分析考辨。

1.现代中国画家诗词的创作概况。现代中国画家诗词研究离不开具体的诗词创作者研究，特别是诗词名家的研究。除了宏观的诗书画史和理论史，研究具体诗人诗作概况，分析其创作特色亦十分重要。现代中国画家诗词创作情况可分为两个部分：一类是书画家的诗词集；一类是书画家的诗词选集。前一类大多是诗人手写或印刷的诗词集，可分为诗集和词集两类，也有少部分曲集。后一类是诗人自己或后代编选者对其诗集进行编选后的诗册。据不完全统计，350多位现代画家诗人创作了诗词集共500余种，诗词选集共70余种。这500余部诗词集基本上反映了现代画家旧体诗词的创作面貌。

（1）现代画家诗人的诗词集概况。现代画家的诗词集数量众多，其中较为知名的有吴昌硕的《缶庐诗》、徐世昌的《退耕堂集》《水竹村人集》《归云楼题画诗》《归云楼诗集》《退园题画诗》《海西草堂集》、齐白石的《借山吟馆诗草》《白石诗草》、黄宾虹的《宾虹诗草》、李瑞清的《清道人遗集》、钱名山的《名山集》《名山诗集》《名山词》、夏敬观的《忍古楼诗》《映庵词》、商衍鎏的《壬丙集》《广陵集》《巴渝集》《弱湍集》《纱縠集》《凌云集》《凯歌集》《江海集》、陈师曾的《陈师曾先生遗诗》《觭庵词》、姚茫父的《弗堂诗》《弗堂词》、经亨颐的《颐渊诗集》、陈曾寿的《苍虬阁诗集》、谈月色的《月色诗集》、陈含光的《含光诗集》《含光俪体文稿》、叶恭绰的《遐庵诗稿》《遐庵词》、余绍宋的《寒柯堂诗》、张宗祥的《不满砚斋稿》《游桂草》《入川草》《还都草》《归杭草》《归杭续草》、苏曼殊的《燕子龛诗集》、陈树人的《专爱集》《自然美讴歌集》《战尘集》《寒绿吟草》、吴湖帆的《佞宋词痕》、徐悲鸿的《徐悲鸿文集》、刘蘅的《蕙愔阁集》、冼玉清的《碧琅玕馆诗钞》、溥儒的《寒玉堂诗集》《凝碧余音词》、潘天寿的《潘天寿诗存》、张伯驹的《丛碧词》《春游词》《秦游词》《雾中词》《无名词》、方君璧的《颉颃楼诗词稿》、陈声聪的《兼于阁诗》《壶因词》、陈定山的《萧斋诗存》《定山词》、王个簃的《霜荼阁诗》、黄君璧的《黄君璧题画诗》、张大千的《张大千诗词集》、谢玉岑的《白菡萏香室词》《孤鸾词》、吴茀之的《吴茀之画中诗》、诸乐三的《希斋吟草》《希斋题画杂录》、蒋彝的《蒋仲雅诗》《重哑绝句》、潘伯鹰的《玄隐庐诗》、吴白匋的《凤褐盦诗词》《热云韵语》、陈小翠的《翠楼吟草》、周炼霞的《螺川韵语》、白蕉的《济庐诗稿》、谢稚柳的《鱼饮诗稿》《甲丁诗词》、启功的《启功韵语》《启功絮语》《启功赘语》、黄苗子的《牛油集》、吴藕汀的《药窗纪事诗》《药窗词》、张充和的《张充和诗文集》、曹大铁的《梓人韵语》、饶宗颐的《清晖集》、宋亦英的《春草堂吟稿》、朱庸斋的《分春馆词》、范曾的《范曾吟草》等。

（2）现代画家诗人的诗词选集概况。虽然现代画家诗词选集相对较少，但各个选本基本能够代表画家诗人的诗词成就。较为典型的选本分别是《林纾诗文选》（李家骥、李茂肃、薛祥生整理，商务印书馆1993年版）、《李铁夫诗联书法选集》（曾庆钊编注，广州美术学院、鹤山县文化局1989年）、《马碧篁诗词选》（马碧篁著，自印本1998年）、《海粟诗词选》（刘海粟著，福建美术出版社1988年版）、《邓散木诗选》（邓散木著，百花文艺出版社1983年版）、《君左诗选》（易君左著，香港大公书局1953年版）、《陆维钊诗词选》（陆维钊著，西泠印社出版社2005年版）、《王退斋诗选》（王退斋著，上海古籍出版社2016年版）、《陈鹤诗词稿选》（陈鹤著，自印本1984年）、《红杏集：宋省予诗选》（宋展生、宋舒编，自印本2010年）、《张南冥诗选》（张南冥著，上海市文史研究馆文印中心1997年）、《张充和诗书画选》（白谦慎编，生活·读书·新知三联书店2014年版）、《马如兰诗选》（马如兰著，自印本1998年）、《宋亦英诗词选》（宋亦英著，安徽人民出版社1983年版）、《小庵诗选》（葛欢轩、朱再康编，中国文化出版社2004年版）、《柏闽诗选》（王伯敏著，宁夏人民出版社1999年版）等。大部分选本为诗人自己挑选诗作精品辑录，另有部分选本为他人辑录。关注选本的意义在于部分地了解诗人的诗词创作，与全本做文本比较，也可以看出编选者的诗歌趣味。

2.现代画家旧体诗词的研究概况。对于现代画家诗词研究概况可以具体分为以下四个方面分析：

（1）现代旧体诗词整体研究。除了上面提到的几部现代诗词史著作外，马大勇的《二十世纪诗词史论》、刘士林的《20世纪中国学人之诗研究》、刘梦芙的《近百年中国学人诗词及其诗论词论研究》、李剑亮的《民国词的多元解读》等著作亦有特色。《二十世纪诗词史论》主要采取专题研究的方式，分上下编的方式收录了论者十多篇论文。上编主要是综述，讨论旧体诗入史、旧体诗的现代转换、现代词史、现代词社研究等问题；下编则主要集中于个案讨论，例如王国维的词、易顺鼎的词、苏州词坛的状况等。《20世纪中国学人之诗研究》主要通过分析王国维、陈寅恪、马一浮、钱锺书、萧公权、吴宓等学者的诗词创作分析其写作特色。《近百年中国学人诗词及其诗论词论研究》以案例分析的方式讨论了沈曾植、黄遵宪、王国维、马一浮、唐玉虬、朱祖谋等人的诗词创作与理论。《民国词的多元解读》属于为数不多集中讨论民国词创作的著作,主要分析的是刘永济的《诵帚词》、沈祖棻的《涉江词》、袁克文的《洹上词》、唐圭璋的《梦桐词》等词集,通过考察其词作、交往及日记等方面来分析词人的心路历程。

(2)现代画家旧体诗词整体研究。专门针对画家旧体诗词的研究著作不多,现有著作类资料主要集中于某一具体专题,例如刘继才的《趣谈中国近代题画诗》。这部著作延续了他《中国题画诗发展史》的研究思路,将研究的时间下限推至近代,重点讨论吴昌硕、经亨颐、苏曼殊、齐白石、吴梅等画家的题画诗,并且有创见地提出了题画诗词曲的区别。画家旧体诗词研究主要集中在论文方面,除了王雅平和仇玉姣的《新时期以来旧体诗词研究综述》、马大勇的《20世纪旧体诗词研究的回望与前瞻》、李遇春的《中国现当代旧体诗词平议》等论文进行宏观描述外,李遇春、叶澜涛的《现代中国画家旧体诗词的历史浮沉与演变趋势》、杨晓勤的《萧散简远 高风绝尘——论20世纪中国书画家的旧体诗词创作》是专门针对书画家旧体诗词整体创作状况进行分析的论文。[①] 前者以时间为序,将现代画家诗词分为变革期(1912—1936):传统与现代;深化期(1937—1949):战乱与忧患;转折期(1949—1976):合唱与独吟;复苏期(1977—):归来与更生。后者列举了部分现代书画家的诗词创作,指出其特征是:多歌咏自然之作,多题画之作,情感真挚。

除了对书画诗词整体研究类的论著和论文外,还有不少针对某一画家

---

① 参见李遇春、叶澜涛《现代中国画家旧体诗词的历史浮沉与演变趋势》,《江西师范大学学报(哲学社会科学版)》2017年第3期;杨晓勤《萧散简远 高风绝尘——论20世纪中国书画家的旧体诗词创作》,《云南民族大学学报(哲学社会科学版)》2009年第2期。

作整体的风格评价。目前而言，现代画家诗词研究较有价值的论文也主要集中在对具体画家诗人的作品研究上。现代中国画家中大约有三百位写作旧体诗词，这些画家旧体诗词大多数已有研究论文出现，但研究的分布情况并不均衡。研究较多的主要集中在几个知名度较高的画家，例如吴昌硕、齐白石、陈师曾、张宗祥、潘天寿、张大千、启功、饶宗颐等。有些诗人虽然诗作成就不低，然而因为各种原因并没有引起研究者的充分重视，例如叶恭绰、吴湖帆、溥儒、陈小翠、周炼霞、张充和、徐邦达等。在一百多篇专门讨论现代中国画家旧体诗词的论文中，有一些论文以细致的分析和独特的见解有力地推进了这一领域的研究，其中包括夏中义的《〈缶庐别存〉与梅石写意的人文性——兼论吴昌硕的"道艺"气象暨价值自圆》《故国之思与泼墨云山境界——论张大千题画诗的心灵底蕴与其绘画的互文关系》，郎绍君的《读齐白石手稿——诗稿篇》，邹自振的《李瑞清艺术成就与学术建树谫论》，胡健的《守护中的拓进：陈师曾艺术思想与艺术创作》，卢炘的《信手拈来总可惊——潘天寿诗歌概说》，向净、涂小马的《丰子恺旧体诗词创作探论》，郑达的《中国文化的国际使者——记旅美华裔游记作家、画家、诗人蒋彝》，赵仁珪的《一生三绝画书诗——论启功先生的题画诗》等。

其中夏中义论吴昌硕、张大千的旧体诗词创作的论文引人注目。在前一篇论文中，论者重点分析吴昌硕的题画诗集《缶庐别存》与其画境的互文关系，指出其诗画中的梅花意象是其自身高洁品格的象征。在晚年为顺应市场需求描绘牡丹的同时，画家仍不忘在旁置石块，这种绘画布局的处理是吴昌硕不愿向权势屈服的表现。不仅如此，在吴昌硕的绘画中出现大量的野葫芦及葡萄意象，论者认为这是吴昌硕晚年试图"引书入画"的技巧运用，葫芦和葡萄都是诗人不合时宜的内心情绪反应。[1] 运用类似的分析方法，在分

---

[1] 参见夏中义《〈缶庐别存〉与梅石写意的人文性——兼论吴昌硕的"道艺"气象暨价值自圆》，《文艺研究》2013年第12期。

析张大千的题画诗时，他试图通过"文献发生学"的方法透过其画作"苍浑满目""幽润拂面""沉凝心迹"的表象认识到诗人不断求新求变的内驱力是"故国之思"。论者通过三个方面来论述这一观点，张大千的诗作中出现大量的"以诗证画"的作品，这与其画法中"青绿写意"的技巧相一致；虽然张大千解放后不断地变更住所，看似游子心态但实则却是文化孝子，这一阶段的题画诗中大量出现怀念故国山水的诗作就是明证；张大千晚年创作了大量的泼墨云山画作，作为技法的"隐喻键"，泼墨云山正是画家"故国之思"在题材上的表现。最后，从未到过庐山的画家晚年耗尽心力创作《庐山图》成为他思念祖国的绝唱。① 类似于这样精彩分析的论文还有许多，在此不一一列举。

（3）现代画家诗词专题评论。在专题评论类研究论文中，传记作家的评论值得关注，他们的诗词研究往往结合其生平大事进行评论。例如卢炘作为中国美术学院教授、潘天寿纪念馆原馆长，曾编写《大笔淋漓——潘天寿传》和《潘天寿诗存校注》。他在《信手拈来总可惊——潘天寿诗歌概说》一文中系统梳理了潘天寿的创作概况。他首先将《潘天寿诗存》分为四大类：感怀、记游、题画和杂咏，接下来通过诗作证明潘天寿诗作雄浑大气的风格特征，其诗作与画作一样"看似寻常最奇崛"。潘天寿注重打通诗歌和绘画的壁垒，画作中体现诗意，诗词中饱含画意，这正是中国"诗画一律"传统的体现。潘天寿创作了大量的题画诗、论画诗，通过分析这些题画诗和论画诗可以窥见诗人的艺术观和绘画史观。② 类似的还有郑达的《中国文化的国际使者——记旅美华裔游记作家、画家、诗人蒋彝》。郑达是美国萨福克大学英文系教授，曾为旅美著名学者、画家蒋彝撰写传记《西行画记——蒋彝传》。他撰写的《中国文化的国际使者——记旅美华裔游记作家、画家、

---

① 参见夏中义《故国之思与泼墨云山境界——论张大千题画诗的心灵底蕴与其绘画的互文关系》，《文艺研究》2016年第1期。
② 参见卢炘《信手拈来总可惊——潘天寿诗歌概说》，《文艺研究》1997年第1期。

诗人蒋彝》一文既是对蒋彝诗作、画作的分析，也是对其长年辗转国外心路历程的探访。论文在分析其书法绘画艺术的同时，也分析了他的旧体诗词特点。在诗集《重哑绝句百首》中，诗人表达了对国内混乱的政治局势的不安和离乡去国后浓烈的思乡之情。[①] 作为并不为人们熟知的海外画家蒋彝，郑达的研究和介绍起到了良好的宣传作用。

除了传记作家的诗词评论外，专业画学研究者撰写的诗词评论也值得关注。齐白石、丰子恺、启功等画家一直是研究者关注的重点，这些画家的诗作研究成果较多，分析也较为细致。郎绍君的《读齐白石手稿——诗稿篇》以齐白石诗歌创作时间为序，分析《寄园诗草》《借山吟馆诗草》《老萍诗草》《白石诗草》等诗集。齐白石早年的诗作多为唱和之作，艺术上较为稚嫩，处于学诗阶段。五次远游的经历和刻苦的阅读使得齐白石的诗艺进步神速，《借山吟馆诗草》得到了老师樊增祥的认可。《老萍诗草》《白石诗草》是其晚年诗集，晚年诗集从内容上既有描述迁徙流乱的艰辛之作，亦有乱世偷闲、心情愉悦的轻松之作。论者认为齐白石的诗如同他的画一样朴素清雅，不为典故辞藻束缚，这也体现了白石老人淡然随性的性格。[②]

向净、涂小马的《丰子恺旧体诗词创作探论》将丰子恺的旧体诗创作特点归纳为两点：一是只创作旧体诗不创作新诗；二是写作时间较为集中于抗战时期、20世纪50年代末至60年代初两个阶段。论者分析丰子恺从不写作新体诗的原因是对于传统文化的热爱，对于新诗形式内心不太能够接受。写作时间的两次集中是因为旧体诗作为画家内在心理活动的寄托，较好地表达了他特定时期的情绪诉求。[③]

[①] 参见郑达《中国文化的国际使者——记旅美华裔游记作家、画家、诗人蒋彝》，《美国研究》2003年第1期。
[②] 参见郎绍君《读齐白石手稿——诗稿篇》，《读书》2010年第12期。
[③] 参见向净、涂小马《丰子恺旧体诗词创作探论》，《苏州大学学报（哲学社会科学版）》2001年第4期。

启功是当代著名的书画大家,关于他的研究成果很多,其中同事赵仁珪教授的评价较为贴切到位。《一生三绝画书诗——论启功先生的题画诗》《当代旧体诗创作的两个根本途径——再谈读启功诗词的启示》都是他分析启功旧体诗词的成果。《一生三绝画书诗——论启功先生的题画诗》主要评价的是启功先生的题画诗,作者认为启功的题画诗体现了中国"诗画一律"的美学传统,是诗人情感、人格和学养在艺术上的反映。①《当代旧体诗创作的两个根本途径——再谈读启功诗词的启示》一文认为继承与创新是启功先生的旧体诗创作的两个基本途径。继承体现在对词汇、用典、对仗等诸方面,创新体现在新观点、新思想和新情感等方面。②

通过对具体画家旧体诗词的历史梳理和特点进行分析,我们既可以发现现代旧体诗词发展的一般规律,以及集中讨论创新与继承的辩证关系等问题,也可以看到每一个画家由于各自不同的人生经历对诗书画结合的理解与实践。

(4)画家研究资料现状。除了研究他们的诗词外,画家相关的研究资料也是重要的参考。这些研究资料除了加深研究者对这些画家的人生际遇和内心世界的了解外,也丰富了对他们诗词创作的理解。这些研究资料大致可分为三类:人物传记(包括年谱、日记);艺术评论;专题研究。

人物传记是关于人物生平的重要资料。从目前搜集到的人物传记来看,除了少部分如《白石老人自述》《子恺自传》是自传体外,大部分都是学者们撰写的传记。在传记数量分布上,著名画家的传记资料明显较多。吴昌硕、齐白石、黄宾虹、潘天寿、张大千、启功等"热门"书画家拥有多部传记作品,相比之下大部分的书画家只有一部传记,甚至有的传记只是一本

---

① 参见赵仁珪《一生三绝画书诗——论启功先生的题画诗》,《北京师范大学学报(社会科学版)》2006年第4期。
② 参见赵仁珪《当代旧体诗创作的两个根本途径——再谈读启功诗词的启示》,《北京师范大学学报(人文社会科学版)》2002年第3期。

薄薄的小册子。在这些人物传记中，王家诚的《吴昌硕传》《溥心畬传》、杨继仁的《张大千传》、郑达的《西行画记——蒋彝传》、严海建的《香江鸿儒——饶宗颐传》等传记以详细的史料和透彻的分析丰富了读者对于传主生平和内心世界的了解。从这些传记中我们可以读到吴昌硕人生低谷时的落拓、溥心畬赴台后的窘迫、蒋彝在海外文化圈夹缝中艰难谋生，这些史料让我们了解到这些大名鼎鼎的书画家不为人知的另一面。

　　人物传记资料中有两个小的类别：年谱和日记。年谱主要以时间为线，采取大事记的方式记录人物一生的主要事迹。从形式上而言，既有书籍式的年谱长编，也有以单篇论文形式的年表。目前，搜集到的各类书籍类的人物年谱有20余本，王震的《徐悲鸿年谱长编》、李文约的《朱庸斋先生年谱》等年谱均史料翔实、事无巨细地记载了传主人生中各个阶段的事迹，是研究人物生平的重要资料。除了年谱外，还有一类是各类年表，这类年表有40余篇。除年谱年表外，日记也是了解画家的一手资料。这类日记数量不多，却是了解画家内心世界的一面镜子。这类日记有齐白石的《寄园日记》、经亨颐的《经亨颐日记》、余绍宋的《余绍宋日记》、丰子恺的《教师日记》、吴湖帆的《丑簃日记》、启功的《启功日记》等。在《寄园日记》中，齐白石详细介绍了自己如何学艺，如何在北京漂泊，如何受到指点后"衰年变法"，在书画技巧上如何变革和提高等趣事。这些事件由本人以日记的形式讲述出来，史料价值和文学价值不容小觑。

　　画家除了书画和日记外，还写作了数量庞大的艺术评论著作。这些谈艺录类的著作对于了解他们自身的艺术观点，了解他们对艺术史的观点亦十分重要。这些艺术评论著作数量在200部左右，大多是本人编写，少部分由后人编辑整理而成。以《徐悲鸿谈艺录》为例，著作分八章，分别从艺术家的造就与素质、中国艺术的鉴赏、中外艺术之异同、中外艺术大家、民间艺术的特色、杂谈等方面全面阐述徐悲鸿的艺术观点。徐悲鸿作为完整学习过西方美术，并且注重中西方结合的代表性画家，他的艺术观与偏传统型画家张大千的艺术观有很大差异。在《张大千谈艺录》中，张大千重点从中国绘画史、画法整体技巧、特定书画类型的技巧等方面介绍自己的书画心得，很少谈及对西方绘画史的评价。从谈艺录的差异也不难看出不同画家美术背景和艺术观点的差异。

在画家的谈艺录资料中，有数位画家的谈艺录资料值得重视，例如刘海粟、潘天寿、丰子恺、谢稚柳、启功等。这些画家一边进行大量的书画实践，一边总结自己在诗书画方面的心得体会，他们可称为书画理论家。以启功为例，艺术总论类著作有三种（《启功学艺录》《启功论艺》《启功谈艺录》），谈论绘画的有四种（《画论三种》《启功的书画世界》《启功谈中国名画》《书画逸兴》），谈论诗歌的有三种（《诗文声律论稿》《启功谈诗文声律》《文体两种》），谈论书法的有三种（《书法概论》《启功给你讲书法》《启功论书》）。这些著作证明启功先生不仅是书画实践大家，同时也是书画理论大家。

值得注意的是，在关注名家的艺术研究资料的同时，也有少量小众化的、风格独特的画家谈艺录，例如李运亨、张圣洁、闫立君编注《陈师曾画论》、邓见宽编《姚茫父画论》、饶宗颐著《澄心论萃》等。这些资料是目前关于这些画家艺术理论的少数文本，因而显得更加珍贵。

画家研究中还有一类是后人的研究资料，这些研究资料可分为回忆文章、美术评论、会议论文等。这些研究资料出版时间差异较大，结论也各有不同。读这些研究资料，除了可以考察不同时代对画家的评价变化，同时也可以看出画家在艺术史上的地位变化。在这些研究资料中，书画史的专章评论占据一定的比例，还有一些是单独的文集或会议集。从绘画史的角度评价书画家创作的例证很多，李铸晋、万青力著《中国现代绘画史》（晚清之部）从地域的角度讲述中国现代绘画风格的流变，在介绍了北京、上海、广州、台湾等地区绘画的整体特征后，重点分析了北京地区的陈师曾、齐白石、黄宾虹，上海地区的吴昌硕、吴湖帆、余绍宋、潘天寿，岭南画派的高剑父、高奇峰、陈树人等画家的绘画风格。

后人编写的各类研究资料包括书信集，如谢定伟编《谢稚柳书信集》；纪念文集，如中国人民政治协商会议全国委员会文史资料研究委员会编《回忆徐悲鸿专辑》；研究论文集，如平湖市李叔同纪念馆编《高山仰止——李叔同人格与艺术学术研讨会论文集》；年谱长编，如王国恩编《"医林怪杰"——宋大仁学术年谱长编（1907—1985）》等。以周义编选的《冼玉清研究论文集》为例，这本研究论文集除了介绍冼玉清的学术成就外，许多冼教授的学生、同事回忆了与她的交往、就学的经历。冼教授为人低调、不善交际，这与她诗词中清新雅致的风格有些不同，如果不阅读相关研究资料是无法完整把握其人格个性的。还有一类是他人的回忆录，这一类著作以郑逸梅、陈巨来的著作最为典型，郑逸梅的《艺林散叶》《艺林散叶续编》、陈巨来的《安持人物琐忆》、斯舜威的《百年画坛钩沉》等是了解民国时期画家性格和嗜好的一手材料。

上述这些编著大部分以论文合集的形式出版，也有少部分是个人研究专辑，例如马明宸的《借山煮画——齐白石的人生与艺术》。作者从两个方面来分析齐白石的研究：人生与艺术。从人生方面而言，齐白石生前好友众多，以书画为媒，齐白石与艺术同行陈师曾、胡佩衡、徐悲鸿、梅兰芳等皆有良好的互动，亦师亦友相互切磋书画技艺；从艺术方面而言，齐白石除了书画之外，在诗歌、散文、篆刻、艺术理论方面亦有较大成就。作者谈史论诗，从小事入手为读者解读了生活化的齐白石。

以上从四个方面列举了现代中国书画家旧体诗词的研究资料现状。综上所述，梳理现代画家的旧体诗词研究状况，不仅考虑的是诗词传统的现代传承问题，还有文学与绘画之间的跨学科研究问题。这对于扩展现代文学学者的学术研究视野，加深对现代文学学科属性的理解有一定的帮助。

三、研究思路与研究方法

画家的旧体诗词与其他群体的诗词创作有相同之处,也有不同之处。相同之处在于诗词写作的基本规律和常见题材的使用上。画家诗词作为艺术家诗词的一部分,与书法家诗词、篆刻家诗词在写作技巧上没有太大的差异。平仄韵律、五七言格式上都基本一致。画家诗词中常见的纪游、酬唱、咏物、咏史类题材在其他群体的诗人中也是常见题材。不同之处在于,画家诗词中特有的绘画意识和绘画思维,这在其他群体的诗人中却鲜有呈现。画家诗词中一个大的类别——题画诗是画家诗词中较为独特的类型,它继承的是"诗画一律"的美学传统,体现为诗画呼应、诗画互补的关系。画家诗词中的纪游诗与普通纪游诗相比,诗词中处处可见画家的行走轨迹,这对于探寻画家的游历经历如何影响了他们的绘画创作具有参考价值。画家的纪游诗中有强烈的视觉思维,对色彩、形象和线条的把握上更加敏感和准确。此外,画家诗词还有大量的谈艺诗,借助诗歌表达对书法、绘画及诗词的看法,许多画家谙熟画史,对中国画史上画派及代表人物有独到的见解和判断。因此,借助谈艺诗可以窥探其美术史观和美学倾向,这样的谈艺诗与长篇大论式的谈艺录或访谈录相比,三言两语的表述风格显得更加精粹和直接。

不难看出,画家诗词的研究方法和研究思路除了诗词研究的基本规律,还有这一群体诗词的特殊之处。具体而言,现代中国画家诗词主要采取以下两种研究方法。

1. 社会历史学研究法。研究他们的诗词创作状况,最主要的是了解其社会历史背景。在了解作家背景、搜集相关资料之前,首先需要界定什么是画家?画家指的是作画的人。这一概念看似简单,其实有不同的分类方法。中国历史上一直有院体画家和文人画家的区别,实则这两类画家的区别在于职业化和非职业化。在具体界定画家这一概念时,本书采用了较宽泛的概念，既包括了职业画家群体，也包括了文人画家群体。现代以来，职业画家群体由于机构建制的变迁，大量美术专业院校的建立，使得大量的画家在这些美术机构担任教职，成为职业化的画家。例如1918年成立的北平美专，全名国立北平美术专门学校，郑锦、林风眠、徐悲鸿等都曾任教于此。1928年蔡元培在浙江杭州又创办了国立艺术院，国立艺术院又被称为杭州艺专，即中国美术学院的前身，潘天寿、齐白石等名家均曾在此任教。除了这两个专业美术教育院校外，还有国立中央大学艺术系、北平大学艺术学院等综合性大学的美术院系，这些现代教育机构的设立，使得画家在追求画艺创新、寻求东西方绘画艺术的融合以及人格精神的相对独立方面有了栖息之地。更多的画家仍然属于文人画家的范畴，他们分别从事各种职业。例如徐世昌为袁世凯的智囊，曾担任民国总统，两人一文一武把控北洋政府的军事和行政权力。退隐后，徐世昌寄情书画的同时也创作了大量的诗词，可见其文人画家身份。又如李瑞清曾任两江优级师范学堂监督，他除了绘画外，更以书法名世，其书仿古碑风格，以颤笔入书独成面貌。他作为民国时期海上画坛巨擘，当之无愧是中国近现代美术教育的奠基人。像这样的文人画家的例子还有很多，在具体研究的过程中他们均被纳入了研究视野，在材料搜集上给予重视。

　　实际上，规范画家概念的定义、了解不同画家生平资料的过程，也是逐步熟悉其艺术创作的过程。社会历史研究法不是简单抽象地重复现代宏观历史，而是试图了解不同画家在大的历史背景下个人成长的经历，认知其思想成熟的过程及艺术创作的成就。如果将社会史比作"大历史"的话，那么个人史就是"小历史"。"小历史"除了具有"大历史"的共性特征外，还常常存在个体性差异。这些差异往往带有鲜明的个人特征，与各自的成长经历相关，这些个人特征在研究过程中往往最具吸引力。人文学科关注的是个体表现，画家群体在长期的艺术浸染和艺术创新氛围影响下，存在较大的个体差异。例如现代史上发生了两次政权更替，分别建立了中华民国和中华人民共和国,画家群体会出现保守与革新、抵抗与欢迎的态度差异。此外,20世纪最为突出的特征就是工业变革,不同画家的态度也有所差异,大多数画家抱有开放认可的态度,也有少部分画家更留恋传统,这也直接体现在画家群体的美术创作和诗词创作上。由此可见,使用社会历史研究方法能够在时代背景下凸显画家的个性,从而能够更加全面地认知画家群体。

2. 艺术制度研究法。如果说社会历史学研究法从社会背景入手的话,那么考察中国现代画坛制度变迁,以及对于现代中国画坛的影响则更加注重制度变革的影响。现代中国画坛在一百年的发展历程中经历三次组织制度的变化,即雅集;社团;协会、团体与高校画院三位一体。[①] 雅集是现代美术组织的第一阶段。这种组织模式主要目的是以艺会友、畅叙情感和切磋学术,成员之间没有明显的权力等级差异,由于组织较为松散,缺乏统一的艺术纲领。清末雅集类绘画组织主要有吾园书画集会、小蓬莱书画集会、华阳道院书画集会、吴友如画室等。从这些雅集组织成立的地点看,除了金陵画社、松筠画社以及华阳道院书画集会等少数组织外,主要雅集组织都集中于上海一带。现代初期的绘画组织继承了晚清的雅集模式,值得一提的雅集组织主要有吴昌硕参与的西泠消寒社、余绍宋组织的宣南画社和东皋社、经亨颐组织的寒之友画会等组织。

社团是现代美术组织的第二阶段。与雅集相似的是,绘画社团也是以相似的艺术主张和创作理念为组织前提;与雅集相异的是,社团的艺术主张更加明确、组织性更强。现代绘画社团的发展以1937年为界大致可分为两个阶段:前期主要为了应对西方美术思潮的冲击,以整理国故、弘扬传统艺术为己任;后期则因为民族的危难加深,社团的组织性更为明显。前者的美术组织如1920年由金城等人组织发起的中国画学研究会、1922年由钱病

[①] 参见叶澜涛《论中国现代美术组织的发展历程——以现代画家诗人的诗词创作为视角》,《文化艺术研究》2020年第1期。

鹤发起组织的上海书画会、1923年由吴法鼎组织创办的古艺术保存会。现代绘画社团从1930年成立中国左翼美术家联盟开始，左倾的美术社团不断增多。1930年由胡蛮发起组织的北平普罗画工同盟、1931年由许幸之等发起组织的苏州左翼美术家联盟、1933年由蔡乾发起组织的工农美术社等都是20世纪30年代前期重要的左翼美术社团。1937年随着抗战形势的日趋严峻，左翼美术社团数量激增。仅1937年在上海就成立了上海漫画界救亡协会、救亡漫画宣传队，在长沙成立了湖南抗敌画会，在广州成立了华南绘画界救亡协会等社团组织。美术社团在20世纪30年代后期的左翼化倾向，一方面使美术组织在应对民族危机、发动群众上最大可能地组织化，另一方面也使原本较为松散，强调画家性灵抒发的组织系统更加严密。据许志浩在《中国美术社团漫录》中提供的数据，从清初至1949年新中国成立，一共存在过341个美术社团。[①]

中华人民共和国成立后，中国共产党为加强美术界的统一领导和管理，1949年在北京成立了全国美术工作者协会，徐悲鸿为首任主席。1953年，全国美术工作者协会改称中国美术家协会（简称中国美协）。在1949—1978年，曾两次召开会员大会，讨论协会组织和创作风格等问题。1979年后，中国美协迎来了快速发展时期，不仅下属机构增多，而且会员人数也扩充不少。目前为止，美协下属各专业艺委会包括版画艺委会、壁画艺委会、漫画艺委会、水彩画艺委会、漆画艺委会等14个分支机构，国家级会员超20000人。[②]中国美协在各省市均有分会，各省市分会作为美协的地区组织，在团结同行、发掘新人、组织美展等方面发挥了积极作用。可以说，从组织的广泛性和有序性而言，美协的成立打破了民国时期社团交流方式的地域性和排他性，而且在组织章程上也更加严密。这一点在解放后的画家诗词

---

① 参见许志浩《编写略列》，载许志浩编著《中国美术社团漫录》，上海书画出版社1994年版，第1页。
② 参见中国美术家协会官网简介。

中也得到体现，如李圣和、宋亦英晚年就有不少参加美协、诗会组织活动的诗词。除了以美术协会的形式吸收各种优秀美术人才，高校在美术教育和美术人才培养方面也贡献颇丰。新中国成立后，国家对一批拥有较好师资基础和教学资源的高校进行了合并改造，成立了以中央美术学院和中国美术学院为中心的九大美院体系。除了完成美术院校布局之外，各地还先后成立一批画院，如1957年成立的北京中国画院（今北京画院）和江苏省国画院，1959年成立的广州国画院（今广东画院），1960年成立的上海中国画院等。截至2003年，全国先后成立了34个省级画院。①

通过对现代中国画人的社会历史研究及组织制度研究，可以从不同侧面理解画家诗词的影响因素，这对于梳理其发展脉络、描绘其基本面貌大有裨益。现代画家诗人正是在时代变革的环境下，通过诗词书画等艺术创作反映时代变迁，这些诗词是画家群体精神成长的文化载体，他们用自己的方式承担着拯救民族危亡、实现民族复兴的使命。画家群体在现代中国的美术教育和艺术革新中举足轻重，他们在用绘画描绘生活的同时也不断提升着民众的艺术感受力。蔡元培、鲁迅先生早在20世纪初就提出"以美育代宗教""文章为美术之一"的思想，蔡元培在《赖斐尔》《对于教育方针之意见》《教育独立议》《以美育代宗教》《美育代宗教》等文章中反复强调这一观点，而鲁迅在《拟播布美术意见书》中将美术视为文艺运动的重要方式。之所以蔡元培、鲁迅等新文化运动的先驱认为应当用"美育代宗教"，正是看到中国由于缺乏宗教传统容易出现世俗气和市侩气，美术教育可补救之。这一思想当时提出就具有时代意义，现在看来仍具有现实价值。

通过研究一代代画家的艺术实践，无论是其画作、诗作乃至书作、印作，均可以感受到他们对于艺术创新、中西艺术调和等问题上作出的卓越努力。无论是对中国画"神""韵""意""气"的追求，还是对西方古典主义、

---

① 参见王芳《建国以来官办画院情状探查》，《中国美术》2015年第1期。

印象主义、表现主义等不同风格的模仿,无论采用长短句还是律诗绝句,都寄寓了画家们对书画、对生活真善美的追求。

对现代画家诗词进行研究首先要考虑其分期问题,这涉及如何确定现代画家诗词的时间起点。有学者明确提出"二十世纪诗词史"的概念,例如马大勇教授曾撰文《"二十世纪诗词史"之构想》《20世纪旧体诗词研究的回望与前瞻》试图阐释"二十世纪诗词史"的内涵。[1] 当我们回顾现代中国画家诗词一百多年的历史沿革,并将之作为一个整体来进行研究时,很难简单将研究对象界定为在20世纪的范畴内,因而将这一阶段的画家诗词称之为"20世纪画家旧体诗词史略"并不合适。现代画家诗词与现代新诗或现代小说等文体有所不同,画家诗词并不是一种"传统的发明"[2],中国古代已有大量的画家诗人和画家诗词史研究。实际上,现代画家诗词应该更确切地称之为"现代背景下的画家诗词"。

民国作为现代旧体诗词的断代节点更显适宜。李遇春教授在《中国现代旧体诗词编年史》中明确提出以1912年为界,"叙录之史实,时间上以中华民国肇建至中华人民共和国成立为断"[3]。该书沿用此分期法。之所以将1912年作为现代画家诗词的起点,除参照现有研究成果外,还涉及其他考量。现代中国画家旧体诗词史涉及三重概念:现代文学史、现代美术史及现代诗词史,究竟以何为标准是一个值得深入思考的问题。按照现代文学史的断代,应该以1919年"五四新文化运动"为界,此无须赘言。若以现代美术史的标准,似乎也应该断代在1919年。潘公凯在《中国现代美术之路》中就将近现代美术的断代划分在1919年,视为中国现代美术的开端。[4] 当

---

[1] 参见马大勇《"二十世纪诗词史"之构想》,《文学评论》2007年第5期;马大勇《20世纪旧体诗词研究的回望与前瞻》,《文学评论》2011年第6期。
[2] 这里借用英国学者E.霍布斯鲍姆和T.兰格在《传统的发明》(顾杭、庞冠群译,译林出版社2004年版,第1—16页)中关于"传统的发明"的概念。
[3] 李遇春主编:《中国现代旧体诗词编年史》,人民出版社2021年版,第1页。
[4] 参见潘公凯《中国现代美术之路》,北京大学出版社2012年版,第213页。

然，也有人持有不同观点。潘耀昌在《中国近现代美术史》中就将民国作为区分近代和现代的分界点。[①] 陈池瑜则认为"中国现代文化思想及其艺术思想，美术观念的现代形态在 20 世纪初已经开始出现……中国现代思想史、文化史及艺术史可以从 20 世纪初写起，而不应局限于五四运动"[②]。这从美术学的角度呼应了王德威在《被压抑的现代性》中提出的"没有晚清，何来五四"的观点。然而，现代中国画家旧体诗词的断代究竟是随现代文学史，还是从现代美术史？其实，现代中国画家旧体诗词不应该简单比附前两者，而应该顺应现代旧体诗词的断代共识。从目前研究成果而言，现代旧体诗词的断代存在一定的争议，因此对现代画家诗词的起点设置为 1912 年，可视为学术之探索。可为类比的是，即使共识度最高的中国现代文学史，其通行本教材上限也在发生上移。朱栋霖、朱晓进、吴义勤编著的《中国现代文学史》不同版次之间的时间点各有不同，第一、二、三版定在 1917 年，第四版定在 1915 年，可见 1915 年、1917 年或者 1919 年并非决然不可更改的定论。张福贵等在《文学史的命名与文学史观的反思》中也借助"民国文学"这一概念反思中国现当代文学学科中文学史的命名与文学史观。

理解了现代画家诗词的上限后，紧接着是如何理解下限问题。从"现代背景下的画家诗词"这一逻辑出发，时间的下限自然可以延伸至当下，因为当下工业化及后工业化进程并未完结。由此可见，"现代背景"中"现代"除去时间标识功能，更多地体现为价值取向，由此不难理解文体与时间之间的相对关系。当然，将下限时间一直延伸到当下也是参考了通行的现代文学史教材如朱栋霖、朱晓进、吴义勤主编的《中国现代文学史》（第四版）的做法。

简言之，现代中国画家旧体诗词史是中国现代旧体诗词史的分支研究，

---

① 参见潘耀昌《中国近现代美术史》（修订版），北京大学出版社 2009 年版，第 185 页。
② 陈池瑜：《中国现代美术学史》，黑龙江美术出版社 2000 年版，第 13 页。

与中国现代新文学史、中国现代美术史存在交叉但互不隶属的关系。因此，研究者在对现代画家旧体诗词史进行断代时，更多地应该参考现代旧体诗词史的标准，而非简单地比附前两者。民国之建立标志着中国完成了从"帝国"到"民族国家"的过渡，现代性在政治层面已经开始起步，文化层面上则要等到新文化运动的到来。将"现代"置于"中国"之前来命名画家旧体诗词，就是希望从现代性的角度来认知画家诗词的转折。废除科举，彻底截断了士人阶层借助科举制完成阶层晋升的路径，与之捆绑的文化载体——诗词受到了巨大冲击。诗词巨塔崩塌的第一块砖石始于这一时间，而迎来新文体的曙光则要等到数年后《狂人日记》的出现。因此，从这一推论出发，将现代画家旧体诗词的起点上溯至1912年从逻辑上是能够成立的。此推论如有不当，还请各位方家指正。

第一章 现代中国画家旧体诗词的创作历程

现代旧体诗词在"五四"以来的发展并非一帆风顺。由于诗词在发展过程中形成了独具特色的民族形式和语言风格,因而诗词长期以来被视为民族文化心理结构中重要的组成部分。在古代中国,诗词不但是士人阶层彰显文化修养的文学形式,更是官僚选拔过程中重要的考试手段。中国社会漫长的封建文明史,使得诗词在不断完善发展的历史进程中逐渐演变成稳定的价值认同和社会心理,形成了文化心理上的"超稳定结构"。[①] 虽然,中国古代朝代更迭频繁,但价值主体和构成方式并未发生根本变化。因此,处于核心地位的诗词一直以来都稳定地成为文学乃至文化的主要形式。

　　这一"超稳定结构"直到近代才被打破。诗词核心地位的破坏,一方面固然是因为强势的外来文化冲击,但另一方面也是文学自身演变的结果。晚清以来,各类题材的诗词都不约而同地进入总结时期,这说明诗词发展到该阶段遇到了形式上的瓶颈和制约。"五四"的文化主将在试图进行文化革新时首先将诗词作为标靶,正是看中了诗词在古典文化中的象征功能及文化心理建构中的特殊位置。因此,当胡适在《文学改良刍议》中提出的"八不主义"作为文学改良的建议时,"不用典""不讲对仗"等内容实际上主要针对的是诗词。稍后胡适又发表《建设的文学革命论》,针对诗词的改革建议更加具体,如"不用套语烂调""不重对偶,文须废骈,诗须废律""不摹仿古人"等。诗词从此被作为旧式的文化符号,冠以"旧体诗词"的名号。冠名即评价,在追求文化自强、逐新厌旧的激进时代,诗词背负了沉重的文化道德,一下子从桂冠地位跌落下来。

---

① 参见金观涛、刘青峰《兴盛与危机:论中国社会超稳定结构》,法律出版社2011年版,第219—226页。

由于文化语境的变化，现代旧体诗词的发展历程并不平坦。现代中国文学之所以被命名为"现代"，其中就已经包含立场选择和价值判断。20世纪90年代以来，主张新文学立场的学者反对旧体诗词的理由之一便是现代中国文学史是新文学的历史，旧体诗词作为传统文学形式并不符合这一标准。① 然而，旧体诗词在一百多年的发展演变中创作一直没有中断。值得回味的是，每当民族危急或内部动荡时刻，人们仍然习惯借用旧体诗词表达内心的感情和愁绪，抗战时期和"文革"结束后诗词都经历了繁盛阶段即是证明。这说明现代旧体诗词在文化建构和民族感召方面仍具有特殊的价值和意义。

现代画家诗人群体是现代旧体诗人群体的重要组成部分。胡迎建在《民国旧体诗史稿》中梳理民国诗人群体时就将书画家作为与学者、政治家、新文学家并列的旧体诗人群体。② 而李遇春在《中国现当代旧体诗词平议》一文中更是明确地将现代书画家旧体诗人群体作为现代旧体诗人五大群体之一。③ 由此可见，画家诗人群体是现代旧体诗人群体中重要的组成部分。

现代画家旧体诗词从新文化运动开始，经历一百多年的发展。这一百多年的发展过程大致可分为四个阶段：第一阶段为变革期，这一时期主要是新旧诗歌形态的激烈碰撞，画家诗人的诗词也呈现出新旧共同的面貌；第二

---

① 20世纪90年代以来，关于"旧体诗词是否应该入史"发生了激烈的争辩。赞成入史和反对入史者皆阐明了理由和立场。持赞成立场的以钱理群的《论现代新诗与现代旧体诗的关系》（《诗探索》1999年第2期）、黄修己的《现代旧体诗词应入文学史说》（《粤海风》2001年第3期）、李遇春的《学科权力与"旧体诗词"的命运——中国现当代旧体诗词研究札记》（《文艺争鸣》2014年第1期）等为代表；持反对立场的以王富仁的《当前中国现代文学研究中的若干问题》（《中国现代文学研究丛刊》1996年第2期）、王泽龙的《关于现代旧体诗词的入史问题》（《文学评论》2007年第5期）、陈国恩的《时势变迁与现代人的古典诗词入史》（《博览群书》2009年第5期）等为代表。
② 参见胡迎建《民国旧体诗史稿》，江西人民出版社2005年版，第1页。
③ 参见李遇春《中国现当代旧体诗词平议》，《创作与评论》2014年第10期。

阶段是深化期，这一时期随着民族矛盾的不断加深，画家诗词中战乱与忧患成为时代主题；第三阶段是转折期，这一时期随着新政权的建立，画家诗人群体面临分化和选择，合唱型和私语型的画家诗人均有诗作，部分画家诗人走向海外；第四阶段是复苏期，这一时期随着传统文化的复兴及社会逐渐多元发展，画家诗人群体也逐渐恢复壮大。

第一节 变革期（1912—1936）：传统与现代

辛亥革命的胜利、帝制的崩溃意味着古典诗词政治基础的瓦解。1912年无疑是现代旧体诗词的起点，从这一节点算起现代中国画家诗词已走过了一百多年的历程。众所周知，中国绘画在从传统走向现代的过程中发生了重大转变。晚清民国鼎革之际，由于政权变动和经济环境的变化，晚清画坛在向民国画坛蜕变的过程中，如同其他众多领域一样，也呈现出传统与现代的激烈交锋与深度融合的态势。虽然有的偏重坚守传统的民族画风，有的偏重探索现代画法，但无不在深层次上受到彼此的交互影响，从而体现出传统与现代的对话趋势。从1912年中华民国建立至1936年抗战全面爆发前夕是现代文化奠基时期，其中以五四新文化运动为历史关捩，这一时期现代中国的文学艺术不断受到西方现代文艺思潮的影响，现代中国绘画也不例外。

在晚清画坛向民国画坛过渡的历程中，吴昌硕是具有节点意义的人物，他标志着这一转变的开始。"在这种新旧交替的历史背景下，吴昌硕成为一个对于传统中国文化的继承和创新的关键人物。吴昌硕是金石画风从晚清过渡到民国的主要继承者。在当时的上海画坛，其地位与影响力没有人能与之相比。"[1] 以他为代表的一批近现代中国画家开始了从传统向现代的中国绘画艺术转型。由于这批画家既是水墨丹青的艺术圣手，同时也是擅长诗词吟咏的文学高手，故而在他们的笔下出现了诗画俱工的佳境。不难想见，在这批

---

[1] 李铸晋、万青力：《中国现代绘画史》（民国之部），文汇出版社2003年版，第21页。

置身于传统向现代转型背景下的画家旧体诗词创作中,同样也会不同程度地折射着变革时代的艺术之光。一般而言,我们习惯于将民国初期的画坛划分为传统派和革新派,这两类画家的旧体诗词创作在现代转型过程中呈现出不同程度的新旧杂糅色彩。概而言之,这一时期传统派画坛诗人主要由三类人群构成:旧式职业画家诗人、旧式官僚身份的画家诗人和旧式文人身份的画家诗人。

一、民国初期传统派画家诗人

(一)旧式职业画家诗人

所谓旧式职业画家诗人指的是在文艺观念和绘画背景上偏于传统、职业化程度较高的画家诗人,代表人物有吴昌硕、齐白石、黄宾虹等。吴昌硕(1844—1927),又署仓石、苍石,浙江孝丰(今属安吉)人。他八十四年的人生,基本上是在动乱、贫困中度过的,直到晚年才过上安定的生活。从他一生的轨迹来看,大致可分为三个阶段:28岁以前为早期,29岁至59岁为中期,60岁以后为晚期。[1] 他早年就读私塾、学习诗文的经历,与许多同龄少年相比并无差异。对他早年生活产生重大影响的是太平军攻占江浙。战乱中只有他与父亲幸存,并且父子失散。由于失去经济来源,他沦为难民。经历了近五年的流亡生涯,他终于在21岁和父亲团聚。这一段不平凡的经历给吴昌硕造成了巨大的伤害,同时也磨炼了他坚忍的性格。在《缶庐诗》自序中,他这样描绘自己开始作诗的起因:"予幼失学,复遭离乱,乱定,奔走衣食,学愈荒矣。然大雅宏达,不肯薄视予,恒语以诗,心怦怦动。"[2] "大雅宏达""心怦怦动",虽寥寥数语,然而可见出吴昌硕对于诗文、

---

[1] 参见梅墨生编著《吴昌硕》,河北教育出版社2002年版,第4页。
[2] 吴昌硕:《〈缶庐诗〉自序》,载《吴昌硕诗集》,漓江出版社2012年版,第3页。

学问始终心怀敬畏之心，虔诚地向古人、大雅学习。吴昌硕的早期诗作以纪游为主，诗风朴素自然，可见其学艺期的稚嫩。吴昌硕始终认同自己的诗人身份，沈曾植也认为他的书画与诗词创作相得益彰，"翁书画奇气发于诗，篆刻朴古自金文，其结构之华离杳渺，抑未尝无资于诗者也"[1]。晚年吴昌硕画名鼎盛时，常应友朋相邀赋诗题画。在诸多题画诗中，吴昌硕对梅石特别偏爱。[2] 他曾在题画诗《品研图为石友》中自称"大聋平生癖金石，虽处两地精神通"。又有诗《红梅、水仙、石头，吾谓之三友，静中相对，无势利心，无机械心，形迹两忘，超然尘垢之外。世有此嘉客，焉得不揖之上坐。和碧调丹，以写其真，歌雅什以赠之》云"梅花彩霞光，水仙苍玉色。东风开南轩，坐以赏元日。谁谓石头顽，胜景非其匹。大块春蓬蓬，容我一官虱"。诗人以梅石为友，慕其人格高洁，尾句不惮于自我嘲弄，颇见洒脱个性。1925 年诗人八十二岁生辰时，曾作诗《生日画梅》，《其一》云"槎云拏鼙笔寥寥，一树寒香万劫跳。尔意飞腾吾矍矍，得朋同寿且今朝"。晚年吴昌硕在题画诗中所表现出对梅花的偏爱，说明他即使身处现代商业氛围浓厚的沪上画坛中仍注重保持高洁的品性和高蹈的趣味，所以他的题画诗中的梅石意象不仅是他内心坚守的古典文化人格的艺术投影，而且还是他展示自己现代人格独立意识的艺术载体。

齐白石（1864—1957），字渭清，号白石、白石山翁等，祖籍安徽宿州砀山，湖南湘潭人。齐白石青年时期一直注重积累诗艺和画技，1910 年结束"五出五归"远游生活后，齐白石再次山居专攻诗画。[3] 乡野幽居期间他整理自己的诗稿并结集为《借山吟馆诗草》。樊增祥评价其诗，"凡此等诗，

---

[1] 沈曾植：《〈缶庐集〉序》，载吴昌硕《吴昌硕诗集》，漓江出版社 2012 年版，第 244 页。
[2] 参见夏中义《〈缶庐别存〉与梅石写意的人文性——兼论吴昌硕的"道艺"气象暨价值自圆》，《文艺研究》2013 年第 12 期。
[3] 参见马明宸《借山煮画——齐白石的人生与艺术》，广西美术出版社 2013 年版，第 45 页。

看似寻常，皆从剑心鉥肝而出"①，实为知己之言。1917年迁居北京后，齐白石在画法上迎来了"衰年变法"，诗艺也进步明显。他定居北京后的诗作主要以题画诗和怀乡诗为主，他的题画诗和怀乡诗皆野趣盎然，从中不难看出他对于乡村生活的热爱和眷恋。如《画蝉》借秋蝉寄托思乡之情，诗云"好饮潇湘水一瓢，因何年老喜游遨。借山不是全萧索，犹有残蝉咽乱蕉"。而《家书谓小圃必荒，吾闻之，恨不出家》更是袒露出身居异乡的齐白石对于家乡的想念，诗云"年来小圃芋凋零，每到秋来草更深。我欲出家从佛去，不妨人笑第三乘"。这种故乡情结浓烈得几乎无法排解，故而诗人希望以出家来压抑内心的乡思之情。梅墨生评价齐白石的这类诗作"以情以趣，乃生乃活，不落俗套，有感而发"②。确实，齐白石的题画诗和怀乡诗大都率性而为，既流露了狂放不羁的古典情怀，也充溢着卓然独立的现代意识。

黄宾虹的早年经历与一般士人并无差异。黄宾虹（1865—1955），字朴存，号宾虹，别署予向，浙江金华人。黄宾虹少年早慧，天性爱画，启蒙教材也是《芥子园画谱》。17岁时考中秀才，让从事商贾的父亲看到了希望。在家族生意失败、家道中落、兄弟皆辍学的情况下，父亲仍然保证其继续读书，恐怕也是希望他能有所成就。然而，黄宾虹志不在仕途。20岁初游黄山、白岳等地，以书画纪游。23岁，应试补廪贡生。父亲命他问业于同乡汪宗沂。汪宗沂以治汉学、宋学为本业，兼治经学，属于传统知识分子。黄宾虹师从汪宗沂的经历给他的经史知识打下了良好基础。为帮助家庭脱困，他与父亲一道研究制墨法，这段经历让他对中国的墨有自己深刻的理解和独到的体会。30岁时黄宾虹放弃科举，一心事画。从他的早年经历，我们可以看出他的家庭及他本人初始时均有志于仕途。他除了喜欢绘画外，诗文功底也十分扎实，因家庭原因和个人志趣，放弃了对科举功名的追求，但诗文

---

① 樊增祥：《借山吟馆诗草·题词》，载严昌编《齐白石诗文集》，湖南人民出版社2010年版，第3页。
② 梅墨生：《独到星塘认是家——齐白石老人诗漫议》，《中国书法》2014年第7期。

的影响并没有消失,而是与他的绘画事业紧密结合,成为了解其绘画轨迹的重要材料。黄宾虹酷爱游历,其诗文多以纪游为主,且诗集多以游踪名。潘飞声认为黄宾虹的纪游诗实为心声,"胸次奇气,一发于诗"①。黄氏纪游诗中以桂林和蜀地为题者尤多,《七星岩》描写的是桂林山水的幽奇,诗云"回阑飞蝠风冲竹,绝涧垂虹石漱苔。萧纬杳暝凭秉燎,夜山行尽曙光来"。而《峨眉山》则赞叹蜀地的险绝,"浮青万叠山,一折累千级。悬梯绝壁飞,云房天咫尺"。这类纪游诗明显有绘画思维,堪称以文字作画。除了大量的纪游诗外,黄宾虹的题画诗亦颇有特色。与吴昌硕、齐白石在题画中着意述怀、思乡不同,黄宾虹的题画诗更多地表达了他的各种绘画观念和画学思想。如他在《题画嘉陵山水》中阐明了师法造化的重要性,诗云"秋寒瑟瑟窗牖入,唐人缣楮无真迹。我从何处得粉本?雨淋墙头月移壁"。他还在《题蜀游山水》中对自己的画艺革新做出了形象化的说明,正所谓"沿皴做点三千点,点到山头气韵来。七十客中知此事,嘉陵东下不虚回"。黄氏作画醉心于以点作皴,风格黑亮厚重,这得益于蜀中山水的启示。是故,无论是纪游诗还是题画诗,都体现出黄宾虹"对自然亲证"的艺术理想。②毫无疑问,这既是黄宾虹对中国古典绘画传统的创造性转化,也是他对中国"诗画同源"传统的创新性发展。

(二)旧式官僚身份的画家诗人

这类官员通常兼跨晚清、民国两个时代,有的曾担任过晚清朝廷官职,在民国政府中继续任职;也有的干脆做了遗民不再出仕。这类官员早年大都接受过书画教育,书画是其仕途追求之外怡心养性的手段。这类旧式官僚身份画家有宋伯鲁、徐世昌、夏敬观、钱名山、陈曾寿等。其中,宋伯鲁、徐

---

① 潘飞声:《宾虹诗草序》,载黄宾虹《宾虹诗草》,黄山书社 2013 年版,第 1 页。
② 参见梅墨生《大家不世出——黄宾虹论》,西泠印社出版社 2012 年版,第 110 页。

世昌、夏敬观属于开明派的旧式官僚。

徐世昌（1855—1939），字卜五，号菊人、弢斋等，晚号水竹邨人，生于河南卫辉，祖籍浙江宁波。徐世昌一生最大的政治成就是担任民国总统。他作为一介儒士、手无兵权，在军阀林立的民国时期能厕身总统一职，成为民初五大总统之一，过人的政治智慧与军阀间良好的平衡关系是其成功要素。徐世昌17岁时因擅书小楷曾担任过县衙的文书和会计等秘书类工作，24岁时曾为淮宁县知事治理文牍，与袁世凯相识。小站练兵，礼聘徐为营务处总办，徐世昌表现出过人的治理能力，深得袁世凯信任。当1918年冯国璋与段祺瑞相持不下、互不相让时，徐世昌被各方接受为民国大总统。他下野后退居天津，寄情书画，这一时期徐世昌创作了大量的诗词书画作品寄托闲情。虽醉心书画不问政务，然而在《海西草堂集》中他仍然流露出为官处世的精明与世故，如《处世》中写道："胜负观棋局，行藏托酒杯。柴门深巷底，无事不须开。"徐世昌因此被人戏称为"中庸"总统。[①] 但徐世昌毕竟一生大节不亏，他的另一绰号"文治总统"也并非浪得虚名，其诗词书画均有较高造诣。从《题画富春山图》中可以看出晚年徐世昌悠闲的诗画生活，诗云"蛰居海滨不出户，日批图籍资游眺。心之所之神为往，寂处能穷天下妙"。他将自己的宅院命名为"退耕堂"，先后辑录《归云楼题画诗》6卷（1924年刊）、《归云楼集》16卷（1927年刊）、《退园题画诗》6卷（1928年刊）、《葵园诗草》4卷（1930年刊）、《海西草堂集》24卷（1932年刊）、《海西草堂题画诗》6卷（1933年刊）、《拣珠录》（1933年刊）。从《海西草堂集》中部分篇目，如《春夜听雨寄根女》《独坐》《雨后看月》《闲吟》《深坐》《幽栖》《闲居》《夜坐》等可知其晚年闲适的生活状态。

与徐世昌一样，在晚清、民国两个政府任职的官僚身份的画家还有夏

---

① 参见郭剑林、王爱云《翰林总统——徐世昌》，吉林文史出版社1995年版，第164页。

敬观。夏敬观（1875—1953），字剑丞，又字盥人，祖籍江西新建，出生于湖南长沙。据《忢庵自记年历》记载，"宣统元年己酉，三月赴苏州。……十一月署理江苏提学使"，宣统元年即1909年出任代理江苏提学使一职。[①]辛亥革命成功后，他曾短暂担任过新政府的官员。由于家庭成员的先后去世，加之倦意仕途，1924年起他闲居上海，专心从事诗文书画。《忍古楼诗》和《忢庵词》为其诗词集。《忍古楼诗》和《忢庵词》分别于1937年和1939年由中华书局出版。夏敬观的诗学观点受传统诗教思想影响很深，他胎息汉魏、含濡六朝，先后整理《汉短箫铙歌注》《〈宋书·乐志〉相和歌十三曲校释》《八代诗评》等，又以唐宋为宗，著有《唐诗说》《梅尧臣诗选注》等，可见其兼容并蓄的诗学观念。他在《忍古楼诗自序》中曾表达过这一观点：

予弱冠时，持诗谒善化皮鹿门先生。先生示以诗教温柔敦厚之旨，且曰"诗义比他经难明，三百篇皆本讽喻。不质直言之，而比兴言之；不言理，而言情；不务胜人，而务感人，此焦里堂《毛诗补疏序》语也，深得诗旨，作者当于斯求之"。予因从先生受《毛诗》笺疏及齐、鲁、韩诗遗说，厥后虽赖以稍明训诂音声之学，然至操笔为诗歌，取汉魏以来名家所著籀读，惟择所喜师之而已。[②]

在诗歌风格上，夏敬观属于同光体诗人。与其他同光体诗人普遍推崇黄山谷不同，夏氏独推梅尧臣。他学梅尧臣有梅诗"以文为诗"的犷硬而

[①] 夏敬观：《忢庵自记年历》，载陈谊《夏敬观年谱》，黄山书社2007年版，第198页。
[②] 夏敬观：《忍古楼诗自序》，载陈谊《夏敬观年谱》，黄山书社2007年版，第248页。

无平淡之意趣。①夏敬观诗少圆滑气，多寒涩气。《服除述哀时方去康桥居徙家静村》是他晚年定居上海回忆平生之作，诗中感叹自己官运不济、命运多舛，"仕宦遭易世，禄养诚区区。所获等干鲊，岂是甘旨需。买园三亩强，筑堂颜晚娱"。夏氏题画诗也在平淡中隐含寒涩之味，与徐世昌的故作清闲截然不同，如《题王石谷所绘龚蘅圃田居图》云"退隐端须值太平，湖山始得事渔耕。披图羡煞田居趣，异世徒深悯悯情"。

属于遗老型官僚画家最典型的是钱名山与陈曾寿。钱名山（1875—1944），名振锽，字梦鲸，号谪星，后更号名山，以号行，江苏常州人。光绪二十九年（1903）进士，策论分析清朝为何在鸦片战争、中法战争、甲午战争失利，主考官给的评语是"行文奇变，用笔豪迈固不待言，尤服其自铸伟词绝不拾人牙慧"②。考中进士后任刑部主事，原本想以此为契机一展抱负的钱名山进入官场却屡屡碰壁，几次上书议政被"留中不发"，父亲逝世前曾告诫钱名山："尔性高疏，当著书名山以老，经世，俗事也，非尔任。"③这使得他心萌退意。光绪三十四年（1908），再次上书议政碰壁后，他愤而挂冠回乡归隐，曾赋小词"可怜一梦十年迟，何处晓风残月酒醒时"④。"原来其时清廷颁布九年立宪令，这词云云，婉而微讽，他的友人吕侠迦赠他出京诗：'如我正甘老岩壑，知君心不在江湖。'"⑤这一时期他创作了许多讽刺时事的诗作，如《马车行》《游学》《万生园》《戏咏七夕》《水

---

① 参见贺国强、魏中林《字字痛刻骨，一洗艳与冶——论同光体诗人夏敬观》，《韶关学院学报（社会科学版）》2006 年第 5 期。
② 《前言：名山先生的一生和他的诗》，载钱名山《钱名山诗词选》，华夏翰林出版社 2010 年版，第 6 页。
③ 《前言：名山先生的一生和他的诗》，载钱名山《钱名山诗词选》，华夏翰林出版社 2010 年版，第 7 页。
④ 郑逸梅：《艺林人物琐记》，西泠印社出版社 2021 年版，第 127 页。
⑤ 郑逸梅：《钱名山书法赈灾》，载郑逸梅《书坛旧闻》，浙江美术学院出版社 1992 年版，第 142 页。

陆》《田家祝辞》《豆渣行》《劝业会》《烟禁急》等,可见其关心国家大事、关心百姓疾苦的赤子之心。在《烟禁急》中,面对晚清鸦片误国的险境,他发出焦急的呐喊,诗云:"鸦烟祸国几百年,中兴天子首禁烟。月复月,年复年。官吏怠,烟禁宽。九州四海烟漫漫,家家户户保平安。年复年,月复月。号令新,烟禁急。上司行文雪片来,县官半夜星驰出。"《刺伊藤》是钱名山听闻曾发动侵华战争的日本首相伊藤博文在哈尔滨被朝鲜爱国人士刺杀后,作此诗控诉日本侵略者的累累罪行,诗云"怨在心,仇在骨。是何狗彘,来入吾室?国为之亡家为灭。使我男为臣,女为妾"。1909年弃官归乡之后,他遵循父训,专心著书立说。这一时期创作了《传我室诗》《快雪轩诗》《谪星诗集》《名山集》《名山文约》《良心书》等十余种著作。此时,他还修葺旧室,开办"寄园"。此后他以"寄园"为讲堂,收徒讲学、不再出仕。二十余年间,"寄园"由最初的五名学童发展到近千人的门徒,著名书画家唐玉虬、谢玉岑、马万里、谢稚柳、钱小山等皆出于此。1932年"寄园"停办,钱名山为此念念不忘。他借《荒园》一诗表达对国家和民族命运的关切之情,寄语沉痛。诗云"荒园独自掩蒿莱,坐看神州化劫灰。梦境太真疑死近,名山有约待春来"。1935年随着时局不断恶化,钱名山在诗词中忍不住开始呐喊,如《金缕曲·题乙亥年郑岳〈超山古梅图〉》云"尘海漫漫兵火下,恰被杜陵收拾。可听得、篇终霹雳"。钱名山晚年虽以诗书画课徒度日,但他始终心系时局和百姓,故被郑逸梅誉为"民族诗人"[①]。

陈曾寿(1878—1949),字仁光,湖北蕲水(今浠水)人。光绪二十九年(1903)进士,官至广东道监察御史。入民国后不仕,民国六年(1917),张勋复辟期间,曾短暂任学部右侍郎,事败而归。民国十四年(1925)赴天津追随溥仪,任婉容的师傅。后又跟随溥仪至长春。1937年南

---

① 郑逸梅:《民族诗人钱名山》,载钱名山《钱名山诗词选》,华夏翰林出版社2010年版,第136页。

归，不再出关。从其人生轨迹来看，他属于典型的遗老型官员。叶嘉莹曾指出陈曾寿词有明显的遗民心态。[①] 退隐后的陈曾寿筑室于杭州，专心诗文书画创作。汪辟疆的《光宣诗坛点将录》评价陈曾寿的诗"抗手诗雄只二陈"[②]。从诗歌风格上而言，陈曾寿主要学习黄庭坚、陈师道和李义山。除了《读山谷"忍持芭蕉身，多负牛羊债"云云》《予诗学山谷，画师子久，两事皆不成，戏成此诗》等借诗词表露他对于黄庭坚喜爱之情外，更直接表明"予诗学山谷"。陈曾寿受黄庭坚影响除了诗品，更仰慕其人品。陈曾寿的诗风也深受陶渊明的影响，诗集中随处可见对菊花意象的赞颂之情。在《至邻圃视寄养菊花已出蓓蕾喜赋》《述菊》《洗心阁中菊花开时，复园来住一月，将别为诗四首》等反复出现菊花意象。"菊"与陶渊明之间的隐喻关系在中国传统诗词中不言自明，陶渊明的人生经历也深刻影响了他甘做遗民的人生选择。

　　陈曾寿对于清廷忠心耿耿，因而诗词中始终充斥着"忠愤之情"[③]。早在清廷任职期间，他在《甲辰岁日本观油画庚子之役感近事作》中即忧心于清廷危如累卵的时局。《辛亥八月十一日生日感赋》云"徒负生平友与师，心惭地下倘能知。积愁自笑蜉蝣世，逐序空吟草木诗"。陈曾寿还推崇晚唐诗人韩偓，曾为韩偓绘有画像，有所谓"冬郎情结"[④]。他推崇韩偓绝非单纯诗艺的崇尚而是伤心人别有怀抱。正如《秋夜对瓶荷一枝，雨声淙淙，偶题冬郎小像二首》（其一）中所云"为爱冬郎绝妙词，平生不薄晚唐诗"。韩偓是唐遗民，唐亡后其诗风衰飒，喜作秋声，象征着大唐帝国的没落与黄昏。陈

[①] 叶嘉莹2009年曾在台湾大学做过《陈曾寿词中的遗民心态》专题讲座。另有石任之的《冬郎情结岂香奁——论近代诗人陈曾寿的遗民心态》（《文学与文化》2014年第2期）也论述过这一问题。

[②] 汪辟疆：《光宣诗坛点将录笺证》，中华书局2008年版，第146页。

[③] 钱仲联：《前言》，载陈曾寿《苍虬阁诗集》，上海古籍出版社2012年版，第2页。

[④] 石任之：《冬郎情结岂香奁——论近代诗人陈曾寿的遗民心态》，《文学与文化》2014年第2期。

曾寿对韩偓诗风的追慕，其实隐含着他内心浓重的晚清遗民情结，他为清王朝的崩溃而黯然神伤。在《其二》中，陈曾寿甚至以安史之乱后的一代贤相陆贽自比，而将末代皇帝溥仪视作明末清初企图复国的朱三太子，"可怜陆九同文笔，却与朱三共岁年"，这就明显是在为自己内心深处的晚清遗民情结招魂了。与钱名山那种遗老型画家诗人相比，陈曾寿的忠君思想明显落伍，不及前者的民族忧患意识来得博大和深广。也正唯其如此，陈曾寿的题画诗与钱名山的题画诗相比，也就缺少了后者的现代民族国家认同意识。在认知晚清末代士人的遗民情结时，需要注意的是，这种遗民书写带有明显的"表演性"。诗人通过这种文学表演来强化身份认同感，建构"想象的政治主体"。而这种政治主体认同并非坚如磐石、恒定不变，而是在不同的时代语境下不断发生调整与重塑，"'政治主体'而'消极'，构成了一种撕裂、悖谬、惨痛的存在，正是遗民作为'畸人'的写照"[①]。

（三）旧式文人身份的画家诗人

这一类文人身份的画家诗人代表有李瑞清、陈师曾、姚茫父等。这类文人画家大多出生于晚清，受儒家思想影响，无论是人生经历还是家庭观念等方面都表现出传统的一面。这些文人将入仕作为人生追求，寻求修齐治平的儒家理想人格。但由于现代中国社会体制的转型，他们重新寻找到了新的生存方式，以书画教育为职业，不废吟咏。书画对于他们而言，属于文化修养的一部分。即使如此，他们依然取得了较高的艺术成就，他们的书画创作丰富了现代书画艺术的表现形式。

李瑞清（1867—1920），字仲麟，号梅庵、梅痴、阿梅，晚号清道人等，江西抚州人。1894年进士，曾任两江优级师范学堂（南京大学前身）

---

① 潘静如：《末代士人的身份、角色与命运：清遗民文学研究》，社会科学文献出版社2024年版，第350页。

监督。从其前期的人生经历而言，考取功名是李瑞清早期的人生理想。李瑞清出生于江西一个儒家传统浓厚的家庭，父亲李必昌青年时期以军功起家，能书善画且重视子女教育，这对于李瑞清早期教育产生了积极影响。早年的李瑞清热衷仕途，光绪十七年（1891）曾考取举人，因籍贯问题放弃资格。两年后，他再次中举。光绪二十一年（1895）中进士，任翰林院庶吉士。李瑞清打算在仕途上大展宏图，可惜父母的相继离世让丁忧在身的他放弃仕途。父母的离世让李瑞清非常痛心，在《哭寄上人》中写道："烦恼结成地，坠地即离忧。极乐果有国，长逝复何求。四魔正摇忿，六师更相仇。众生湛洪涛，欲渡恐无舟。空令精卫心，莫填沧海流。海亦不可填，地亦不可碎。孰云齐生死，未能泯憎爱。魂兮毋归来，归来徒悲哀。"青年时期，李瑞清曾经有过两次婚姻，但不幸的是两任妻子都相继去世，这给李瑞清不小的打击。他与第一任妻子余梅仙感情甚笃，妻子去世时曾作《春日元配余梅仙墓下作》纪念亡妻。家人的相继离世让李瑞清绝意红尘、束发为道，自号"清道人"，从此以书画为生。李瑞清虽然自身家庭不幸，但家族观念浓重，对于族中尊长或亲友故交总是不吝赞颂之语。《赵仲弢夫子六十寿序》《陈母富太宜人寿序》《喻星斋七十双寿序》《王母洪夫人赞》《曾节母像赞》《简母潘太夫人赞》《丹徒贾母刘泰夫人七十寿颂》均是为族老亲长所作的颂祝赞语。李瑞清的传统知识分子本色除了家庭观念浓重外，同时也表现注重女性贞洁、强调妇德等方面，这显示出其保守的一面。他曾在《曾母刘太夫人建坊颂》《丁烈妇传赞》等诗词中赞扬妻子誓死殉夫的节烈之举，如《丁烈妇传赞》中所赞，"瑛瑛烈妇，髫年识礼。夫病请期，夫亡誓死。义非不生，无天已矣"，说明其传统士大夫本色。

李瑞清对于书画之学深有研究，这从他大量的题画诗和碑帖题跋中可以看出。他在《题大涤子画》中赞扬石涛画作的清谧幽静，"白云横作带，芳草碧如茵。风物最妍和，惜哉非吾春"；在《题陈师曾画册》中赞扬陈师曾画作的疏空致远，"群岩郁嵯峨，楼影落浅濑。松声作龙鸣，冥志入烟霩"。他给不少的碑拓本做过题跋，如《汉石阙拓本跋》《跋汉桂宫镫拓本》《跋朱丙君藏张猛龙碑》《跋王孝禹藏宋拓醴泉铭》等。这些均可看出李瑞清的书画趣味是以传统的文人书画趣味为主的。李瑞清本人精于书法，在现代书法发展历程中是较早的学碑有成就者。篆隶精神是李书的重要特色，字体不为钟繇、王羲之的柔美软美，而以刚健雄浑见长。将书学与为人相结合，强调处世做人要有人格气节，而颤笔入书是其篆隶精神的集中体现。

然而，李瑞清对中国近代美术的最大贡献并非独创的"求篆于金""求分于石"，虽两者皆为李瑞清书学的两大旗帜。他的主要功绩在于为中国现代教育，特别是中国现代美术教育事业做出的贡献。1905—1911年，他任职两江师范学堂监督。在职期间，他亲自倡导师范学堂改革，精简机构，改善组织人事制度，延请名师来校教学；扩大生源数量，严格录取，提高生源质量。不仅如此，他还参照日本高师美术专业，首创国画手工科，课程多由日籍教师担任，从国外直接采买标本仪器、石膏模型等教具。这是我们高等教育设立美术科系的先河，为现代专业美术人才的培养开了先河。图画手工科在5年左右的时间里，先后培养了美术师资69人，张大千、胡小石、吕凤子、姜丹书、经亨颐等书画大家均出自两江师范学堂，可见其美术教育的功绩。

他在《两江优级师范学堂同学录序》中痛感于近代中国教育落后于西方和日本，他寄希望于两江师范学堂——江南最早的师范学堂的师生为拯救国家于危亡而读书，"未有无学而国不亡，有学而国不兴者，故师重焉。师者，所以存亡强弱而致伯王之具也"[①]。1910年，李瑞清在上海又创办留美预科学堂，继续他的教育救国理想，他在《与留美预备学堂诸生书》表明心志："教会本可自送其学生，高等亦原有入大学之资格，是友邦虽有惠爱之心，而我无入学之士，此诚大可痛心者也。于是不避艰险，以蚊负山，创办

[①] 李瑞清：《两江优级师范学堂同学录序》，载李瑞清《清道人遗集》，黄山书社2011年版，第39页。

留美预科于沪上，送一人，即将来救中国多一人之力。"①"送一人，即将来救中国多一人之力"，表达了他明知艰难仍勉力为之的责任和担当。

陈师曾（1876—1923），又名衡恪，号朽道人、槐堂，江西义宁（今属修水）人。曾任职江西教育司，兼任女子高等师范学校、北京高等师范学校、北京美术专门学校教授。陈师曾出身书香之家，祖父陈宝箴曾任湖南巡抚，父亲是晚清著名同光体诗人陈三立，其弟陈隆恪、陈寅恪、陈方恪、陈登恪均能诗。早年祖父和父亲对于陈师曾的教育颇为严苛，因为父亲的引导，陈师曾幼时就受到良好的书画诗文教育。由于祖父和父亲都参加过1898年戊戌变法，因此陈师曾受父辈经世致用思想的影响，曾先后入江南陆师学堂附设的矿务学堂及上海法国教会学校学习。1902年他东渡日本，进入东京弘文学院学习，后入东京高等师范学校攻读博物科，与鲁迅同学。1906年，又认识在此留学的李叔同，成为至交。1909年回国后，陈师曾短暂任职于江西教育司、通州师范学校博物教师等。1913年赴北京，与鲁迅同于教育部任职，并兼任北京高等师范学校教师。1917年，蔡元培成立北京大学画法研究会，聘陈师曾为导师，他因此结识姚华、李毅士、金城、齐白石、汤涤等北平画家，这些画家集一时之盛会聚北平，经常切磋画艺、讨论画学，为京津画派的形成做出了贡献。

陈师曾为人稳重平和，这种性格也体现在书画诗词风格上。在绘画上他强调明心见性的文人画传统，他在《文人画之价值》一文中阐明："旷观古今文人之画，其格局何等谨严，意匠何等精密，下笔何等矜慎，立论何等幽微，学养何等深醇，岂粗心浮气轻妄之辈所能望其肩背哉！但文人画首重精神，不贵形式，故形式有所欠缺而精神优美者，仍不失为文人画。"②这说

---

① 李瑞清：《与留美预备学堂诸生书》，载李瑞清《清道人遗集》，黄山书社2011年版，第37页。
② 陈师曾：《文人画之价值》，载李运亨、张圣洁、闫立君编注《陈师曾画论》，中国书店2008年版，第167—168页。

明陈师曾对文人画价值传统的认同。陈师曾在画法上借鉴了吴昌硕山水画中粗笔、大点、快笔等特点，并将这种风格带到北京，影响了齐白石的画法变革，这是陈师曾在继承传统文人画之外对于现代中国画创新的特殊贡献。整体上而言，他的画作风格偏于保守，然而并不自封。幼年的启蒙教育给他打下了良好的书画基础，但他又受到日本及西洋画派的影响，因而属于认同革新的传统型画家。

在诗词创作上，陈师曾并不简单沿袭家学，而具有个人特色，民国诗评家皆认为他"诗风冲和萧澹，清刚劲上"[1]。汪辟疆在《光宣诗坛点将录》中将他比喻为"地巧星玉臂匠金大坚"[2]，亦认可其诗词成就。陈师曾的诗词大致可分为三个阶段：留日阶段；回国至赴京之前；在京阶段。在留日之前和留日期间，与族亲友朋的唱和之作是这一时期的重要内容，《次韵祖父谢夕厂居士馈梅作》《偶成二诗次韵外舅范肯老》《和陈伯弢丈》《与汪旭初、范彦殊兄弟大森观梅，夜宿晨光阁》等诗中可见其亲友交往是重要的生活内容和诗歌题材，也可看出陈师曾尚宗族、重亲情的家庭观念。陈师曾回国后曾在江西盘桓过两三年，这可视为他的蛰伏期，这一时期他的诗显得较为轻松，多为与故交友朋的畅游之作，如《汪氏兄弟招饮焦山松寥阁，作此酬之》《廖笏堂招饮莫愁湖上，赋此为谢》《同彦彬游通州城南诸山》等。陈师曾作诗的旺盛期是在北京时期。由于北京文人荟萃，书画师友众多，因而这一时期陈师曾显得异常活跃。他与北京文化界的交往沟通成为诗词的重要内容，其中与姚华、汤定之等画家交往尤为密切，如《为姚重光画秋草图并题》《姚重光四十生日，为画山水便面》《题姚重光之长女銮临薛素素兰花卷子》《题姚重光山水画》《同汤定之雪后至江亭》《与汤定之登八达岭古长城

---

[1] 刘经富：《深知身在情长在——陈衡恪的悼亡诗》（代序），载陈衡恪《陈衡恪诗文集》，江西人民出版社2009年版，第10页。

[2] 汪辟疆：《光宣诗坛点将录》，载汪辟疆撰《汪辟疆说近代诗》，上海古籍出版社2001年版，第114页。

最高处》《北京大学画法研究会同人崇效寺赏牡丹》等可见他与姚华（字重光）及北京画坛同人的友谊。《北京大学画法研究会同人崇效寺赏牡丹》是陈师曾任北京画法研究会导师后与同人邀游时所作，诗云"还将春服赏春情，迤逦回车又出城。列坐朋簪期夙诺，频年踪迹笑浮生"。诗中的那份潇洒旷达中明显隐含了浮生的怅惘。除了与画法研究会同人交流外，陈师曾与姚华私交甚笃。他曾多次为姚华画作题诗，如《姚重光四十生日，为画山水便面》云"四十浮沉我似君，不如意事日相闻。何如此老山中住，步出柴门闲看云"。而姚华在陈师曾生前身后也曾多次为其著作撰序，如生前为陈师曾《中国文人画之研究》作序，陈师曾早逝后，又为《陈师曾遗画集》作序《朽画赋》，还为其《染仓室印集》作序，可见其情谊甚笃。[①] 不仅与书画家，他与北京的文艺界关系也保持着较频繁的往来，《吴仲成再婚感而有赠》《和复庵初度感怀》《过映庵夜话》《为陶仲眉画春红洗砚图》《送乔大壮之上海》等可见其与夏敬观、乔大壮等人的交往。正是这些与文艺界的频繁交往，使得陈师曾在京城画坛名重一时。然而可惜的是，他在回乡奔丧途中染疾身死，否则会给北京画坛的发展带来更大影响。

二、新的美术群体质素出现

现代中国画坛除了继承晚清的诗画传统外，还不断涌现出新的质素。这些变化主要体现为留学欧美的西洋绘画人才的归国、现代女性画家群体的出现及具有现代革命倾向的画家的涌现。这些具有不同文化背景和文艺倾向的画家大都雅好诗词创作，而且他们大都不囿于中国传统文化和国画传统的制约，所以无论是致力于中国绘画的技艺革新还是潜心于旧体诗词的新旧交融，他们的文艺旨趣基本上不谋而合。这就使得民国时期的画家诗坛呈现出

---

① 参见邓见宽编《姚茫父画论》，贵州人民出版社1996年版，第29—37页。

新的艺术面貌。不同于传统派画家诗人普遍的文化守成立场，民国的革新派画家诗人大都受到西方现代文化和文艺思潮的深刻影响，他们在整体上拥有现代意识，包括世界视野、民主精神、个性观念、革命情怀、女性意识及叛逆姿态等。虽然民国的传统派画家诗人大都在不同程度上也受到了西方现代意识的熏染，但毋庸讳言，他们在根本上还是"中体西用"论者，他们依旧偏好或固守中国儒道释传统文化体系而不移，尚不能平等地对待中西文化和思想的双向交流与融合，这就在一定程度上限制了传统派画家诗人的诗歌成就。当然，对于民国革新派画家诗人而言，他们的诗词创作更多地具有功利主义的艺术诉求，无论政治意识与商业意识都不同程度地影响了他们的诗词审美意蕴和艺术境界的升华。

（一）西洋画背景的诗人

中西方绘画在历史的长河中一直存在交流，但像现代这样大规模、有组织地派遣画家去西方留学在中外文化交流史上尚属首次。这一时期留学国外，以学习西画为目的，又返回国内进行西方美术教学和传播的著名画家很多，如李铁夫、徐悲鸿、刘海粟、李叔同、苏曼殊、方君璧等。

李铁夫（1869—1952），号昭龙，广东鹤山人。幼年时期在家乡接受诗文、书画启蒙教育。1885年，赴美洲英属加拿大，投靠族叔谋生及求学。1887—1891年，入英国阿灵顿美术学校学习。与此同时，积极参加孙中山在北美组织的民主革命宣传活动和组织工作。稍后，随孙中山加入致公堂（洪门会）。1909年，孙中山由英至美，筹建同盟会纽约分会，李铁夫参与了同盟会成立初期的筹备与成立工作。李铁夫在同盟会纽约分会担任常务书记达6年之久。在积极参与海外革命活动时，李铁夫在专业学习上也取得了不菲的成绩。1913年入美国纽约艺术大学深造，创作的肖像画和雕塑多次获奖。1916年李铁夫加入纽约国际艺术设计学院。同年当选美国画理学会会员，十年间入选画作达到二十一幅之多，被孙中山誉为"东亚画坛第一巨擘"。①1916 年，黄兴归国时还获赠其画作《海滨风景》两幅。孙中山逝世后，李铁夫从美归国，定居于香港。此后一直在香港从事美术教育和美术宣传工作。中华人民共和国成立后，在新政府关怀与照顾下，八旬高龄的李铁夫回到广州，任华南文艺学院名誉教授和华南文联副主席等职。从李铁夫的经历来看，艺术教育和革命活动成为其人生轨迹的两根红线。1930 年之前，李铁夫诗作数量较少。从存世不多的诗作中，仍然可以看到当年的革命活动留下的印记，如《抒怀》(1909)云"楚虽凡三户，足报亡秦仇。少林座中客，浩歌醉江楼。颇疑屠博中，可与共奇谋。惟恨奸不仁，饿殍溢四沟。兼有某负人，无人敢负某。丈夫乐成仁，吊民除国寇。浩气贯长虹，剧演归空够"。是年，同盟会纽约分会成立，孙中山为名誉会长。参与者十五人，李铁夫是重要成员。诗句一开始即借用典故"楚虽三户，可以亡秦"用以鼓励在座的各位先驱。国之不国，饿殍盈沟。为了解救国民于水火，大丈夫不惧殒命，"丈夫乐成仁"，只为除寇兴邦。在另一首《抒怀》中也表达了对孙中山领导的革命事业的坚定信念，"草莽秦驰道，云烟越故城。千年不磨灭，惟有大同盟"。李铁夫不仅是中国近代西方美术教育的先驱，也是民主革命事业的先驱。看似矛盾的二者之所以能够在李铁夫身上合二为一，是因为青年时代的李铁夫认定美术是革命运动的武器，革命是美术的推进器。在晚清民国的变革时代，这样孤胆寻路的先行者令人敬佩。

徐悲鸿（1895—1953），原名徐寿康，江苏宜兴人。年幼的徐悲鸿由于经济原因一直徘徊在艺术的大门之外，1916 年一次偶然的机会得知哈同花园征求仓颉画像，徐悲鸿拔得头筹。同年参加"仓圣学会"，被康有为收为入室弟子。1918 年，结识蔡元培后，争取到留欧机会。在欧洲浸习七年油画训练后，1925 年回国。作为受过良好西画训练的美术家，徐悲鸿表现出

---

① 参见马家宝《李铁夫其人其画》，载广州美术学院、鹤山县文化局编《李铁夫诗联书法选集》，自印本 1989 年，第 120 页。

扎实的素描功底和宽阔的艺术视野。作为第一个公派留学专攻油画的绘画人才，徐悲鸿这一时期作了大量介绍西方绘画艺术的讲演，发表了提倡西方美术的若干文章，如《中国画改良之方法》（1918）、《法国艺术近况》（1926）、《古今中外艺术论——在大同大学讲演辞》（1926）、《法国之美术展鉴会种种》（1930）、《中国今日急需提倡之美术》（1932）、《中国烂污——对于中英艺展筹备感言》（1935）等，从这一系列的讲演和文章中，不难看出徐悲鸿试图以美术为切口，改造中国文艺乃至中国社会的雄心。徐悲鸿不仅在绘画理论上提倡西画技艺，而且还创作以西画为题的诗作。20世纪20年代，徐悲鸿创作了一组题画诗，如《题〈人体习作〉》《题画诗》《题〈男人体〉》《题〈郭夫人像〉》《题〈妇人头像〉》等。虽然中国题画诗发展历史悠久，但以油画为题的题画诗仍是新的诗歌题材。作于1924年的《题〈人体习作〉》是徐悲鸿第一首题油画诗，"不虑墨尽意不足，勒住残毫添空阔。千载已死杜少陵，请任长笺一端白"，诗中表现出少年才子的心中雄愿。《题画诗》已经对自己的画技充满自信，"雪中送炭诚高举，班荆倾说见侠肠。怪道神明来吾念，笔尖造处起光芒"。《题〈男人体〉》将少年才子不甘屈服命运的豪情壮志表现得更加明显，"后天困厄坚吾愿，贪病技荒力不从。仗汝毛锥颖锐利，千年来视此哀鸿"。经过艰苦的学习和生活，归国后的徐悲鸿果如其所愿，"仗汝毛锥颖锐利"，满身的才华如同破囊的钢锥光芒四射，成为中国西画领域的领军人物。

刘海粟（1896—1994），字季芳，号海翁，江苏常州人。1910年，年仅14岁的刘海粟到达上海，入周湘主持的布景画传习所学习西洋画。同年，在乡里创办图画传习所。1912年与友人一起创办上海图画美术院（上海美术专科学校前身），并担任副校长，可谓中国最早一批接受西方美术教育的学习者和推广者。在刘海粟主持上海图画美术院期间，他大胆推行人体模特写生，遭到了美术界保守势力的反对和阻挠。1919年他赴日本考察美术教育，回国后创办天马会。1920年起，刘海粟一方面通过著述介绍西方艺术，另一方面积极参加国外画展，与国外大师交流西画创作的心得和经验。中华人民共和国成立后，刘海粟先后担任华东艺专校长、南京艺术学院院长等职。早年刘海粟大胆引进西方绘画艺术，同时与同行的交游也丰富自己的阅历。刘海粟早年诗作不多，《游山西晋祠归途口占》是他创作时间最早的诗。当时刘海粟正在山西太原参加中华教育改进社的会议，会后他与马寅初、胡适、陶行知、黄炎培等教育界同人游览晋祠。"天末轻烟开远岫，江干修路起遥风。莫言晚景太萧瑟，看放斜阳万顷红"，描述的是太原郊外日暮时分的美景。另一首早期诗作《吊一天园》则显得伤感许多，"一天山上一天园，兴废凄然一望间。南海遗篇千古在，荒烟秋草恨终天"。在诗后，刘海粟自注："一九三一年九月既望，予自欧罗巴归，重游西子湖，登一天园吊南海康先生故处，亭台圮废，书画云散，古物亦泯焉，精光灵气已为槁壤，满目荒凉，不觉放声痛哭。"可见这首诗表达的是对康有为逝世的悲痛和书画散落的伤感之情。"予自欧罗巴归"指的是1931年刘海粟刚刚在德国法兰克福大学中国学院介绍中国绘画后归国。因此，不难理解此时刘海粟领略了欧洲精美的绘画艺术，却看到国内美术衰落、人才凋敝的窘困。刘海粟抗战之前的诗作很少，只有寥寥数首。一方面是由于主持上海图画艺术院和举办画展事务繁多，另一方面恐怕也是对中国画的诗画一体传统的有意回避，这也是西画背景出身的画家诗人具有共性的特征。作为中国现代美术奠基者之一的刘海粟，他的题诗与徐悲鸿有所不同，都是题在国画上，但从中我们也不难体会到现代西洋个性观念和思维方式的影响。如《题〈梅〉》云"爱梅说园林，我则爱山壑。世间剪折多，愿伴白云宿"。诗人将园林中梅与山壑中梅作对比，既写出了社会环境对个性的压抑，也写出了超越世俗的个性风采。《题〈墨梅图〉》云"山中老梅树，一岁一开华。开落无人管，惟宜处士家"。诗人着眼于苍劲的老梅，表达了对现代社会中坚守个性者的赞美。

方君璧（1898—1986），福建闽侯（今福州）人。与潘玉良一样，方君璧是 20 世纪初少数接受西方绘画教育的女画家。方家为闽侯望族，兄妹皆留学日本。1912 年，方君璧赴法国留学。她是第一个考入巴黎国立高等美术学校的中国女生，后来结识的夫君曾仲鸣在里昂大学攻读文学博士学位。1924 年，油画《吹笛女》入选巴黎美术展览会，这也是中国女性第一次有作品入选这一美术盛会。同一时期，她还创作了《拈花凝思》等油画作品。1925 年短暂回国后，1926 年，她又入巴黎国立高等美术学校学习两年油画。1933 年，随丈夫回国后，开始兼习国画，并举办个人画展。1939 年，丈夫曾仲鸣被误刺身亡。1949 年后返回法国，后赴美国定居。方君璧的诗作不多，诗词主要附于丈夫曾仲鸣的《颉颃楼诗词稿》后。方君璧在《颉颃楼诗词跋》中这样描述该诗稿，"颉颃楼，是我俩结婚后，取《诗经》'燕燕于飞'章之意而名的。这一册既是颉颃楼诗词稿，所以我大胆也把我的拙作附在末里"[1]。她创作于 20 世纪二三十年代的诗词记录了她在法国学艺期间的生活轨迹，《民国八年九月四兄重来法国喜作》《菩萨蛮·九月法国比夏莲山歌白湖》《重至鸦加村海滨有感》《旧历七月十四夜月明如水夜半泛舟瑞士丽蒙湖中》《朝上瑞士殷佛罗雪山路中》《瀑布（瑞士八月）》《冰山（瑞士八月）》《丽蒙湖忆别兄姊（瑞士九月）》等诗词记叙了她的游历和在国外生活的感受。如《菩萨蛮·九月法国比夏莲山歌白湖》中写道："青山缺处飞泉泻，跳波萦石回崖下。两岸绿荫深，愁猿相对吟。莫嗟留不住，且任奔流去。玉镜坠尘间，照人肝胆寒。"异域风光的书写与游人心境的抒发，诗与画的艺术交融，可谓相得益彰。《朝上瑞士殷佛罗雪山路中》是方君璧游历瑞士时所作，诗云"寒溪宿雾梦初惊，叠叠冰绡岩上生。万谷无声山尚懒，一峰含日已晶莹"。无论构图还是设色，美轮美奂，非画家诗人不能为。如同许多初到国外的学子一样，虽然有丈夫陪伴身边，对家人的思念还是让方君璧感到有些寂寞和孤独，《梦觉》诗云"香销宝篆漏初残，帘幕如烟逗暮

---

[1] 曾仲鸣、方君璧：《颉颃楼诗词稿》，自印本，第 50 页。

寒。断雁数声醒远梦，一弯斜月枕边看"。从诗中不难读出诗人浓浓的思乡之情。回国后，方君璧客居香港，《病中》描述了她当时的凄苦生活，诗云"松色阴阴云色暝，卧看日脚度窗棂。疏蝉似慰人枯寂，漫送清声入画屏"。

论述至此，不得不提及两位具备域外背景的画家诗人，即李叔同和苏曼殊。他们都是在诗文绘画方面有较高造诣的出家人，在学艺弘法之余也创作了大量诗词。

李叔同（1880—1942），又名李息霜、李岸、李良，别号漱筒，天津人。少年时期饱读经史诗文。李叔同的家庭条件优渥，婚后不久即从家产中分出部分资产购买钢琴学习声乐知识。1900年，时年20岁的李叔同便与海上画家任伯年组织设立"上海书画公会"研究画艺，短暂东渡日本游学的经历开拓了他的视野。1907年他参加春柳社，在《茶花女》一剧中反串茶花女一角，这部话剧是中国话剧实践的先声。30岁之后，他主要在各艺术院校教授音乐和美术课程，在浙江两级师范学堂（浙江第一师范学校前身）任职期间认识弟子丰子恺，对其教导尤多。1918年抛却俗世纷扰毅然出家，成为佛家弟子。李叔同的诗、词、曲、歌大多创作于他出家之前，出家后主要以联语、偈语为主。诗词中歌咏之物多以红桑绿树、秋菊冬梅为主，情感上也多为咏叹时光易逝的述怀之作，可见李叔同对于俗世是颇为留恋和喜爱的。李叔同的诗词前后风格有所不同，前期平静温和，后期则雄健刚硬。《咏山茶花》《春风》《醉时》《初梦》《昨夜》等诗作中有不少吟风弄月的感叹，其中甚至不乏一些香艳之词，如《戏赠蔡小香四绝》中"艳福者般真羡煞，佳人个个唤先生"（其一），"轻减腰围比柳姿，刘桢平视故迟迟"（其三）等。后期李叔同的诗风为之一变，更易为主张革命、强调社会变革，诗歌雄健之气外溢，让人颇惊诧于他的风格变化。

另一位域外背景的画家诗人是苏曼殊。苏曼殊（1884—1918），原名戬，法号曼殊，广东香山人。他是中日混血，父亲是广东茶商，母亲是日本人。苏曼殊出生于日本横滨市，早年在日本求学，还曾入留日学生革命团体青年会，由此可知早年的苏曼殊颇具革命思想。1903年，时年20岁的苏曼殊在广东惠州削发为僧。次年南游印度和斯里兰卡时学会了梵文。1909年受革命组织派遣赴印尼爪哇中学任教。辛亥革命爆发后，1912年归国。1913年，他发表《反袁宣言》。1918年病逝于上海，年仅35岁。苏曼殊生命短暂，然而才华横溢，除了诗文、绘画外，他还写作了《断鸿零雁记》《绛纱记》《焚剑记》《非梦记》等小说，他精通日文、梵文、英文和法文，翻译过外国文学作品如《悲惨世界》《拜伦诗选》《娑罗海滨遁迹记》等，编写过多部辞典如《梵文典》《初步梵文典》《梵书摩多体文》《汉英辞典》等。

苏曼殊虽为僧侣，但个人生活颇为风流，并不为佛门戒律所束缚。他经常与友朋一起喝花酒，钟情于"调筝人"，可谓一代"情僧"。最著名的莫过于《本事诗》十首，温软缠绵不像是出自出家人之口，如《其一》云"无量春愁无量恨，一时都向指间鸣。我亦艰难多病日，那堪重听八云筝"。又如《其六》云"乌舍凌波肌似雪，亲持红叶索题诗。还卿一钵无情泪，恨不相逢未剃时！"再如《其八》云"碧玉莫愁身世贱，同乡仙子独销魂。袈裟点点疑樱瓣，半是脂痕半泪痕"。诗是写给"调筝人"百助眉史的，诗句中哀怨与犹豫之情如春之逝水连绵不绝。由此可见，他与李叔同告别尘世后四大皆空、一心侍佛有所不同，他对于俗世人情充满羁恋和回望。

（二）女性画家诗人

中国绘画发展历程中从不缺乏女性画家。她们或受家学影响，或受名师调教，书画技艺作为陶冶性情、增加闺阁趣味的手段与诗文一起出现在她们的生活中。明代以前的女性画家较少，只有崔徽、薛媛、姚月华、李清照、朱淑真、管道昇等寥寥数位。明代以后女性画家逐渐增多，这一时期闺阁画家和青楼画家同时兴盛。闺阁画家在女性绘画史上素有传统，青楼画家的增多则源于这一时期青楼文化的流行。士与歌妓之间不再是简单的肉体买卖关系，多了一层诗文曲艺的互动，这也促进了一批青楼画家的出现。这一时期闺阁画家有文俶、仇珠、方维仪、李翠兰、黄皆令等，青楼画家有柳如是、范珏、李因、马守真、顾眉、薛素素等。清代的女性画家更多，风格和题材方面均有了极大提升，如"周氏姊妹"周淑祜和周淑禧、山水画家王端淑、淡雅风格的恽冰、任伯年之女任霞等。[1]

民国女性画家与传统女性画家差异明显，其中最大的不同在于画种的差异。西画背景的女性画家打破了传统国画一统天下的局面，方君璧、潘玉良、周丽华、孙多慈、梁雪清、蔡威廉、李青萍等都是油画风格的女画家。另一个区别在于女性画家团体的出现，女性画家团体出现，源于民国时期大规模的女子教育运动的开展。近代以来，女学运动方兴未艾。19世纪下半叶开始，在上海、宁波等沿海城市便成立了女子学校。到了20世纪初，女子教育运动已经开始变得普及起来。这一时期清政府已经将女子教育纳入正式的教育制度中，并派遣女学生赴日留学，女子美术教育正是在这一基础上发展壮大起来的。1910—1920年，全国出现了零星的女子图画学校，女子书画协会也开始组建，如1918年建立的香港女子书画学校、1926年建立的北京女子图画研究会等。1934年，在上海成立的中国女子书画会在现代女性绘画史上具有标志性意义，虽然这一书画会以"中国"命名，但实际上是以上海女书画家为主的地方性组织。中国女子书画会1934年由冯文凤、李秋君、陈小翠、顾青瑶、杨雪玖、顾飞等画家发起成立，当年4月30日《申报》还刊载了消息："中国女子书画会经数度之筹备，已于昨日下午二时，在海宁路八百九十号会所举行成立第一次同人大会，所到会员俱属海上名书画家，计三十余人，公推冯文凤为临时主席，宣告开会，行礼如仪，首由主席致开会词，并报告会务筹备经过，及讨论举行第一届展览会进行方针等事项。"[2] 女子书画会成立之后，最主要的活动是举行各种展览。据《申

---

[1] 参见陶咏白、李湜《失落的历史——中国女性绘画史》，湖南美术出版社2000年版，第70—89页。

[2] 包铭新：《海上闺秀》，东华大学出版社2006年版，第43页。

报》刊登的展览通告记载，1934年成立至1949年新中国成立之前解散，书画会共举行了8次展览，此外各种会员扇面展、个展、联展等共有15次之多，可见这一时期女子书画会的活动相当频繁。① 除了举办画展外，进行女子书画教育活动也是重要内容，如1943年顾飞于打浦桥同丰里24号教授国画，吴青霞在"篆香阁"、顾青瑶在"绿梅诗屋"开课授徒皆为女性画家寻求经济自立的尝试。② 除了中国女子书画会外，1938年由香港九龙爱好书画的妇女组织了香港女子书画会亦遥遥呼应内地女子书画热潮，创办人周世聪为理事长。1940年，该书画会更名为香港女子美术学会。③

中国女子书画会集聚了当时沪上画坛多位诗画兼擅的女性画家诗人，如陈小翠、周炼霞等。陈小翠诗文讲求"色香味"④。由于早年婚姻不幸，其诗词具有明显的闺怨气息，这在她的题画诗中同样有所流露，如《题士猷画花卉》云"画工随意见天机，日暖南园蝴蝶飞。一样春风分厚薄，杜鹃开瘦牡丹肥"。又如《题〈仕女图〉》云"绮怀诗思两氤氲，一寸长眉篆古鬟。尽日芸窗寻画稿，不知身是画中人"。由于身世和经历上的差别，同为女子书画会成员的周炼霞，其诗词风格与陈小翠颇为不同。周炼霞出生于江西书香门第，幼年良好的诗画教育加之灵动俏皮的性格使得周炼霞年少即在海上画坛享有美誉，人称"炼师娘"⑤。"炼师娘"诗词题材广泛，其中咏物诗最有特色，其咏物贴切生动、文雅自然。如《咏盘香》云"相思毕竟易成灰，百结柔肠九曲回。纵使奇香能彻骨，等闲蜂蝶莫飞来"。周炼霞与陈小翠为

---

① 参见王韧《佩环簇簇尽仙才——"论中国女子书画会"》，《中国书画》2007年第5期。
② 参见包铭新《海上闺秀》，东华大学出版社2006年版，第64页。
③ 参见陶咏白、李湜《失落的历史——中国女性绘画史》，湖南美术出版社2000年版，第132页。
④ 郑逸梅：《艺林散叶》，中华书局1982年版，第76页。
⑤ 刘聪：《周炼霞传略》，载刘聪著辑《无灯无月两心知——周炼霞其人与其诗》，北京出版社2012年版，第8页。

画坛挚友，多次为其画作题词，《满江红·题小翠终南夜猎手卷》即为其一。词中写道："十尺生绡，描摹出，龙眠家学。分明处，浓钩淡染，墨痕新渥。不是诗魂吟月冷，错疑仙梦教云托。背西风，磷火闪星星，秋坟脚。"从这些女性画家诗人的吟唱中，我们感受到的不仅是现代中国女性的人生悲苦，还有挥不去的哀愁传统。

女子书画团体的出现，改变了女性绘画史上以家庭或雅集为主要形式的女性学习和组织的历史，使得女性美术教育变得更有组织性和规模化，女性书画团体的成立成为现代女性启蒙运动的一部分。中华人民共和国成立后，单纯以女性社员为主体的美术社团消失，代之以全国性的美术协会。美术协会的成立，打破了男女两性艺术家在地位上的差异和收入差别，女性画家同男性画家一道平等地参与新中国的文化建设。

（三）革命派画家诗人

中国近代以来所遭受的民族苦难使得许多具有民主思想和民族意识的画家苦苦探寻中国的自强之路。许多画家关心社会时局、同情民众疾苦，表现出强烈的革命意识，这些画家如徐悲鸿、李叔同及何香凝等。

徐悲鸿从国外回国后，忧心于国内的社会现实，创作了大量力图唤醒民众的画作。这一时期创作的雄狮怒吼、雄鸡报晓等题材喻意明显，雄狮题材如《狮》（1933）、《新生活活跃起来》（1934），雄鸡题材如《壮烈之回忆》（1937）、《风雨鸡鸣》（1937）等，这一时期最著名的革命类题材画作莫过于《田横五百士》（1930），该画典出《史记·田儋列传》，通过描述田横与五百壮士的诀别场面来表现田横视死如归的精神。此外，呼唤国家重视人才的《九方皋》（1931）、表达民众对贤君渴望的《徯我后》（1930—1933）等也从另一侧面表达了徐悲鸿关注国家命运的赤子之心。

翻检这一时期徐悲鸿的诗作，除了大量题画诗外，感时忧世的诗作也呈现了画家关心时事、忠心爱国的一面。1919年他创作了《词两首》，在

《其二》中表达了对于晚清王朝倾覆、各地革命形势危如累卵的担忧之情，"今日白手空拳，排难御侮是吾事，振臂束襟同奋起，可以凿山开道捍狮虎"。时年24岁的徐悲鸿已经十分关注国家命运，诗歌豪迈的气势颇具大家风范。

1927年，他作《革命诗词四章》充分表现了他力主革命救国，奋发图强的情怀：

一

豪侠不兴贼不死，神奸窃柄无时已。
胡虏亡灭汉奸乘，盗贼中原纷纷起。
万恶莫惮悉施为，蔑视三楚亡秦士。
父母填壑妇悲啼，田园庐舍不容庇。
男儿昂藏任宰割，煞愧光荣神明裔。
今日乎，空间是处皆吾敌，毒焰披猖逼眉睫；
抛却头颅掷却身，当公道者尽格杀；
正义昭昭悬中天，黄帝灵兮实凭式。

四

大旗所向敌尽摧，王师莅止毒瘴开。
吾刃所触贼贯胸，吾炮所击山岳颓。
丑类乌合不成军，逃窜托命狼与豺。
鼓吾勇气百倍高，歼灭众兽尽成灰。
他日海晏与河清，从吾流血代价灰。
今日乎，空间是处皆吾敌，毒焰披猖逼眉睫；
抛却头颅掷却身，当公道者尽格杀；
正义昭昭悬中天，黄帝灵兮实凭式。

除了徐悲鸿，李叔同的后期诗词也有不少是激励民众奋力革命的。李叔同的诗词分前后两个阶段：前期诗风平和自然；后期则显得雄健刚强。诗歌风格上的转变是他关心时事、关注国家命运的爱国心表现。早在1905年，李叔同赴日留学时，便写下了《金缕曲·留别祖国并同学诸子》，词中开篇便写道："披发佯狂走。莽中原，暮鸦啼彻。几枝衰柳。破碎河山谁收拾，零落西风依旧，便惹得离人消瘦。"此后，李叔同的诗风渐趋硬朗，忧愤之情也日趋浓烈。如《满江红·民国肇造有感》，"皎皎昆仑，山顶月，有人长啸。看囊底，宝刀如雪，恩仇多少。双手裂开鼷鼠胆，寸金铸出民权脑。算此生不负是男儿，头颅好"。词句"双手裂开鼷鼠胆，寸金铸出民权脑"雄健豪放，颇有大丈夫气。受过日本民主教育的李叔同回国后痛感于民风愚昧、民权落后的现实，一心为民主革命振臂呐喊。如果说以上诗词还不能证明其拳拳爱国之心的话，那么《祖国歌》《出军歌》《大中华》《朝阳》《晚钟》等诗中呼唤富强、自信的新中国的心迹则表露无遗。如《祖国歌》云："我将骑狮越昆仑，驾鹤飞渡太平洋。谁与我仗剑挥刀？呜呼，大国民！谁与我鼓吹庆升平。"又如《大中华》云："万岁！万岁！万岁！赤县膏腴神明裔，地大物博，相生相养，建国五千余岁。振衣昆仑之巅，濯足扶桑之漪。"再如《朝阳》云："观朝阳耀灵东方兮，灿庄严伟大之荣光。彼长眠之空暗暗兮，流绛彩以辉煌。"诗中赞颂的是中华民族的雄壮和伟大，试图唤醒的是民众强烈的民族自信心和自豪感。

除了徐悲鸿、李叔同外，这一时期革命画家诗词最集中地体现在何香凝的诗词中。何香凝（1878—1972），原名瑞谏，广东南海人，生于香港，国民党元老廖仲恺之妻。早年为配合革命需要，曾在东京本乡美术学校日本画高等专科学习美术。辛亥革命胜利后，何香凝和廖仲恺一起协助孙中山致力于中华民国的统一和建设，与袁世凯、陈炯明等反革命势力做斗争。1925年廖仲恺被刺身亡，何香凝继续丈夫的革命遗志，与国民党右派做斗争。蒋介石执掌国民党政权后，逐渐暴露出政治野心，何香凝坚决反对其个人独裁。1949年后她与中国共产党合作，参加了中国人民政治协商会议筹备活动，在政协中主要负责侨务工作。

何香凝早年革命时期创作的诗词，充分表现出她顽强、刚毅的女革命家本色。最早的革命诗词是完成于1910年的《征妇怨》《谒金门》《无题》等。早在这一时期，她在《无题》中就喊出了"驱除鞑虏贼，还我好边疆"的民族心声。1925年廖仲恺被刺身亡后，她悲愤地写下《挽廖仲恺》联，"致命本预期，只国难党纷，赞理正需人，一瞑能无遗痛憾！先灵应勉慰，使完功继事，同魂齐奋力，举家何惜供牺牲"。"举家何惜供牺牲"，悲痛之余亦是何等的豪气。1929年，她反对国民党打击共产党的政策，愤而辞去国民党内一切职务，离乡去国。在出国途中写下《出国途中感怀》，诗中颇多愤激之语，"三民主义今非昔，污吏贪官民怨极。帝国侵凌祸怎消？频年借债如山积。金钱变作炮弹灰，到处肥田生荆棘。可怜十室九家空，民穷财尽饥寒迫"。1931年九一八事变爆发，惊闻事变的何香凝从欧洲火速赶回国内。在归国途中，她在《感赋》中忧虑地写道："怕听吹弹破国吟，徘徊道路倍伤神。牺牲权利何轻重，失去河山那处寻。"从这些诗词中不难看出，何香凝轻生死、重大义的革命气节，她用自己的行动证明女性在民主革命中的价值和意义。何香凝的题画诗多咏赞梅菊等高洁之物，她在诗中常以梅菊自喻，体现出革命家本色。如《题画·梅花》（1929）云"先开早具冲天志，后放犹存傲雪心。独向天涯寻画本，不知人世几升沉"。又如《题画·梅花》（1935）云"一树梅花伴水仙，北风强烈态依然。冰霜雪压心犹壮，战胜寒冬骨更坚"。

第二节　深化期（1937—1949）：战乱与忧患

中国在 20 世纪 20 年代末至 30 年代初经历了短暂的社会和平和经济发展时期。从这一时期美术期刊和美展活动来看，中国现代美术正在向着一条可预见的现代化道路上前进。刘瑞宽在梳理了这一时期的美术期刊变化和美术展览活动后发现，"中国美术的现代化运动经由思想指引，出现崭新的文化气息，它引借了西方现代社会的传播网络，并适应着工商业的环境，艺术家必须接受这种高度发达的物质文明，传统书画家们所依恃的文人雅集，面临了转型的挑战，这是美术现代化必经的途径"[1]。从这一时期的实际活动来看，不仅美术展览活动逐渐代替了文人雅集式的交流方式，而且美术期刊在美术观念和美术思想的传播上也起到了美术启蒙的作用。由此，民国画家诗人群体经过近二十多年的分化和整合，逐渐趋于稳定和谐，产生艺术的对话与交流。值得琢磨的是，这一时期无论是从欧洲留学回国还是从日本艺成归国的西画家们遇到的最大困境不在于与传统绘画争夺理论阵地，而在于中国的书画市场对于西画的接纳程度并不高。这逼迫如李铁夫、方君璧这类的画家不得不西画、国画兼习，不难看出这一时期中国画坛中西并存环境下西洋画家的尴尬和无奈。到了 20 世纪 30 年代后期，西方式的美术观念已经逐渐为人们所接受。"整体而言，中国向西方和日本所学习的现代化模式，最有成效的是美术教育机构的建立、期刊杂志的大量刊行以及美术展览会的普

---

[1] 刘瑞宽：《中国美术的现代化：美术期刊与美展活动的分析（1911—1937）》，生活·读书·新知三联书店 2008 年版，第 348 页。

及。"① 追溯起来，民国画家诗人在五四后旧体诗词创作整体弱化的背景下依然取得了丰硕的成就，与画家诗人的雅集活动和社团活动分不开，后者起到了维系画家诗人的情感交流和艺术纽带作用。此外，现代印刷业的发展也使得传统以自刻自印为主的诗集传播方式发生了根本的改观，杂志成为现代旧体诗词传播中新的重要平台。② 整体而言，画家诗词在20年代经历了短暂的文化阵痛后，向着积极稳健的方向前行。

如果中国的现代绘画按照这一轨迹继续发展下去的话，可预见的是西画和国画均将取得进展，李铁夫、徐悲鸿、刘海粟、方君璧等人的西画实践推进了国人对西画的了解，同时齐白石、黄宾虹、陈师曾等画家也在不断地对国画进行改造。然而，这些可能因为全面抗战的爆发完全改变了画家日常生活轨迹及创作活动。长期颠沛流离的生活使得画家在画作题材上发生了较大的转变，在诗作内容上也发生了根本的变化。"国家不幸诗家幸"，浩大的民族悲剧和社会动荡使得抗战文学成了民国文学史的丰碑，而抗战诗词则是抗战文学的重要组成部分。随着抗战进程的不断变化，由1931年的抗战初起，到1937年抗战的全面爆发，及至1944年后转入战略反攻，民国画家的抗战诗词也呈现出丰富复杂的艺术面貌。至于抗战胜利后解放战争时期的画家旧体诗词创作，基本也是在战乱背景下展开，画家诗人与其他诗人群体一样感受和记录下抗战的播迁流徙的困苦，抗战诗词自然也是抗战文学的重要组成部分。③ 初步来看，抗战时期的画家诗词从内容上大致可分为三类：沦陷困居类、逃难迁徙类和愤激抵抗类。

---

① 刘瑞宽：《中国美术的现代化：美术期刊与美展活动的分析（1911—1937）》，生活·读书·新知三联书店2008年版，第350页。
② 参见李遇春、戴勇《民国以降旧体诗词媒介传播与旧体诗词文体的命运》，《文艺争鸣》2015年第4期。
③ 参见曹辛华《论抗日战争诗词文献的整理、研究与意义》，《社会科学战线》2015年第7期。

一、沦陷困居类诗词

由于现代书画家大多聚居于京津、江浙沪和闽粤一带，因此，画家抗战诗词也主要以这些地区为主。日寇的突然侵袭使得来不及躲避的画家不得不困守愁城，例如齐白石、余绍宋、周炼霞、陈小翠皆是如此。

齐白石 1917 年为躲避家乡的土匪滋扰避居北京，与妾室胡宝珠结婚后便定居北京。1931 年 9 月 18 日，日本在沈阳制造了"九一八"事变，平津一带告急。为躲避日寇的侵袭，富有人家都纷纷南迁。齐白石在门人纪友梅的安排下，迁居到东交民巷纪友梅所租住的房子。① 《十一月望后避乱迁居于东交民巷》二首记录了当时日寇侵袭下北平的慌乱，"湘乱求安作北游，稳携笔砚过芦沟。也尝草莽吞声味，不独家山有此愁"。"不教一物累阿吾，嗜好终难尽扫除。一担移家人见笑，藤箱角破露残书。"前一首描写了当时因战乱不得已迁居的无奈，后一首则描绘了慌乱中迁居的狼狈和寒酸。1932 年初日军继续在上海挑衅，形势进一步危急。齐白石再一次移居东交民巷，这一次他住得更久，有二十多天。《壬申冬复迁东交民巷二绝句》记录了第二次迁居的情形，《其一》云"南还有梦愁泥雨，北客何心再徙迁。骨外埋忧无净土，身能成佛隔西天"。《其二》云"偷活偷安老自怜，雕虫误我负龙泉。太平时日思重见，虚卜灵龟二十年"。为了生计不得已北迁的齐白石再次迁居，身世飘零感难以自抑。作为年近七旬的老人，"梦愁泥雨""偷安自怜"流露出颠沛中的酸苦让人动容。抗战期间，齐白石困守北平，时常有日本人或代理人慕名求画。他一开始佯病婉拒，后期则干脆拒绝作画，用自己的方式来表达不妥协的立场，"白石老人心病复作，停止见客。若关作画刻印，请由南纸店接办"(1939)。1940 年起他逐渐减少鬻画的数量，"二十八年十二月初一起，先来之凭单退，后来之凭单不接"。日军进城之后，物资

---

① 参见胡西林《画里画外》，《收藏·拍卖》2012 年第 8 期。

短缺，物价飞涨。迫于生计，他无奈少量卖画，但仍不屑与日寇之流打交道，作为一介平民的齐白石无奈地反抗道：

> 画不卖与官家，窃恐不祥，告白。中外官长要买白石之画者，用代表人可矣，不必亲驾到门，官入民家，主人不利，谨此告之。恕不接见。
>
> 庚申正月，八十老人白石拜白。①

从这张布告中不难从白石老人充满生存智慧的语言中读出他无可奈何的心情。1941 年秋，他陆续减少画作，1943 年后则干脆挂出了"停止卖画"的告示。他用自己的方式表达对侵略者的反抗。

日军侵扰江浙一带，这些情形也反映在余绍宋、王个簃、潘天寿、周炼霞、陈小翠等画家的诗词中。

余绍宋（1882—1949），字越园，樾园，浙江龙游人，曾先后担任国民党众议院秘书、司法部参事、次长等职。因为坚持自己的法统主张，拒签"金佛郎案"，辞官抗议"三一八惨案"而为人称道。1927 年南归杭州定居后，潜心于书画和著述。全面抗战爆发后，他为了躲避日寇侵扰，隐居于家乡龙游山区。1943 年起出任浙江通志馆馆长，为抢救浙江省文献资料尽心竭力。抗战胜利后返回杭州，继续浙江省龙游县志的编写。在避居日寇和编写县志期间，他先后创作诗词 400 余首，结集为《寒柯堂诗》。《寒柯堂诗》是他担任浙江通志馆馆长时亲历日军侵袭的记录，被称为"越园之野史"。②

1938 年伊始，余绍宋即避难山中，他迁居龙游时创作了《避寇》一诗以示愤怒：

---

① 郎绍君：《齐白石的世界》，北京时代华文书局 2016 年版，第 158 页。
② 参见余重耀《〈寒柯堂诗〉贺刻序》，载赖谋新、朱馥生、余子安编《余绍宋》，团结出版社 1989 年版，第 220 页。

避寇数播迁，何时得息偃？讹言日以兴，真伪谁能辨？掩耳既不甘，倾听徒辗转。反冀消息沉，自欺聊自遣。交谈无异言，都为计逃免。遁迹到荒山，不任足重茧。豺虎与萑苻，凶残谁与鬻？托庇到夷场，资生又苦鲜。尤虑非义干，操行遭蹂践。天地本甚宽，到此殊狭褊。有如待罪囚，惶恐冀速谳。又如罹恶疟，寒热困残喘。苟安但斯须，遑能计久远。往闻戚故丧，伤逝愁难展。今翻为死幸，羡彼得安宴。吾生将安归？思之泪如泫。恒言不我欺，宁为太平犬。

这一时期除了《避寇》外，他还有其他诗作也记录了当时日寇侵袭下的江浙状况，如《徐心庵自开封避难返衢州，舟过龙游入城相访，留饮后别去。饮时，心庵辄言乱里相逢饮一杯。有感其言，率成两绝寄之》《避居董村七日，复迁至沐尘，示董锡麟、巫瑞琛三首》《山居杂兴六首》等。《避居董村七日，复迁至沐尘，示董锡麟、巫瑞琛三首》（其二）云："终老岂我许，谣诼又纷纭。计惟有深入，仓皇来沐尘。"《其三》云："十日两播迁，虽劳不知苦。囊橐纵无余，差喜得安处。"刚开始避居山中时，他似乎尚有游兴，写作了不少纪游诗。随着战事的推进，日军相继占领了杭州、萧山等地，余绍宋对家乡被毁、生灵涂炭的现实表现得非常伤感和无奈。当听闻杭州被占，自己的寓所被洗劫一空时不禁悲从中来，写下《闻杭州寓庐被劫感叹成篇》。

半世苦风尘，垂老遂初服。西湖欣卜居，辛勤成小筑。隙地虽不广，亦颇饶花木。器物虽不精，布置尚远俗。有时雅兴来，挥毫映窗绿。有时良朋至，倾谈动信宿。经营逾十稔，幸此慰幽独。所冀乐余年，区区愿已足。岂知一纵敌，名城遂荼毒。蹂躏无复存，吾庐亦荡覆。覆巢无完卵，此语闻之熟。山河半沦亡，宁恤数间屋？一切世间物，变灭如转烛。吾生亦须臾，何必嗟无禄。来日更艰虞，死生且难卜。奚为不自广,坐受外物梏。慰情譬亡羊,往事等覆鹿。聊作坠甑观,不效穷途哭。

除了自己的寓所被洗劫,浙江其他地方也惨遭劫难,如《寒柯堂前老梅一株,予从西湖山中移来者,枝杆甚古,盖百年物。移植后不衰,足为草堂生色。杭州既陷,草堂被劫,不知此梅恙否?因写其姿势以寄意,更题一诗》《翌日闻萧山失陷之警,有作》《自沐尘避难至遂昌石练,记事十二首》《闻沐尘被占,敌人居吾家三宿始去》《闻衢属寇退感赋二首》《浙东寇退后,客有返衢州复来者述其所见,因记以诗四首》《七月丽水失守,自云和违难至景宁,记事四首》等。如此颠沛流离、迁居乡野的生活充满了艰辛与苦涩,诗人难免会思念杭州的平静生活,《阮毅成以予为其先人荀伯先生所作书画见示,皆二十年前作于故都及杭州者,近始托人辗转自危城中取归。追念前尘,率书一律为赠》云:"久要不忘知君意,历劫犹存转自伤。杭郡燕都事何限,一回展视一回肠。"陈叔通曾赞余绍宋,诗云"境真情真,所谓掇皮皆真也"[①]。从1937年日军侵占江浙到1945年投降,余绍宋以诗词的方式将日军在杭州一带的侵略做了详细记录,可谓一部浙江人民遭受侵略和抵抗敌寇的"诗史"。

余绍宋主要记录的是杭州一带日军侵占的事实,王个簃则描绘的是南京一带被攻占时的壮烈和惨痛。王个簃(1897—1988),名贤,字启之,江苏海门人。曾师从吴昌硕,1927年起任新华艺术学院、中华艺术大学教授。抗战爆发时,王个簃时任东吴大学教授,他的诗词记录了日军在苏州、上海一带野蛮侵略和残忍杀戮的情形。当日军侵占平津一带时,王个簃便预感战事不妙,他写下了《日军犯平津感赋》一诗以示愤怒,"天堑抛撒余痛哭,

---

[①] 陈叔通:《友朋来牍》,载余绍宋《寒柯堂诗》,2002年龙游县政协文史委员会点校重印,第9页。

长城依旧抱关盡。豺狼私狠夜沉沉,磨厉爪牙逞大欲。窥城突兀师无名,借道纡回螫有毒。锋镝横空碎万身,肝脑堕地输一局"。1937—1938年,日军侵犯上海、南京一带时,原本避居上海一带的王个簃听闻老友从北平带回的坏消息,内心无法平静。《避兵沪西会太玄归自京师》描述的正是这种不安和紧张,"西来战乱掀涛壮,北顾邮亭渡燕迟"。1937年12月日军攻占南京,王个簃眼见日寇已逼近家门,内心悲愤不已,写下了《金陵沦陷》深表哀痛。

金陵沦陷

缘何兀兀挫心雄,又陷新都续故官。
绝塞烽赪天中酒,一江潮咽鬓如蓬。
蝶寒无力依霜菊,雁落余音谱蘽桐。
我欲躬耕率妻子,只愁畎亩尽成东。

1937年11月,上海失守。王个簃在《日军犯上海》中希望"版图未许终沦落,猛将如云御策长",表达他满心盼望民众能同仇敌忾、齐心协力抗击日寇。1938年5月,徐州又沦陷,此时的诗人已是满腹悲慨,他在《徐州沦陷慨然有作》中写道:"沉冤只此郡,豺虎跃通衢。血腥炙日秽,禾稼随人枯。国能拼一掷,城宁憯三屠。"

对于上海的战事描写较为充分的是潘伯鹰、周炼霞和陈小翠等。上海是我国现代重要的经济和文化中心,上海一直被日军作为重要的军事争夺点和战略要地。在九一八事变后,日军为掩护在东北成立伪满洲国傀儡政府的阴谋,蓄谋在上海制造事端,派间谍潜入上海唆使日本人与中国工厂工人发生冲突,借此挑衅。当时日军与驻防上海的十九路军发生交火,1932年爆发了著名的淞沪抗战。淞沪抗战爆发后不久,潘伯鹰就写下了《闻十九路军屡歼倭寇喜赋》《倭乱后经上海北站》《读报纪淞沪兵燹之惨与倭舰载骨灰返国事》等诗歌表达痛击日军的欣喜之情。经历过 1932 年惨烈的淞沪抗战，当日寇 1937 年大举侵华时，潘伯鹰携家人避居重庆，没有陷于上海的战乱之中。

真正困居上海的是女画家周炼霞和陈小翠。周炼霞和陈小翠都是 1934 年成立的中国女子书画会的会员，以才情雅趣见长。周炼霞（1908—2000），字紫宜，号螺川，湖南湘潭人。当时入中国女子书画会，与吴青霞、汪德祖、陆小曼并称"上海四大才女"，与吴湖帆、陈巨来相交往。当时周炼霞在上海画坛素具才名，郑逸梅曾回忆上海某年冬举行诗会，出题"风帽"。周炼霞咏道"覆额恰齐眉黛秀，遮腮微露酒涡春"，又云"莲花座上参禅女，杨柳关前出塞人"，盖观音大士和王昭君皆戴风帽，可谓巧喻。合座莫不击节称赞，由此不难看出周炼霞的才气。①

与男画家抗战中的刚猛相比，女画家在抗战中表现得更加柔韧。1937 年日军占领上海后不久就对大米实行配给制，导致上海全市米荒，市民需要半夜身披棉被排队买米，称之为"轧米"。周炼霞曾在《轧米》中描写了这一场景，《其一》云"重愁压损作诗肩，陋巷安贫又一年。相约前街平籴去，米囊还倩枕衣兼"。为了生计，周炼霞给当时"孤岛"时期的上海各报刊撰文写稿，对此她相当无奈。《其二》云"梦里曾留云鬓香，缕金丝绣紫鸳鸯。从知煮字饥难疗，不作诗囊作米囊"。当时同在上海忍受米粮之困的还有同命相连的陈小翠。她在《壬午岁暮杂兴》中也表达对于物资匮乏、生计难求的无奈，"觅粮蝼蚁街前阵，负屋蜗牛壁上家"。除了《轧米》外，周炼霞在抗战时期最为人称道的是 1944 年发表于《海报》的《庆清平·寒夜》：

---

① 参见郑逸梅《艺林散叶》，中华书局 1982 年版，第 322—323 页。

庆清平·寒夜

几度声低语软。道是寒轻夜犹浅。早些归去早些眠，梦里和君相见。　叮咛后约毋忘。星眸滟滟生光。但使两心相照，无灯无月何妨。

当时因为物资紧张和防空需要，日伪统治下的上海经常实施灯火管制，市民生活极为不便。该词发表后颇受各界好评，郑逸梅在《艺林散叶》中记载："周炼霞词'但使两心相照，无灯无月何妨'冒鹤亭亟称之，谓不让李漱玉。"[①] 可见该首词作之佳。让人唏嘘的是，"文革"期间周炼霞因为这两句词被红卫兵诬为反党毒草，称"但使两心相照，无灯无月何妨"表达的是她不要光明、只求黑暗的诉求。为此，她还被红卫兵打瞎一只眼睛。

与周炼霞相比，陈小翠似乎更为不幸。陈小翠（1902—1968），又名玉翠、翠娜，别署翠候、翠吟楼主，浙江杭州人。少女时期即具才名，有"神童"之称。父亲陈栩，号蝶仙，为鸳鸯蝴蝶派文人，亦从事经营，发明"无敌牌"牙粉致富。兄为陈小蝶，亦为沪上名诗人，1937 年后改名定山。陈氏一家皆具诗才，可谓诗书之家。

这样一位出身名门的才女，生平却极为不幸。1933 年，陈小翠婚后不久即与丈夫汤彦耆离婚。20 世纪 40 年代她独居上海时常常想念早年情人顾佛影，这从她的《远谪》四章中不难看出。抗战时期，陈小翠创作了不少诗词，记录了她在上海独居时的苦楚与孤寂。日军攻占杭州后，她诀别父亲独自返回上海。《返沪》（其一）云："家人夜不寐，侵晓煮茶浆。出门天未白，风黑雨琅琅。世乱行旅危，白骨盈道旁。恐被苍鹰见，掬泥涂车窗。慈父飘白发，倚闾久相望。各有诀别语，再拜不忍详。生当重相见，死当终不忘。"言语可谓悲壮，返沪之旅似乎是一条不归路。她反复感叹离别的伤痛，《其二》云："危巢栖群燕，风雨何茫茫。秋蛇入败屋，毒焰方凶张。开门放

[①] 郑逸梅：《艺林散叶》，中华书局 1982 年版，第 101 页。

燕去，无为同催伤。老燕不肯去，悲啼绕空梁。切切复切切，闻之摧肝肠。"在四首《返沪》自注中，陈小翠写道："杭城陷，妇女死者无数。冯畅亭长女为匪所逼，投井而死。女士平日不慧，人目为痴，及乎见危授命，正气凛然，虽古烈女何愧焉。"陈小翠借乡人之死似乎在言明心志。此时，陈小翠的父亲陈栩自上海飞抵四川、重庆一带远避寇贼。1938年除夕之夜，陈小翠独自一人枯守上海，其凄凉情形可以想见。她寄信给远在巴蜀的父亲以求慰藉，《除夕寄蜀》如鸿雁之哀鸣，从《其一》诗句"中原白骨三千里，一纸家书掩泪看"和《其三》诗句"难忘话别南山雨，挥泪出门天未明"，以及《其四》诗句"可怜花月春江夜，十里笙歌换哭声"中都能读出这种绝望与孤寂，质朴的言语之间难掩悲戚。战乱时在沪上谋生颇为不易，陈小翠在《画南瓜助赈占题》中调侃自己的窘状，"田家惟剩竹篱笆，络纬啼残满架花。画与农村充一饱，莫将身世比瓠瓜"。1938年夏，她屡次寄信云南（《初夏寄家君云南》），既是探问父亲近况也是试图求得慰藉，"晚灯相对长安远，屈指明朝信到无"，由此不难想见当时她内心的不安和焦灼。自1937年避居沪上以来，看到抗战中的上海乱象，让忧国忧民的陈小翠眉头紧锁。上海沦陷区内已是水深火热、衣食无着，而租界地内却灯火通明、觥筹交错，歌舞厅前车水马龙，《戊寅感怀》（其一）云"独夜登高一泫然，火云如墨接遥天。千家野哭成焦土，半壁楼台尚管弦"。上海租界的"孤岛"时期并没有持续多久，1941年珍珠港事件后日军全面占领上海，上海彻底沦为日军铁蹄下被蹂躏之地。陈小翠失去了最后的避居之所，她在《其四》中不禁哀叹道："独向芜城吊夕阳，扬尘东海恸沧桑。已看危局成骑虎，岂有邻翁证攘羊。避弹哀鸿都入地，牵丝傀儡又登场。心雄力弱终何用，拔剑哀歌望大荒。"与其早年闺阁诗词风格迥异。

　　上海的战火很快延伸至南方。广州等地1938年前后也相继失守。身居广州的冼玉清在《碧琅玕馆诗钞》中详细记录了日军占领广州时的情形。冼玉清（1895—1965），别署碧琅玕馆主、西樵女士、西樵山人，广东南海人。现代著名画家、文献学家、诗人，岭南第一位女博学家。1937年8月底，日军开始轰炸广州，战局严峻，这从其《国难文学·丁丑八月二十八日避难返澳门》中不难看出。中秋过后的广州即势如累卵，《丁丑中秋后，粤警日急，人民颠沛，余仍孤处校斋，或劝避地，写此答之》可为证："危巢秋燕似惊弦，哀吹深宵动九天。安乐无窝难避地，遁逃有薮讵回天。江南怕读兰成赋，蓟北难传杜老篇。但祝雄师能报捷，苍生无恙各归田。"从诗句中不难看出面对广州城如此危难的局面，冼玉清忧心忡忡、寝食难安。从诗题《闻警至避难所》《市区日夜轰炸》《入夜全市灯火管制》《汉奸夜放火箭火球》《学校不能开课》《日人暴杀书愤》《广州空袭后市况萧条感赋》等不难看出当时广州城紧张的局势。《闻警至避难所》描写的是广州市民躲避空袭警报的慌乱，诗云："冲宵哀角警高寒，奔命仓皇不忍看。举目天涯同患难，屈身地窖愧偷安。一旬八夜长开眼，半日三惊惯废餐。痛定辄思攘甲士，几人肝脑阵中残。"《市区日夜轰炸》则记录了广州城被日军疯狂轰炸的惨烈，诗云："决胜尚闻疆场事，凶残如此古今无。春雷下地连昏昼，秋隼摩空震发肤。历历楼台供一掷，蚩蚩氓庶实何辜。请看血染红棉市，寡妇孤儿哭满途。"日军在广州日夜空袭，导致死伤无数、饿殍遍野，整个城市一片死寂。当时的广州城如《广州空袭后市况萧条感赋》所云"云霞销尽金银气，烽燧应怜草木愁"。《悲秋八首》的创作标志着冼玉清数量众多的抗战诗词的开始，她的《流离百咏》更是史诗般地记录下了她一路艰辛的逃难生活。

二、逃难迁徙类诗词

抗日战争全面爆发后普通民众生活动荡、居无定所，纷纷四散逃难，大部分群众向四川、云南、广西一带的西部地区转移，这里崇山峻岭、地势险要，是天然的避险之地。这些逃难的群众也包括许多画家，如张宗祥、丰子恺、潘天寿、冼玉清、陈树人、陈声聪等。

张宗祥（1882—1965），原名思曾，字阆声，号冷僧，别署铁如意馆主，浙江海宁人。在金石书画、医学戏曲方面均有建树。新中国成立后，任西泠印社社长。抗战开始后，张宗祥便从汉口一直撤退到广西、四川一带。他在诗集中自述道："抗战时期，1938 年 8 月从汉口撤退到桂林，年底离开时所作后成集的《游桂草》；1939 年元旦撤退到重庆，至 1946 年 5 月离开时所作后成集的《入川草》，抗战胜利后东归所作的《还都草》，1947 年成集。"① 这几部诗集较为完整地记录了他抗战逃亡的经历，《游桂草》开篇即是《八月三日夜渡登粤汉车》，记叙自己携家人的逃难之旅。从《望岳阳楼》《过汨罗》《饭零陵俳体一章》《入桂省书所见》《八月九日游月牙山》《游七星岩洞》《独秀峰》《象鼻山》等诗题大致可知他入桂的踪迹。刚开始时，诗人在饱览桂林秀美的山水时还显得从容轻松，诗句可为证，"莫道飘零苦，当前山水真。会心收画稿，余事作诗人。每濯临流足，时弯拜石身。科头无礼帽，麋鹿日相亲"（《飘零》），到了后来却愈发沉重艰难。

当游览山水的雅趣被军机追袭、逃难死伤的消息替代时，紧张与辛苦的感觉自然随之而至。逃难途中条件艰苦，吃不饱、睡不暖亦是常事，有时还需冬日睡竹床，《以稻草铺竹床上求暖》可为诗证，"山竹编床不设茵，夜凉难耐骨嶙峋。无衾谁念长征客，藉藁今为待罪身。何必牛衣愁对泣，且求蝶梦悟真因。蓬松数束田间草，农妇农夫历艰辛"。逃难不仅仅面临着交通、住宿、饮食等各方面的困难，而且空袭随时而至，死亡威胁一直高悬头顶，压力自然可想而知，《闻中航机遭敌机袭击沉海，徐新六胡笔江辈殉焉》诗云："行路艰难不可论，翱翔云表亦遭冤。人才乱世轻秋草，妇孺同时戴覆盆。填海应为精卫石，沉江莫返屈平魂。沼吴薪胆分明在，处处中原有血痕。"类似的袭击轰炸还有很多，如《中秋敌机袭桂林次晨又袭》《桂林空袭自十一月三十日至十二月二日》。入川后，张宗祥原本以为情形会有所好转。

---

① 张宗祥：《铁如意馆诗钞 附冷僧自编年谱》，上海古籍出版社 2015 年版，第 3 页。

一大家人借宿于华严寺中，过了短暂的安定生活。这一时期从他创作的与宗镜长老唱和酬答的诗词中可以看出他稍稍放松的心情。但是没过多久，敌机的轰炸让当时恰巧在城外的张宗祥再一次面临死亡的威胁。他在《五月四日敌机轰炸渝市，五日早赴华严六首》小序中写道："五月四日晚敌机炸渝市，予在城外望城中火光冲天，返寓无路，徘徊街市五六小时，始达九尺坎晤妻女，明晨即至华严，纪事六首。"①从小序中不难想象当时情形之紧急。当时轰炸后的重庆如同人间地狱，《其二》云"一路凄凉甚，哀鸿满地栖。时时惊倦眼，处处觅荆妻"。大轰炸过后，所幸张宗祥及家人上下平安，可怜那些在空袭中丧生的亲友和无辜的百姓。面临死亡威胁的生活虽然难挨，然而也无可奈何。乱世中生命轻贱，张宗祥此时唯有焚香祭奠亡者，祈求逝者超生，《为三四两日被难冤魂诵佛超度》写道："老人欲度幽魂苦，幼女拈香启法筵。"直到1946年他返回南京，噩梦般的逃难生活才得以结束。

浙籍逃难的还有画家诗人丰子恺，抗战的苦难经历激发了他创作诗词的愿望。②丰子恺（1898—1975），号子凯，后改为子恺，浙江嘉兴人。早年师从弘一法师，现代漫画创始人。早在1935年他即有题画诗《善哉老医生》描绘当时中国的问题，"善哉老医生，处处行听诊。摇首颦蹙言，此君患大病"，直指中国当时已病入膏肓。日军侵占浙江后，丰子恺为避战乱，携家眷开始了逃难生活。他子女众多，家中老小共十几口人，逃难生活自然是件辛苦的事情。在作于1938年的漫画《豺虎入中原》中，丰子恺描绘了一幅十几口人携妻顾子、大包小袋的逃难画面，其实就是诗人自己的写照。画中题诗道，"豺虎入中原，万人皆失所。但得除民害，不惜流离苦"。除了这首诗，他还创作了一组抗战题画诗，如《敌马被俘虏》云："敌马被俘虏，牵到后方来。自知罪恶重，不敢把头抬。"又如《积尸数十万》云："积尸数

---

① 张宗祥：《铁如意馆诗钞 附冷僧自编年谱》，上海古籍出版社2015年版，第99页。
② 参见丰华瞻《丰子恺与诗词》，载丰华瞻、殷琦编《丰子恺研究资料》，宁夏人民出版社1988年版，第149页。

十万，流血三千里。我今亦破家，对此可无愧。"又如《暴敌养汉奸》云："暴敌养汉奸，如人养畜生。今日给你吃，他日要你命。"再如《盛筵当我前》云："盛筵当我前，良朋坐我侧。为念流离苦，停杯不能食。"除了诗词外，丰子恺的《教师日记》中也详细记载了 1938—1940 年他们一大家子如何艰难逃难的历程。在序言中他这样描绘当时写作日记的缘起，"廿六年冬，倭寇以迂回战突犯石门湾。吾仓促辞缘缘堂，率亲族十余人徒手西行。转辗迁徙，至廿七年夏而始得安居于桂林之两江。在途已逾半载矣。此半载之中，生活诚不平凡"[①]。"不平凡"这三个字背后所蕴含的辛苦自是不言而喻。

  全面抗战爆发时，正在国立杭州艺专教学的潘天寿也因为战争的缘故不得不随校内迁。潘天寿（1897—1971），字大颐，自署阿寿、寿者，浙江宁海人。早年师从吴昌硕，曾任杭州艺术专科学校教授、中央美术学院华东分院教授、浙江美术学院院长、中国美术家协会副主席等职。全面抗战爆发时，刚刚年满四十的潘天寿正在踌躇满志地与老友组织"白社"，打算进行中国画的改革和创新的尝试，不承想战争打断了这一计划。杭州艺专打算内迁，潘天寿自然也是随校辗转。可惜的是，自 1928 年受聘为杭州国立艺术院这十年间所积累的书画和收藏的古代字画因未携走而悉数被毁。1937 年冬，他打算提前将家人送往浙江南部山区避居，当一家人从杭州向诸暨、鹰潭一带西退时，路途上颠簸的生活让家人身患疟疾，不得不停在半途稍作休养。此时的潘天寿被"山雨欲来风满楼"的肃杀紧张气氛弄得有些心烦意乱，显得意兴阑珊。他在《丁丑冬避寇建德姜坞，梦醒闻雨感别》中感叹，"闲情莫复问芭蕉，别后空山信寂寥。梦醒一灯青欲炮，不眠如昨雨潇潇"。潇潇的冬雨寒彻透骨，携家带口的逃难生活自是不易。

  但是事情向着更严重的方向发展。1938 年春，杭州艺专与北平艺专在湖南沅陵合并为国立艺专，合并后成立的国立艺专奉命西迁昆明。途经沅陵

[①] 丰子恺：《教师日记》"原序"，教育科学出版社 2008 年版，第 1 页。

时正值中秋佳节，中秋节原本是与家人一道闻桂赏月之时，避乱沅陵的潘天寿此时却与家人天各一方，心中对家中妻儿的牵挂让他心潮难平。他一心盼望着战争能早日结束，尽早回到家乡，《戊寅中秋避乱辰州，清晨细雨恐夜间无月作此解之》可为证，"每忆秋中节，清光无等伦。料知今夜月，怕照乱离人。血泪飞鼙鼓，江山泣鬼神。捷闻终有日，莫负储甘醇"。在西迁昆明的过程中，原本秀美的云南山水在潘天寿的笔下含悲带怨，真是景随人变、物是人非。在《雨中渡滇海》中可以体会到诗人压抑的情绪，如《其一》中"烟水微茫接太清，墨云冉冉和波生"的诡谲；又如《其五》中"昆明池水具区水，莫问烟波何处深"的悲愤；再如《其六》中"烽火连年涕泪多，十分残缺汉山河"的忧怨。1939年国立艺专迁至昆明市郊的安江村时，暂借村中五座古庙坚持办学，教学条件之艰苦自不待言。

　　刚刚歇息下来，稍作调整的潘天寿此时得到家信告知小儿夭折的噩耗。幼子潘赦在浙江缙云时因日机轰炸受到惊吓，惊恐过度死亡。此时，正为如何恢复艺专日常教学而焦头烂额的潘天寿又闻此噩耗，内心悲痛欲绝。身困昆明不能返乡为亡子料理后事的他饱含深情怀念幼子，他在《哭幼子赦儿》中写道："此子非霸子，明丽玉为神。何事乱离里，竟违慈母身。问天天亦老，疑梦梦难真。万里投荒外，泪泽舐犊人。"幼子的早夭让潘天寿对于滞留山区的家人更加思念，战时的环境让通信变得更加困难。此时，一份平安的家书显得意义重大。在《日久未得家书作此寄之》中他写道："海色秋驮千里雁，乡情云滞万金书。且期不日归铜马，得遂初心荷月锄。""海色"两句意指消息不通，家书抵得万金。"且期"两句是希望抗战早日胜利，可尽早归乡躬耕。又是一年中秋时，1941年中秋潘天寿与家人一方困居昆明，一方远在江浙、相隔天涯，此时唯有相思寄明月。在《辛巳中秋避兵五云河阳对月口占》中希望能尽快结束战事，人如月圆，"无比今宵月，团栾白玉盘。玉盘证圆转，明岁圣湖看"。1942年以后，潘天寿的生活渐趋稳定。1942—1943年，潘天寿曾短暂任职东南联合大学，后又返回国立艺专授课。此后一直到 1945 年抗战胜利，潘天寿一直在昆明安居从教。[①]

在南方，广东、福建的画家们也受战乱所迫，纷纷出离家园外出流亡。粤闽两省与江浙两省一样，也属于书画盛行之地。著名的"岭南画派""福州八才女"即是其中代表。全面抗战爆发时，作为"岭南画派"代表人物之一的画家陈树人在武汉担任国民政府侨务委员会委员长。

陈树人（1884—1948），名韶，字树人，别号葭外渔子，广东番禺人。与高剑父、高奇峰并称为"二高一陈"，同为岭南画派创始人。除了有较高的绘画造诣外，他还是国民政府中的高级官员。自 1924 年起，曾先后任国民党中央工人部部长、广州国民政府秘书长、广东省代省长等职。从其履历中不难看出，陈树人是一位典型的官员型画家。1937 年，时任国民政府侨务委员会委员长的陈树人经历了日军对武汉的疯狂轰炸，这让陈树人和同僚们只能避难于防空洞求生。在《避难防空壕作》中他写道："风云惨淡会乘时，千古骚人无此奇。十队飞龙头上吼，小壕低坐静吟诗。"不断的空袭使得武汉伤亡惨重，积尸断肢触目可见，对此他既伤心又无奈，《倭寇机炮肆虐全国，所闻所见惨绝人寰，赋此志痛》云："残肢断胫积山丘，焦土何曾寸草留。黄裔岂应忘片刻，此为万世不消仇。"

1938 年，陈树人随国民政府机关从武汉迁往重庆，开始了他的后方抗战生活。重庆当时是陪都，也是日军重点轰炸的对象。他将自己遭受轰炸和迁徙避难的经历记录在《战尘集》中，《战尘集》"把抗战时代中的人们心中所感受的旋律，很微妙地记下来了……代表中华民族千万人心中哀与乐，沉痛与兴奋的心声"[②]。在《战尘集》中随处可见日军对重庆轰炸造成的恐怖，仅从诗题《五月三四两日寇机袭渝，死伤近万。海外部侨务委员会近旁落诸巨弹，皆不炸。烈火四围，延烧亦未殃及，有相慰者赋此示之》《五月廿五

---

① 参见卢炘《潘天寿年表》，《中国书画》2015 年第 5 期。
② 陈曙风：《战尘集·序》，载陈树人《陈树人诗集》，香港中国文化艺术出版社 2008 年版，第 308 页。

之夕,寇机又袭渝市。余避难青年会防空洞,附近落弹三四百颗。密迩者仅隔一二丈,轰风炸火硝烟一起突入洞内,景象极凄厉。口占纪之》《六月九晚,寇机五次袭渝,余所居旅社寝室户口落一巨石,室内则整然无恙也》《七月廿九日,寇机逾百,竟日袭渝市,警报解除后,晚归山中》中可以判断,诗人几乎每隔半个月就遭受一次大空袭。频繁的轰炸让陈树人深切感受到弱国子民的屈辱与辛酸,他以诗为史,在《五月三四两日寇机袭渝,死伤近万。海外部侨务委员会近旁落诸巨弹,皆不炸。烈火四围,延烧亦未殃及,有相慰者赋此示之》中写道:"千肢万体尽烦冤,惭愧微躯得苟存。此景铭心兼刻骨,毋忘代代告儿孙。"日寇除了采用空袭造成大量民众的伤亡外,更是对于反抗者直接杀戮,其中也包括陈树人的亲朋好友。同是岭南画派的友人罗仲彭曾与陈树人在20世纪20年代组织成立了清游会交流画艺,两人友情甚笃。不想在抗战逃难的过程中,罗仲彭被日寇逮捕后竟因痛骂日寇被杀害。在《哭罗仲彭(仲彭逃难宝山骂寇被戕)》中陈树人对于友人的英勇表示赞叹,对于日军的凶残愤懑不已,《其一》云:"忍得临风泪几行,私情公谊总堪伤。千秋画史光芒在,七十衰翁作国殇。"陈树人动荡不安的生活直到1942年才算是略微安定。

战争对普通民众的伤害尤为深重,冼玉清、陈声聪等以诗词的方式有所记录。在"国难文学"系列诗作中,冼玉清详细描述了日军对广州的轰炸情形,死伤惨重自是不计。为逃离日寇的侵扰,她从澳门归国后取道粤北,绕道湖南南部,到达粤北一带避居。"流离百咏"是她这一期间写作的系列诗词,包括《归国途中杂诗十首》《曲江诗草》《湘南诗草》《坪石诗草》《连州诗草》《黄坑诗草》《仁化诗草》等,这组诗词是抗战期间画家群体中规模最大的记叙逃难历程的组诗。陈寅恪先生曾这样评价"流离百咏":"大作不独文字优美,且为最佳之史料,他日有编'建炎以来系年要录'者,必有所资可无疑也。"[1] 冒广生也说"流离百咏""使人读之，如亲历其境，而觉此中有人呼之欲出焉"[2]。逃难途中冼玉清经历了不少波折，《廉江道中行李尽失留滞盘龙作》记叙的即是行李丢失后的狼狈与无奈，"刺破青衫踏破鞋，孤灯远笛总伤怀。更堪客里黄金尽，目断来鸿信息乖"。住宿条件更是寒碜，在《宿宾阳旅店》中感叹，"破桌渍油尘涴袂，断垣飘雨鼠跳床。倚装无寐偷弹泪，前路凄惶况远乡"。然而即使在逃难途中，冼玉清仍然心系战况。1944年第四次会战失利，长沙沦陷，蒋介石下令撤退。冼玉清听闻此消息悲痛交集，作《闻长沙奉令撤退感赋》以述怀，诗中写道："岳家军撼原非易，自坏长城可奈何。漆室沉忧非一日，问天无语泣山河。"从中可以感受到冼玉清炽热的爱国之心。

三、愤激抵抗类诗词

抗战时期的画家诗词除了困居类和逃难类外，还有愤激抵抗类。这类诗词在男性和女性画家的抗战类诗词中均可以看到。日寇的侵袭激起了全国人民的怒火，也激发了包括画家群体的激烈反抗。许多画家面对国家危难愿身披战甲亲赴战场，如潘天寿在《顾有》中就表示，"顾有头颅在，敢忘国步危。八公皆草木，何处不旌旗。人事原知愧，天心自可期。薏腾倚长剑，起视夜何其"。更多的情形是画家拿起画笔、诗笔为前线的将士激励鼓舞。1937年10月，谢晋元带领八百将士于上海四行仓库与日寇作殊死战，王个簃为此深受鼓舞。他在《谢景元团长师八百人死守闸北》[3]中写道："志士敢

---

[1] 陈永正：《碧琅玕馆诗钞·前言》，载冼玉清撰《碧琅玕馆诗钞》，广东人民出版社2008年版，第2页。
[2] 冒广生："流离百咏"序言》，载冼玉清撰《碧琅玕馆诗钞》，广东人民出版社2008年版，第42页。
[3] 作者按：书影确为"谢景元"，应为"谢晋元"。

当匈焰逼，残魂收拾挺孤军。苟全有路终非计，走险寻仇不论勋。粮绝矢穷身是胆，声嘶力竭手拏云。北风卷地连兵气，一枕难平万绪纷。"随着民众抗战热情的不断高涨，主动参军的群众越来越多。高剑父就曾送友人参军，《廿八年六月春霆仁弟从军湘潭倚装待发赋此赠行》云"衡岳独标三楚秀，君山犹剩九峰青。只今送汝孤帆去，薜荔回风怅渺冥"。言辞之间充满了对友人的赞誉和离别的惆怅。陈树人也鼓励前方战士奋勇杀敌，期待和平之日早日能够到来，《元旦用杜工部收京诗语意寄祝前方将士》写道："收京大任仗英豪，露布功成百战高。城上贼壕看铲尽，归来定及荐樱桃。"既然有战争，必然有死伤。画家们虽身不能亲赴战场，但心里念之系之。1938年，空军少尉张若翼与敌激战中不幸身亡，叶恭绰作《挽空军张效桓"若翼"殉国》表达对英雄壮烈殉国的敬意与伤悲，"飞将龙城去不还，空留碧血镇人寰。拏云苦念风期烈，逐日谁知志事艰"。徐悲鸿为抗日阵亡的战士作《招魂两章》为其招魂，《其一》云："恭奠香花沥酒陈，丕显万古国殇辰。显河耿耿凄清后，魂兮归来荡寇氛"。《其二》云："想到双星聚会时，兆民数载泣流离。同仇把握亡胡岁，预肃精灵陟降期。"

除了男性画家的反抗类诗词外，女性画家诗人也不示弱，其中以李圣和、陈小翠最为典型。李圣和（1908—2001），原名惠，别号印沧老人，江苏扬州人。主攻工笔画，以精巧细腻、刚柔相济见长，钻研古典文学，尤工诗词，有"扬州女才子"之称。1938年，台儿庄大捷。李圣和闻此消息喜出望外，作《喜闻台儿庄之捷》志庆。《其一》云"振臂高呼气不衰，先声已令贼锋摧。将军霆击从天降，战士云屯动地来"。《其二》云"决胜力谋持久计，救时想见出群才。会看饮马长城窟，直捣黄龙奏凯回"。欣喜之情溢于言表。陈小翠抗战期间困居上海，看到昔日海上繁华皆化为泡影心中难免伤感。她热情歌颂南宋抗金英雄岳飞，在《精忠石》中寄希望于岳飞再世力挽颓势，诗云"少保祠堂云气高，秋风石马夜萧萧。此心已化精忠石，雨打风吹不动摇"。1945年，上海光复，她半夜听到爆炸声喜出望外，作《午夜闻炸弹声知国军来沪喜占》云："九载围城事可哀，断无消息到天涯。轻雷一破胸头闷，知道声从故国来。"由此可知陈小翠长期压抑困苦后的喜悦。1945 年，漫长的抗战终于结束，全国人民普天同庆，欣喜之情自然难以描述。陈小翠在《乙酉八月十一日我国全面胜利喜书》中表达了自己对于抗战胜利发自内心的喜悦之情，诗云"爆竹声中噩梦回，十年初见笑颜开。狂风暴雨重重去，霁月风光苒苒来"。正是久旱逢甘霖式的情绪宣泄。

第三节 转折期(1949—1976):合唱与独吟

  中华人民共和国成立结束了多年的战乱,这对于饱受战争之苦的画家们来说,内心喜悦自然不言而喻。在战争时期,许多画家为了求生或留守原地、或迁居后方,经历了无休止的空袭,目睹同胞亲朋被屠杀于敌人的刺刀之下,心中悲愤非言语所能描述。画家作为知识界的一分子,与其他文化人一起用诗词和画笔记录下战争的残酷,抒发与敌战斗的豪情。中国传统画家原本习惯在静谧安详的环境下进行思想的交流和技艺的切磋。然而,战争的环境让这一切变得不再可能。在严酷的战争环境下,现代画家们经历了前辈画家所没有的社会大变革。许多现代画家生于晚清、历经民国、再进入新中国,这对于他们而言,既是人生与创作的机遇,也是思想与艺术的挑战。作为置身于革命文学话语秩序中的画家诗人,他们中的许多人由于来自不同于解放区的国统区或沦陷区文艺界,故而普遍面临着如何适应新的革命文艺话语规范的问题。如何在集体与个体、"大我"与"小我"、合唱与独吟之间做出新的思想与艺术选择,这关系到新中国成立后人民文艺的根本方向问题。所以,包括画家诗人在内的众多文艺工作者都经历了人生的转折与艺术的调试。

一、颂诗型画家诗人

  新中国成立后,绝大多数的画家群体见到一个和平稳定的新中国,都有发自内心的认同和赞赏。以颂歌的形式讴歌党领导下的新时代和新生活是这一时期诗词的主潮。这一时期的画家诗词虽然形式上是传统的，但无论是个人情感还是美学规范都注入了新的质素。即便对政治不太关心的画家诗人，例如吴湖帆，他们都发自内心地赞颂新的时代。吴湖帆（1894—1968），初名翼燕，字遹骏，后更名万，别署丑簃，号倩庵，江苏苏州人。工山水画，兼及人物画等，20世纪三四十年代与吴待秋、吴子深、冯超然并称"三吴一冯"。民国时期吴湖帆在海上画坛名气响亮，由于家藏丰厚加之个人天资卓越，他的画作在全国也声誉甚高。一向自视甚高的张大千经常提到他最为钦佩的两个画家，"吾昔日游京师，见溥心畬，作画出入古今，以为生平所见一人。及至上海，识湖帆先生，其人渊博宏肆，作画熔铸宋、元而自成一家，甚服我心，知天下画人未易量也"[①]。从张大千敬佩的语气中可以了解到溥心畬与吴湖帆可谓当时北京、上海两地画坛执牛耳者。

吴湖帆这样一位旧式作风明显、不太关心政治的画家在日记《私识新语》中用两首诗记录解放时的心情，题为《五月廿五日解放军入市》，《其一》云"炮声刺耳十三天，日事仓皇忧计煎。大难已过去八九，人心定自早安眠"。《其二》云"恶意宣传历绪纷，私非莫敢释疑闻。且看实事心当许，真是人民解放军"。[②] 吴湖帆此时的心境应该代表了当时许多期盼社会安定的画家和知识分子的心声。随着毛主席在天安门城楼上宣布："中华人民共和国中央人民政府今天成立了！"中国在经历了近代以来一百多年的动荡和战乱后，终于迎来了安定和平的生活。画家们发自内心地赞颂这一新的时代，吴湖帆作《沁园春·雪》庆贺：

> 动地银翻，弥天色变，满空絮飘。正朔风凛凛，黄尘漠漠；黲云黮黮，白浪滔滔。起伏重冈，参差烟树，一望无垠孰等高。临此景，

---

① 戴小京：《画坛圣手——吴湖帆传》，上海书画出版社2002年版，第59页。
② 吴湖帆：《吴湖帆文稿》，中国美术学院出版社2004年版，第306页。

叹国殇冷落，山鬼妖娆。

　　玉人顾盼生娇，看部曲弓刀尽出腰。向阴山踏月，角吹寒夜；长城饮马，歌续离骚。五岳纵横，江河南北，双贯中原一箭雕。春霁后，又花开花谢，暮暮朝朝。

从这首词中不难看出吴湖帆对于以毛泽东为代表的中国共产党驱除倭寇、统一中国的敬佩之情。吴湖帆在 1960 年听闻中国登山健儿问鼎珠穆朗玛峰时，还特意创作《沁园春·珠穆拉玛峰》表示祝贺，可见他对于社会主义的新面貌真心感到鼓舞。

　　万里云山，一片银涛，多是雪封。认玉苍苍里，擎天柱石，白茫茫底，大地蒙茸。悬结冰层，空临绝壑，展季节狂飙撼谷穹。人共道，见草莱霑露，飞走潜踪。

　　横虹。康藏西东，绾南国屏藩锁钥通。算云梦风流，凭谁管领，朝阳立马，惟我英雄。左挟昆仑，俯提扬子，正带砺河山顾盼中。齐鼓掌，仰红旗飘扬，第一高峰。

我们看到像吴湖帆这样以前不太关心政治的艺术家们在他们的画作和诗词中都出现了许多歌颂社会主义新生活的诗作和画作产生。在诗词领域，"颂歌"式的合唱成为这一时代的主音。

"颂诗"之所以成为这一时期画家们发自内心的价值认可，除了中国共产党结束了长期的战乱状态，成立了中华人民共和国外，还建立以人民当家作主的民主制度，这也让社会各界包括知识分子有了当家作主的主人翁意识。许多以前只专注于学术和绘画的画家们也开始关心时事，歌颂新时代的民主政治。在新中国成立前一直从事古籍整理和研究工作的张宗祥在《清平乐·浙江第二届人民代表第三次会议献词》中看到社会主义真正落实了人民民主，人民真正参政议政时感到非常鼓舞，词曰："同心苦干，战胜涝兼旱。牧畜森林都要管，副业力求完善。 会场聚集群英，发挥农业真情。中共红旗领导，大家奋勇前行。"从吴湖帆、张宗祥的诗词中，我们不难看到大部分的画家是自觉自愿地认同属于人民当家作主的新中国政权，一心建设社会主义新生活。实际上，新中国成立初期各种不同身份的旧体诗人与这一时期的新诗诗人如郭小川、贺敬之一样，都用诗歌文本参与到了"现代民族国家想象"的叙事进程中。本尼迪克特·安德森就认为，"民族国家"本质上是一种现代想象形式——它源于人类意识在步入现代性过程当中的一次深刻变化，其中印刷语言奠定了民族意识的基础。[①]

中华人民共和国成立后，社会的重点由革命转向建设。这一时期发生在工业、农业、科技、军事等领域的变化，引起了画家的关注。他们自觉运用毛主席的《在延安文艺座谈会上的讲话》作为创作指南，努力学习"文艺为工农兵服务、为大众服务"的宗旨，努力挖掘社会主义生活的新面貌，表现工农兵生活，表现火热的社会主义建设。社会主义现实主义成为"十七年"中国画的精神主体。翻看这一时期画家的画作，表现革命题材、工业建设和农村新貌的画作层出不穷，传统的山水、花鸟、仕女等中国画题材正日益变得多元化。例如，傅抱石创作了歌颂革命英雄的画《雨花台颂》（1958），表现社会主义新农村建设的《韶峰耸翠》（1959），赞美祖国山河的《江山如此多娇》（1959）、《陕北风光》（1960）等。吴湖帆创作了《北极冰山》（1953）、《红旗插上珠穆朗玛峰》（1960）、《庆祝我国原子弹爆炸成功》（1965）等一大批时代特色鲜明的中国画。

歌颂传统的确立不仅体现在绘画领域，在诗词方面也是如此。画家在动荡时代中眼见敌人的残忍杀戮、亲人的生死离别，因此更加珍惜和平年代

---

① 参见［美］本尼迪克特·安德森《想象的共同体：民族主义的起源与散布》，吴叡人译，上海人民出版社2005年版，第36页。

的来之不易。他们的"颂诗"主要包括两种类型：生产劳动类颂诗和节日庆典类颂诗。

（一）生产劳动类颂诗

1949年后绘画所经历的转变正是这一时期画家精神变革的折射，这是一次画家心灵"洗澡"的过程。中华人民共和国的成立只是复兴中华民族的第一步，紧接着的是艰巨的社会主义建设任务。20世纪50年代，国家开始针对农业、手工业和资本主义工商业的社会主义改造，"三大改造"以相当快的速度完成后，开始了社会主义经济建设的新阶段。1956年社会主义改造完成时，冼玉清在《庆祝广州市社会主义改造胜利联欢大会》中还记录下当时的广州城热闹欢庆的盛景。

> 隆冬和煦同春阳，越秀山头如锦装。庆祝社会主义大改造，六万群众欢声扬。体育场中人似织，红标金喜争颜色。环场鳞比万头攒，插空旗槛千竿直。动地回山爆竹声，铜锣枹鼓一齐鸣。工农商艺报喜讯，五年计划先完成。台上致词陶与朱，加强团结一车书。和平改造发潜力，巩固胜利途无殊。游行队伍花招展，联欢节目皆殊选。五音合奏尽成文，红么白纻何优衍。

社会主义改造完成后，开始了各行各业的大生产运动，在丰子恺的诗词中经常看到描写当时农业生产劳动的诗句。在《桂子飘香割稻忙》中鼓励儿童，"桂子飘香割稻忙，满城丁壮竞下乡。儿童也解供收获，争学成人运稻粮"；在《大搞农业》中鼓励农业生产，"大搞农业，五谷丰稔。经济发展，基础稳定。欢腾雀跃，庆祝国庆"。这一时期丰子恺创作了表现社会主义劳动场景的漫画，画作中漫画人物或劳动、或欢庆，与抗战时期的漫画表现战乱和逃难生活形成了鲜明的对比。

这一时期冼玉清也创作了大量描写社会主义农业生产的诗词。1955年冼玉清从中山大学退休后，担任了广东省政协委员，接受组织安排赴汕头、梅县地区考察。她这一时期写了两组以社会主义农业生产为题材的诗，分别是《视察春耕八首》和《潮梅视察十二首》。这对于以前蜗居书斋、以学术研究为己任的冼玉清来说是一项既新鲜又艰难的工作。冼玉清对此十分重视，她在《首途视察》中写道："春荒夏旱岂寻常，襆被驱驰到水乡。民食由来关大计，水源先觅问坡塘。"看得出她发自内心地关心社会主义的农业建设。当她看到原来农业生产是如此辛劳时，内心充满了感恩和激动。在《农民车水》中赞赏农民的勤劳，"车水轮班足不停，女丁勤不让男丁。高田十递都无水，辛苦深宵火一星"。在《农民日夜抢插》中感叹插秧双抢的繁忙，"黑夜拔秧朝抢插，长宵割麦日扒田。废眠失食农忙候，粒米都由血汗捐"。我们在冼玉清的笔下看到的农村不是如丰子恺笔下的漫画一样，只是简单地鼓舞斗志、加紧生产的样貌。她仍然保持了一个学者的习惯，在观察农村的同时也发现农村的种种问题。如《工地扫盲》中提及的文盲问题，"识字先从名物始，吾师遗教树风声。水车打井兼车水，陌上工余又扫盲"；如《党群问题》中提及的党群关系问题，"党群何事隔高墙，民主原来未发扬。深坐公厅听汇报，偏听偏信事堪伤"；如《福利问题》中提及的福利分配问题，"配肉评薪意见纷，可怜此腹负将军。金名福利应思义，惆怅多时旱望云"。从中不难看出，以前专注绘画或研究的画家诗人们在参观农业生产的过程中，情感已经发生微妙的变化，思想也已经历了改造的洗礼。画家诗人们对于新中国的认同感正是通过这种方式浸润到内心之中。

（二）节日庆典类颂诗

在"颂诗"型的诗歌中，除了对农业生产进行歌颂外，还有一类就是节庆类的祝词，包括各类节日或生辰的祝诗贺词。例如丰子恺的《题〈国庆九周年纪念〉》《题〈国庆十周年盛典〉》《光明都市：庆祝上海解放十周年》

《题〈国庆十周年纪念〉》《除夜点红灯》《今朝儿童节》《欢庆春节》,张宗祥的《一九六〇年元旦》《浣溪沙·一九六三年元旦作寄文史诸公》,冼玉清的《广州苏联展览会开幕歌》《看缅甸文化代表团演艺》《看捷克斯洛伐克展览会》,李圣和的《庆祝建国十周年四首》《庆祝一九六三年国庆二首》,宋亦英的《沁园春·庆祝中国共产党诞生四十周年》《忆江南·一九六三年元旦抒怀》等,像这类节庆类诗词还有很多。这类节庆诗词对于"时间"有着特殊的感受。在丰子恺的《光明都市:庆祝上海解放十周年》中,他这样描述上海解放后的变化:"红旗照耀处,木石尽生光。上海十年前,本是黑暗乡。自从插红旗,好比大天亮。万恶全肃清,众善日宣扬。投机无遗类,剥削自灭亡。流氓皆敛迹,娼妓出火坑。游民有归宿,乞丐去无向。货币常稳定,物价永不涨。"在这首诗中,我们时时看到新旧时代的对比,旧社会的贫穷和丑恶到了新社会一下子消失殆尽。这一时期的许多画家都像丰子恺一样加强了国家认同,自觉接受思想改造。丰一吟回忆解放后的丰子恺,"爸爸的手一直没有停过,他画呀,写呀……努力在作品中抒发他那拥护共产党、热爱新中国的心怀。'努力改造自己,将心交与人民',他曾撰写了好几副这样的对联广送亲友。爸爸就听党的话,努力改造世界观,一心一意跟着党走"[1]。

这种自发的认同和改造源于画家切身感受到新旧社会的强烈对比。这种对比让画家们意识到解放的重大意义,每到重要的节庆日,常常会让画家不由自主地总结和比较,而这种总结和比较的背景正是新的国家政权建立和新的政治制度确立。因此,这种时间的比照意义显得更加突出。张宗祥在《一九六〇年元旦》中这样总结新中国十年来的社会变化,"建设十年后,欣逢十一年。光明新路线,照耀旧山川。水库看生电,荒原尽辟田。炼钢炉过

---

[1] 丰一吟:《回忆我的父亲丰子恺》,载丰华瞻、殷琦编《丰子恺研究资料》,宁夏人民出版社1988年版,第130页。

万,获谷亩超千。老幼安居乐,工农结合坚。精神尊马列,兄弟拟苏联。朝日光如火,西风散作烟。追随毛主席,事业史无前"。无论是对于节日的庆祝还是对于党的歌颂,我们发现诗人们都一直强调"解放"这一具有启蒙意味的时间节点的意义。时间原本无始无终,无所谓新旧之分、优劣之别,然而当西方公元纪年方式被引入中国后,时间变得有着明显指向性的意义。时间变成一个从旧到新、从落后到先进的线性历程,时间被赋予了话语含义。"(时间)是靠话语本身来组织意义的,因为时间本身不可能作为它自己的完整的本质,它是在某种条件下才变成'时间'的。"[1] 现代性本来就是时间的政治,所谓的"某种条件"指的正是叙事的话语意义。中国古代的时间观是循环式的,很难产生明显的对比意识,而西方纪元方式引入中国后,时间的指向意义变得突出和明显。新中国的建立为时间赋予了意义,画家们之所以如此在意节庆、在意节庆所代表的时间意义,不过是一次次强调"解放"这一具有启蒙含义的时间节点意义。一次次书写即是一次次强调。在反复强调中,新中国的意义被如此叙述出来。

我们发现这类诗词不仅是用于自我创作和自我欣赏,它常常是以唱酬的方式在诗词爱好者中间传播,旧体诗词爱好者通常在知识结构和价值认同上趋向保守。这类"颂诗"型的诗词创作与传播虽然不如郭小川、贺敬之等创作的新诗影响力大,但在旧式知识分子文化圈层中却颇有影响。更不用说,像丰子恺这样借助通俗易懂的漫画形式配合诗词创作的画家诗人的诗词播散范围更广。"颂诗"型的旧体诗词在意识形态召唤和思想整合方面具有新诗所不具有的优势,这也是这一时期毛泽东诗词在旧体诗人群体有广泛影响力的原因。

---

[1] 李杨:《抗争宿命之路——"社会主义现实主义"(1942—1976)研究》,时代文艺出版社1993年版,第14页。

二、私语型画家诗人

新中国成立后,不断开展的文艺批判运动,给当代中国知识分子和作家带来了不同程度的人生和精神困扰,这就使得部分画家诗人与主流文学秩序或政治话语规范之间保持一定的距离。随着极左思潮不断侵袭文化领域,一部分画家采取疏离的态度独自徘徊于自己的艺术世界,只关注书画诗词创作。在那个年代,这类私语型的画家声音之微,并不容易受到关注。即使如潘天寿这样背景清白、政治正确的画家在"文革"中被诬陷批斗时,也有自我辩白之语,如《己酉严冬被解故乡批斗归途率成》(其三)所言:"莫此笼絷狭,心如天地宽。是非在罗织,自古有沉冤",更何况那些政治上略有微瑕的画家。要言之,这一时期的画家诗人的"独吟"以自娱的方式吟唱或与友人酬答,在这类画家诗人的诗词中找不到任何抑或很少有时代痕迹。这些"私语"语境下的发声显示出画家思想的斑驳和复杂。这类画家诗人较有代表性的有张伯驹、陈小翠、吴藕汀等。

张伯驹(1898—1982),号丛碧,别号游春主人、好好先生,河南项城人。生于官宦世家,民国四公子之一。曾任盐业银行董事、总稽核,国家文物局鉴定委员会委员、吉林省博物馆副研究员、副馆长等职。早年过继给伯父张镇芳,张镇芳1915年创办盐业银行,1918年张伯驹任盐业银行董事兼总稽核。青年时代的张伯驹好交游、爱红颜,与一般的世家子弟并无二致。青年时期与文人交游的经历促使他认真学习传统艺术。30岁是他人生的转折点,这一年他开始学习书法绘画,写作诗词,收藏书法字画,31岁开始学习京剧,真正开始了文化人身份的转变。由于热爱书画加之家境优渥,他陆续收藏了我国存世最早的法书墨迹《平复帖》、存世最早的山水画《游春图》、范仲淹的书法《道服赞》等一批国宝级书画作品。为了搜集和保护这些文物,他曾经倾其所有购买这些文物。甚至在日伪时期,汪伪特务以绑架的卑劣方式逼迫他交出《平复帖》等藏品时,他也以死相拒。中华人民共和国成立后,他悉数将所藏文物或捐献或低价转让的方式让渡给国家,可见其爱国心。

张伯驹新中国成立前的词主要收入《丛碧词》,新中国成立后张伯驹的词作主要收入《春游词》《秦游词》《雾中词》中,这些词作体现了张伯驹遭遇政治劫难后的从容与达观,以近乎笑傲山林的姿态独立于时势之外。从这三部词集来看,我们看不到张伯驹有时代痕迹的词作,大多数是与妻子潘素游览山水的纪游词作或与友朋酬答的唱和之作。实际上这一时期张伯驹的生活过得并不如意,1958年被划为"右派",1961年被调往吉林省博物馆工作。《春游词》主要记叙的是他在吉林长春生活的场景,词集中纪游之作居多,《六州歌头·长白山》《鹧鸪天·壬寅冬初,独立吉林松花江上看雪》《飞雪满群山·癸卯中秋前后,长春降雪,与钟美赋秋雪词》《临江仙·咏迎春花》等词作吟风弄月,丝毫看不出有任何的抱怨或不满。《六州歌头·长白山》盛赞长白山的壮丽,词曰:"昆仑一脉,迤逦走游龙。承天柱,连地首,势凌空,耸重重。直接兴安岭……有灵池水,森林海,千年药,万年松。喧飞瀑,喷寒雾,挂长虹。鼓雷风,南北流膏泽,分鸭绿,汇伊通。开镜泊,蓄丰满,合浑同。屹立穷边绝域,从未受,汉禅秦封。看白头含笑,今见主人翁,数典归宗。"全词近乎自然风光白描,深得画人三昧,唯有"屹立穷边绝域,从未受,汉禅秦封"句,隐约可见诗人内在的个性与风骨。1970年,张伯驹前往吉林省舒兰县朝阳公社劳动改造。随后,他从吉林省博物馆退职。6月暂住西安女儿家时重游西安诸地,作有《秦游词》。从《浣溪沙·华清池》《鹧鸪天·登骊山》《鹧鸪天·过曲江》等词作的字面上很难直接看到政治对张伯驹个人的影响。《鹧鸪天·过曲江》中,诗人对个人波折不系于怀,游性正酣。词曰:"三月正当上巳天,芳春锦绣过长安。鬓香发气迎风散,面粉唇脂照水妍。 联翠袖,整花钿,前呼后拥下云軿。近前便得嗔无碍,犹许寻常百姓看。"此词写上巳节美女如云、游人如织的场景,词尾两句尤能显示出诗人的风趣与豁达。这种豁达开朗的性格使得"他作词，绝不小巧尖新，浮艳藻绘；绝不逞才使气，叫嚣喧呼；绝不饾饤堆砌，造作矫揉。性情重而气质厚。品所以居上，非可假借者也"①。周汝昌的评价正是对张伯驹词作至高的赞誉。

陈小翠与完全拥戴新中国、全身心地描绘与歌颂新政权的画家们有所不同，她是一步三叹地被裹挟着进入新的时代。之所以如此，与她旧式闺阁作风有关。陈小翠中华人民共和国成立后所作的词作收入《冷香词》（1950—1952）和《夜锦集》（1950—1953）中。在困难时期，她在写给女儿的信中用诗《避难沪西怀雏儿代书》二首婉曲地表达了思念之情，"举国无安土，余生敢自悲。回思离乱日，犹是太平时。痛定心犹悸，书成鬓已丝。谁怜绕枝鹊，夜夜向南飞。欲说今年事，匆匆万劫过。安居无定所，行役满关河。路远风霜早，天寒盗贼多。远书常畏发，君莫问如何"②。

吴藕汀（1913—2005），浙江嘉兴人，晚号"药窗"。工诗词、擅丹青、喜好拍曲，兼通版本，旁及金石篆刻。主要著述有《词名索引》《词调名辞典》《吴藕汀宋词画册》《药窗诗话》等。在《〈药窗诗话〉二编后记》中吴藕汀点明了诗集写作于"文革"期间，"《药窗诗话》作于十年困厄之中，当时只要有支败笔、几张破纸，未免结习难除，凭记忆所及，随笔乱写"③。《药窗诗话》中的诗词隐喻性强，看似谈古论俗，但诗句间总蕴含着满腹的牢骚和埋怨。有人评价其诗词"剥离历史尘埃，推倒历史定论，敢想人之所以不敢想、敢言人之所不敢言的学术勇气"④。例如有的诗词借历史人物有所讽刺，如《琼花》云："妖花一树诱隋炀，兵阻龙舟起瓦岗。纵是野谈非正史，

---

① 周汝昌：《张伯驹先生词集序》，载张伯驹《张伯驹词集》，中华书局1985年版，第4页。
② 《避难沪西怀雏儿代书》五律二首为美国华侨提供，收入陈小翠诗集《翠楼吟草》，真实性待考。
③ 吴藕汀：《药窗诗话》，中国人民大学出版社2007年版，第65页。
④ 余杰：《岁月的温情与锋芒》，载吴藕汀《药窗诗话》，中国人民大学出版社2007年版，第5页。

何时玉蕊补唐昌。"又如《妲己》云："祸国殃民出有苏，女娲一怒谴淫姝。人心蛊惑弥天罪，历久相传九尾狐。"有的看似点评历史人物似有他指，如《韩侂胄》云："无功受戮玉津园，边衅妄开是祸源。殃及陆游辛弃疾，也因主战被人言。"有的则明显对时事有所怨尤，如《温天君》云："灾异酿成饥饿群，氤氲邪气未之闻。西来传染多瘟疫，逐疫还求温将军。"又如《鹌鹑》云："鱼鼠为鹑属子虚，登巢入穴说尧居。无端同类相残杀，付与闲人当牧猪。"

吴藕汀不仅写诗还作词。他回忆自己的一生曾表示，"四十五至五十五是填词"，指的就是1958—1968年。吴藕汀的词作均为自印本，大致有《书楼遗咏》《药窗词》《嘉兴词征》等。词作中的怨念应该是抱怨得不到正常待遇所致。从其友人的回忆文章中可窥见新中国成立后在浙江图书馆整理古籍的吴藕汀状况并不太佳，"暗壁藏乌鼠，残书蠹白鱼。夜深无寐月儿孤。却忆花阴，描出捕蝉图。　埋骨红薇树，丧身绿蝶裙。楼头青草几番枯。对此愁宵，思念小狸奴"[1]。"文革"结束后，吴藕汀的词作减少。友人曾问他为何晚年不再填词了，他笑称："有饭吃了，词也穷了。"[2]

三、走向域外的画家诗人

新中国成立后，有一批画家诗人因为各种原因离开大陆在中国台港或国外定居，这一批画家诗人大部分在大陆以外的地区坚持创作，用绘画、诗词、曲艺的方式传播中国传统文化。

溥儒（1896—1963），原名爱新觉罗·溥儒，初字仲衡，改字心畬，自号羲皇上人、西山逸士，北京人，满族，为清恭亲王奕䜣之孙。溥心畬的诗

---

[1] 张建智：《陋室天地有乾坤——怀念吴藕汀》，《博览群书》2011年第2期。
[2] 范笑我：《〈吴藕汀手书药窗词册页〉序》，载范笑我《我来晴好》，上海辞书出版社2013年版，第110页。

分两个阶段：去台湾前的诗结集为《西山集》，共51首；去台湾后的诗结集为《南游集》，共286首。此外还有词集《凝碧余音词》，共69首。《西山集》收录了他青年时期的作品，《战后孤城登望》一诗可见其这一时期的家国情怀，诗云"古戍临边暮色低，千家萧瑟夜乌啼。登城不见桑干水，斜日云横太白西"。"桑干水"典出唐代诗人刘皂的《旅次朔方》："无端更渡桑干水，却望并州是故乡"，他借"桑干水"表达内心深处的思乡之情。

去台湾后的溥心畬过得并不如意。《南游集》卷首第一篇《登燕子矶》情绪低沉悲惋，"乱后悲行役，空寻孙楚楼。萧萧木叶下，浩浩大江流。地向荆襄尽，山连吴越秋。伊人在天末，瞻望满离忧"。该诗首联"乱后悲行役，空寻孙楚楼"即语含悲意。这首五律作于1947年，正是所谓战后之时，故有"战后悲行役"一说。孙楚楼为金陵盛景，"空寻孙楚楼"典出李白的《玩月金陵城西孙楚酒楼，达曙歌吹，日晚乘醉，著紫绮裘、乌纱巾，与酒客数人棹歌秦淮，往石头访崔四侍御》中"朝沽金陵酒，歌吹孙楚楼"一句。颔联化用自杜甫的《登高》，"无边落木萧萧下，不尽长江滚滚来"。尾联点题，天涯人满眼离忧，苦涩酸楚之味萦绕心头。

中华人民共和国成立前，张大千的诗词很少涉及政治，在他心目中绘画是第一位的。张大千（1899—1983），原名正权，后改名爰，字季爰，号大千，四川内江人。早年的张大千酷爱绘画，为求精进画艺，四处拜师学艺。曾拜师于曾熙、李瑞清学习书法，向谢玉岑学习诗词，与溥心畬、黄宾虹、陈树人、经亨颐等书画名流相往来。书画技艺一直是张大千孜孜以求的全部事业。他与谢稚柳等三五好友一起远赴敦煌摹写壁画，为世人认识敦煌壁画的价值立下了汗马功劳。四年的敦煌潜心学画经历让张大千画风为之一变，色彩和线条的变化更趋自由流畅，颇有几分南北朝及唐代绘画的风貌。他四处游历，《峨嵋纪游》《西康游屐》等组诗记录下他当时游览祖国西南的足迹。唯有抗战胜利之日，他作《题红荷图庆抗战胜利》以志庆，诗曰："大喜收京杜老狂，笑嗤胡虏漫披猖。眼前'不忍池'头水，看洗红装解佩裳。"

张大千自注云："'不忍池'在东京，为赏荷最胜处也。"此诗构思精巧，在抗战胜利日当天，他想到了去日本不忍池赏荷的胜景，意在言外，别有一番胜利者的豁达。张大千寄居印度期间，创作了许多大吉岭题材的纪游诗作，如《大吉岭》《大吉岭闲眺有作》《自加尔各答还大吉岭》等。1952 年他开始筹划定居南美，1955 年在巴西圣保罗筹建八德园，这期间他在世界各地推介中国的绘画艺术，为弘扬中国传统艺术做出了重要贡献。从这一时期的诗歌创作来看，由于他四处游历和大量创作绘画，因而这一时期纪游诗数量众多，如《瑞士雪山游屐》《日本游诗》《壬寅九日大屋山登高》《巴西石濑》等。张大千的纪游诗数量可观，题画诗则数量更多，如《题七十岁自画像》《题葆罗所绘山水》等，涉及政治的诗词较为少见。虽然他有意回避政治，但仍可以从众多的纪游诗和题画诗中发现诗人时常闪现的怀乡之情，如《怀祖韩兄妹》《江南忆旧》《忆摩诘山园》等。

旅居域外的画家诗人大多数并未放弃自己的学术理想和艺术追求。相反，他们将自己的事业与中国紧密联系在一起，为中国文化的研究和传播贡献了毕生的精力。这些中国文化的研究者和传播者的代表人物是饶宗颐、蒋彝和张充和等。

饶宗颐（1917—2018），字固庵、伯濂、伯子，号选堂，广东潮安人。当代著名学者、书画家，在经史研究、考古、宗教、哲学、艺术、文献等方面均有较高造诣。少年时期的饶宗颐即显现出惊人的学术才华，18 岁被聘为中山大学广东通志馆纂修，22 岁辅助叶恭绰编定《全清词钞》，佐王云五编《中山大辞典》，26 岁任无锡国学专修学校教授，30 岁任华南大学文史系教授，并担任《潮州志》总纂。1949 年，时年 32 岁的饶宗颐面临学术选择时，时逢同乡兼资助人方继仁建议他留居香港。饶宗颐权衡再三后决定待在香港继续自己的研究。他留在香港后不久被聘为香港大学中文系讲师，开始了他香港时期的研究和艺术事业。

饶宗颐除了学术研究外，书画诗词亦是其所长，他是"标准的文人画家"①。他各体兼备，赋、诗、词、骈文等皆有创作。他作有10余篇赋，如《蒲甘赋》《落花生赋》《蟹赋》；诗集10多部，如《佛国集》《西海集》《白山集》《黑湖集》等；词集6部，如《固庵词》《榆城乐章》《睎周集》等，骈文30余篇，如《法国猎士谷史前洞窟壁画颂》等。饶宗颐的诗词与其他书画家不一样之处在于，诗词创作与其学术研究紧密联系，如《佛国集》是他1963年考察印度、斯里兰卡、缅甸、泰国等地的创作。1966年，他在法国研究敦煌写卷时，与法国汉学泰斗戴密微教授相往来，结集为《白山集》。饶宗颐的诗词学术性强，除了记录其研究轨迹的特点外，大量西语入诗亦是其特色，例如《冒雨游伽利（Karli）佛洞，汪德迈背余涉水数重，笑谓同登彼岸。诗以纪之》《康海里（Kanheri）古窟二首》等都不避外语。这一方面与他丰富的游览经历有关，另一方面也与他深厚的学养有关。与一般的旧体诗人将英文词直译为汉语入诗不同的是，他的旧体诗采取"反译法"，即将英语、法语等外文词汇反译为妥帖的汉语入诗，例如《蝉居（Lou Cigalige）偶成三首》《醋山（Mont Vinaigre）》中"蝉居""醋山"的意译，这显示他充分的学术自信和文化自觉。饶宗颐以其卓越的学术能力和旺盛的创作精力，成为香港文化界乃至华人文化圈中重要的学术大家。

蒋彝毕生在海外从事中国文化的传播和推介工作，然而人们对蒋彝了解得并不多。每当人们列举20世纪70年代以前能熟练地用英文介绍中国文学艺术的华裔学者时，首先会想到林语堂。如果说，林语堂是以他的小说和翻译向世界介绍中国的话，蒋彝则主要是通过他的书画让世界感受中国的文化魅力。蒋彝（1903—1977），字仲雅，又字重哑，笔名"哑行者"，江西九江人，为英国皇家艺术学会会员、美国哥伦比亚大学终身教授，被选为美国艺术与科学院院士。曾出版游历画记《湖滨画记》《战时画记》等12本

---

① 李铸晋、万青力：《中国现代绘画史》（当代之部），文汇出版社2004年版，第166页。

诗配画的画册。蒋彝1933年即远赴英国，初衷是为了去英国学习化学。赴英之前，他曾担任三年多的江西省九江县县长。在任期间，蒋介石先后向江西中央根据地进行了四次"围剿"。长期的"围剿"加之自然灾害频发，使得蒋彝目睹了灾民生活的窘状。他曾在《江州牧——自责》中对于九江的贫困和腐败表示深深的自责，"新任江州牧，本是江州人。从政有年日，颇悉民间情"。诗中讲述一对老年夫妇家庭在贫困和兵灾中风雨飘零的故事。夫妇俩年老多病，长子被兵匪所害，幼子因水灾颗粒无收饿死，儿媳在外乞讨为生。诗歌较为典型地刻画了在天灾人祸侵扰下破败的江西农村的情形。末尾诗人发出感叹，"忍哉州牧心，出此弦外音！怨牧牧何恨，所恨上下侵！"以县长的身份为民请命，可见蒋彝为人为官的耿直。赴英游学期间由于经济所限，他不得不另谋生路，经人建议他到英国西北部湖畔地区（The Lake District）游历，用他"中国之眼"——异域的视角和中国传统的书画来表现英国的风貌。[①]1937年，他的第一本画记《湖区画记》出版。《湖区画记》用新的艺术形式来表现英国民众所熟悉的景色，立即引起了读者的注意。蒋彝以此为契机，又出版了《约古郡画记》《伦敦画记》《牛津画记》《都柏林画记》《爱丁堡画记》等系列画记。蒋彝的"画记"系列共同的特点是用中国的笔墨来表现西方的景观，这种做法一开始遭到英国友人的反对，觉得两者之间并无关联。但是，蒋彝认为英国的水彩画和中国的山水画在技法上有许多相似之处。他在不断尝试之后，发现在建筑和人物的表现上两者之间确有相通之处。英国艺术理论家赫伯特·里德（Herbert Read）曾在《哑行者湖区画记》序言中指出："蒋先生和渥尔渥斯（笔者按：即华兹华斯）皆清楚表明，所有真实的感受与思维都是相通的。人与自然的关系，就是两种永恒的关系，天地恒在人恒在。会变的是人类表述与感知这层关系本质的能

[①] 参见王一川《"中国之眼"及其它——蒋彝与全球化语境中的跨文化对话》，《当代文坛》2012年第3期。

力。"①里德正是看到了不同艺术传统之间在情感表现上的共通性，正是这种共通性跨越了不同地域之间的局限。正是他艺术上的创新使得早在20世纪初，对东方诗画艺术非常陌生的英国读者感受了同样的艺术触动。

1946年，蒋彝短暂访问美国。他站在帝国大厦等摩天大楼上俯瞰风景，在《摩天楼俯瞰》中感叹"云楼耸立如春笋，烟雾深深各失形。入夜始知天在下，凭栏我若蹑群星"，被战后美国发达的物质文明和进取精神所震撼。他将访问美国的经历结集为《纽约画记》，同样在美国取得了巨大的成功。由于蒋彝"画记"系列的成功，1955年他收到美国哥伦比亚大学的邀请，赴美国讲授中国文化。到了美国之后，他又先后出版《巴黎画记》《波士顿画记》《旧金山画记》等新的画记系列，直至1971年从哥伦比亚大学退休。虽然蒋彝一直在海外漂泊艰难求生，但他的画作、诗作中始终可以看到中国的影子。在《巴黎画记》中他用画家的诗意满怀深情地回忆了家乡的美景，"柳丝飞嫩黄，竹叶有情绿。好伴笑轻盈，双鸠戏水浴"（《乡思二绝》其一），从诗句中不难读出蒋彝对于家乡的怀念与深情。晚年蒋彝在归国之前，曾在给老友白山夫妇的信中表明自己的心迹："我至今所经历的痛苦生活，你们俩是没法想象的。我这一代中国人，没人能享受完整的家庭生活。这一切都源于蒋介石政府的统治不力。……如果他英明治国，我根本不用离开中国。"②由于战乱的原因及蒋彝对个人事业的追求，他大半生都漂泊海外，但他毕生坚持通过中国式的笔墨描绘自己眼中的世界，为世界了解中国的艺术作出了独特的贡献。

因为个人原因远渡海外的画家还有张充和。张充和（1914—2015），生于上海，祖籍安徽合肥，著名的"合肥四姊妹"之一。张充和早年受私塾教育，国学功底扎实，特别是在昆剧、书画方面造诣颇深。青年时期求学于

---

① ［英］赫伯特·里德：《湖区画记·序》，载［美］蒋彝《湖区画记》，上海人民出版社2010年版，第22—23页。
② 郑达：《西行画记——蒋彝传》，商务印书馆2012年版，第397页。

北京大学，1947年在北京大学教授书法和昆曲。1949年与德裔美籍学者傅汉思结婚，同年赴美。随丈夫先后在斯坦福大学、耶鲁大学工作。定居耶鲁后，在耶鲁大学美术学院讲授中国书法和昆曲，直至1985年退休。张充和的画作多以山水为主，配以诗词，寥寥数笔显得清新脱俗。张充和的诗词散文主要收入《张充和诗文集》。她的诗以出国赴美为界可分为两个阶段，赴美前的诗词主要以生活记录为主，赴美后的诗词以酬答为主。

张充和婚前的诗作少女气息十足，充满待字闺中的少女特有的晶莹剔透的情绪，如《荷珠》云："闪灼光芒若有无，星星摇动一茎扶。直从叶破疑方解，不是珍珠是泪珠。"又如《凤凰台上忆吹箫 咏荷珠》云："玉液仙盘，好风微雨，新来吹到莲池。岂尘生洛浦，溅上瑶枝。无奈相逢翠盖，凝睁处，梦影涟漪。最怕是，萤飘蝉泊，败叶低迷。 依依，尽翠摇篷转，粉褪房空，忍肯轻离。怅一点清辉，与露同晞。驻得彩云明月，灿流光，容易西驰。待春到，莺簧溜啭，犹忆灵姿。"偶有伤感也是为赋新词强说愁，如《蝶恋花》云："病榻初欣春意好，柳絮飞来，惊见春光老。窗外驴铃鸣向晓，檐前山色常相恼。 才见朝阳红树杪，又是斜晖，和闷和烟杳。消尽朱颜花事了，但教归梦萦芳草。"又如《渔家傲》云："睡起欲成流水调，双蛾敛尽弦声杳。客梦迢迢春草草，樱桃小，绿芜庭院花枝俏。月有盈亏天不老，朱颜休向花枝恼。惹袖余香还自保，谁知道，明年不比今年好。"张充和抗战时期到达重庆，在教育部下属的礼乐馆工作。当时她为了帮助经济困难的年轻画家蒋风白，经常为其画作题画，如"秋梦远，何处觅秋痕。故蕊有情还入画，轻烟着意写秋魂，珍重惜芳樽"（《望江南 题蒋风白〈竹菊图〉》），又如"杯酒在天涯，吟边日又斜。襟怀无着处，寻梦到梅花"（《题蒋风白〈寻梅图〉》），再如"省识浮踪无限意，个中发付影双双。翠苹红藻共相将。不辞春水逝，解道柳丝长。 投向碧涛深梦里，任他鲛泪泣微茫。何劳芳饵到银塘。唼残波底月，为解惜流光"（《临江仙 题蒋风白〈双鱼图〉》）。张充和的题画诗和闺秀诗一样，也以清新雅丽见长。"何处觅秋痕""杯酒在天涯""不辞春水逝,解道柳丝长"等句中都充满了淡淡的忧伤。1949 年赴美之后,虽然张充和的生活略有波折,但整体而言,属于富足平静。由于丈夫傅汉思在加州大学、耶鲁大学任职,她结识了一批美国汉学界爱好昆曲的学者,李方桂、王季迁、项馨吾等旅美曲学界人士都曾为她的《曲人鸿爪》题词。1956 年,胡适在加州大学伯克利分校任客座教授,当时经常到张充和家中写字。他就曾借用元代曲学家贯酸斋的曲词《清江引》为《曲人鸿爪》题词,"若还与他相见时,道个真传示。不是不修书,不是无才思,绕清江,买不得,天样纸"[①]。1968 年,张充和在哈佛大学演出《思凡》《游园惊梦》时,杨联陞、余英时、叶嘉莹、蒋彝等都对张充和的昆曲技艺赞叹不已。杨联陞赞道:"万壑争流传古韵,百花齐放听新莺。今宵定有还乡梦,春在山阴道上行。"(《杨联陞观剧诗》) 余英时也说:"一曲《思凡》百感侵,京华旧梦已沉沉。不须更写怀乡句,故国如今无此音。"(《余英时观剧诗》) 连叶嘉莹都惊喜于昆曲海外传佳音:"白雪歌声美,黄冠舞态新。梦回燕市远,莺啭剑桥春。弦诵来身教,宾朋感意亲。天涯聆古调,失喜见传人。"(《叶嘉莹诗》) 从诸位友朋对张充和的赞誉之词可以知道她被誉为 20 世纪"最后的闺秀"并非偶然。

[①] 张充和口述,孙康宜撰写:《曲人鸿爪》,广西师范大学出版社 2010 年版,第 146 页。

第四节 复苏期（1977— ）：归来与更生

新时期以来，诗歌发展迎来了新方向的调整，旧体诗的诗体地位重新得到认同。以前一大批从事旧体诗词创作的诗人和画家或将他们以前创作的诗作重新结集发表，同时涌现出一批年轻的爱好诗词创作的中青年画家。新时期以来画家诗人群体大致可分为两类：一类可称之为"归来者"的画家诗人。这批诗人大多数出生于20世纪初期，"文革"前乃至解放前一直从事书画诗歌创作。新时期以来，许多爱好诗词书画的画家们重新拿起手中的画笔，抒发心中的诗情；另一类是作为"新生代"的画家诗人。他们大多在青年时期受新式教育影响。进入新时期以后，或因书画创作的需要或因传统文化的感召，开始较为系统地学习诗词创作。这两类诗人形成新时期画家诗人的主要群体。

一、作为"归来者"的画家诗人

所谓"归来的画家诗人"，主要是指这些画家诗人成名较早，早期已有诗作或诗集问世。由于时代的原因停止了歌唱，新时期以来又重新开始书画诗词创作，"归来的画家诗人"诗作特点主要表现为时代性强。与前一辈诗人相比，对于韵律、平仄要求较为宽松，有大量的新词、新概念入诗。当然，由于新时期诗词创作的话语环境较为宽松，各种现代主义乃至于后现代主义思潮在国内广为传播，这就无形地激发了画家诗人创作个性的多样化，戏谑性或油滑性在这一时期的画家诗词中有所体现。从诗歌内容上看，对于那些经历过"文革"劫难的画家诗人来说,对历史的回忆、反思和讽喻是无法回避的课题,而且他们将历史延伸于对新时期改革开放社会现实生活的比照中,从而大大提升了传统画家诗词的艺术表现力和思想容量。从诗词主题上看,由于"文革"结束后画家诗人的创作自由度增大,诗词写作热情高涨,因而"颂歌"传统得到继承和发扬。从歌颂社会主义新中国的劳动与建设转变为歌颂打倒"四人帮"的英明决策,抒发社会主义建设新高潮为主。吴作人、蔡若虹、启功、黄苗子、王伯敏等是"归来者"画家诗人的主要代表。

吴作人(1908—1997),江苏苏州人。曾就读于南国艺术学院、南京中央大学艺术系,师从徐悲鸿。曾赴欧学习,1935年留学回国后任教中央大学艺术系,解放后历任中央美院副院长、院长。1938年,吴作人回国后随"战地写生团"赴前线体验生活。20世纪40年代后,吴作人陆续开始创作诗词,这一时期创作的诗词主要以描绘陕甘青地区风貌为主。如《塞上月夜》描绘的是赴西北写生时客居兰州的情形,"云雨阴晴变万端,流边未必更辛酸。楼头少女偷弹泪,塞月侵人透骨寒"。诗歌寄托了吴作人心忧国事、望月思乡的感情。1944年至1945年,他又奔赴康藏高原,留下了《青海之滨观舞》《河西行三首》《访莫高窟》《道出西安两首》等纪游诗。新中国成立后,他与其他画家诗人一样,写下了《东北之行》《登大小兴安岭》《镜泊湖》等颂歌体的诗作。从《东北之行》中的诗句"手挥五色写江天,朝发新青暮延边"和《登大小兴安岭》中的诗句"冻气堕肤指,歌声震虎熊。英雄披日月,壮志誓贞忠"可见吴作人对社会主义建设的雄心壮志。

"文革"期间,吴作人的诗作较少,题材多以纪游为主。1975年,他在赠与美学家王朝闻的画作《金鱼》中曾题画一首,"一夜雷和雨,几曾破壁飞。何劳神笔手,浅底乐翔回"。这首诗很容易让人联想到艾青的名作《鱼化石》,"动作多么活泼,精力多么旺盛,在浪花里跳跃,在大海里浮沉。不幸遇到火山爆发,也可能是地震,你失去了自由,被埋进了灰尘;过了多少亿年，地质勘察队员，在岩层里发现你，依然栩栩如生"。艾青在诗中借鱼化石比喻"文革"中被禁锢的诗人形象，吴作人则将自己比喻成在浅底洄游等待时机破壁而出的金鱼，可谓有异曲同工之妙。"文革"结束后，吴作人创作了一批怀念友人的伤逝之作，深切缅怀在"文革"中逝世的师友。《悼念寿昌师》悼念的是戏剧家田汉，《怀邓拓》悼念的是历史学家邓拓，《跋潘天寿〈花石图卷〉》怀念的是师友潘天寿，《悼雏雅》悼念的是画家雏雅。20世纪80年代前后，吴作人的诗风渐趋明朗。从他的诗作可看出诗风充满亮色，如《天工纵鬼斧》云"金沙腾白浪，石鼓擂红埃"；又如《漓江即景二首》（其一）云"幸得长庚今宵现，北辰闪烁照千峰"；再如《苍山细雨》云"苍山吹细雨，洱海落长虹"。吴作人的诗作一直延续到1990年，《炼石溅东海》是吴作人最后的诗作，"炼石溅东海，海西有王生。挥斧凿裂璞，出魄吐真魂"。诗人自比心怀赤诚的璞玉，虽历经岁月侵蚀、顽石裹挟，然终有破卵之日，这首诗是吴作人一生坚定人格的自我写照。

与吴作人一样，蔡若虹也是左翼画家。蔡若虹（1910—2002），原名蔡雍，江西九江人。曾担任鲁迅艺术学院美术系教员、《晋察冀日报》美术编辑等职。解放后，先后担任《人民日报》美术编辑、文化部艺术局副局长、中国画研究院副院长等职，诗集主要有《若虹诗画》。蔡若虹诗词创作的时间跨度较长，从20世纪60年代末开始一直延续到80年代初，70年代是他诗词创作的高峰时期。他的诗词主要以反映社会主义生产和建设为主要内容。60年代创作的《拾薪》《搭桥》《负橡》《运粮行》《破冰》《负石》《挑水》等反映的是艰苦条件下人民坚持生产的场景。在《水调歌头·负石》中，人民群众艰辛劳动的场景有着生动的画面感，"头难动，身难直，脚难行。胸中有个包袱，还比石头沉。事业行藏用舍，年岁声名功罪，高压近千钧。无私腰杆硬，忘我一身轻"；在《挑水》中，清晨挑水人形象栩栩如生，"早起挑泉水，黎明无限美。灯窗染醉颜，雪野披罗绮。晨空静更寒，曙色青复紫。山月不偷闲，照我敲冰齿"。70年代，蔡若虹依然将农业生产作为诗词创作的主题。虽然同样是对社会主义农业生产充满歌颂和赞美之情,但蔡若虹的诗词中少了冼玉清诗词中好奇的旁观者姿态,更多的是作为农业生产参与者的姿态。他不在意捣粪时的辛苦,如《满庭芳·捣粪》描写的清洁场面,"但惹苍蝇,不劳蜂蝶,泥封过了寒冬。临耕捣粪,忙煞白头翁。不见行人掩鼻,还笑我:'细货精工'。谁理会,追肥逐臭,毁誉一身同"。也不辞农田夜灌时的劳累,如《夜灌》时的欢欣,"疏星明灭暮云残,独守长渠灌碱滩。哑嗓蛙鸣知水缺,酡颜月上兆天干。生须玉黍难消渴,卷叶青苗未饱餐。羡尔银河流不尽,一锨飞去弄潺湲"。这种态度上的差异,既因为家庭背景差异,也因为二人成长道路所接受的教育方式有所不同。

"文革"结束之后,作为文艺领导者的蔡若虹在写作艺术评论的同时,仍然坚持诗词创作。80年代初,蔡若虹的诗词题材有所扩大,不仅将农业生产作为表现题材,而且增加了回忆故友、参观画展、游记山水等内容。《怀念鲁迅先生》《岁暮怀绀弩》《怀念邹韬奋同志》《怀念茅盾同志》等皆为怀人诗词,《看广西少数民族歌舞》《葛洲坝合龙》《谒霍去病墓石》《秦陵看出土兵马俑》《访都江堰》《访杜甫草堂》等记录了他的游历。即使是表现生产劳动题材,诗词也是以回忆的形式表现,如《青玉案·歌颂小桌子》云"地盘略比餐盘大,但生产、连环画,画里风光多变化,渔樵耕稼,忠贞奸霸,桌小容天下。 莫从名利争多寡,实践方能验真假,记得鲁翁三句话,关心大众,启蒙能懂,不作离群马"。与80年代蔡若虹发表的一系列偏于保守的艺术评论相比,他的诗词中怀旧和纪游内容显示出人性中温暖柔和的一面。

启功(1912—2005),字元白,也作元伯,号苑北居士,北京人。曾任北京师范大学教授、国家文物鉴定委员会主任委员、中央文史研究馆馆长、西泠印社社长等。启功曾先后出版诗词集《启功韵语》《启功絮语》《启功赘语》,这些诗词集合编为《启功丛稿》。启功新时期以前的诗词主要集中于在《启功韵语》的前半部分,他的诗词大多是新时期创作的。启功的诗词书画启蒙时间很早，幼年时期即受祖父影响，立志做一名书画家。19岁时，师从戴绥之学习诗词。同年受同宗前辈溥心畬赏识，参加翠锦园文人雅集，与张大千等书画名流从学雅集。从早期社课《社课咏春柳四首拟渔秋柳之作》《社课咏福文襄故居牡丹限江韵》《八声甘州·社课题姚公绶画墨竹》《清平乐·社课咏落叶》等诗作来看，他早期所受的诗词教育以温柔敦厚为主，注重韵味和意象，属于传统的诗词写作方式，这与他后期诗词中主张语词通俗、油滑戏谑的风格形成了鲜明对比。

1933年，年仅21岁的启功经傅增湘介绍进入辅仁大学任教。1952年院系调整后，入北京师范大学中文系任教。这一时期启功由于受病痛折磨，创作了不少描述受病痛折磨的诗作，如《沁园春·美尼尔氏综合症》《鹧鸪天·就医》《颈部牵引》《千秋岁·就医》等，可知启功的身体状况并不乐观。但从他的诗词中，我们看不到启功的哀叹，反而常常是用乐观的调侃态度来面对病痛的折磨，如《沁园春·美尼尔氏综合症》中对美尼尔病的戏说，"似这般滋味，不易形容。明朝去找医生。服'本海啦明''乘晕宁'。说脑中血管，老年硬化，发生阻碍，失去平衡。此症称为，美尼尔氏，不是寻常暑气蒸。稍可惜。现药无特效，且待公甍"。虽深受病痛折磨，一直久拖成疾，仍然笑面应对，《痼疾》诗云"随时笔债偿还有，未信吾生此便休。多少名医相蹙额，斯人大患在其头"。启功除了受病痛折磨外，妻子的意外逝世也让他深受打击。1975年妻子章宝琛受病痛折磨不幸逝世。启功与妻子是母亲操办的包办婚姻，但婚后两人感情甚笃、相偕相助。妻子一直勤于照顾启功和他的母亲，启功深表感激。妻子的突然离世，让启功不知所措。他满怀深情地写作《痛心篇二十首》怀念与妻子相濡以沫的岁月，可谓是悼亡诗中的杰作。

"文革"结束后，启功的生活迎来了新的转机。除了落实政策，恢复教授职务外，著作《诗文声律论稿》和点校的《清史稿》先后出版，意味着启功的工作开始步入正轨。他在《开国三十周年祝词》中显得意气风发，一扫前作中的哀婉笔调,"卅载开基远,三秋拨乱多。工农增事业,学校盛弦歌。永断遮天手,同持返日戈。欣逢更化际,珍重好山河"。从诗句中不难看出启功发自内心的喜悦心情。

20世纪80年代以后,书画交流和文化活动的逐渐恢复使得像启功这样精通文史且对书画创作有实际经验的专家显得异常稀缺,因而在启功的诗词中可以看到他参加各类书画展览、文化交流活动的身影。从《中华书局七十周年纪念》《辛亥革命七十周年征题》《偕日本书道访中团至曲阜,观汉碑。赋此赠之二首》《应香港中文大学之邀南行访问四首》《北京师范大学八十周年纪念祝词》《周口店北京猿人头盖骨发现处征题》《西域书画社征题》《姑苏建城二千五百年纪念征题》等诗题均不难看出启功在新时期以来活跃于书画文化领域,为传统文化的重建做了许多切实的工作。

除了参加各类文化活动外,书画鉴定也是他的重要工作。1983年,国家文物局成立古代书画鉴定组,鉴定组主要包括启功、谢稚柳、徐邦达、刘九庵、傅熹年、杨仁恺、谢辰生等七位专家,被称为"书画鉴定七人组"。1986年他又被任命为国家文物鉴定委员会委员。从《在合肥安徽省博物馆鉴定书画留题》《观秦陵兵马俑坑,惜杜牧之不及见也,留题一首》《傅君大卣精拓砚背达摩面壁图赞。图刻极精,唐子畏款则蛇足也》《题吴君子玉临清明上河图二首》《题丛碧堂张伯驹先生鉴藏捐献法书名画纪念册》等诗词中可以看出,启功繁忙的鉴定工作。文物鉴定涉及的文学、语言、历史、典章、礼仪等各种内容颇为复杂,需要通盘了解才能胜任。启功屡屡被委以重任,可见其文史知识的渊博和鉴定经验的丰富。

新时期以来,提出诗词创作自由的画家诗人除了启功外,还有黄苗子。黄苗子(1913—2012),本名黄祖耀,广东中山人。曾任《新民报》副总经理、人民美术出版社编辑、中国美术家协会理事、中国书法家协会常务理事等职。新时期以来,黄苗子重归诗坛以他讽刺"四人帮"的诗作为标志。1976年"四人帮"被粉碎,黄苗子创作了《江神子·题〈四蟹图〉》《题它山漫画册子》讽刺"四人帮"的专横霸道。《江神子·题〈四蟹图〉》云："郭索江湖四霸天，爪儿尖、肚儿奸，道是横行曾有十来年。一旦秋风鱼市上，麻袋裹、草绳栓。 釜中那及泪阑干，一锅端，仰天翻，乌醋生姜同你去腥膻。胜似春光秋菊茂，浮大白，展欢颜。"诗中看似好像在描写烹煮螃蟹的过程，但明眼人一看便知是讽刺"四人帮"之作。另一首题画诗《题它山漫画册子》也是属于借题发挥，"乂乳假发唐宫装，妖声怪气称老娘。老娘自是首长首，草头王与狗头狗，文痞文元吹鼓手，牛鬼蛇神有尽有"。诗中将江青为首的"四人帮"丑态一一描绘，极尽讽刺之能事。黄苗子的诗歌观念与启功相近，他也是主张以轻松幽默的态度对待诗词。他认为"诗无雅俗"，"这些'雅'是把'俗'经过无数次淘汰后才保存下来的，是文人雅士独占了文字领域千百年后留下来的'雅'"[①]。应该说，长期的漫画创作影响了黄苗子的诗歌观。他的漫画常常以讽刺各种丑陋现象为主题，这种幽默调侃的绘画风格影响了他的诗歌创作。舒芜就认为黄苗子的打油诗是受了漫画的影响，"苗子年轻时是画漫画的，他的打油，特别在题漫画诸首中多所施展，漫画与油诗，本来相得益彰"[②]。

新时期以来，黄苗子写作了不少伤逝类的诗词，悼念在"文革"中逝世的友朋故交，如《悼李景波》《吊绀翁》《悼人美》《悼司徒慧敏》。另外，这一时期他创作的人物素描类的诗词较有特色，这类诗词通常三言两语地描绘出人物的精神特征，颇具画家思维特色。如《题丁聪漫画像》中描绘《张贤亮像》，"功盖开荒队，名传牧马人。当年太狼狈，今日可斯文。男人重性格，中国染精神。栽培绿化树，端为四时春"，可说是对张贤亮的创作和精神的准确概括。《保护稀有活人歌，戏为元公作》用调侃的笔调描绘了新时期以来，启功门前络绎不绝的热闹场景。

[①] 黄苗子：《雅俗无别》，载黄苗子《学艺微言》，生活·读书·新知三联书店 2011 年版，第 31 页。
[②] 舒芜：《牛油集·序》，载黄苗子《牛油集》，花城出版社 1989 年版，第 5 页。

国子先生醒破晓，不为惜花春起早。只因剥啄叩门声，"免战"牌悬当不了。入门下马气如虹，吁寒问暖兼鞠躬。纷纷挨个程门立，排队已过三刻钟。先生歉言此处非菜市，不卖黄瓜西红柿。诸公误入"白虎堂"，不如趁早奔菜场。众客纷纷前致词，愿求墨宝乞唐诗。立等可取固所愿，待一二日不嫌迟。或云夫子文章伯，敝刊渴望颁鸿词。或云小号新门面，招牌挥写非公谁。或云研究生，考卷待审批，三四十卷先生优为之。或云书画诗词设讲座，启迪后进唯公宜。或云学术会议意义重，请君讨论《红楼梦》。或云区区集邮最热衷，敢乞大名签署首日封。纷呶未已叩门急，社长之外来编辑。一言清样需审阅，过期罚款载合约。一言本社庆祝卅周年，再拜叩首求楹联……

　　这首诗让我们看到启功晚年访客盈门的忙碌和嘈杂。当黄苗子用调侃的笔调描绘渴求启功书画的众生相时，看到的不仅是人们对于启功字画的急切，更看到了群众对于启功书画艺术的认可。

　　值得注意的是，黄苗子在悼念友朋故交逝世的诗词中，有六首悼念聂绀弩的诗作《吊绀翁六首》，情感真挚地缅怀聂绀弩的为人，歌颂他的骨气。如《其一》云"恸悼胡风作，青蝇句尚新。世间吊人者，人亦吊其人"；又如《其二》云"三草煎心草，七哀喷血哀。世人皆欲杀，吾意独怜才"；再如《其四》云"赤心炽于火，锻成千首诗。诗成荐轩辕，魑魅乃享之"。从诗歌中不难看出黄苗子对于聂绀弩的逝世十分悲痛，"世人皆欲杀，吾意独怜才"。不仅如此，在其诗集《牛油集》后记《学诗乎？》中黄苗子更是直言："在诗当中，我是聂绀弩的崇拜者，他的许多诗，读了有使人啼笑皆非之感"[①]，"鲁迅的诗为聂绀弩开了一条路，而绀弩则由于时代经历和鲁迅不

[①] 黄苗子：《学诗乎？》，载黄苗子《牛油集》，花城出版社1989年版，第122页。

同，聂诗显得更深沉、更含蓄，更鞭辟近里"[1]。黄苗子高度评价聂绀弩的诗歌成就，显示出黄苗子对聂绀弩诗才的钦佩和赞颂。

　　有的画家不是以政治内容明显的诗词作为回归的标志，而是关注书画诗词本身，这类诗人以王伯敏最为典型。王伯敏（1924—2013），别名柏闻，笔名田宿繁，斋号半唐斋，浙江台州人。1947年毕业于上海美专，曾任中国美术学院教授，博士生导师，国内著名的美术史家。曾编著《中国绘画史》《中国版画史》《中国美术通史》《中国少数民族美术史》《中国绘画通史》五部美术通史类著作，并著有《中国民间剪纸史》《中国画的构图》等三十多部美术著作。由于其专业的学术背景，王伯敏的诗多与绘画有关，论画诗是王伯敏诗歌的重要特色。他的早期诗歌主要集中于60年代，《于故宫读"神龙"本〈兰亭序〉》《题古版刻画》《记长沙帛画兼呈郭沫老》《题宾翁铅笔速写册》《读李唐画》《题〈古代肖形印集〉》等是这一时期的诗歌作品。早期的论画诗主要针对某一具体画作的真伪或美学问题进行论述和阐释，属于画学知识的积累时期。《记长沙帛画兼呈郭沫老》主要就长沙帛画中龙凤纹饰的具体问题与当时的史学权威郭沫若讨论，诗云"上绘展翅凤，旁图矫健龙。正是龙与凤，引导升天魂。并非善斗恶，不与离骚通"。他借助诗歌的形式表达了与郭沫若不同的美学观点。

　　新时期以来，随着绘画史知识的不断丰富，王伯敏的论画诗不再简单地对某一画作或绘画现象进行评论，而更多地专注于画学理论的宏观把握和画理的探究，这说明王伯敏的理论水平的不断提高。《半塘斋论画二十首》《论理法》《论画》《论诗与画》《山水画学引》《书画乐》等均表达了他的美学观点。在《半塘斋论画二十首》中他系统阐释了画学基本原理，如《其一》云"咫尺千山舞，依稀万木荣。长河无点墨，似见笔纵横"，讨论的是远与近、虚与实之间的关系。"麝墨浓如漆，狼毫力似针。无妨怜白水，渴笔长

---

[1] 黄苗子：《学诗乎？》，载黄苗子《牛油集》，花城出版社1989年版，第125页。

精神",讨论的是色彩与笔法的关系。中国画的主体是黑与白的艺术,墨并不完全就是黑,墨亦分五色。白并不代表空洞,白亦有韵味和内涵,中国画正是在黑白的节奏调和中表达对山水自然的摹写与体味。王伯敏的论画诗抓住中国山水画的根本问题进行论述,见解之精辟让人佩服。他曾在《论理法》中概括绘画的理法,"法尽理无尽,理尽法又生。画法原无限,至关天地情"。这是对绘画技法和绘画原理辩证关系的总结。绘画的技法变化层出不穷、难以穷尽,然而无论画法如何变化,总是以师法造化为宗旨,表现世间人情为归依,这正是中国画的精神内核。除了讨论画理的论画诗外,王伯敏大量的题画诗也体现了他的画学思想。如《题画册页》(其一)云"兴来泼墨破三疆,咫尺山川雾里藏。画到妙时无完局,犹如断句可成章",这种体悟堪称直抵艺术三昧;又如《论书画用印寄赖少其先生》云"天成画趣近长康,妙有书姿似二王。若也个中无一印,教人穷议不成章",同样是知音之言。总之,王伯敏的论画诗既有画理的阐释也有画艺的讨论,充分显示出书画学人的本色。

二、作为"新生代"的画家诗人

20世纪80年代初期,随着书画创作环境的逐渐改善,新生代画家拿起画笔,安心从事书画创作,这一类画家诗歌的总体特征是书画生活的职业化和日常化书写。在这些画家诗人的笔下,我们很少看到对历史的反思和追问,这也是"新生代"画家诗人在创作上与"归来者"画家诗人的明显不同之处。可以看到这一类画家诗词中许多关于日常生活的描写,或赏鱼观花,或畅游山水,或酬答师友。诗词中没有剑拔弩张的紧张,亦没有幽怨不平的郁结,这一类画家诗词显得平和安详。

从画家诗词创作实际来看,这一类画家旧体诗词除了具有日常化的特征外,多样化也是重要特点。例如画家黄纯尧酷爱三峡,不仅画作中多三峡题材，而且诗作也以三峡为主。范敬宜本职为新闻工作者，业余兼工书画。因此，在他的诗词中常可见到新闻类题材的诗词。这些变化可视为多元化社会思潮在书画家诗词领域的反映。当然，这一类画家的诗词在继承书画一体、反映时代主题等值得肯定之处外，也存在一些问题。

由于这类画家诗人在审美上偏向于传统和保守，故而他们的旧体诗词创作中没有出现如新诗界的新生代诗人倡导的那种"反诗化"诗潮，也没有出现如"归来者"诗歌那样的反思性诗潮，主要问题在于思想性和艺术性上存在着一定的缺憾。这批"新生代"画家诗人普遍没有接受严格的古典诗文训练，而且大都接触古典诗词较晚，有些甚至是在成年后出于书画创作的需要，通过自学的方式不断完善诗词知识，因而他们书画诗词的写作基础并不牢固，尤其是在把握旧体诗词的格律和音韵方面还有一定的欠缺。偏好写词、自度曲等形式较为宽松的格式，说明诗人在把握古典诗词的平仄格律方面还有一定的欠缺。另外，由于缺乏对日常生活诗意提炼的能力，因而易出现流于形式的"老干体"诗词。老干体诗词虽然属于颂歌传统，但由于缺乏真情实感，千篇一律的模式化歌颂容易让诗词流于情感的"油滑"而饱受诟病。许多非职业性的画家诗人也加入这一时尚群体中，他们在政界、商界、文教界的主业之外从事诗书画创作，带来了新时期书画诗词的繁荣兴盛，同时也难免泥沙俱下，滥竽充数者不在少数，这就在整体上制约了新时期"新生代"画家诗词艺术质量的提升。21世纪以来的画家诗词如何在继承中发展是一个值得思考的问题。是继续在诗词的日常生活化方向上滑行，还是面对社会现实做出回应？依然以传统纸媒为传播载体，还是借助网络传播平台扩大影响？这些都是画家诗词面临的新问题。

20世纪90年代的画家诗词不仅没有呈现萎缩的态势，相反借助传统文化的复兴和书画市场的繁荣而显得热闹非常。这一时期出现了例如黄纯尧、鲁慕迅、范敬宜、范曾、陈冷月、陈云君等一批画家诗人。

黄纯尧（1925—2007），四川成都人。1947年毕业于国立中央大学艺术系，曾师从徐悲鸿、黄君璧、谢稚柳、傅抱石等人，工山水画。后来任南京师范大学美术系教授、四川文史馆馆员。黄纯尧的诗词主要是以题画诗为主，早期以常见的黄山题画诗为主要题材。1985年他退休返回故乡四川，创作了一系列以三峡为主题的画作，如《夔门》《庙峡》《巫山耸秀》《瞿塘峡》《神女峰前晓雾开》等。对于三峡的热爱和钟情也体现在他的诗词创作中。从1978年起，他就开始创作与三峡有关的诗词，《船入巫峡》是画家离乡三十余年后首次返川时所作，"华鬓回乡兴倍浓，巴山蜀水喜重逢。巫山召我入巫峡，神女出迎望霞峰"。可见诗人当时热切回乡的喜悦心情。1985年后，他的三峡诗词数量明显增加，三峡几乎成为他唯一的诗歌题材。《峡江新貌》《西陵峡》《鬼门关》《滴翠峡》《梦巫山》《峡江雾残》《争上游》《登龙峰》《小三峡深秋》《西陵峡残阳》《云绕莲沱》等均是他赞美三峡秀美风景的佳作。《雨涨夔门》中写到了夔门的险峻，"夔门雄峙锁川东，激浪滔滔撼碧空。一夜哗哗千里雨，翻江咆哮涨山洪"。《云绕仙女峰》展现了三峡的秀美，"仙子初睡醒，白云绕脚生。飘渺飞腾过，来去本无心"。《瞿塘峡》则描绘了三峡的雄浑，"下削上悬两岸山，抬头难见巍峨巅。巨轮如叶人亦小，雄哉伟矣大自然"。在讴歌三峡的壮美风景中，我们时时感觉到黄纯尧对于祖国山水发自内心的热爱之情。他的诗歌明畅通达，诗风雄浑大气，颇有白乐天遗风。正是这种发自内心情感的诗情使得黄纯尧的诗作清浅但不庸俗，因为诗人拥有一颗热爱祖国山河的赤子之心。与黄纯尧不同，鲁慕迅的诗词不仅长于咏物，而且善于描写江南水乡的景致。他的咏物诗多为生活常见之物，诗题如《玉兰》《石榴》《水仙》《樱桃》等。与吴昌硕或陈曾寿等人的咏物诗不同，鲁慕迅的咏物诗并没有刻意的文化寄托，而是纯粹为物所喜，爱其姿态，类似于静物写生诗。如《玉兰》云"翠带飘萧舞袖长，山风阵阵散幽香。荒崖绝壑人难到，烟露深藏九畹凉"。又如《水仙》云"一缕幽香触鼻来，凌波仙子到清斋。纤尘不染亭亭玉，白朵青瓷供石台"。他写景的诗词也是因为感受到自然之美而有感而发，如《忆江南·雨窗》云"潇潇雨，凉透绿纱窗。竹外细流声续断，远村鸡唱入微茫，听雨读骚庄"。又如《三台令·水乡居》云"门对荷塘数顷，漫天叶气花香。风露青苍一片，雨过云水都凉"。鲁慕迅的诗词之所以显得祥和宁静，一方面与他倡导的"真诚"的艺术观念相关，①另一方面也与其宁静祥和的生活状态密不可分。

范敬宜是媒体人出身，担任重要党报领导。与此同时，他也爱好书画诗词创作，属于官员型的书画家。范敬宜（1931—2010），江苏苏州人。1951年毕业于上海圣约翰大学中文系，曾任《辽宁日报》副总编辑、《经济日报》总编辑、《人民日报》总编辑，清华大学新闻与传播学院院长等职。范敬宜的诗词创作主要集中于20世纪90年代，他的诗词主题与职业属性紧密相关，许多诗词创作与报纸期刊事件相关，如《七律·赠人民日报抗日老战士》《兴国从来在得人·贺〈中华英才〉创刊十周年》《试看江上巧妇炊·贺〈新民晚报〉"夜光杯"创刊五十周年》《筑巢都在百姓家·贺〈温州晚报〉创刊五周年》《志在遍吹改革风·贺浙江〈改革月刊〉创刊五周年》《昆明池水活鱼多·贺〈云南日报〉北京记者站成立》《七律·告别〈人民日报〉》等。从这些诗词中可以看到范敬宜作为党报的主要领导，时时关心新闻事业发展的殷切之情。由于身处领导职位，他的诗词在内容上显示出宏观概括的特点，在情感上主要是以歌颂和鼓励为主，这形成了他颂歌体的诗歌风格。除了鼓励和祝贺兄弟报刊社庆等事宜外，他作为党报主要领导，在重要节庆活动中多有贺词。《有形史诗献中华》是他庆祝中华人民共和国成立五十周年的献词，"风起云涌五十年，辉煌璀璨史无前。翻天覆地奴变主，倒海翻江玉腾烟。巨手开创新世纪，长夜迎来艳阳天"。诗词情感真挚，气势恢宏大气。类似的词作还有《水调歌头·建党八十周年感怀》，"沧海横流日，天下尽滔滔。凭谁立马危岸，奋臂射狂涛。一任浪谲波诡，何惧千磨万击，百战见英豪。星火燎平野，猎猎红旗飘"。范敬宜的节庆类诗词，情感

---

① 参见陈池瑜《趣雅品高——鲁慕迅新文人画之境界》，《美术观察》1996年第8期。

不可谓不真挚，但是他的这类诗词存在一定的问题。与解放初的同类型诗词相比，他的节庆类诗词显得有些被动和牵强，"老干风"是这类诗词在抒情上的通病。这恐怕也是作为官员型的诗词作者难以避免的普遍问题。倒是范敬宜的画主要是以山水风景和士人隐逸为题材，显得清雅别致，透露出传统文人画的风采。

范曾（1938— ），字十翼，别署抱冲斋主，江苏南通人。1962年毕业于中央美术学院中国画系，师从蒋兆和、李可染、李苦禅等人。曾任北京大学中国画法研究院院长、讲席教授，南开大学、南通大学终身教授。范曾的诗词创作始于70年代，讽刺"四人帮"的《四害除，普天庆》颇有些类似黄苗子的《江神子·题〈四蟹图〉》，"岁岁重阳赏菊花，今年兴味更无涯。持蟹濯浪村边去，一母三公醉晚霞"。他在美学上主张"新古典主义"，以"回归古典，回归自然"为美学追求，创作了大量以古代人物为题材的画作。在诗词趣味上，范曾也偏向古典。他的诗歌风格属于以苏轼、辛弃疾为宗的"豪放派"，诗歌内容多为礼赞古代圣贤、歌咏历史遗迹。如在《过屈原庙》中哀悼忠臣屈原，"九死灵均意不平，高丘无女泣孤行。乘鹥赤水流沙远，故土西陵大月明"；在《吊苏公祠》中凭吊苏轼，"夜阑偶作庄生梦，酒后聊为楚客狂。洞酌泉边椰子树，一枝一叶总昂藏"；又如在《采石矶怀李白》中对诗仙李白的追念，"杖剑浮游学楚狂，青崖白鹿自昂藏。飞觞醉忘红尘梦，弃铗吟怀极乐乡"，皆可见其古典主义的情怀。90年代以来，随着传统文化的复兴，他的画作影响不断扩大，其美学主张也日益得到画坛的认可。他在《毋忘众芳之所在——论二十世纪美的误区和古典主义的复归》中认为谈论新古典主义的精神就是谈论人文精神。"回归古典一词，它旷逸的一面，是与古人邂逅，异代知己，有朋自远方来不亦乐乎；它峻烈的一面，则是不会以食古人剩菜残羹为己任，对一切古已有之的东西，我们同样抱着薙其繁芜、掇其精要的精神。"① 范曾高举古典主义的美学大旗,将庄子的逍遥精神注入绘画和诗词中。《庄子显灵记》《庄子赋九弄》《减字木兰花·庄子赞》等都是他以庄子为题的诗词。他在《减字木兰花·庄子赞》中盛赞庄子的逍遥精神,词曰"端崖何处?子自逍遥天外耄。鼓缶长歌,造物归留似走梭。大椿言寿,梦里人生巡宇宙。齐一彭殇,万类沉浮共八荒"。无论绘画还是诗词,范曾都强调贯通古今,他尤其强调从道家美学而不是从儒家诗教中寻找为当世所用的传统艺术资源,这使得他的诗词创作视野开阔,大都具备雄奇奔放的"气势美"②。不仅他的庄子系列诗赋以气势见长,范曾的题画诗同样具有如此艺术气度。他在《题兆三兄中国名胜百图百句五十韵》中赞颂祖国山水名胜之美,诗云:"大海之西珠峰东,一片棠叶飞鸿蒙。千秋浮云舒复卷,万古江山造化工。欣君橡笔倚天地,百胜图景意葱茏。挟仙遨游丹霞外,诗思纵横弥碧空。"而他在《题徐悲鸿奔马图》中赞赏的也是徐悲鸿笔下奔马的雄壮气势,诗云:"风容飒爽羡徐公,鬓尾千丝白玉骢。落日大旗征伐后,流霞戎帐浩歌中。将军伟绩留勋表,骏骥霜蹄立昊穹。莫漫哀鸣思战斗,回归莽野亦英雄。"这首七律奔放沉雄,其气势美与范曾所倡导的道家古典主义文艺主张密不可分。

进入 21 世纪以来,随着网络旧体诗坛的崛起,出现了不少网络画家旧体诗人,"老树画画"和"大曾涂鸦"就是其中最有影响的两位。刘树勇(1962—),山东临朐人。1983 年毕业于南开大学中国语言文学系。同年,到中央财经大学中文系任教。"老树画画"是刘树勇的网名,他长期在高校从事美术教学和评论,近年来也在网络上发表诗画作品,可谓风行一时。他的诗配画作品数量巨大,无论画风还是诗风,以清雅素淡为主,但绵里藏

---

① 范曾:《毋忘众芳之所在——论二十世纪美的误区和古典主义的复归》,载范曾《范曾诗文选集》,浙江古籍出版社 2008 年版,第 12 页。
② 宁宗一:《文学家范曾》,载范曾《范曾诗文选集》,浙江古籍出版社 2008 年版,第 483 页。

针,颇有针砭力度,隐约透出一种民国风味,颇暗合民众的民国怀旧心理。正如老树自己所言,他的题画诗"多为六言,就是古体诗的格制"[①],诗多无题,语言质朴幽默,其中隐含着画家诗人对于社会现实生活的深刻理解和达观态度。如无题诗云:"大年已经去了,体重增加不少。酒也喝得忒多,血压有所提高。……明天开始上班,又得忙忙叨叨。人生就是这样,不知不觉变老。"又如无题诗云:"人人各有难处,没有谁比谁好。都是了却此生,你说哪低哪高?有心方可应世,无驻才能逍遥。起风了!"这种诗风有明显的打油风味,在不经意间写出了民众的无奈心态。老树的绘画色调清新淡雅,诗歌简明通达,常常借助古朴乡村生活的描写来表达对宁静安详的传统生活形态的向往,这对于如今日渐繁忙紧张的都市人群来说无疑具有很大的吸引力。老树曾经在采访中强调"逃避现实是我唯一的内心现实"[②],因而遁世的处世哲学、民国小人的艺术形象、油气通俗的题画诗成为老树诗画鲜明的艺术标签。

曾初良(1967—),号墨海痴人、也乐斋主,湖南湘乡人。"大曾涂鸦"是曾初良的网名,其人本为公务中人,近年来借助网络发布诗画作品,影响力与日俱增,与"老树画画"堪称南北双璧。虽然大曾自谦诗画是"胡涂乱画瞎题诗"[③],但并不妨碍作品受到广泛欢迎。大曾诗画在质朴和诙谐上与老树诗画有相通之处,其题画诗都有打油诗的味道,但不同的是,老树淡雅挺秀而大曾浓重苍劲,大曾身在南方却有北人的狂放,老树身在北方却有南人的清丽。如大曾的无题诗云:"几个老友来相会,相互叮嘱别喝醉。兴致一起全都喊,能喝不喝也不对。喝到最后把瓶摇,既然开了别浪费。哪怕回家做检讨,表达感情不后退。"这与老树的清丽决然不同。又如无题诗云:"老头聊发少年狂,白云作帐地当床。三千野花皆宠爱,今日召来睡一房。"

---

① 老树绘著:《在江湖》,广西师范大学出版社2015年版,第284页。
② 老树绘著:《在江湖》,广西师范大学出版社2015年版,第151页。
③ 大曾绘著:《大曾画话》,海天出版社2019年版,第3页。

这倒是与老树诗画息息相通。

  总之，21世纪的画家旧体诗坛，因为有了网络画家诗人的崛起而重现艺术生机。正是在这些民间诗歌江湖空间中，我们看到了中华诗词传统创造性转化、创新性发展的希望。

第二章 现代中国画家的书画诗词创作透视

现代中国画家诗人创作的诗词大致可分为两类：一类是书画类诗词；一类是生活类诗词。所谓"书画诗词"指的是与画家的职业身份相关的诗词，例如题画诗、山水纪游诗、论艺诗、咏物诗等。题画诗是画家完成画作后，由自己或请人题字其上；山水纪游诗是画家在外出采风览胜的过程中，记录沿途风景，表达赞颂之情的诗歌；论艺诗是画家借助诗歌表达对诗书画等艺术形式观点的诗歌；咏物诗则多咏叹梅兰竹菊、鸟兽虫鱼或笔墨纸砚。因此，书画类诗词与画家身份之间有着千丝万缕的联系。

　　书画诗词与其他诗词相比较，最明显的特征不在于诗词形式上的区别。从形式上而言，画家诗词在发展演变过程中并没有太多形式上的创新，其特别之处首要在于诗词中的文人意识。中国绘画对世界绘画的重要贡献在于文人画的风格，文人画在描摹自然时，还讲求个人性灵的表达和抒发，充分地将自然个体化。就中国绘画的三大体系：文人画、工匠画与宗教画而言，强调自我主体的独特感受是其文人精神的核心。这一核心精神的抒发使得画家全身心地感受自然，同时将自然充分地象征化。与西方绘画理论的出发点不同，中国绘画的对象或多或少都具有象征特征，少有纯自然物态的描摹和歌咏。这一点倒是和浪漫主义小说及戏曲表演体系有诸多相似之处。在浪漫主义小说中，明月故乡、鲜花美人、梅兰竹菊等意象都具有象征意义，它们共同构成了浪漫主义文学繁复的表意系统。中国的戏剧表演体系在表现动作上有许多程式化的特点，这与西方强调尽量模拟现实为要求的戏剧体系具有根本区别。小说、戏剧及绘画在艺术理念上的象征性特征，说明中国传统艺术思维具有明显的共通性。这种共通性一方面与农业为主的经济发展水平相关，另一方面也体现了传统艺术中的原始思维特征。正是这种取天地自然为我所用的态度，使得中国的传统艺术特别是绘画在哲学理念和具体技巧上具有了不一样的认知方式和表现对象。

第一节　文人意识与图像意识

一、文人意识

中国古代的文人画家在明代以前大多是士族出身。换言之，绘画技巧本身成为具有阶级区隔意义的标志。到了明代以后，随着绘画技巧的普及，各个阶层的人群均参与到绘画创作中，绘画技巧所代表的阶级性逐渐消失。绘画主体的扩散并不意味着所有阶层都能参与到绘画的创作、欣赏与收藏的行列中，其中仍然是以士人阶层为主体。即使部分画家不再依附官僚系统，出现了像"扬州八怪"这样的职业画家群，仍然可以看到在意识形态上他们自觉的文人身份认同。绘画行为上的商业性与价值认同的文人倾向使得画家出现了身份认同的纠缠与矛盾。这种价值认同的矛盾状态倒不一定是坏事，因为它在保证画作的"清雅"格调上至关重要，可以纠正过度商业化给绘画带来的媚俗化倾向。"文人画中清的风格主要体现为三点：一是意象孤洁静谧，二是情思高拔悠远，三是意境空明灵动。"[1] 对于"清雅"的追求使得画家无论在书画创作还是诗词创作都将"文人化"作为理想和追求，尽量避免创作中过于世俗化的倾向。

何谓绘画中的"世俗气"？这一概念包含的内容很多。过于贴近现实生活、过于写实的创作手法、过于绚丽的色彩和过于繁复的技巧都会被认为是世俗气的表现。写实和炫目在古代绘画的精神体系中被否定为"匠气"，这

---

[1] 周雨：《文人画的审美品格》，武汉大学出版社 2006 年版，第 136 页。

种画作常常被贬之为工匠画。如何培养书画的文人气质？不同的理论家都强调了功夫在画外。"画家六法，一曰气韵生动，气韵不可学，此生而知之，自然天授。然亦有学得处，读万卷书，行万里路，胸中脱去尘浊，自然丘壑内营，成立鄞鄂。随手写出，皆为山水传神。"[1]"学画者先贵立品，立品之人，笔墨外自有一种正大光明之慨。否则画虽可观，却有一种不正之气，隐跃毫端。文如其人，画亦有然。"[2]之所以画家和理论家反复强调对"品"或"格"的追求，是因为对于"格调"的追求使得文人画家自动产生身份上具有"区隔"的含义。这种"区隔"的含义既包括可能将来列队于官僚阶层、成为书画史大家等象征资本回报，也包括可能是生前生后画作经济价值的提升。因此，讲求格调作为一种文人身份认同自然成为画家的自觉追求。

要达到书画的高品位必须要有自己的一套理论体系。中国绘画理论创建伊始是从哲学体系中借用思想资源，将"有无观""道物论"等哲学问题慢慢延伸到绘画领域，从"形神之辩"的初步思考到"外师造化，中得心源"的体系建构，中国绘画理论经历了漫长的发展过程。

"遗形取神"是中国古代绘画理论的核心追求。"形神之辩"这一命题从哲学领域过渡到艺术领域经历了漫长的过程，先秦时期道家哲学中贵"道"轻"物"、贵"无"轻"有"的哲学理念使得"神"的地位高于"形"。在《庄子·养生主》中庖丁为文惠王解牛过程中，庖丁说明自己的技巧时强调"以神遇而不以目视"[3]，以此解释自己成功的原因。在《庄子·德充符》中为了说明"忘形"的意义，庄子特别举出了王骀的例子说明"神"高于"形"，是"使其形者"[4]。"神"之所以高于"形"是因为前者更接近于

---

[1] （明）董其昌：《画旨》，载傅抱石《中国绘画理论》，江苏教育出版社2011年版，第22页。
[2] （清）王昱：《东庄论画》，载傅抱石《中国绘画理论》，江苏教育出版社2011年版，第26页。
[3] （战国）庄子：《庄子》，陈业新评析，崇文书局2020年版，第25页。
[4] （战国）庄子：《庄子》，陈业新评析，崇文书局2020年版，第47页。

道。"形"之所以比"神"的价值低，原因在于它阻碍了主体对"道"的认知，这体现出先秦道家注重精神自由的哲学理念。"形神之辩"从哲学开始向艺术的转变是在东汉时期开始的，最典型的是刘安召集门客编写的《淮南子》。《淮南子》将"形、气、神"结合起来，强调三者之间相互依存的关系，"夫形者生之舍也，气者生之充也，神者生之制也，一失位则二者伤矣"[1]，三者之间是以"神"为主、以"形"为从。"画西施之面，美而不可说；规孟贲之目，大而不可畏，君形者亡焉"[2]，这是说在画西施之面或孟贲之目时，仅有形的刻画而缺少神的描绘是失败的。"画者谨毛而失貌，射者仪小而遗大"[3]，则在强调画人是仅重视形（毛发）而失去了对于神的刻画将会"失貌"。

"形神之辩"是绘画理论中较为初步的思考，自觉将这种思考引向深入并蔚为风气主要集中于东晋时期。关于"形""神"的讨论是东晋玄学的基本论题之一，顾恺之在《魏晋胜流画赞》中明确强调绘画中"以形写神"的重要性："凡生人亡有手揖眼视而前亡所对者，以形写神而空其实对，荃生之用乖，传神之趋失矣。空其实对则大失，对而不正则小失，不可不察也。一像之明昧，不若悟对之通神也。"[4] "以形写神"后来成为画家强调绘画的形神结合传统的重要理论依据，在南朝宋宗炳的《画山水序》，南朝宋王微的《叙画》，五代梁荆浩的《笔法记》，北宋郭熙、郭思的《林泉高致》，南宋袁文的《论形神》，明唐志契的《绘事微言》，清石涛的《画语录》，清王

---

[1]（汉）刘安：《淮南子》，陈广忠译注《淮南子译注》，上海古籍出版社2017年版，第38页。
[2]（汉）刘安：《淮南子》，陈广忠译注《淮南子译注》，上海古籍出版社2017年版，第721页。
[3]（汉）刘安：《淮南子》，陈广忠译注《淮南子译注》，上海古籍出版社2017年版，第756页。
[4]（东晋）顾恺之：《〈魏晋胜流画赞〉点校注释》，载陈传席《六朝画论研究》，中国青年出版社2014年版，第67页。

原祁《雨窗漫笔》等论述中都反复强调"神"在绘画中的重要意义。"作画形易而神难。形者，其神采也。凡人之形体，学画者往往皆能，至于神采，自非胸中过人，有不能为者。"[1]对于"神"的关注，实质上是对于画家主体的关注。如果想要生动地抓住描绘对象的精神特质——"神"，必须要求画家注入自己的主观情感。"登山则情满于山，观海则意溢于海"[2]，主观感情是否注入恰恰是区分文人画与工匠画的重要区别。另外，主观情感在绘画中是否以独特的方式体现出来也是区分文人画价值的重要标准。朱耷笔下翻白眼的鸟鱼、金农笔下朴拙的梅花、郑板桥笔下倔强的竹子都是画家个性化的外在表达。以写"神"为价值标准的中国画传统既有优点也有缺憾。优点在于注重画家主体内在精神的深入，强调感知外在世界的主观能动性，形成"画作即人"的风格化倾向；缺点在于主动放弃"形"的追求也使得中国绘画在表现事物的色彩、光影及透视等方面较为薄弱。宫廷画家郎世宁的绘画在清代显得有些特别，因为他的绘画中对于细节的注重、对于阴影及透视的运用与中国画的写意传统相背离，他的绘画背景正是西方的油画传统。风格化的画作实际上对欣赏画作的人也构成了难度，解读一幅画不能仅从技巧上加以评判，而需要联系画家的家族身世、人生经历、政治态度等外在因素综合考虑。

"遗形取神"的理论导向确立了外在世界和内心世界的协调关系，使得中国画中人与自然的关系发生了根本变化。魏晋以前，山水画的核心一直是人物，山水成为人物的陪衬，"人大于山""水不容泛"等画法上的安排可以看出人与自然的关系。唐代的山水画开始成熟，原因一方面是出现李思训、李昭道、王维、张璪、毕宏等山水大家；另一方面是青绿、破墨等山水

---

[1]（南宋）袁文：《论形神》，载傅慧敏编著《中国古代绘画理论解读》，上海人民美术出版社2012年版，第28页。

[2]（南朝梁）刘勰：《文心雕龙》，庄适、司马朝军选注，中国文史出版社2020年版，第14页。

技巧开始尝试和探索。这一时期画家张璪提出"外师造化，中得心源"可视为中国古代绘画理论中对于"物""心"关系最精要的概括和总结。[①]《历代名画记》记载："初，毕庶子宏擅名于代，一见惊叹之，异其唯用秃毫，或以手摸绢素，因问璪所受。璪曰：'外师造化，中得心源。'毕宏于是阁笔。"[②]"造化"与"心源"的关系实际上是"形神之辩"的理论延伸与总结，这一理论总结不仅确立了"神"的主体地位，而且进一步说明应该如何处理二者之间的关系问题。方法在于"师"与"得"之间，"师"的过程需要阅读与体验，从自然和前人的画作中学习；"得"则需要完成艰难的自我风格确立。两者之间倚重比例上的差异正是在写实主义与写意主义之间如何选择的问题。注重"造化"，绘画风格会偏于写实，强调对于自然万物细致入微的刻画；注重"心源"则会对强调自我表现，偏重内在精神的表达。"外师造化，中得心源"的理论全面考虑到了两者之间的平衡，并且着重强调前者向后者的转化，颇为符合中国人中庸调和的思维习惯。

　　强调"物""心"一体主要注重人在自然造化中和谐共生，但同时又强调人作为主体积极介入的态度，这是一种辩证的思维结构。这种辩证的逻辑结构可分为象性范畴逻辑结构、实性范畴逻辑结构和虚性范畴逻辑结构三种。[③]这种思维结构一旦确立，便成为画家在艺术创作时的通用准则而广泛运用于各个方面。书画如是，诗词亦如是。书画诗词中文人意识主要体现在两个方面：自然意识和文人精神。

[①] 参见杨铸《中国古代绘画理论要旨》，昆仑出版社 2011 年版，第 31 页。
[②] （唐）张彦远：《历代名画记》（卷十 唐代下），朱和平注译，中州古籍出版社 2016 年版，第 265 页。
[③] 参见陈见东《中国古代画论中的辩证思维——兼谈其思维结构》，天津人民美术出版社 2004 年版，第 8 页。

（一）自然意识

许多中国现代画家在谈艺录中都会涉及自然与画家的关系，在描述这种关系时也仍然是以张璪的理论为基本框架。如齐白石提及"胸中富丘壑，腕底有鬼神"（《赠胡佩衡篆书对联》），"凡大家作画，要胸中先有所见之物，然后下笔有神。故与可以烛光取竹影，大涤子尝居清湘，方可空绝千古。画家作画，留心前人伪本。开口便言宋元，所画非所目见，形似未真，何况传神？为吾辈以为大惭"（《乙丑诗草杂记》题跋），"说话要说人家听得懂的话，画画要画人家看见过的东西"（《白石老人自传》），"我绝不画我没见过的东西"（对胡絜青诸门人语）[1]。齐白石因其民间风格的绘画为人所熟知，因而强调师法自然的理念来自他朴素的生活经验和绘画心得。张大千也认为"画家当以造化为师"[2]。黄宾虹明确提出"师古人尤贵师造化"[3]。在《题嘉陵山水》中他提及自己作画的体会，"我从何处得粉本？雨淋墙头月移壁"。他在畅游巴蜀，实践皴法绘画时欣喜发现，"沿皴作点三千点，点到山头气韵来。七十客中知此事，嘉陵东下不虚回"（《题蜀游山水》）。他认为画法的创新终究来自于对自然造化的体悟。还有很多画家是在比较中认识到师法自然的重要意义，如徐悲鸿将中国的师法自然的理念与西方的师法生活进行比较，前者视野显得更加宽阔。"艺之来源有二：一曰造化；一曰生活。欧洲造型艺术以'人'为主体，故必取材于生活；吾国艺术，以万家水平等观，且自王维建立文人画后，独尊山水，故必师法造化。"[4] 傅抱石将"师造化"与"师古人"做比较，认为画家需要从"师古人"过渡到"师造化"，"学习中画，自古以来均从临摹入手。向古人学习，即'师古人'也。……有了一

---

[1] 齐白石：《齐白石谈艺录》，湖南大学出版社 2009 年版，第 239—241 页。
[2] 陈滞东编著：《张大千谈艺录》，河南美术出版社 1998 年版，第 7 页。
[3] 黄宾虹：《〈虹庐画谈〉稿》，载黄宾虹《黄宾虹画语录》，浙江人民美术出版社 2021 年版，第 13 页。
[4] 徐悲鸿：《徐悲鸿谈艺录》，湖南大学出版社 2009 年版，第 9 页。

定基础后，进而到真山真水中去写生，向自然学习，即'师造化'也。二者不可偏废。……'师造化'即以大自然为师的意思，这是学习山水画最最重要的途径"①。潘天寿与傅抱石观点一致，他也强调"以造化自然为主，以师承法度为辅"。在《听天阁画谈随笔》中，他论述得更加透彻："画中之形色，孕育于自然之形色；然画中之形色，又非自然之形色也。画中之理法，孕育于自然之理法；然自然之理法，又非画中之理法也。因画为心源之文，有别于自然之文也。故张文通云：'外师造化，中得心源。'"②

自然在中国绘画的美学体系建构中，不仅仅是作为绘画的对象出现，而且也是陶养身心、健全心智的处所。因此，在画家的诗作、画作中，自然扮演着双重的角色：得意时取之不尽的灵感之源；失意时偏隅退守的隐居之所。自然形态纷繁复杂，有安静祥和的一面也有热闹喧腾的一面，然而中国的画家在表现自然和想象自然时总是偏向于描写静谧安详的一面，这恐怕与中国画家的文人化倾向有关。中国现代画家的诗词与其绘画风格一致，随处可见静态自然的描写。有的以恬静为主，如吴昌硕，"杨柳依依拂远汀，东风吹我过溪亭。亭中久坐无人到，隔岸遥山一抹青"（《晚步》），"三万六千顷，荡摇风雨间。树头沉木渎，篷背走箕山。浪卷逐飞隼，湖明下白鹇。偷闲在行役，回眺数烟鬟"（《渡太湖》），"夜游那有承天寺，寂寞荒凉此地过。翁仲避人眠草野，狐狸拜月上坡陀。寻春断岸横枝少，买醉澄江变酒多。我欲自宏蕉叶量，晓星明处一高歌"（《夜游》）；有的以灵秀为主，如黄宾虹，"层叠高原万木稠，梅炎一雨爽迎秋。飞泉石溜清如泼，平野林阴翠若浮。旧垒乡心惊唳雁，孤篷客梦稳眠鸥。晚来三尺能添涨，滴水明朝待放舟"（《马江》），"泉流倚石壁，硇杵答松风。山居不枵腹，神游元气中"（《泉流》），"径逼石逾峭，雨余山更湿。蒙茸空翠中，匹练瀑悬白"（《雁荡

---

① 徐善编著：《傅抱石谈艺录》，河南美术出版社1998年版，第27—29页。
② 潘公凯编：《潘天寿谈艺录》，浙江人民美术出版社1985年版，第36页。

三折瀑》);有的以苍凉为主,如溥儒,"荒沼积寒雨,萧疏散芰荷。沙平无复岸,水浅不成波。乱华飘鱼罶,残枫折鹭窠。江湖日瞻望,鸿雁近如何"(《荒沼》),"原上秋风生野烟,昔人邱陇尽为田。令威化鹤悲城郭,应悔长生早学仙"(《野望》),"云汉照回太白西,晚晴斜景起虹霓。浮沉孤棹连天远,断续千峰向海低。乔木几家余旧井,遗民何处问幽栖!春光去尽山河改,花落空原杜宇啼"(《夏日登龟山》)。

岭南画家陈树人酷爱自然,他曾专门创作诗集《自然美讴歌集》赞美自然之美。与《专爱集》始终表达对妻子的爱慕之情一样,《自然美讴歌集》中对于自然的赞叹和讴歌也是贯穿他一生的诗歌题材。"如果知道他在日常生活中如何酷爱自然,这对于了解他的诗更有助。"陈树人与妻子常常散步郊野,"爱向郊原散步是他唯一的嗜好"[①]。在散步时,陈树人与妻子谈诗论画,有时也带着女儿外出写生,"自然"成为他书画诗词的重要灵感来源。他在赴加拿大期间,写了不少歌咏加拿大风光的诗,如《观尼格拉亚瀑布》《苏必略湖中秋对月》《哈利弗士港远眺》等。《观尼格拉亚瀑布》(其一)赞颂的是北美五大湖区的尼亚加拉瀑布(Niagara Falls)的壮美景象,"瀛寰绝景称尼瀑,蓦地相逢快若何。料得画师俱阁笔,玉龙十万戏银河"。《落机山下作》表达了能饱览落基山脉美景的荣幸,"青毡世守寒儒业,自分蜗居寂闭关。不识几生修得到,一旬三过落机山"。回国后,修筑寓所"息园",反复歌咏"息园"风景,如《息园十二咏》《续息园十二咏》等。1929 年,因党争逐渐淡出国民党权力中心的陈树人更加寄情山水,自然风光的讴歌之作数量大增。《寒湖写生十咏》《桂游杂诗四十四首》《对月吟简曙风翼凌孟豪一百韵》《山居杂诗四十首》《川北杂诗五十首》等大量以组诗的形式歌咏景物,可以看出晚年的陈树人已经远离俗务,完全寄情于山水。他在晚年诗

[①] 陈曙风:《自然美讴歌集·序二》,载陈树人《陈树人诗集》,香港中国文化艺术出版社 2008 年版,第 101 页。

《大自然》中总结自己对自然的深情,"风月山川总极妍,谁能欣赏即神仙。从今惟有将诗笔,赞美无穷大自然"。

自然除了高山流水外,还包括田间乡野。许多画家来自乡野民间,乡村本身就构成了自然的一部分。城市对于许多画家而言是不得已为稻粱谋的求生之所,乡村才是真正的精神原乡。齐白石没有像黄宾虹那么丰富的旅行经历,他笔下的自然多是对湖南家乡的书写与回忆。齐白石在定居北京后,先后整理创作《借山吟馆诗草》《白石诗草二集》中就反复流露出对于家乡田园生活的珍惜与眷恋。例如"晴数南园添竹笋,细看晨露贯蛛丝。人叱木偶从何异,蹑到儿呼饭熟时"(《闲立》),又如"落日呼牛见小村,稻粱熟后掩蓬门。北窗无暑南檐暖,一粥毋忘雨露恩"(《小村》),在诗中齐白石饱含深情地回忆乡间日常生活的情形。竹林茅屋间,饭熟儿呼、晚牛归家皆为乡野常见情形,但对于客居京城的游子齐白石而言,却有着无穷的吸引力。即使是看到北京的风景,他也会联想到家乡。"衡岳亦有此松,已经七朝风烟。何以不使我归,闲听祝融流泉"(《西山松下》);"家园尚剩种花地,梨橘葡萄四角多。安得赶山鞭在手,一家草木过黄河"(《燕京果盛,有怀小园》)。自然在齐白石的眼中就是他家乡的茅草屋,就是他的"借山馆"和"寄萍堂"。

乡野可以是画家积极进取时用来怀念的精神原乡,也可以是告老回乡返璞归真的遁居之所。徐世昌任民国大总统之前,就买下家乡河南辉县卫水之滨的宅院,自命为"水竹邨人"。徐世昌作为传统文人在价值取向上真正实践孟子提出的"达则兼济天下,穷则独善其身"的儒家理念。徐世昌避居水竹邨时正值民国元年,曾作为清廷旧臣的徐世昌与袁世凯私交甚笃,而民国初年的政治形势颇为复杂,徐世昌此时选择避居乡野实为高明的政治选择。在《隐居》中他写道:"岩壑耽幽隐,深居足岁华。山厨煮黄独,炉火养丹砂。临水看云起,归村趁日斜。荆扉长不闭,一径落松花。"避居水竹邨的平静生活让后来历经政治风浪的徐世昌颇为怀念,在其晚年诗集《海西草堂集》中,他反复歌咏这段经历,如《午卧闻雷雨忆水竹邨》云:"庭前密竹森森绿,午梦疑归水竹邨。雷雨初抽新箨笋,烟霞常护旧柴门。门前渠水泛深碧,墙上西山洗翠痕。老树轮囷池上立,百年虬干蟠深根。"除了斋号"水竹邨人"外,徐世昌还有各种不同的雅号斋号,从早期的退耕堂、水竹邨人、韬养斋到后来的石门山人、归云楼、海西草堂等都流露出他对于乡野山居的喜爱和留恋。

(二)文人精神

在中国古代画家看来,无论是自然还是乡野,缺乏"心"的观照都只是外在的"物",没有独立的价值可言,观照天地自然时文人精神是其中最重要的价值主体。文人精神在绘画中的体现主要表现在对"逸"的观念的强调。绘画虽然风格各异、题材各不相同,但从历代评价画作的标准中可以看出对文人精神的强调。南朝齐谢赫在《古画品录》中将三国至齐梁时期的 27 位画家分为 6 个品第,其中陆探微、曹不兴、卫协、张墨、荀勖列为第一品,原因是陆探微注重对画作"穷理尽性,事绝言象",意即陆探微的画作重理趣、穷物象。而曹不兴被选入的理由则是"观其风骨,名岂虚成",这是在赞赏他画作中的文人"风骨"。至于卫协的"六法之中,迨为兼善",张墨、荀勖的"风范气候,极妙参神"亦以是否表达了画家的精神面貌为标准。[①] 唐代张彦远在《历代名画记》中对于画作的优劣也借用"六法"将画作分为不同等级,"夫失于自然而后神,失于神而后妙,失于妙而后精,精之为病也,而成谨细。自然者为上品之上,神者为上品之中,妙者为上品之下,精者为中品之上,谨而细者为中品之中。余今立此五等,以包六法,以贯众妙。其间诠量可有数百等,孰能周尽?非夫神迈识高,情超心慧者,岂

---

① (南朝齐)谢赫:《古画品录》,载傅慧敏编著《中国古代绘画理论解读》,上海人民美术出版社 2012 年版,第 38 页。

可议乎知画？"① 可见在评价画作的优劣时，是否体现画家主体的精神是其评价的重要标准。

　　汉末至六朝时期，对人物的品藻盛行一时，这直接影响品画，其中南朝齐谢赫的《古画品录》就是最早的品画专著。在《古画品录》中已经提及画家"逸"的风格，称袁蒨的画"比方陆氏，最为高逸"；称姚昙度的画是"画有逸方，巧变锋出"；称毛惠远的画是"出入穷奇，纵横逸笔"。在唐代朱景玄的《唐朝名画录》中就开始将"逸"列为品画的标准，"以张怀瓘《画品》断神、妙、能三品，定其等格上中下，又分为三。其格外有不拘常法，又有逸品，以表其优劣也"②。到了宋代，"逸"的标准进一步提升，主要体现在黄休复的《益州名画录》中，"画之逸格，最难其俦。拙规矩于方圆，鄙精研于彩绘，笔简形具，得之自然，莫可楷模，处于意表，故目之曰逸格尔"③。黄休复的《益州名画录》将"逸"置于"神""妙""能"之上视为画作最高品，这意味着中国画开始从对客观"物"的描述转变为对"心"的观照。稍晚，邓椿在《画继》中再次肯定了黄休复对"逸品"追求的价值和意义，"自昔鉴赏家分品有三，曰神、曰妙、曰能。独唐朱景玄撰《唐贤画录》，三品之外，更增逸品。其后黄休复作《益州名画录》，乃以逸为先，而神、妙、能次之"④。元代对于文人画而言是重要的发展阶段，对于"逸"的强调常常可以在倪瓒的诗文中看到，如《题自画墨竹》云"余之竹，聊以写胸中逸气耳。岂复较其似与非，叶之繁与疏，枝之斜与直哉？"又如《答

---

① （唐）张彦远：《论画体工用拓写》，载傅慧敏编著《中国古代绘画理论解读》，上海人民美术出版社2012年版，第49页。
② （唐）朱景玄：《唐朝名画录》，载傅慧敏编著《中国古代绘画理论解读》，上海人民美术出版社2012年版，第50页。
③ （北宋）黄休复：《益州名画录》，载傅慧敏编著《中国古代绘画理论解读》，上海人民美术出版社2012年版，第54页。
④ （南宋）邓椿：《杂说·论远》，载傅慧敏编著《中国古代绘画理论解读》，上海人民美术出版社2012年版，第55—56页。

张藻仲书》云:"仆之所谓画者,不过逸笔草草,不求形似,聊以自娱耳。"明清时期,文人画发展颇为迅速,对于"逸"品的强调也较前代显得更加突出。这一时期的画论除了继续强调文人画"逸"的品格外,也同时丰富了"逸"的内涵。

  山水之妙,苍古奇峭,圆浑韵动则易知,唯逸之一字最难分解。盖逸有清逸、有雅逸、有俊逸、有隐逸、有沉逸。逸纵不同,从未有逸而浊、逸而俗、逸而模棱卑鄙者。以此想之,则逸之变态尽矣。逸虽近于奇,而实非有意为奇;虽不离乎韵,而更有迈于韵。其笔墨之正行忽止,其丘壑之如常少异,令观者泠然别有意会,悠然自动欣赏,此固从来作者都想慕之,而不可得入手,信难言哉![1]

唐志契将"逸"细分为雅逸、俊逸、隐逸、沉逸等不同的类别。虽然这种划分不一定准确,但在他看来画家一旦有了"逸"气,就能远离"浊""俗""鄙"等非文人的气质,因此"逸"是作为"俗"的对立概念被确立起来。清代画家恽格对于"逸"提及较多,"逸品其意难言之矣,殆如卢敖之游太清,列子之御冷风也。其景则三闾大夫之江潭也;其笔墨如子龙之梨花枪,公孙大娘之剑器,人见其梨花龙翔,而不见其人与枪剑也"[2]。"逸"的概念发展到了清代,已经成为画家创作的自觉标准,成为"去俗存清"的品格表现。

  "逸"在古代画论中从发现到提升、从认同到推崇,其发展线索实际上就是画家文人精神的发展过程。随着绘画理论的不断完善及绘画技法的不断

---

[1] (明)唐志契:《绘事微言·逸品》,载傅慧敏编著《中国古代绘画理论解读》,上海人民美术出版社2012年版,第56—57页。

[2] (清)恽格:《南田画跋》,载傅慧敏编著《中国古代绘画理论解读》,上海人民美术出版社2012年版,第57页。

提高，与之相应画家的主体意识也不断增强，而这一主体意识又是以文人精神为价值取向。在绘画精神上，画家追求自我性灵的表达；在绘画技巧上，强调"高""远"，强调"似""不似"。两者看似无关，但其实是一致的。"逸"除了强调画家性灵的自由表达外，同时强调画家对于生活要有一定的超脱态度。区隔于生活之上而不是窘困于生活之中，这正是一代代画家试图在画作中寻求和表达的。山水画中"高""远"的空间观念，花鸟画中"似"与"不似"之间的形象观念，宗教人物题材的大量涌现都将这种"区隔"的追求落到了实处。

由于中国绘画悠久的文人精神传统，因而现代画家无论是否将绘画作为谋生的职业还是作为艺术人生的追求，他们都将文人精神作为自觉的精神追求，具有强烈的文人身份认同。黄宾虹在《国画理论讲义》中分别从本源、精神、品格、学识、立志、涵养等方面说明学习国画需要具备的要素。在精神篇中，他强调"人生事业，出于精神，先于立志，务争上流"；在品格篇中，他强调"以画传名，重在人品"；在学识篇中，他强调"古人立言垂教，传于后世。口所难状，手画其形，图写丹青，其功与文字并重"。[①]黄宾虹在这里谈论的是成为一个优秀的国画家应该具备的素质。单独看这些要求分辨不出与文人要求的区别，可见黄宾虹认为绘画功力全在技巧之外。除了黄宾虹外，陈师曾也是现代文人画的倡导者和实践者。在他寓居京城期间，正值西方文化大举入侵而传统文化不断衰落的晚清民国之交。他面对西洋画的兴起、文人画的衰落痛心疾首，不仅积极组织北京大学画法研究会，而且在《文人画之价值》一文中反复强调文人画中的文人精神，"文人画有何奇哉？不过发挥其性灵与感想而已。……试问画家所画之材料，是否与文人同？若与之同，则文人以其材料寄托其人情世故、古往今来之感想，则画

---

① 黄宾虹：《黄宾虹自述》，文化艺术出版社 2006 年版，第 118—119 页。

也谓之文亦可,谓之画亦可"[1]。陈师曾将文人画家视为与文人并无差别的群体,只不过文人是以诗词歌赋为材料,而画家则是山川草木、鸟兽虫鱼为对象,看似不同、实则相通。

余绍宋与张大千没有直接将画家比拟为文人,他们主要着手于绘画的"气韵"方面来解读绘画的文人气质。1937年余绍宋在国立中央大学的演讲中,强调气韵在国画中具有重要的价值。他反对将国画讥之为"贵族艺术"的观点,认为"历来画家所写,大半皆山林隐逸之趣,无论山水人物皆然,而画笔亦皆注重旷远、绵邈、萧散、清逸一流。至于画家,大半属于山人墨客,或士人消遣情怀、寄托逸兴之作,与所谓'贵族'何关?"[2]张大千精于绘事,但在认识绘画的文人精神上仍停留在"形神之辩"的基础上,"谈到真美,当然不单指物的形态,而是要悟到物的神韵。……怎样才能达到这样的境界呢?就是说要意在笔先,心灵一触,就能跟着笔墨表露在纸上"[3]。可以看出,余绍宋、张大千对于绘画神韵的强调依然以明清时期的文人画理论为基础。

在许多现代画家的诗词中,画家自己也常常论及自己的性格和品性,从这些简短的论述中亦可看出画家文人认同的趋向。吴昌硕性格"疏阔",青年时期为稻粱谋考中秀才、任职县令等皆非所愿。他曾在《刻印》中这样评价自己:"我性疏阔类野鹤,不受束缚雕镌中。"一次公务归家途中,他恰逢在家久候的好友任伯年。任伯年看到灰头土脸的吴昌硕,坚持为之作画。画作挥就后,题照曰"酸寒尉像",吴昌硕不以为意且题诗于画。"达官处堂皇,小吏走炎暑。束带趋辕门,三伏汗如雨……自知酸寒态,恐触大府怒……写此欲奚为?怜我宦情苦",吴昌硕看到在任伯年笔下自己的寒酸窘态,一方面借题嘲讽自己,另一方面也可看出吴昌硕内心的狂狷不羁。在

---

[1] 李运亨、张圣洁、闫立君编注:《陈师曾画论》,中国书店2008年版,第168页。
[2] 余子安编著:《余绍宋书画论丛》,北京图书馆出版社2003年版,第23—24页。
[3] 陈滞东编者:《张大千谈艺录》,河南美术出版社1998年版,第8页。

《自寿》中他强调自己人穷志高的气节,"乞米腰难折,摊书志不贫。梦凭蝴蝶幻,词谱鹧鸪新。学道知平旦,忧时笑古人。先生何以寿,锦里戴乌巾"。陈师曾专门阐释画学思想的诗作并不多,《作画感成诗》是其中较为重要的一首,其中诗句"画理颇微妙,太上忘蹄筌。……精神与质性,一一皆能宣"①,重在强调"得神忘形"的意义。与陈师曾相似,潘天寿在面对20世纪中国画的西学倾向时也坚持文人画传统,主张远离喧嚣和西化,这使得他在坚持国画传统的道路上颇为有些寂寞。在大约创作于40年代的《寂寥》中可窥探他当时的心迹,"剩有寂寥是耶非,纸窗板屋雨霏霏。梅边消息春偏晚,帘外呢喃燕久稀。不入时缘从我好,聊安懒未与心违。矢弓我马离离古,便并周车猎一围"。1966年,潘天寿在巨幅画作《梅月图》上作诗《题梅》,诗云"气结殷周雪,天成铁石身。万花皆寂寞,独俏一枝春"。这首诗是潘天寿在"文革"前完成的最后一首诗,梅花的孤独寂寥正映衬出潘天寿在艺术和生活中的现实处境。潘天寿的早年诗作以清新淡雅见长,与后期诗作"一味霸悍"的诗风迥然不同,如《嫩寒》云"嫩寒枕褥腻春华,安息香凝烟篆斜。睡起凭栏无意绪,默看细雨湿桃花";又如《夜归竹口》(其一)云"黯黮千山暗,蜿蜒路犹白。几点野星垂,寒光遥射额"。从典雅的用词和意境的营造上也可看出早期潘天寿的文人底色。

　　现代画家诗词体现出的文人意识既是对传统士人精神的继承,也体现出画家群体特有的艺术气质。古代绘画理论确立的"外师造化,中得心源"艺术观念,将自我与自然之间的关系以简明的形式阐释了出来,这一艺术理念成为多种艺术样式通用的创作原则。现代中国画家的文人意识与古代画家的文人意识相比,既有相似之处又有明显区别。相似之处在于对田野山林、阔海平江等自然景观发自肺腑的热爱,对于淡泊恬静的乡村生活的内在的精神向往;不同之处在于巨大的民族忧患和激烈的时代变革使得现代画家在强

---

① 李运亨、张圣洁、闫立君编注:《陈师曾画论》,中国书店2008年版,第234页。

烈的出世思想中总保留有热切的时代关注。与传统宁静的农耕生活相比，现代科技生活的发展也进一步要求画家诗人在描绘社会变迁、环境变化等方面有着更多的时代关注。诗词既是文体形式，也是社会象征。从现代画家诗词中折射的文人意识体现了新时代知识分子的精神追求。

二、图像意识

除了文人意识外，画家诗词另一个突出的特征是诗词中的"图像意识"。相较于其他群体，现代画家诗词具有更为突出的"图像意识"。所谓"图像意识"指的是画家诗人在创作诗词时对于图像的敏感性，他们将这种画家特有的敏感化为诗词中的色彩表现和形态传达。

（一）色彩表现

绘画需要通过色彩来呈现，中国画的色彩与西方绘画在色彩运用上传统不同，前者强调墨的运用，后者强调色彩的丰富性。墨从呈现物象的线条到具有象征意味的形式经历了漫长的演变过程。早期中国画的墨并没有被赋予象征意味，只是为了辅助形象的呈现。随着文人画传统的不断强化，不仅线的粗细曲直具有象征性，而且墨色的浓淡也成为关注的重点。画家对墨色进行划分始于唐代，荆浩在《笔法记》中提及"水墨晕章，兴我唐代"。这表明从唐代始，山水画以水墨形式开始逐步代替了青绿着色，促使青绿山水向水墨山水转变的代表人物是唐代的吴道子、王维和张璪。徐复观指出，山水的颜色变革实则与道家思想暗合，这是相当深刻的见解。张彦远在《历代名画记》中也论证道："是故运墨而五色具，谓之得意。意在五色，则物象乖矣。"[1] 张彦远的"五色"概念指的是通过墨色差异呈现出山水画中不同的

---

[1] 樊波：《中国书画美学史》，荣宝斋出版社 2021 年版，第 473 页。

色彩变化，这是较早的"墨分五色"的提法。宋代以后，"墨分五色"更多是指墨色的深浅变化，具体分焦、浓、重、淡、清。墨色成为体现画家品格的重要形式和载体，最明显的例证是"元四家"中倪瓒的画。他的画被称为"逸品"第一，后世之所以认为他的画作比黄公望、吴镇、王蒙等同时期画家的画作高出一等，原因在于他的画作具有构图疏朗、墨色淡雅、形象瘦削等特征。由此不难看出墨色是画作品格的重要构成要素。青绿山水自六朝起，传说隋代展子虔的《游春图》是中国山水画史上第一幅完整的山水画，开创了青绿山水之端绪。① 初唐时期，"二李"李思训、李昭道父子是著名的青绿山水画家，人称"大小李将军"。这一时期除了"二李"之外，阎立德、阎立本兄弟亦擅长青绿山水画。青绿山水发展到宋代已经相当成熟，已经细分出金碧山水、大青绿山水、小青绿山水等类别，北宋王希孟的《千里江山图》是宋代青绿山水的丰碑之作。虽然青绿山水在宋代得到了长足发展，但与水墨画相比仍显不足。

清代"四王"的绘画以宋元为宗，风格模仿董其昌、黄公望。董其昌提出绘画风格的"南北宗"之分。"禅家有南北二宗，唐时始分。画之南北二宗，亦唐时分也，但其人非南北耳。北宗则李思训父子，着色山水，流传而为宋之赵幹、赵伯驹、伯骕，以至马、夏辈。南宗则王摩诘始用渲淡，一变钩斫之法，其传为张璪、荆、关、郭忠恕、董、巨、米家父子。以至元之四大家，亦如六祖之后，有马驹、云门、临济儿孙之盛，而北宗微矣。"② 北宗绘画以李思训父子的青绿山水为代表，而南宗则从王维开始以淡墨渲染。南北宗看似只是绘画风格上的差异，但实际上还蕴含着绘画品格的差异。南北宗不同的发展水平是诸多画家长期以来自觉选择的结果，从南宗盛、北宗

---

① 参见柴祖舜编《芥子园画谱新编 山水篇》（增订本），百家出版社1991年版，第1页。
② （明）董其昌：《画禅室随笔》，载傅慧敏编著《中国古代绘画理论解读》，上海人民美术出版社2012年版，第75页。

衰的结果来看，色彩在南北宗的发展演变中扮演了重要的角色。正是文人画对于"逸"的追求使得画家通过色彩数量的多寡及墨的浓淡来象征品性高低的潜在心理使得中国画的色彩发展一直都不太充分。当然，色彩并非画作价值的唯一评判标准。画作价值的高低与时代、画家、技法等诸多因素有关。

近代画坛对于色彩所代表的"品味"差异态度有所松动，特别是以吴昌硕为代表的海上画派在色彩运用上有较大突破。吴昌硕的写意画一改晚清画坛"清淡""静穆"的风格特点，强调"急猛""浓烈"，在色彩表现上显得更加世俗化，这是为了迎合海上画坛的市民化倾向。这种对浓烈色彩的嗜好折射到他的题画诗中，使得他的题画诗在色彩上也更偏浓艳。如《桃花》云"秾艳灼灼云锦鲜，红霞裹住玻璃天。不须更乞胡麻饭，饱啖桃花便得仙"；又如《枇杷》云"高枝实累累，山雨打欲堕。何时白玉堂，翠盘荐金果"；再如《石榴菊花石头》云"榴子艳红霞，微酸沁齿牙。置身最高处，毕竟让黄华"；另如《紫藤》云"繁英垂紫玉，条系好春光。岁岁花长好，飘香满画堂"。吴昌硕色彩艳丽的画作与同样风格的诗作相配，显得画作基调喜庆欢愉，因此也不难理解他受到沪上民众的推崇和喜爱。如果说吴昌硕擅长浓烈色彩，那么溥心畬则擅长清雅色彩。"他对绘画也是下功夫研究过的。尤其是色彩，他的山水、松石、人物，就技法而论，未必太高明，但色彩的高雅清秀却为一般人所不及。"[①]溥心畬作画中所用色彩多为花青、浅赭和小青绿，属于清丽淡雅的设色风格。他对于设色技巧的运用也折射到他的诗词中，可以发现他的诗词中有许多青绿和明红的色彩运用。青绿的描绘涉及的物象很多，例如《秋夜》云"坐叹移时序，青霜转玉衡"；再如《题画》云"山叶满荒径，溪云生翠微"；又如《过林氏园》云"绿杨枝上花如雪，飞尽长堤不见人"；另如《宿凤凰阁》云"古木排青嶂，汤泉涌翠溪"，

---

① 陈传席：《旧王孙——溥心畬》，载陈传席《画坛点将录：评现代名家与大家》，江西美术出版社 2023 年版，第 301 页。

另如《夏日宿美华阁》云"海气炎蒸入客楼,碧窗终夜挂帘钩";另如《五峰山》云"秋空横黛色,长忆五峰山";另如《题山水画》云"双峰黛色此中分,丛桂秋风忆隐君",这些诗句中"青""绿""碧""黛"等都点出了青绿的色调。明红则主要集中于落霞,如《题双溪天妃祠》云"琼树重门掩落霞,幔亭风笛舞神鸦";又如《夏日登碧潭蓬莱阁》云"余霞渚边明,急雨虹前落";再如《秀姑峦》云"岩际余霞色,还成织锦文";另如《游山诗》(其五)云"回风霁山雨,余霞明夕辉",这些诗句中的"霞""虹""锦"等都强调了明红的色调。溥心畬对于设色有自己独到的理解,他在《寒玉堂书画论》的《论傅色》中专门谈到如何在各种情形合理地运用颜色。在讲到青绿和赭色用法时,他强调"染山用赭色,石骨也。青绿色,苔草也"[1],"桥屋之木,宜浅赭,以别于树石之色"[2]。可见他对于色彩运用有自己的法度。这种用色的法度折射到诗词中,使得他的诗词用色准确,色彩感强烈。

这一时期中国传统绘画除了彩色的运用上更加大胆,在墨色运用上也较前一时期更有成果,其中黄宾虹的尝试最为突出。眼界颇高的傅雷对黄宾虹推崇备至,称"以我数十年看画的水平来说:近代名家除白石、宾虹二公外,余者皆欺世盗名"[3]。傅雷对于黄宾虹的推崇正在于他觉得黄宾虹画作法度严谨,用墨高人一等。黄宾虹对于墨的感受与运用除了体现在画作外,也可在他的纪游诗中寻到蛛丝马迹。如《白帝城》云"万壑深阴卉木稠,黛螺浓影泼苍流。丹黄几点萧萧叶,白帝城高易得秋";又如《鹰嘴岩》云"摩穹郁青苍,铁色起黝石。山栖三两家,仿佛神仙宅。鹰嘴尤突兀,清泚出岩隙。勺饮知味甘,若醴涌泉脉。欣欣此遥瞩,鸥吻不鸥吓";再如《灵岩寺》云"迤逦林皋路,深荫覆方丈。千章青蔽亏,夸父意投杖"。他的诗词中大量出现"黛""浓""黝""深"等偏深的色调,恐怕与他对墨色的喜好有

---

[1] 溥儒:《寒玉堂书画论》,浙江人民美术出版社2015年版,第70页。
[2] 溥儒:《寒玉堂书画论》,浙江人民美术出版社2015年版,第72页。
[3] 傅雷:《傅雷谈艺论学书简》,天津人民出版社2012年版,第183页。

一定的关系，在表现四川山水时黄宾虹有意对浓绿乃至墨黑色调的强调。

（二）形态传达

即使到了唐代初期，绘画的自主性仍然较低。这一时期绘画的主要功能仍集中于教化，描善恶、诫兴亡是绘画的主要目的。到了唐代中期，绘画的审美功能不断加强，绘画特别是山水画已经成了画家"畅神卧游"的工具。从唐以后，画品问题成为画家关心的重点问题。在画作的诸多品格中，"逸品"的地位不断得到强调。对于"逸品"的追求使得画作在追求诗境的同时往往会忽略画面的逼真性。不得不说，中国的山水画在空间表现上不如西方的山水画描绘精细。如何通过二维空间表现三维空间的远近感和光影效果，中国画实际上一直解决得不太理想。以中西山水绘画对地平线的表现差别为例，中国的山水画通常地平线并不突出，用"深远""平远""高远"来表现观景时视角的变化，整体上呈现出人在景中的视觉效果；西方风景画在处理人与景的关系时，常常用清晰的地平线来表现人与景物的景深区别。这种表现手法的差异性不能简单视为美术手法的区别，背后更是东西方哲学观念的差异。前者可称为"天人合一"，后者可称之为"物我两分"，两者正是传统与现代的本质区别。丰子恺解读中国的古典诗词时发现古人在诗词中描述景物时完全是"平面化"的，例如张升《离亭燕》中的诗句"水浸碧天何处断"、刘一止《次韵宋希仲侍郎见贻一首》中的诗句"晚云藏寺水黏天"、苏轼《慈湖峡阻风》中的诗句"无数青山水拍天"[1]等都是平面化地呈现景色，"浸""黏""拍"等动词使用说明诗人在描景画境时的二维特征。解读中国画时认为"中国画家作画时喜用诗的看法"[2]，即用近景与远景叠加的方

---

[1] 丰子恺：《文学中的远近法》，载丰子恺《绘画与文学·绘画概说》，湖南文艺出版社 2001 年版，第 10 页。

[2] 丰子恺：《中国画与远近法》，载丰子恺《绘画与文学·绘画概说》，湖南文艺出版社 2001 年版，第 59 页。

式来表现图像的立体感。这种思维方式上的差异使得中国传统山水画在形态描绘上更适合表现远景，容易表现高远、平远、深远的空灵特色。在表现近景时往往层次不清，缺乏立体感。发展较为充分的山水画况且如此，更遑论人物画。人物画与山水画具有相似的形态缺憾，无论是山水画中的人物还是宗教画的人物，身体的立体感较差，光影变化少，在表现群像人物时动态感较差。无论是山水画还是人物画始终没有很好地解决如何用二维画面表现三维空间的问题，这是中国传统绘画在形态表现方面的特点，同时也是一种缺憾。直到现代西方绘画技法的引入解决了这一问题，山水和人物的形态表达才有了本质改变。

　　黄宾虹在山水画的墨色表现上大胆突出，他的山水画扭转了清代"四王"笼罩的甜俗风格，起三百年山水画之衰。然而当他晚年在完成了绘画上的"衰年变法"后，依然可以看到在观察和表现自然时保有传统惯性，这一点在他的纪游诗和题画诗中表现明显。《题画二十四首》（其十九）中在思考山水形态时仍然是"平面化"的，"松筱蔽行径，黄山有丹台。拾级跻绝顶，峰峦面面开"，峰峦无论远近，皆如眼前"面面开"。《题闽江舟中所见图》也是平面化思维，"溪风淡和柔，天宇浩澄碧。诸峰出云间，净若露初拭"，"诸峰出云间"的景象恐怕只有在中国画中才可能出现。正是从平视的视角出发，画家将远景的山峰和白云重叠，才可能出现峰比云高的景象。此外，《题太湖风景图》也是一例，"行尽林坰路，青山泼靛来。波涛千万叠，涌现白云堆"，波涛如何千万叠？只因画家在观察时以自我为中心，将近处与远处的波涛重叠才能出现"千万叠"的景象。

第二节 "诗画一律"的题画诗

　　题画诗是将诗词题写于画作上的诗词形式。中国古代题画诗对现代题画诗产生了深远的影响，这种影响不仅体现在范式、意象、语言等形式因素上，还体现在文人精神、意境探求等艺术观念上。中国古代题画诗经历了漫长的演变发展过程，刘继才在《中国题画诗发展史》中将之归纳为五个时期：春秋战国至秦汉是萌芽期，东汉、西汉时期出现的画赞为"文"与"画"的结合提供了基础；魏晋时期是题画诗的生成期，这一时期题画诗人逐渐增多，出现了专门的题画诗赞；隋唐五代时期是题画诗的成熟期，成熟的标志体现在不仅出现了如杜甫、李白等著名题画诗人，还明确提出了"诗中有画、画中有诗"的艺术观念；辽宋金元是题画诗的发展期，这一时期题画诗人进一步增多，如宋代的苏轼、黄庭坚，金末元初的元好问等。在理论建构上，苏轼在题画诗中强调"刺时""写物""言理"等主张，元好问在题画诗中注重品评结合，所题诗作从画史的角度指出其历史地位；明清时期是题画诗的繁盛期，这一时期代表性的题画诗人有明代的唐寅、徐文长，清代的郑燮等。明清时期的题画诗由于经济发展等因素，出现了注重世俗化、强调安逸舒适等新的特点。[①] 从古代题画诗发展演变的历史来看，可以发现题画诗在发展过程中理论渐趋完善，风格也渐趋多元。

　　中国传统文人画与世界其他绘画艺术传统相比较，较为特殊之处在于强调艺术之间的互融互通，最典型的就体现在"诗画一律"的观念上。诗歌

[①] 参见刘继才《中国题画诗发展史》，辽宁人民出版社2010年版，第14页。

与绘画这两种看似并不相关的艺术形式在东方艺术系统中以高度统一的形式长期存在，这在世界艺术史上也是非常特别的存在。诗歌与绘画作为两种不同的艺术形式在艺术诞生的初始阶段并没有交集，绘画诞生的时间明显要早于诗歌。诗歌与绘画在各自独立发展了一千年后开始走向融合。诗歌和绘画的融合开始于魏晋南北朝时期，这一时期题画诗人的出现可视为画家与诗人身份融合的标志。"诗画一律"艺术观念的形成经历了"诗向画靠拢"与"画向诗靠拢"两个阶段，两者的融合是不同艺术形式相互作用的双向过程。[1]

第一，诗向画靠拢。"诗向画的靠拢"在山水诗中表现最为明显，早在《诗经》《楚辞》及汉赋中就出现许多对山水景物的描写，两汉时期人们对山水的态度从敬畏变成了亲切，从个体山水的体悟变成了对山水全貌的描写。自然山水在这一时期从陪衬、附属的地位开始成为主体，这为山水诗的精细摹写奠定了情感基础。[2] 山水诗的兴盛是在魏晋时期，这一时期动荡的社会现实使得士人阶层试图在山水之乐中寻求安居避祸之途，最著名的代表是"竹林七贤"。与此同时，随着道家思想的兴盛，游仙诗成为这一时期诗歌的重要题材。要得道求仙需要避居山野，需要到人迹罕至的地方静修参悟。因此，咏仙的同时歌咏山水成为理所当然的事情。南朝至晚唐时期，山水诗中求仙的内容逐渐消退，冶游的内容变得普遍。官宦的纪游和宫廷的游宴内容成为山水诗的重要内容。山水诗发展到了唐代，以山水田园为主，对静穆淡然之境的追求成为山水诗的基本审美风尚，这一风尚到了宋代已经成为宋代山水诗自觉的美学追求。[3] 当然，"诗向画的靠拢"不仅仅体现在山水诗的发展中，实际上咏物诗与花鸟画、咏史诗与历史画、题画诗与诗意画之间也

---

[1] 参见王韶华《中国古代"诗画一律"论》，中国文史出版社2013年版，第77—123页。

[2] 参见王国璎《中国山水诗研究》，中华书局2007年版，第4页。

[3] 参见王韶华《中国古代"诗画一律"论》，中国文史出版社2013年版，第103页。

都存在不同艺术形式之间的类比关系，这种艺术种类上的连接关系促进了文化艺术的类型化发展。"如果说中国诗与中国画在题材选择上所存在的趋向指向导致了结构后果的连接对应，也就是艺术种类连接的对应。那么，这种结构后果又以其特有的思维模式导致了文化上的整合效应，即艺术文化类型的形成。"[1]

第二，画向诗靠拢。前者大约是在中唐以后逐渐完成，而后者则是在宋代完成。山水诗、咏物诗对于静穆淡然的追求与这一时期绘画对于"逸格"的追求恰好一致。因此，画向诗的靠拢成为可能。黄休复在《益州名画录》中明确提出"逸"是画品的最高等级，王维则从创作者的角度提出"思"与"胸次"对于画作"逸"品的重要性。之后，南宋邓椿在《画继》（卷十）总论开篇明确提出"画者，文之极也"[2]。画向诗的靠拢意味着绘画的"文学性"不断加强，这一转变在苏轼等著名文人影响下完成。苏轼在《书鄢陵王主簿所画折枝二首之一》中提道，"论画以形似，见与儿童邻。赋诗必此诗，定非知诗人。诗画本一律，天工与清新"。在《东坡题跋·书摩诘〈蓝田烟雨图〉》中他再次提道："味摩诘之诗，诗中有画；观摩诘之画，画中有诗。诗曰：'蓝溪白石出，玉川红叶稀。山路元无雨，空翠湿人衣。'此摩诘之诗，或曰：'非也，好事者以补摩诘之遗'。"黄庭坚也认为书画之间可以互通，他评价北宋画家李公麟的画作时强调"李侯有句不肯吐，淡墨写作无声诗"。北宋许多画家认可"诗是无声画，画是有形诗"，张舜民、郭熙、郭思等都表达了类似的观点。如"诗是无形画，画是有形诗"[3]（张舜

---

[1] 张晨：《中国诗画与中国文化》"前言"，辽宁教育出版社1993年版，第3页。
[2] 傅慧敏编著：《中国古代绘画理论解读》，上海人民美术出版社2012年版，第185页。
[3] （北宋）张舜民：《跋百之诗画》，载傅慧敏编著《中国古代绘画理论解读》，上海人民美术出版社2012年版，第168页。

民),"前人言'诗是无形画,画是有形诗'。哲人多谈此言,吾人所师"①(郭熙、郭思)。画向诗的靠拢最终完成了诗歌与绘画两种艺术的融合。

诗画之所以可以融合与许多因素有关。从思维模式上而言,强调直观体认而非分析辨别的思维习惯使得画家和诗人在体会外在自然时都强调主观感受,这种主观感受性的习惯与强调"物心之辩""形神之辩"中强调"心""神"的主体地位有关,带有一定的唯心主义色彩。"古代诗歌,不论就创作实践来看,还是就理论诉求来看,均重直观摹绘,重体物相形,至此应当不存疑虑了。而正是在这一点上,'诗'与'画'紧密地结合起来,'诗'与'画'的'一律'之处,就在这里。"② 从艺术风格上而言,中国的诗画艺术从主流上都强调"萧条淡泊"的意境追求,艺术风格上的相似性也使得二者之间相通相融成为可能。意境是中国古典艺术的最高精神要求,对意境的追求使得不同领域的艺术家在各自的艺术领域借助语言、形象或肢体体认世界的同时又脱离这些要素,注重精神世界的"表现"。在意境理论发展过程中王国维的贡献最大,他在总结张岱、金圣叹、王夫之、叶燮、袁枚、纪昀等人的"意境"学说后加以改造和强调。王国维的"意境说"包含三个层面的含义:(一)情与景、意与象、隐与秀的交融与统一;(二)要求再现的真实性;(三)文学语言能够直接引起鲜明生动的形象感。③ 艺术家脱"形"求"神",努力借助语言、形象、肢体的"意象"最终构成了精神性的"意境"世界,这个"意境"世界是"天工清新"的,是"纯质清淡"

---

① (北宋)郭熙、郭思:《林泉高致·画意》,载傅慧敏编著《中国古代绘画理论解读》,上海人民美术出版社 2012 年版,第 168 页。
② 刘石:《"诗画一律"的内涵》,《文学遗产》2008 年第 6 期。
③ 参见叶朗《中国美学史大纲》,上海人民出版社 1985 年版,第 614—617 页。

的。① 当然，刚劲雄健、奇崛乖戾的风格并非没人认同和推崇，例如北宋的书画理论家董逌、南宋画家李唐都推崇刚劲雄健的画风。总体上而言，前者的风格追求无疑占据了主流。梳理了"诗画一律"理论发展历史和了解其成因后，可以说"'诗画一律'的核心是艺术家对于个人情感与宇宙生命的至深关怀，体现着中国艺术强烈的人文情怀。'诗画一律'论的核心就是对艺术揭示深层生命的认识，对中国艺术人文情怀的理性言说"②。

题画诗是体现"诗画一律"最直接的证明。题画诗起源于汉代的画赞传统，西汉和东汉时期的画赞为题画诗的形成提供了必备的条件。③ 例如西汉的扬雄，东汉的赵岐、王延寿都曾作过画赞。虽然大部分学者均认可题画诗产生于魏晋时期，但具体始于何人何作却并不统一。在《现存最早的一首题画诗》中，作者认为东晋支遁的《咏禅思道人诗》是最早的题画诗。④ 而在张晨的《中国书画与中国文化》一书中，则认为其实应该是西晋傅咸的《画像赋》。⑤ 当然也有人将题画诗的开创期推迟到唐代，例如清代沈德潜在《说诗晬语》中就认为"唐以前未见题画诗，开此体者，老杜也"。老杜指的是杜甫。孔寿山在《中国第一首题画诗》中将初唐诗人上官仪的《咏画障》视为第一首题画诗。⑥ 从以上讨论中，可以了解到虽然题画诗的准确起点难以确定，但时间上大致在魏晋至初唐之间。

题画诗作为一种诗歌类型产生之后，由于与东方思维习惯与文人精神

---

① 韩拙《论观画别识》在郭熙、郭思的"三远"理论（"高远""深远""平远"）后提出自己的"三远"理论（"阔远""迷远""幽远"）。他将山水画的风格分为10种，"纯质而清淡者，僻浅而古拙者，轻清而简妙者，放肆而飘逸者，野逸而生动者，幽旷而深远者，昏暝而意存者，真率而闲雅者，冗细而不乱者，重厚而不浊者"。这10种风格中，淡泊的风格占据重要的比例。
② 王韶华：《中国古代"诗画一律"论》，中国文史出版社2013年版，第291页。
③ 参见刘继才《中国题画诗发展史》，辽宁人民出版社2010年版，第26页。
④ 参见高文、齐文榜《现存最早的一首题画诗》，《文学遗产》1992年第2期。
⑤ 参见张晨《中国诗画与中国文化》，辽宁教育出版社1993年版，第175页。
⑥ 参见孔寿山《中国第一首题画诗》，《美育》1984年第4期。

的契合，此后在一千多年的时间里一直绵延不断。唐代是题画诗的成熟期，宋元时期是其延续期，明清时期是其鼎盛期。清末民初的政治危机给中国的传统文化带来一定程度的冲击，但由于政治的松弛使得一部分文人画家脱离传统的发展道路，开始在北京和上海等地区寻找新的生存方式，这带来现代诗画艺术新的变革。晚清创作题画诗中较为知名的文人如何绍基、樊增祥、龚自珍、魏源，政治家如翁同龢，画家如居巢、居廉，僧侣如"八指头陀"释敬安等写作了大量的题画诗。现代画家中创作题画诗的例子更多，可以说现代几乎绝大部分画家都有数量不等的题画诗。与其他题材的诗作相比，题画诗占据了这些画家诗集中的重要部分。现代画家中有的自己整理，有的经由门人弟子整理，出版刊印专门的题画诗集。前者如徐世昌就自己整理出《归云楼题画诗》《退园题画诗》《海西草堂题画诗》。除自己整理题画诗集外，另有部分的题画诗集是从画家的诗词全集中整理辑录的，以注评的方式刊行面世。如《吴昌硕题画诗笺评》《齐白石题画诗选注》《宾虹题画诗集》《张宗祥题画诗墨迹》《启功题画诗墨迹选》《黄纯尧题画诗稿》等。

一、题画诗的分类

面对数量庞大的题画诗，如何认知？如何归类？不同时代的学者提出了各自的解决方案。通常有两类划分方式：

（1）以时间为序，分朝代介绍不同阶段的题画诗人和题画作品，例如《中国历代题画诗》《历代画家题画诗赏析》《唐朝题画诗注》等就是按照朝代来进行分类的。时间分类中除了按照朝代来划分外，还有就是按诗人的创作时间分类。例如《李白题画诗详注》《苏轼题画诗选评笺释》《晚明至盛清女性题画诗研究》《四王题画诗》等。

（2）以类别为序，按照不同的内容类别、体裁类别对题画诗进行划分。按照内容来划分题画诗类别在清代就已经开始，例如陈邦彦编选的《康熙御定历代题画诗类》分上下卷，收集近9000首题画诗，按照天文、地理、山水、名胜、古迹等分为120卷。这种按内容分类的方式是其主流方法，《历代题画诗类编》《题画诗类编》《中国题画诗分类鉴赏辞典》《山水题画诗类选》等都采取的是这种分类方法。有的题画诗集将题材分类法和时间分类法结合，例如任世杰编的《题画诗类编》中将题画诗分为花鸟、山水、人物等，在花鸟类中又按照朝代进行列举就是折中式的解决方案。除了按照内容划分外，按照形式划分也体现了研究者的创新。题写于画作之上的不一定全部都是诗歌，也有词、曲等其他韵文形式，但在归类时通称题画诗。刘继才在《趣谈中国近代题画诗》中就将近代题画诗按照题画诗、题画词、题画曲进行分类。近代创作题画诗的诗人数量众多，例如孙中山、徐世昌、袁世凯、朱自清、高剑父、张大千等。此外题画词家、题画曲家亦不少，例如姚椿、黄燮清、金和、李慈铭、谭献、冯煦、王鹏运等。有一些诗人属于题画词曲兼擅，如汤贻汾、周之琦、姚燮、谢玉岑等。以诗词曲等形式要素作为划分标准，打破了单一以内容为主的类编思路，丰富了题画诗的分类认知。

二、题画诗的诗词与画作之间的关系

从目前所见到的各类题画诗集来看，时间分类法和类别分类法是最为常见和主流的方式，然而题画诗的分类并非限囿于以上类型。由于绘画与诗歌属于两种不同的艺术形式，绘画强调视觉呈现，诗歌强调语言建构，因此两种艺术形式虽然能够共时存在，但在主题呈现、内容承载、艺术价值等方面有所差别。题画诗作为两种艺术形式的碰撞与结合，可以从两种艺术类型之间的关系出发，即从诗与画之间的关系来进行题画诗的类型划分。依据题画诗中诗意与画意的表现差异，题画诗的诗词与画作之间实际上存在三种关系：诗意大于画意；诗意等于画意；诗意小于画意。现以现代中国画家诗人的题画诗为例，分析题画诗中诗意与画意之间对立统一的复杂关系。

(一)诗意大于画意

这种题画诗往往借助所题画作的内容,在诗作中借题发挥,将画作中没有阐释完整的内容用诗作的方式继续阐发。如吴昌硕的《春夜梅花下看月,花瓣皆含月光,碎玉横空,香沁肌骨,如濯魄冰壶中也。但恨无啁啾翠羽和予新咏》云"梅溪水平桥,乌山睡初醒。月明乱峰西,有客泛孤艇。除却数卷书,尽载梅花影"。这是吴昌硕青年时期远离家乡外出游学时经过梅溪时题所画梅花的诗作,单纯从画作上很难理解当时画家内心想法。然而在诗作中,他在开头点明了自己离家去乡的时间("乌山睡初醒")和地点("梅溪水平桥"),在诗歌的结尾借梅花点明自己的心志——清贫自持、志高意远。诗作的内容显然比画作的内容要更为丰富,对于理解画作和画家当时的内心想法有很大的辅助作用。又如《人遗纸数幅,光厚如茧,云得之东瀛,或曰此苔纸也。醉后以酒和墨为梅花写照……不知大梅山民挥之门外否?引为同调否?安得起而问之?》云:"三年学画梅,颇具吃墨量。醉来气益粗,吐向苔纸上。浪贻观音笑,酒与花同酿。法疑草圣传,气夺天池放。能事不能名,无乃滋尤谤。吾谓物有天,物物皆殊相。吾谓笔有灵,笔笔皆殊状。瘦蛟舞腕下,清气入五脏。会当聚精神,一写梅花帐。卧作名山游,烟云真供养。"这首题画诗在长题中除了交代纸与墨的特别之处("苔纸""以酒和墨")外,也交代出创作写意画的最佳时机("兴酣落笔""物我两忘")。诗中具体解释了"物""我"之间如何"两忘"("吾谓物有天,物物皆殊相。吾谓笔有灵,笔笔皆殊状"),用不同的"心相"描摹不同的"物像",这反映出吴昌硕的艺术创作观念。这些内容单纯依靠画作是无法传达的,然而通过诗的序言和正文可以将创作时间、动机等画作背景告知给读者。吴昌硕最著名的题画诗莫过于任伯年为其所作画像所题诗作,如《〈饥看天图〉自题》《任伯年为画〈归田图〉戏题》《〈蕉阴纳凉图〉自题》《予索伯年写照,题曰〈酸寒尉像〉。顶凉帽,衣纱袍褂,端立拱手,厥状可哂。与予相识者皆指曰:"此吴苦铁也。"因题诗写意并以自嘲》。这些题画诗皆为吴昌硕落拓之时自嘲之作，吴昌硕在诗中常常自问，"写此欲奚为，怜我宦情苦"(《酸寒尉像》)，"何日陶潜菊，篱边对酒壶"(《任伯年为画〈归田图〉戏题》)，"未是清空未尘土，长裾摇曳尔何人？"(《画像自题》)，从题画诗句的反复自责自问中，不难读出吴昌硕当时心中郁结之气和文人风骨，这对于理解他后来弃官鬻画的心理动机颇有帮助。

张宗祥擅作题画诗，曾自书《铁如意馆题画诗》编辑成册。张宗祥在抗战爆发后入川避难，他在《题沈君匋〈风雨一庐图〉》中借他人画作感叹，"玄武精庐暗劫尘，巴山小筑寄吟身。娟娟檐外迎修竹，寂寂门前无俗宾。四面江山张画本，一天风雨话酸辛。莫嫌长夜昏难旦，已听鸡声报早晨"。这是借他人画作浇自己心中块垒。沈君匋的《风雨一庐图》让张宗祥联想起自己飘零无着的生活，"巴山小筑寄吟身"既为说明画作，也是夫子自道，身世之感自然让人唏嘘。另一首题画诗《题画战场花 即鹿葱》也表达了诗人厌恶战争祈求和平的心愿，"百万男儿血染沙，暖风吹作战场花。史书尽纪人相杀，非战何曾有墨家"。

张宗祥还有一些为友人的画作所题诗作，如《为李俊夫弟题西山逸士山水册》《题丰子恺年世兄画，即用其见寄原韵》《题黄宾虹山水》等。在其题画诗中不难读出他对于其他画家的评价。在《为李俊夫弟题西山逸士山水册》中，他感叹溥儒的画作中"芦中无伍员，江边无屈原……悲哉秋气声，宋玉今安在？……不识藏经阁，高僧在上否"，在感叹溥心畬画作的同时也在感叹溥心畬的身世。在《题丰子恺年世兄画，即用其见寄原均》中，他评价丰子恺的画作，"一枝健笔扫陈尘，天马行空见此人。画苑何须翻六法，偶师造化偶师心"。诗的前半部分夸赞丰子恺的画作不流于俗，赞扬他为天马行空之人。后半部分则借其画作表达自己的艺术观点，"偶师造化偶师心"。在《题黄宾虹山水》中他对黄宾虹给予很高的评价，"君是江南老画师，能生能熟更能奇。纵毫泼墨规唐宋，俗子愚夫莫漫嗤"。这些题画诗包含了诗人对画作、画家的评价，也借画作抒发自己的感慨，这些都是单纯借助画作所无法传达的。

（二）诗意等于画意

这种题画诗与画作内容基本一致，诗作是对画作内容进行解释说明，将画作的内容用诗作的形式再次加以描述和阐发是这类题画诗的特点。黄宾虹好游历，中年后饱览名山大川。他边游历边创作，创作了数量惊人的山水画作，在这些画作之上往往有其题画诗作。黄宾虹的题画诗主题较为集中，基本上与他的游历相吻合。《黄山纪游》《潭上杂咏》《新安江纪游》《九华纪游》等记录的是诗人在安徽省内的游历，《西湖杂咏》《淞沪杂咏》《吴中纪游》《雁荡纪游》等则是记录的是他在江浙沪一带的游历。他自觉实践自己提出的学艺之路，学艺"当如田园之种作，四时勤劳，期于人成，以为日用，必多读书以明其理，求之书法以会其通，游历山川，遍观古人真迹，参之造化，以尽其变"①。《题〈古调清泠图〉》是一首对画作进行描摹刻画的诗作，"谡谡长松瀺瀺泉，繁音入细听鸣弦。客来何事携琴筑，古调清泠不可传"。这首诗前半部分写景，描写清泉流水旁调琴雅奏的情景；后半部分抒情，抒发画家对此美景雅趣的赞赏之情。诗与画之间高度融合，诗作将画作的内容基本上重新描写和阐释了一遍，传达的信息基本对等。《题〈漓江图〉》也是以诗写景，"江亭冻雨却余炎，叠彩峰前侧帽檐。杂树丹黄新酝酿，分将秋色上毫尖"。这是一首以秋天的叠彩峰为对象的山水诗，诗歌描绘了叠彩峰的挺拔和秀丽。这首诗也是以写景为主，并没有过多的寄寓之意在里面。类似的还有《题〈漓江揽胜亭山水长卷〉四首选二》，"奇峰灵岫簇江濆，岚影阴晴紫翠分。五色补天鞭起石，千寻拔地剑撑云"（其一），"梯缒路绝筇无力，环佩波明玉有纹。双桨夜投何处宿，前村溠漾月沄沄"（其二），黄宾虹题画诗最大特色就是诗意对于画意的阐释和说明，他以纪游为

---

① 黄宾虹：《说艺术》，载《黄宾虹自述》，文化艺术出版社2006年版，第22页。

特色的题画诗实践着他对于题画诗的理解,"画为无声之诗,诗即有声之画。语所难显,则以画形之;图有见穷,则以诗足之。笔擅双管之美,碑无没字之讥,则观于论画之诗,与题画之句,有可知也"[1]。在黄宾虹看来,画作上的诗与画之间并没有本质上的差别,只是表现方式上的差别,"双管"之谓实无差矣。

启功的题画诗数量虽不及黄宾虹,但也亦可观。与黄宾虹边游历边创作的题画诗风格不同的是,启功的题画诗多以松竹梅兰等静态物体为主,这体现出启功高洁雅致的品性和安静恬适的性格。如《题秋山》云:"粉渍微云翠点峰,山川草木发新荣。赘毫补得房山阙,一抹遥天晚照红。"画作以北京房山秋景为对象,秋日房山枫叶红透,红绿杂间,颇为诱人。诗作也是以红为主调,落日余晖中的房山一片火红。又如《题长松》云:"郁郁长松涧壁生,亦高亦下半天青。偶然遥和风篁韵,如听琴台万古声。"画作以松泉为景,营造了静谧幽深的意境。诗作则对画作内容进行描绘,诗句中营造的空灵氛围正好和画作的空疏雅致相协调。类似于《题秋山》《题长松》之类诗画无差的题画诗还有一些,如《题蕉竹》《题竹石》《题葡萄》《题双松》等。

(三)诗意小于画意

这种题画诗大多清浅自然,少有寄托感兴之意。与内容丰富的画作相比,简单清浅的诗句有时显得诗意不足。齐白石的题画诗数量众多,多以田园野趣为题材。菊花、葫芦、佛手柑、虾蟹、藤萝、荷花、老来红等乡村常见动植物皆为他画作常见题材,也是他题画诗的主要内容。齐白石的工笔草虫颇为著名,他青年时期眼力尚佳,曾精细地在生宣上创作了一批工笔草虫。生宣容易洇墨,原本多用于写意画而少用于工笔。而齐白石正利用了生

---

[1] 黄宾虹撰:《宾虹题画诗集》,中国美术学院出版社2009年版,第1页。

宣容易沁水的特性，创作的工笔草虫不仅没有洇墨，而且与他老年眼力不济的写意花草相得益彰。正是这批工笔草虫让人钦佩齐白石深厚的绘画功力。与他让人赞叹不已的工笔草虫相比，他题写于画作上的诗作显得有些薄弱。如《画虾》云："蟹未肥时酒似波，芦虾风味较如何。果然个个为龙去，海国焉能著许多。"白石自注："谚云，虾头全似龙，可以化龙。"与他著名的虾画相比，这首题画诗并没有太多生动的刻画或寄兴之意，以民谚为背景的说明也使得诗作显得有些"隔"。又如《友人园池见蜻蜓》云："亭亭款款未凉秋，点水穿花汝自由。落足细看飞上去，鸡冠不比玉搔头。"这首诗借用了刘禹锡《春词》中的蜻蜓形象，"新妆宜面下朱楼，深锁春光一院愁。行到中庭数花朵，蜻蜓飞上玉搔头"。在刘禹锡这首闺怨诗中，自由的蜻蜓进一步衬托出新妇的寂寥与幽怨。《友人园池见蜻蜓》则少有此意，注重蜻蜓形态的描写，然而刻画又不如韩偓的《蜻蜓》生动自然，"碧玉眼睛云母翅，轻于粉蝶瘦于蜂。坐来迎拂波光久，岂是殷勤为蓼丛"。类似的例子还有一些，如《螳螂》云"秋风来了，叶落草枯。后边有雀，当路有车"；如《蝴蝶》云"花圃秋光尽，名园香气微。却怜蝴蝶影，作对欲何飞"；如《秋蝉》云"翅轻流响急，红叶影离离。不必矜声远，秋风能几吹"。齐白石充满山情野趣的题画诗并非不佳，他的诗作原本就是以清新朴实见长。然而与他的画作相比，他的题画诗作显得薄弱了一些，少了画作中的审慎与精细。之所以在画作中题写大量的诗作，一方面他认同"诗画一体"的传统，另一方面恐怕与他自觉的诗人身份认同有关。

丰子恺也是画作成就高于题画诗成就的例证。丰子恺的漫画实际上是一种简笔国画，他认同中国的绘画与文学之间的互文关系，认为自己创作这种简笔国画是为了将绘画的艺术大力普及。"在美术的专家，对于技术有深造的人，大概喜看'纯粹的绘画'。但在普通人，所谓 amateur（业余者）或美术爱好者（dilettante），即对于诸般艺术皆有兴味而皆不深造的人，看'文学的绘画'较有兴味。……我之所以不能忘怀于那种小画，也是为了自己是 amateur 或 dilettante 的原故。"① 丰子恺正是抱着普及文艺的创作理念，将所思所感用他独有的漫画形式表现出来。由于他的漫画简单易懂，因而颇得普通民众喜爱。他的题画诗多是为了配合画作，在创作上更讲求通俗浅易。如题画诗《百泉竞流》云："百泉竞流，异途同归。百花齐放，共仰春晖。"这首题画诗创作于 1960 年，正值毛泽东提倡"百花齐放，百家争鸣"的文艺方针后不久。画作为丰子恺一贯的简笔山水风格，是一幅男女老少其乐融融地围看山泉瀑布的温馨景象。若不是所题诗作点明这是关于"双百方针"的画作，读者很难将二者联系起来。而且，所题写的诗句与画作相比略显简单，这恐怕也是为了体现为普罗大众创作的原则。《船里看春景》也是一幅简笔山水，画面中一群少年在湖光山色中摇橹荡漾，颇为抒情。画面题写诗句，"船里看春景，春景像画图。临水种桃花，一株当两株"。与画作相比，诗作语言则显得过于通俗简单，与画作中的抒情意境并不匹配。丰子恺还有一些题画诗过于写实，在交代画意的同时过于突出创作意图，使得画作失去了解读阐释的可能，这也会破坏画作的意境。在画作《风波历尽太阳升》中，一群船工努力划船向前，这幅画面原本有许多种解读的可能，但题画诗却将画意仅限于歌颂领袖英明领导，"风波历尽太阳升，此日中流自在行。舵手英明划手健，齐心协力向光明"。诗作显然限制了画作阐释的可能，偏于对社会现实进行讴歌，而少了画面诗意的阐发。

虽然以上论述以现代画家诗人的题画诗为例，对题画诗的类型进行新的讨论，然而当讨论二者关系时，对于"大于""等于""小于"的界定仍然是一个较为泛化和综合的考量。这种考量综合了多种因素，如主题、内容、价值等。由于题画诗是两种艺术类型的综合体，经历了"诗向画靠拢"和"画向诗靠拢"的复杂过程。因此，研究二者之间的关系有助于理解不同类

---

① 丰子恺：《绘画与文学》，载《绘画与文学·绘画概说》，湖南文艺出版社 2001 年版，第 43 页。

型的艺术在建立统一形态时的复杂呈现。

题画诗属于绘画与诗词的交叉性艺术门类，对于画家而言提出了较高的艺术审美要求。遗憾的是，中国现代题画诗一直为现代文学研究者所忽视，既缺乏系统性梳理，也缺乏创新性研究。因而对题画诗的类型进行新的划分和解读，具有以下两点意义：第一，理解诗作与画作之间的"文本间性"。当画家诗人对画作题写诗词时，诗作或画作就不再是独立的艺术主体，而构成意义之间的对话关系。这种对话关系既可以是相互补充，或者是相互阐释，也可以是相互解构，无论是哪一种关系类型，不同类型之间的文本间性构成了比单一艺术形式更为丰富、更加多元的解读空间，这为读诗者和看画人都带来了更多的想象空间和解读乐趣。第二，提醒画家诗人在艺术创作时艺术修为的统一。题画诗对于画家诗人而言，提出了较高的要求。画家诗人既要有较高的绘画功底，又要有较好的诗词素养，二者缺一不可。不均衡的艺术修为不仅对画作产生负面影响，而且也会损害画家的名誉。由于许多现代画家诗人处于新旧文化的变革时期，因此他们或者在幼年时期具有较为扎实的诗词基础，或者在成年后有着较为自觉的诗词训练意识，因而题画诗的写作水平普遍较高。然而到了当代，随着国画培训体系日益精细化、专业化，综合性的艺术训练特别是诗词的学习传统并没有得到继承和发扬。较之现代画家诗人而言，"诗画一律"的艺术传统明显弱化，这已经影响到了当代国画家的艺术素养。中国美术学院 2017 年本科招生国画专业增考"诗词"一项就说明，单一技法呈现的考核方式在割裂"诗画一律"的艺术传统时，也损害了画作呈现时的多重艺术价值，而"国画"与"诗词"的双重考核无疑是中国绘画传统的回归。

"诗画一律"的艺术观念是中国古代艺术传统的伟大发明。强调不同艺术种类之间的融通汇合，证明了中国古代强调综合而非分析的哲学思维特性。题画诗的产生不仅是对绘画史产生了深远的影响，而且对诗歌的发展也意义重大。传统中国画与诗歌在沟融交汇的过程中，呈现并塑造了中国"纯质清淡"的人性追求，强调"心物之辩"哲学方法对于古代唯心主义价值观的形成也起到了推动作用。对题画诗进行重新分类和解读，正是认识到二者之间的对立与对话之处，通过梳理其关系类型来进一步认知题画诗中诗与画的复杂关系。

第三节　山水纪游诗中的绘画思维

　　山水纪游诗是诗歌创作中的常见类型，然而古典文学中并无纪游诗的称谓，仅有山水诗之称谓，纪游诗这一概念乃今人标举所为。由于山水诗与纪游诗在书写内容和创作范式上具备一致性，因此常常合称为"山水纪游诗"。山水有情，诗人写作、画家作画不仅要"师古人"，而且要"师造化"。在历代绘画理论家看来，"师造化"高于"师古人"。南宋诗人杨万里曾在《下横山滩头望金华山》中写道："山思江情不负伊，雨姿晴态总成奇。闭门觅句非诗法，只是征行自有诗。"陆游也在《题庐陵萧彦毓秀才诗卷后》中表达了类似的观点，"法不孤生自古同，痴人乃欲镂虚空。君诗妙处吾能识，正在山程水驿中"。诗人反复强调山水之乐对诗词创作的影响，画家对于模山范水自然体味更深。郭熙、郭思在《林泉高致·山水训》中强调山水对于画家创作的意义："学画花者，以一株花置深坑中，临其上而瞰之，则花之四面得矣。学画竹者，取一枝竹，因月夜照其影于素壁之上，则竹之真形出矣。学画山水者何以异此？盖身即山川而取之，则山水之意度见矣。真山水之川谷，远望之以取其势，近看之以取其质。真山水之云气四时不同：春融怡，夏蓊郁，秋疏薄，冬黯淡。画见其大象而为斩刻之形，则云气之态度活矣。"[①] 这是以山竹花卉为例说明山水四季不同，见"真山水"可使画意活泛。

[①] （北宋）郭熙、郭思：《林泉高致·山水训》，载傅慧敏编著《中国古代绘画理论解读》，上海人民美术出版社2012年版，第100页。

山水游历的目的是体味山水之乐，在心中形成真山水。"我"应如何以"观物之心"体验山水之乐？通常古代山水诗中的"物我"之间存在三种关系：物我相即相融；物我若即若离；物我或即或离。[①] 所谓"物我相即相融"，指的是诗人采取的是以物观物的态度，将自己充分融合于自然美景中，"我"不凌驾于自然之上，这种是最为纯粹的山水诗。例如李白的《独坐敬亭山》云："众鸟高飞尽，孤云独去闲。相看两不厌，只有敬亭山。"诗人已经完全融入山水之中，如辛弃疾的《贺新郎·甚矣吾衰矣》云："我见青山多妩媚，料青山见我亦如是。"所谓"物我若即若离"，指的是诗人在观照自然山水时始终有"关照者"的意识存在，"我"与山水之间的关系是"我"观山水，观赏者更多是以游览者的心态在欣赏自然，例如白居易的《遗爱寺》云："弄石临溪坐，寻花绕寺行。时时闻鸟语，处处是泉声。"诗歌虽然写的是遗爱寺的风景，但时时可以感受到诗人的主体存在；所谓"物我或即或离"，则介于两者之间，时而相融、时而相对，可见其诗人自我意识的游移，例如孟浩然的《宿建德江》云："移舟泊烟渚，日暮客愁新。野旷天低树，江清月近人。"诗句前半部分充满离愁别绪，后半部分则沉浸于山水之美。现代画家的山水纪游诗在创作观念上继承了古代山水诗"物我同一"的理念，然而在具体实践上又有了新的时代特征。此外，画家的山水纪游诗与其他诗人的山水诗还有思维方式上的差异，主要表现为诗作中体现出的绘画思维。

中国近现代产生了许多著名的山水画家，陈传席的《中国山水画史》中将黄宾虹、傅抱石视为中国近代山水画振起的中兴人物，而现代山水画家也呈现出数量众多、风格各异的特点。现代山水画主要可分为以赵望云、石鲁等为代表的长安画派，以傅抱石、钱松喦等为代表的金陵画派，以吴湖帆、贺天健为代表的海上画派，以陈子庄为代表的蜀派，以高剑父、高

[①] 参见王国璎《中国山水诗研究》，中华书局2007年版，第299页。

奇峰、陈树人为代表的岭南画派，以及域外画家张大千、黄君璧和溥心畲等。① 中国现代山水画的兴盛与悠久的山水画传统有关，山水画从晋代起就一直是中国画的重要画类，经过初唐、中唐的突变，到了唐末至宋初时期，山水画已经高度成熟，一跃成为画坛之首。明清时期的山水画派别林立，理论主张众多，董其昌的"南北宗论"是这一时期有代表性的山水画论。许多现代画家自觉实践"师法造化"的绘画理念，自觉走出书斋画室，走入自然山水，从自然中汲取绘画灵感，例如黄宾虹、张大千、谢稚柳等画家都是在走出书斋，走入自然后获得了画法的突破。还有部分画家因为战乱、工作等原因不断迁徙，被迫异地迁徙，在不断迁徙流转的过程中饱览山水胜景，这样的迁徙经历也成为他们创作山水画作的素材和灵感，例如余绍宋、陆俨少、蒋彝等。

一、游历型山水纪游诗

黄宾虹早年的山水画作并无太多出奇卓越之处，这一时期主要受新安画派的影响较多，其次师法董其昌、"元四家"的山水风格。黄宾虹60岁之前的作品主要着力于临摹，虽无太多艺术上的创新之处，但为他后期突破山水画的窠臼打下坚实的笔墨基础。黄宾虹酷爱山水，他的诗集中大部分是以游览的地名命名，例如《粤西纪游》《雁荡纪游》《白岳纪游》《新安江纪游》《黄山纪游》《九华纪游》《入蜀纪游》等。他除了以纪游的方式结集诗册外，大量的题画诗也多游览纪游之作。在《黄宾虹诗补抄》中题画诗居十之七八，而所题画作又多为自己的山水之作，真乃山水之痴。早期黄宾虹畅游山水，但山水之乐对于他画作风格的影响并不明显。《粤西纪游》组诗记录

---

① 参见陈传席《中国山水画史》（修订版），天津人民美术出版社2001年版，第589—658页。

他饱览了桂林秀丽山水的经历。在诗句中他记录下《独秀山》的悠闲,"清游日日卧烟峦,桂岭环城水绕山。回渚扁舟催日暮,中天高阁碍云还。眼红霜叶秋同醉,头白沙禽老共闲。入夜西风破急浪,愁心枕上送潺湲";《七星岩》的逼仄,"手扪星斗蹑崔嵬,小窦通人数尺才。仄径岩腰縆绠入,倚天洞口列窗开。回阑飞蝠风冲竹,绝涧垂虹石漱苔。萧纬杳暝凭秉燎,夜山行尽曙光来";《兴平》的奇崛,"冻雨初晴夜涨高,溪流瀺啸倚云坳。鬼工壁削玉千叠,钟乳柱悬冰万条。历历林皋余战垒,冥冥烟树送归桡。同舟共解留连意,乘兴搜奇未寂寥"。黄宾虹一生曾两次游览桂林,第一次是1928年,时年63岁;第二次是在1935年,时年70岁。《粤西纪游》记录的是他第一次游览桂林的情形。1948年,时年83岁的黄宾虹凭借他两次游览桂林的经历创作了《桂林纪游册》,画册共十二开。在第十二开的《自跋》中提到自己"足迹所经,奚止万里",然而"于阳朔尤为惬心悦目"。可见桂林的游历对黄宾虹山水画作的影响极其深远。

黄宾虹的晚年山水画以"黑"见长,强调山水画之"黑"源于他对笔墨的研究。黄宾虹曾有过"五笔""七墨"的提法,"五笔"即平、圆、留、重、变;"七墨"则指浓墨法、淡墨法、破墨法、泼墨法、积墨法、焦墨法、宿墨法。他画风上偏"黑"是一个缓慢演进的过程,这一过程正是他70岁后"入蜀方知画意浓"的结果。[①] 1932年,黄宾虹以67岁高龄入蜀,经重庆、叙州、岷江、嘉州、峨眉、青城等地。在他的《入蜀纪游》组诗中详细记录他沿途所见风景,与桂林以秀丽见长的山水风格不同,巴蜀山水多了几分奇诡沉郁。这种沉郁的风格如何表现?黄宾虹经过体验反刍后选择了"黑"的笔调。在游览巴蜀时,这种"黑"的印象就已经深入人心,如《白帝城》云:"万壑深阴卉木稠,黛螺浓影泼沧流。丹黄几点萧萧叶,白帝城

---

① 参见梅墨生《谁能识得模糊趣——黄宾虹山水艺术论稿之一》,载《大家不世出——黄宾虹论》,西泠印社出版社2012年版,第32页。

高易得秋。"白帝城深青叠翠，几成黛色，黛即青黑；又如《峨嵋二首》（其一）云："浮青万叠山，一折累千级。悬梯绝壁飞，云房天咫尺。"万山叠翠，折折叠叠中自成青黛；又如《鹰嘴岩》云："摩穹郁青苍，铁色起黝石。山栖三两家，仿佛神仙宅。鹰嘴尤突兀，清泚出岩隙。勺饮知味甘，若醴涌泉脉。欣欣此遥瞩，鸥吻不鸥吓。"鹰嘴岩状似鹰喙，石若黑铁，下有甘泉，饮之如醴。除了这些直言景色之"黑"的描写外，还有一些是强调林木茂盛、参差成幛的诗句。如《简阳道中》云"竹树参差庐舍合，一河横截四山开"；又如《偏桥》云"拂径草丛生，流泉石有声"；再如《青城宿常道观》云"郁郁竹柏丛，石棱洒寒泚"；另如《灵岩寺》云"迤逦林皋路，深阴覆方丈。千章青蔽亏，夸父意投杖"；① 另如《龙门峡二首》（其二）云"林岩寂静云围合，一径通樵入翠微"。黄宾虹的积墨法实际上是用中国画的笔墨表现西洋画中印象派的技巧。他的画近看是漆黑一团，远看却能品味出山水画的韵味。正是这种技法上的创新，使得黄宾虹的山水画在现代中国山水画史上独树一帜。他从中国传统的墨法出发，不经意间与西方油画技巧相遇，看似偶然实则是他长期寻求墨法突破创新的结果。巴蜀以"蓊郁"见长的山水适宜于重墨的表现手法，这种山水在黄宾虹笔下得以夸张再现。除了发现自然之"黑"外，他也在画史、画论中体悟出黑白之道。"北宋人写午时山，山顶皆浓黑，为马、夏所未及"②，"余观北宋人画迹，如行夜山，昏黑中层层深厚，运实于虚，无虚非实"③，"北宋画多用焦墨，兹一拟之"④，"范华原

---

① 作者按："章"疑为"幛"，"阴"疑为"荫"。
② 黄宾虹：《题设色山水》，载《画学文存·黄宾虹谈艺录》，上海人民美术出版社2018年版，第210页。
③ 黄宾虹：《1950年自题山水册》，载《黄宾虹画语录》，浙江人民美术出版社2021年版，第28—29页。
④ 黄宾虹：《题湖滨山居图》，载《画学文存·黄宾虹谈艺录》，上海人民美术出版社2018年版，第232页。

画，深黑如夜山，沉郁苍厚，不为轻秀，元人多师之"①。这是实践和理论的反复融合，终于形成他独特的山水画面貌，成为现代山水画史上的传奇。

与黄宾虹相似，张大千也酷爱黄山、巴蜀风光。他于1927年、1931年曾先后两次游览黄山，创作大量纪游组诗，如《首游黄山组诗》《黄山纪游组诗》等。与其兄张善孖一道游览黄山，为黄山奇秀的景色所倾倒。黄山之旅让张大千初识山水之胜，为他以后创作山水画作提供了丰富的范本。《黄山云门峰》写的是黄山之"险"，"遥天突兀耸凌峰，云气冲霄午不溶。可惜少陵看未得，并刀只解剪吴淞"。《光明顶山水》写的是黄山之"幻"，"旷绝光明顶，天南四望空。谁去孤啸处？身在万山中。呼吸风雷过，巑岏日月通。仙踪如可接，何必梦崆峒"。1938年，他寓居成都期间畅游青城山和峨眉山。与黄山期间以师法石涛为宗的古典山水风格不同，这一时期张大千绘画风格发生了显著的变化，即"喜用复笔重色，其层峦叠嶂大幅，丰厚浓重，把水墨和青绿融合起来，完成了独创面貌"②。这种画风的变化也同样体现在他的《青城山组诗》中。他在《青城第一峰》中描绘青城山的烟霞之气，"树连霄汉高台迥，衣染烟霞宝殿薰"；在《上清宫》中赞叹上清宫的重彩幻境，"悬树六时飞白雨，吞天一壑染红云"。对张大千绘画风格产生重大影响的是敦煌之旅。1941年，张大千携家人及弟子抵达莫高窟，开始了两年多艰苦的莫高窟佛像临摹。莫高窟壁画数量众多、年代久远，各个时代的绘画风格在层层涂抹间均有体现，是殊为难得的绘画史一手资料。张大千探访莫高窟感觉如入神山，随手皆可拾得宝物。他在《题莫高窟仿古图》（其一）中感叹，"雁塔榆林一苇航，更传星火到敦煌。平生低首阎丞相，刮眼庄严此道场"。阎丞相指的是唐代画家阎立本。这是赞叹在敦煌随处可见

---

① 黄宾虹：《题仿范宽山水》，载《黄宾虹谈艺录》，上海人民美术出版社2018年版，第207页。
② 叶浅予：《关于张大千》，载宁夏回族自治区政协文史资料研究委员会编《张大千生平和艺术》，中国文史出版社1988年版，第7页。

如精美如阎立本风格的画像。《题莫高窟仿古图》(其二)云:"吴生习气未能除,识得龙眠此论无。碧眼徒他夸重宝,神州随地有骊珠。"吴生指的是唐代画家吴道子,龙眠则指北宋画家李公麟。这是在夸赞莫高窟藏宝甚多,外国人以为保有中国的绘画珍品,实际上神州遍地有妙品。莫高窟虽画像丰富,但生活却十分艰苦,长时间的缺乏水和食物的生活对张大千来说是巨大的挑战,他常常会回忆起四川的优渥生活,有《梦蝶》为证:"广漠荒荒万里天,黄沙白草剧堪怜。从知蜂蝶寻常事,梦到青城石洞前。"对于看惯了四川林木葱郁、蜂蝶成群的张大千来说,敦煌干燥荒芜的生活无疑是精神和体力的挑战。

见识了敦煌壁画的雄伟瑰丽,张大千沙海飞鸿,邀请好友谢稚柳来陇一同鉴赏学习。谢稚柳到达莫高窟后,不愿重复张大千以描摹为主的老路,开始对莫高窟进行编号整理,这是敦煌研究的基础性工作。在莫高窟经历了一年多的佛窟整理工作后,1943年他与张大千告别莫高窟前往安西榆林窟。他在《将之榆林窟自安西晚发时癸未四月》中表达了些许伤感,诗云"乍发斜阳下,黄尘上客裾。大风西汉道,昏月六朝车。拱柳颓云重,丛山暝黛虚。渡头青未遍,寂寞尚春初"。榆林窟与莫高窟的壁画风格相近,窟中壁画也是从唐到宋,尤以五代和宋代为多。与莫高窟比较,榆林窟的特别之处在于存有西夏时期的壁画,这是重大的绘画考古发现。西夏时期的壁画远宗唐法,与宋代绘画风格极不相似。因此,他对西夏绘画的评价是"画颇整饬,气宇偏小,少情味耳"。他在榆林窟一待又是一个多月,对榆林窟颇有感情。如《榆林窟》云:"清俭丛山一脉黄,天荒大漠约春光。野桃寂寂花如豆,飞燕翩翩水作梁。客里展书枫叶老,灯边埋梦柳丝长。何缘净土消尘垢,虚对青莲散妙香。"临别之时,张大千和谢稚柳都借诗句寄托了依依不舍之情。张大千在《别榆林窟》中反复地回眸榆林窟,"摩挲洞窟纪循行,散尽天花佛有情。晏坐小桥听流水,乱山回首夕阳明"。而谢稚柳在《自榆林窟往兰州,晓过破城子》中也难掩离别之情,"破城如斗障轻阴,倦客经过尽美襟。芳陌晓蒸红柳雾，暖沙风苫碧莎簪。乞怜驼褐持寒体，惜别尘蹄托去心。重上西南千里路，巴山雾雨日沉沉"。

从榆林窟归后不久，1943年6月张大千就开始在兰州组织"张大千临敦煌壁画展览"及"张大千画展"。谢稚柳结束一年多的莫高窟考察，经兰州返还四川。谢稚柳在《八月一日夜坐作，时在兰州，行将还蜀》中表达思乡之情，"身是孤蓬心是筝，十年痴绝冷虚名。巴山苦恋云兼雨，何似人生雾里行"。张大千、谢稚柳的莫高窟之行为中国画坛带来了深远的影响。张大千的画风为之一变，通过临习摹仿敦煌壁画，他的宗教画和人物画水平得到了极大提升。绘画技法上也发生变化，复笔重彩的人物画风格得到进一步强调。谢稚柳虽然没有临摹敦煌壁画，但耳濡目染间画风亦大变。除了开始画人物画外，宗教画也时有创作。1944年，谢稚柳在成都举行画展时，沈尹默为谢稚柳作《观稚柳画展归因赠》："小谢山水亦清发，短幅点作巨然师。春阴尔许秋色媚，四季暗移人莫知。虚堂恺恺众忘机，嘉禽仙蝶相委随。壁间大士示微笑，霜鬓一时尽年少。画师作画能逼真，愿君更作如花人。莫向老莲取粉本，态殊意远世人嗔。"这是夸赞谢稚柳的绘画题材进一步扩大，除了以前师法巨然的山水画和"嘉禽仙蝶"的花鸟画外，多了摹写"壁间大士"的宗教画。在昆明画展上，谢稚柳也的确展出了一幅宗教画《观音菩萨》。

张大千的纪游诗除了"黄山组诗""敦煌组诗"外，他还有"西康游展组诗""印度大吉岭组诗""日本游诗""台湾纪游组诗"等。"西康游展组诗"是张大千最后一次游历大陆山水，体味独特民俗风情的采风。抗日战争结束并没给国内带来和平，接着又是解放战争，这使得性格散淡、不太关心政治的张大千又萌生了四处游历的想法，这次他选择了更加偏远的西康省。西康省为民国时期建制，主要包括岷江以西、金沙江以东地区，主要居住藏族和彝族，这里风光大气雄浑，与黄山的秀美、敦煌的苍凉、四川的葱郁大异其趣。张大千这次选择西康作为游历的目的地，主要是为了体验少数民族地区独特的民俗和西南地区独特的地质地貌。从他的"西康游屐组诗"中，我们也确实领略到西南边地险峻之美，如《飞仙关》的绝，"孤峰绝青天，断岩横漏阁。六时常是雨，闻有飞仙度"；如《两河口瀑布》的奇，"老雨不离山，痴云常恋岫。对面语不闻，龙蛇方酣斗"；如《日地》的荒，"岩岩日地山，劣崱无寸土。特立而豪峙，由来绝依附"；如《御林宫雪山》的寒，"磴道撑百盘，溪声碍九折。六月欲披裘，皑皑太古雪"。除了险峻的雪山地貌外，奇特的风俗也让张大千大开眼界，他还亲身体验了当地"跳锅庄"的风俗，如《跳锅庄》云："金勒飞红袖，银尊舞白题。春醪愁易尽，凉月任教西。"四五个月的西康之行对张大千而言，收获颇丰。除了《御林宫雪山》《二郎山》《飞仙关》《雅州高颐阙》等一批山水画外，还创作有《跳锅庄》《金刚寺番僧》等人物画，这些画作同年结集为《西康游屐》出版。

二、避难型山水纪游诗

由于战争的影响，许多画家远避乡野，继续自己的绘画研究工作，余绍宋就是其中一位。1937年抗战全面爆发，为避战乱，余绍宋迁居浙江龙游沐尘村，趁闲暇饱览了龙游山水之胜。1937—1938年间，余绍宋写下了大量的纪游诗，如《龙山纪游》《游三叠岩》《游乌石岩二首》《游南乡杂诗八首》《鸡鸣岩二首》《游永康方岩二首》《游缙云仙都二首》等。余绍宋对家乡龙山情有独钟，《龙山纪游》即是在1937年重阳节时与好友一起游览龙山的记录。

风雨催重九，鼓勇谋胜游。故乡好溪山，相约拔其尤。龙山久在望，今日遂探幽。山名见隋书，自古称丹丘。松竹夹广路，过耳风飕飕。危峰耸云表，急湍鸣林陬。虽非落帽处，胜景良堪俦。何况同其名，佳节信宜酬。极目穷大荒，四顾生我愁。主人迎道左，招邀官潭头。虎山突现前,崚嶒厉清秋。

三叠岩是龙丘山中最为奇特的风景,山石层叠、危如高冠。他在《游三叠岩》中描述三叠岩的巍峨:"群峰奔赴龙丘山,蜿蜒起伏多岩峦。就中最奇为三叠,兀然高耸如峨冠。四山拥抱恣排箕,又如狮踞兼龙蟠。云鬟回旋布绮绣,烟峦舒卷犹玦环。初叠深黝复曲折,长蛇封豕疑当关。荐居伺隙猝无备,犁庭扫穴嗟其难。中叠尤奇肆开阖,巨灵运斧神锤刓。极目浮云起西北,山川草木纷迷漫。"1938年春,他与友人又畅游了豸屏山。在《戊寅三月,同胡宝灿、陈兆兰、曹大保、祝葆湛诸子游豸屏山》中描绘春日豸屏山的青葱景象,"东下冈峦走苍龙,西来大岭驰青骢。南临平畴郁葱茏,北向群峰涌芙蓉。拔地孤立摩苍穹,巉岩累叠疑神功。百丈峭壁峙其东,豸兮屏兮穷形容"。

除了山川景物外,观察草木虫鸟也是寄寓乡野的乐趣。棕榈树乃南方树种,他在家乡沐尘也见到了棕榈。忆及古人似乎鲜有以棕榈入画的前例,他赋诗歌咏,"我爱棕榈树,翘然气独昌。蕊浮金粉溢,叶战水风凉。寒暑不改色,荣枯自有常。知音古寥落,为汝表昂藏"(《棕榈树昔人罕有咏者,余独喜其劲直,既以入画,更为诗张之二首》其一)。余绍宋以家乡龙山为图,曾创作了《龙丘山图》《幽岩揽胜》《豸屏纪游》《沐尘岁寒三友图》等,皆为大幛巨帧。此外,画作《鸡鸣山图》亦以余恂的《鸡鸣岩二首》记叙其胜。他还有一幅以棕榈树为对象的四尺大幛画作《水墨棕榈树》,气势雄伟,亦颇见功力。这些都可以看出避居沐尘村的游览经历对于余绍宋山水画作的启发意义。余绍宋的山水画以师法古人为起点,他早年师从汤涤,笔墨出入于倪、黄之间。从其早期画作《梁格庄会葬图卷》《拟陆天游丹台春晓图》《浮岚暖翠》等可以看出他这一时期的画作皆受到董巨、二米、元四家等前代画家的影响。1934年的《归砚楼娱亲图卷》是在师法古人的基础上真正开始确立个人风格的作品。避居龙游的经历为余绍宋提供了从"师古人"向

"师造化"的契机,他以龙游山水为原型创作的"纪游山水以高远兼合深远布局,笔墨秀润苍劲,结境雄奇险仄,写真山水而又寄兴抒情,在一定意义上说,为后来的中国山水画坛的'写生山水'起到了导引作用"[1]。虽然余绍宋在现代绘画理论上的影响远大于他的绘画实践,他的山水画不如潘天寿、傅抱石等人风格明显,但应该说他在20世纪上半期传承和延续南宗文人画传统上依然是有代表性的画家,这与他在"师古人"与"师造化"之间建立良好的平衡不无关系。

陆俨少也是为战乱所迫,不得不迁往后方的画家。1937年"七七事变"后,陆俨少携家带口西行避难。陆俨少一家先到江西,然后乘帆船抵达汉口,经宜昌终于抵达重庆。这一旅程备极艰辛,前后历时三个多月,途中夫人还产有一了。到达重庆后,陆俨少在兵工厂谋一份账房先生的工作,业余钻研书画。为缓解经济上的压力,也为了向重庆书画界展示自己的创作成果,1939年,他自拟画展启事阐明自己的绘画理念:

> 俨自知学问,好弄笔墨。比来二十余年,不敢自谓遂窥六法藩篱,顾于往哲名迹,略得寓目。间览山川,留情云树,每成一图,废寝忘食为之。觉古人造化,所在俱师,心神通悟,情性移化,襟怀既旷,风节斯厉。诗为心声,画贵立品,夫岂异哉!余亦木强之姿,不能委顺时俗,是以乐志田亩,耒耜躬操,冬夏读书,春秋出游,穷岩幽谷,兴到足随,况以西川风土之美,向往之情,积有日矣。会更丧乱,因缘入蜀,乃迫贱事,四载巴渝,辄用为叹。今则幸遂夙愿,将登峨嵋,上青城,卷袖自携,道出上郡,窃欲问艺于贤达之前,得一言以为重。夫物有感召,赏音匪远,而敝帚自珍,因亦不作善价以沽。嘤其鸣矣,

---

[1] 毛建波:《余绍宋:画学及书画实践研究》,中国美术学院出版社2008年版,第134页。

求其友声,惟褒惟贬,可师可友,并世君子,幸有以教之。[①]

在启事中陆俨少颇为感叹自己流落巴蜀的艰难,"会更丧乱,因缘入蜀,乃迫贱事,四载巴渝,辄用为叹"。若非战争原因,他与家人也不至于如此狼狈不堪。这篇文辞恳切的启事受到了四川名士芮敬予的赞赏,画展也颇受好评。成都画展的成功鼓舞了陆俨少又先后在乐山、宜宾等地继续办展。他在办展之余也饱览了四川的灵秀山水,作有多首纪游诗记叙其胜,《登峨眉绝顶并序》就是其中较为著名的一首。

峨眉之高高谁敌,号于区内秀绝特。上接霄汉摩苍苍,深谷下窥窅以黑。磴道阴寒苔藓滋,惨惨竹树少颜色。冷杉独出拿古干,逞老倚风根蟠石。层岩俊上千万寻,蒸云泄雾秋杳沉。咫尺阴晴各殊异,其势溃薄怜腾鉴。斩焉而峭幽且复,猿猱不度愁飞禽。三峰属联似无外,俯视五岳非高岑。我登绝顶穷崔嵬,入眼心飞知有在。高悬白日丽天衢,散射光芒照云海。波涛千里同一色,堆晶擘絮耀五彩。晕移影掩佛光现,目荡精摇神魂骇。是时正当冬月交,妍煦未觉节序改。山灵蓄意能厚我,雪霜不至应有待。自谓涉世多龃龉,寡合难投动遭悔。天心垂念独不然,此理百思诚莫解。驱使奇变洗尘襟,多情合掌谢真宰。遂令坐卧苍崖上,两脚沉酸忘疲殆。

蒋彝离开中国开始四处游历的生活却不是因为战乱的原因,而是因为源于自己失望于民国政府的腐败统治。在1933年出国之前,他担任九江县县长。因为不满蒋介石围剿红军,看到所辖区县饿殍遍地,深感自责,《江州牧——自责》描述他深深的愧疚之情。他辞去县长之职,远赴英国游

---

① 舒士俊:《陆俨少》,河北教育出版社2002年版,第7—10页。

学。初到国外时人地两生,《重哑绝句百首》是对当时生活的记录。这组诗共100首,收录的是他1933年至1935年年初海外生活的经历。从《印度洋(Indian Ocean)观鱼跃》《地中海(Mediterranean Sea)看飞鱼》《游泰晤士河(Thames River)》《伦敦国会》《沙奔唐(Serpentine)湖前独坐》等篇什不难读出诗人的兴奋和惊奇,真正"使世界人对我惊奇,使世界人对我诧异"的是1937年《湖区画记》的出版。在他的《湖区画记》中,我们可以看到一个东方人用自己的眼光打量以前只有西方诗人或画家才能描摹的景物。在瓦斯特湖领略了雨中湖景,"久耳湖区名,夙愿才一顾。昨夜风雨来,清新入肺腑。早起谒湖山,含笑如亲故。纷纷骋奇观,应非梦中遇。倏尔云四飞,真面难相晤。不觉湿衣衫,大雨倾如注"(《初至瓦斯特湖(Wastwater)》)。在德韵特湖旁独坐沉思,"唯美在自然,韵湖我所爱。四围绿无声,小坐领清籁。我有会心处,更在湖山外"(《独坐德韵特湖畔》)。在八德迷湖边晒太阳,"青山为枕沙为茵,小卧湖滩亦可人。我心已在自然外,任汝白鸥来往频"(《卧八德迷湖(Buttermere)滩上》)。著名诗人华兹华斯曾咏叹过英伦湖区,时至今日又有一位来自东方的画家为其绘画和咏叹,蒋彝自己也觉得是一件奇妙的事情。他在《湖区画记》中凭吊这位英国著名诗人,"湖与诗人同不朽,诗同湖有十分清"(《吊诗人渥尔渥斯(Wordsworth)》)。《湖区画记》完全用中国的笔墨描绘英国的风景,这让英国的读者感到十分惊诧,艺术评论家赫伯特·里德曾做过一篇短序,称赞蒋彝的贡献在于显示"真实的感情与思绪的共通性"。画册《湖区画记》中有一幅《德温特湖畔之牛》,画面恬静安详,牛在湖畔伫立,湖边松木茂盛。若不注明是依据湖区风景所画,丝毫分辨不出英国湖畔与中国湖畔的区别。二十年后,贡布里希将蒋彝的《德温特湖畔之牛》与英国浪漫主义绘画《德温特湖:面朝博罗德尔的景色》做比较,试图证明民族"心理定式"在观赏风景时的内在心理差异。《湖区画记》的成功让他找到国外的生存之道,他曾在1938年元旦凌晨立下誓言。

> 我对任何事都不愿意平凡：我不愿平凡而生，更不愿平凡而死，总之，平凡二字是我的仇敌。我好胜，我爱名，我要出奇，我要立异，使世界人对我惊奇，使世界人对我诧异。至少要对世界上有点贡献，而使世界永远的留恋着。将不久回国一年专学剑学琴，以为与平凡斗争的工具。
>
> 一九三八年元旦发笔[1]

"我好胜，我爱名，我要出奇，我要立异，使世界人对我惊奇，使世界人对我诧异"，这一信念促使蒋彝长期流连国外，这说明他长期客居海外的真实动机除了厌倦当时腐败的政治环境外，追求个人价值实现亦是主要因素。此后，他反复用他的"中国之眼"描摹异国他乡的景色。先后出版的《牛津画记》《巴黎画记》《爱丁堡画记》《纽约画记》《波士顿画记》《三藩市画记》等都获得了广泛的认可和好评。蒋彝与其他山水纪游的画家不同之处除了纪游的地点遍及世界各地外，在表现手法上也坚持使用"中国之眼"来观察西方民众所熟稔的日常风景，提供了新的东方式的观察视角。这种中国视角和中国方式如果说在其他传统山水画家笔下是自然流淌的话，那么在蒋彝这里则变成了深刻的民族认同和反复的精神还乡。

山水与画家之间存在着千丝万缕的联系，这种联系不仅体现在画作和诗作上，更体现在精神取向上。无论是处于人生的巅峰还是低谷，现代画家们都希望通过诗书画作来表达对祖国山水由衷的赞叹和歌咏。从以上列举的山水纪游诗中，我们不难体会到画家诗人们喷涌的热诚和满溢的欢心。他们的热诚与欢心不仅是因为职业需要，更是因为拳拳爱国之心，他们将满心的热爱播撒在游历过的每一寸土地上。通过这些山水纪游诗的考察，不仅能窥探出现代画家诗人对于传统山水诗的继承，更能体会到这一传统诗歌题材焕发的时代生机。

---

[1] 郑达：《西行画记——蒋彝传》，商务印书馆2012年版，第131页。

第四节　论艺诗与艺术观

艺术虽然在表现形式上各有不同，但往往存在互通互融的一面。"题画诗"是"诗"与"画"在形式和内容上的融合，而"纪游诗"则是"物""心"之间的相融相通。古代许多画家以融通诸艺为荣。以王维为例，他不仅是大画家、大诗人，同时也是大音乐家，弹得一手好琵琶。《唐国史补》中曾记载："人有画《奏乐图》，维熟视而笑。或问其故，曰：'此是《霓裳羽衣曲》第三叠第一拍。'好事者集乐工验之，无一差谬。"[1] 古代像王维这样熟悉多种艺术种类的通才型人物还有很多，而许多现代画家也精通多种艺术门类。他们除了强调诗书画印的融通外，有的还对戏曲话剧等其他艺术非常熟稔，例如李叔同是中国现代话剧艺术的先驱，姚华、张充和等对戏曲有精深的研究。他们的艺术观也往往借助诗歌的形式表现出来，从他们的论艺诗中我们可以窥见他们对于艺术史的看法及如何阐释自己的艺术观。论艺诗主要可分为三大类：论画诗、论书诗、诗论诗。

一、论画诗

画家除了绘画实践之外，如何阐释自己的艺术观点也十分重要。画家通过长期的艺术实践对画史画论都有自己独到的见解，然而能否将这些见解

---

[1] （唐）王维、孟浩然：《王右丞集　孟浩然集》，喻岳衡点校，岳麓书社1990年版，第218页。

提炼凝结,以谈艺录或谈艺诗的方式表述传达却又是另一回事。画家在阐释自己的艺术观点时,有的偏技术型,如溥儒的《寒玉堂画论》讨论的是山水树草如何绘制,刘海粟也在《海粟黄山谈艺录》中着重讨论中西绘画技法的比较。而许多画家不仅擅画,而且也善于理论总结,例如陈师曾、姚华、余绍宋就是重要的绘画理论家。陈师曾的绘画理论代表作是"一论"(《文人画之价值》)、"一史"(《中国绘画史》)。他的《中国绘画史》是1922年应中华教育会的邀请赴济南主讲"中国美术小史"的讲稿,是运用现代学术研究方法系统梳理中国绘画史的开山之作。《文人画之价值》则是20世纪以理论形式肯定文人画价值之第一人。他接着又发表《中国画是进步的》再次与否定传统的历史虚无主义绘画立场相抗衡。[1] 这种超乎常人的历史洞见在近现代画坛颇为少见。陈师曾的好友姚华也认同其观点。他在《中国文人画之研究序》和《朽画赋》中赞同了陈师曾的文人画立场。在《中国文人画之研究序》中,他强调文人画优于画工画之处在于其思想性,"画家之真,屡贻弩犬之诮。所择不同,天渊斯判。若夫,由近穷远,即虚取实,冥心独往,博证多资,智挟非马之材,心娴雕龙之伎,通谱书于虔礼,会品诗于表圣,则文人优为之"[2]。1923年,陈师曾逝世。次年,姚华作《朽画赋》歌咏陈师曾画作的同时再次肯定了文人画的价值立场:"纵俗论之或宽,固无当于得失。惟膏泽于诗书,斯披文而耀质,循规矩于已安,故娴妙于斯术。"[3] 正是因为民国初年如陈师曾、姚华等绘画理论家坚持文人画立场,才使得中国画在20世纪初大规模西化浪潮中依然保存了鲜明的民族特色。

姚华的绘画理念以诗歌形式得以整体展示的是他的《论画三首》。《其一》云"物理何堪尽入图,诗心裁剪贵探珠。象外玄虚太超妙,要人得悟有

---

[1] 参见李运亨、张圣洁、闫立君编注《陈师曾画论》,中国书店2008年版,第178页。
[2] 邓见宽编:《姚茫父画论》,贵州人民出版社1996年版,第30页。
[3] 邓见宽编:《姚茫父画论》,贵州人民出版社1996年版,第34页。

参无"，这是强调画家裁剪外在事物时需有所选择，论述"诗心"的重要性。《其二》云"画争立意尽人知，意内须从言外思。晚唐名构无多语，著笔宜参花草词"，这是强调绘画时立意的重要性，他以晚唐词为例说明画作如何出新。《其三》云"岂堪神妙课凡工，书画由来理本通。勾勒分明兼使转，灵机到处腕如风"，这是强调书画本一体，以书法入画法，可使画面灵活多姿。姚华作为民国初年北京画坛的代表人物，其艺术领域横跨诗文、绘画和戏曲等多个领域，他与陈师曾的画论观点在当时北京画坛传统派中颇具代表性。姚华除了这类总论型的论画诗外，还有许多论画诗散见于他的《弗堂类稿》中，主要分为评价历史画的诗、评价现代画家的诗以及关于颖拓画论的诗等。例如1917年在彰德古冢中出土大量唐砖，姚茫父曾购得其二，他接连创作三首论画诗赞叹砖画之精美。如《题画专》云"古专妙墨从来贵，一体兼之益见奇。自喜荒斋擅双美，从今著录费千思。文章合传原偕谊，题目正名骈与枝。更速冰川书秀句，纵然残破亦风姿"。[①]再如《再题画专》云"东游谒圣瞻遗像，宋刻依稀殿后图。自昔当风存品格，于今方面见丰腴。千年论画惜无史，双甓及时尚此模。不信唐贤成上古，薄才苦索费功夫"。这是在感叹唐代画砖流传至今，搜集保存皆为不易。又如《三题画专》云"欣赏十洲不厌同，重洋千载见唐风。人间墨妙须传遍，许趁秋光属画工"。诗人希望唐代画砖上的画作流传千载后能得到大家的共同欣赏和珍惜，因为这些"人间妙墨"属于千年前画工辛苦所为。

除了评价前作外，姚华也评价许多同时代的画家，如陈师曾、吴昌硕、方伯务、王梦白等师友。对于老友陈师曾的画作评论主要以题画诗的形式，《为方瑞生题师曾画》《题陈师曾写兰贺杨潜庵》《题师曾荷花幅子》《器刻师曾梅花》《师曾牵牛花轴子》《师曾墨竹卷子》等皆在题画同时亦评价画作之得失。在姚华品题陈师曾的画作中有两组数量庞大的论画诗：《题师曾画石

---

① "专"为"砖"之古字。

寻词册子》和《菉猗室京俗词题陈朽画》。这两组论画诗词,前一组是陈师曾以姜夔词为意旨所作之画,姚华题词其上;后一组则是陈师曾以北京风俗为意旨创作的组画,姚华论其画作。如《玉楼春·打鼓挑子》中记录的是北京收破烂的习俗,词曰:"何人运去家初落,恰趁饥来声橐橐。千金不识玉东西,也抵星星钞子薄。 可怜望帝春风魄,泪里闻声声转恶。过时金紫更谁收?又况人间轻玉帛。"由于姚华与陈师曾在画理和画法上的相似性,因此他为陈师曾创作的论画诗更多是注重画作内容的描述,较少技法或画理的评价,这也可视为两人艺术理念接近的证明。

陈师曾、姚华之后,现代画家中在绘画理论上较有建树的是潘天寿。潘天寿早在1926年就编写了商务印书馆出版的《中国绘画史》。此后,他还编写了《中国书法史》(1933)、《中国画院考》(1943)等多部艺术著作。潘天寿对画史十分熟悉,对于不同时代画家的创作风格了然于胸,因此在《听天阁诗存》中以《论画绝句》为题评价了历史上二十位著名画家的创作得失。第一首就评价顾恺之,"神妙无方迥绝尘,游丝风格至今新。妍媸莫论先张陆,千古传神第一人"。魏晋画家顾恺之在画法上独创的"游丝描"具有很高的艺术性,"游丝风格"即指此技法。"张陆"指的是张僧繇和陆探微,二者皆为南朝时期的画家。张彦远的《历代名画记》曾记载"陆与张皆效之,终不及矣",指的是陆探微、张僧繇曾效仿过顾恺之的画,然而美丑立现,均难企及。潘天寿将顾恺之的画誉为"千古传神第一人",这是对顾恺之画作的极高评价。顾恺之在画论上提出了"以形写神""置陈布势"等观点,对谢赫建立"六法论"产生了重要的影响。第二首评价宗炳,"抚琴直令众山响,可羡澄怀宗少文。丘壑栖迟何碍老,卧游情趣自超群"。宗炳是南朝宋画家,擅长书画、音乐,所著《画山水序》是最早的山水画论。在《画山水序》中他创造性地提出山水是具有独立审美价值的客体,"万趣融其神思""畅神而已"。《宋书·宗炳传》中记载:"凡所游履,皆图之于室,谓人曰：抚琴动操，欲令众山皆响。"[1] "抚琴直令众山响，可羡澄怀宗少文"是在赞叹宗炳的琴艺卓绝，听之可令人澄怀观道。此外，潘天寿还在《论画绝句》中评价了薛稷、王维、张璪、徐熙、董源、巨然、苏轼、米芾、郑思肖、黄公望、倪瓒、吴镇、徐渭、董其昌、八大山人等人。由于潘天寿精通画史，在评点每一个画家时皆能抓住所评画家的特点及在画史上的贡献。因此，他的论画诗也可看成是一部微缩的中国绘画史。评价王维抓住的是他的"诗画一体"论，"孰信前身是画师，诗中有画画中诗。须知雪里甘蔗树，早证散花说法时"。评价张璪则抓住的是他"外师造化，中得心源"的理论，"心源造化悟遵循，双管齐飞如有神。一自辋川人去后，南宗衣钵属何人"。评价董源则抓住他"平淡天真"的特点，"一片江南景色新，董源平淡自天真。米家月旦靡多语，神格兼全无等伦"。潘天寿也有以题画形式创作的论画诗，如《题白阳山人墨菊》评价的是明代画家陈道复的墨菊，《题拟石涛山水轴》评价的是明代中国画吴派与浙派之争。总体而言，集中体现他绘画观点的还是《论画绝句》中20首论画家画史地位的诗作。

王伯敏是新中国著名的美术史论家，他的美术理论史著作众多，曾出版《中国版画史》《中国画的构图》《中国山水画的透视》《中国绘画史》《中国美术通史》等一大批绘画理论著作。作为当代美术史论家，他的论画诗具有史家独特的视角和理论体系。王伯敏的论画诗内容丰富，主要可分为画理、技法及评价三个部分。画理主要论述的是绘画的基本原理和原则，例如《半唐斋论画二十首》《论理法》《论画》《山水画学引》《读宋人青绿山水》等都是对画理的探究。《半唐斋论画二十首》从各个方面讨论绘画基本原理，例如讨论水法之一的渍水法，"渍水多清韵，柔毫少激情。寻常飘没处，不必出奇兵"。王伯敏解释道："渍水，为水法之一，非笔非墨，用得恰到好处，出入穷奇，变幻莫测。"他还举陆俨少的《吴兴清远图》为例，说明渍水法若

---

[1] 陈传席：《六朝画论研究》，中国青年出版社2015年版，第131页。

使用得当,则可俭省不少笔墨。他还讨论了绘画中的笔法问题,"树屈龙蛇势,冰消鸟篆文。淡毫开宿雾,凝水得氤氲"。前两句讨论的是书画笔墨相通的问题,赵孟頫在《秀石疏林图》中题诗"石如飞白木如籀,写竹还于八法通。若也有人能会此,方知书画本来同"。王伯敏这里借用赵孟頫的提法说明书法画法原本笔墨相通。后两句讨论的是如何在画作中产生氤氲之气,他指出画作中的氤氲之气与虚实有关,用凝水法可得之。除了一般性的画理论述外,他还对具体的画种予以关注。其中《山水画学引》是他用长诗的形式叙述中国山水画发展史的尝试:

  昔宗炳撰山水画序,论也,余赋此,史也。黄宾师写画学篇,概画之全,余赋此,仅言山水演变。得五十韵,记大略耳。戊寅元宵后三日于半唐斋。
  神州万里山和水,付与丹青岁岁春。乐水乐山仁智者,澄怀味象意率真。六朝卧游多名士,闲对烟云醉陇醇。类之成巧非小巧,万趣极怜曲水滨。咫尺千里萧家扇,时空突破晋时贤。展伯画山撼山嵲,春游图贵宫人怜。敦煌壁画历沧桑,壁上云山翠细装。人大于山树布指,高崖险处奔黄羊。画山有皴见南陈,解索盛传中晚唐。将军大小日杲杲,金碧辉煌几世传。道子画山开生面,大同殿上敢染尘。广文右丞善水墨,一派淋漓出谷津。荆关又辟新天地,董巨天真墨似醇。李范自有扛鼎力,饮誉河阳在早春。米家点点濛濛雨,岚气潝潝不无因。希孟弱冠难能者,傅彩至今俨若新。晚岁李唐多造作,看之如易作之难。斑斑白发西湖佳,引出半边一角山。暗门刘亦精青绿,四景图成不一般。元季大家有松雪,夫人写竹净无瑕。巽峰不作寻常笔,浮玉山居绿满崖。当时少有五彩图,多写墨山与墨花。王黄倪吴皆正趋,麝墨云山树树赊。青卞画里笋笋点,长卷富春朝野夸。尚书崇米高克恭,方壶追董树无权。王履华山勾带染,浙派戴家锥画沙。少仙自有舞狮笔，张路平山非狐邪。沈文贵有黄花地，赢得吴门一瓣香。范山模水时至此，各领风骚各逞长。华亭董莫创新说，南北画图分两宗。北宗工笔青与绿，南画江南露华浓。高僧八大瞎尊者，万种情怀黛染空。四王毕竟青一色，百载光阴亦有功。金陵八家唯龚贤，墨染氤氲十里烟。奚黄汤戴强弩末，终岁徘徊古道边。可怜晚清光宣日，不过胡黄与石仙。斯时有墨又有色，辜负大江落日圆。子岁婺州黄质出，三百年来第一家。黑密厚重创新格，万毫齐力画九华。三吴一冯曾擂鼓，天健独行曲水滨。岭南犹有高家手，树人无病不呻吟。抱石金陵勤扫叶，燕山可染墨生神。俨少七十钱塘住，悬崖解索写天真。当时山水高峰起，不废江湖万里春。可人南北咸多九，红花遍地舞绿筠。移山传统重创造，叠石超前废了皴。神州大地多傲骨，五岳胸储八尺身。千年绝艺风流久，万岁丹青道相亲。无穷造化天乃大，惨淡经营日月新。画坛竞走高歌日，鼓瑟太华迎丈人。

王伯敏将山水画近两千年的历史用不足千字的篇幅详细概括，不仅点出了每个时代具有代表性的画家，而且每个画家的代表技法也熟稔于胸，如果不是熟悉绘画史的理论家实不可为。王伯敏还有一些评价具体画家的论画诗，如《读李唐画》《读高房山画》等。

陈师曾、姚华、潘天寿、王伯敏是现代以来不同时期有代表性的论画诗人。除了这四位画家外，张大千、阮璞等画家也有不少论画诗作，张大千的论画诗多以具体画作为对象进行评价，阮璞则在《论画绝句自注》中阐释其画学观点。

二、论书诗

绘画与书法在用笔和立意上原本有相通之处，因此，许多画家精通书法亦不为奇。李瑞清辞去两江师范学堂督学之职后，为供养一大家人口衣食日用，不得不在上海以鬻书为生。他在《鬻书后引》中详细解释了自己鬻书谋生之无奈，"家中老弱几五十人，莫肯学辟谷者，尽仰清而食，故人或哀矜而存恤之，然亦何可长？亦安可累友朋"。他听从他人建议积极书法创新，以独创的颤笔入书，正是他"求篆于金""求分于石"的书学思想实践。《玉梅花盦书断》中较为系统地阐释了他的书学基本观点，他强调人品的重要性，"学书先贵立品"；强调学书之人需多读书，"学书尤贵多读书"等。①李瑞清在诗歌中很少直接论及书法，但是在题跋中充分阐释了他的书学思想。在《自临毛公鼎跋》中他强调学书当从篆书始：

  伏处沪滨，五年于兹矣。今年余年五十，远道门人集资，欲为余辑刻著述诗文以传。余知术短浅，学殖荒落，生平偶有述作，固无可观者。国变以来，散佚亦略尽矣。近亦间有所作，多诙诡荒唐，谐谑卮言而已，讵可以示通人硕士？近鬻书，因临《毛公鼎》一通，影印之以塞诸门人之望，使知学书必从学篆始。②

他在《跋自临散氏盘全文》中再次强调学篆的重要性，"余近写《郑文公》，好习《散氏盘》，因为临之。它日学书有悟，当知古人无不从鼎彝中出也"③。晚年的李瑞清积极进行书法改良，听从沈曾植、秦幼蘅的建议"纳碑入帖"，"余幼习鼎彝，长学两汉六朝碑碣，至法帖了不留意。每作笺启，则见困踬，昔曾季子尝谓余以碑笔为笺启，如戴磨而舞，盖笑之也。年来避乱

---

① 李瑞清：《玉梅花盦书断》，载李瑞清《清道人遗集》，黄山书社2011年版，第156页。
② 李瑞清：《自临毛公鼎跋》，载李瑞清《清道人遗集》，黄山书社2011年版，第147页。
③ 李瑞清：《跋自临散氏盘全文》，载李瑞清《清道人遗集》，黄山书社2011年版，第148页。

沪上,鬻书作业,沈子培先生勘余纳碑入帖,秦幼蘅丈则劝余捐碑取帖,因以暇日稍稍研求法帖,酷暑谢客,乃选临《淳化秘阁》《大观》《绛州》诸帖,其不能得其笔法者,则以碑笔书之"①。在跋文中除了阐释自己的书学思想,他也评价历代碑文之得失,这主要体现在《节临六朝碑跋·十四则》《玉梅花盦临古各跋》中。他夸赞《张猛龙碑》,"新得宋拓《张猛龙碑》,用笔坚实可屈铁,景君之遗也";评价《郑文公碑》时,觉得"余每用散氏槃笔法临之,觉中岳风流,去人不远"②;评价《西晋宣帝之〈白帖〉》"笔笔如铁铸之"。正是李瑞清不断学习前人笔法,参考变革自己的书艺,使得他的书法呈现出变化曲折、面貌多重的特点,也使得他的书艺对现代书法发展产生了深远的影响。

潘伯鹰(1904—1966),原名式,字伯鹰,后以字行,号凫公有发翁、却曲翁,别署孤云,安徽怀宁人。著名书画家、诗人、小说家。国共和谈时,曾担任章士钊秘书。新中国成立后,曾任同济大学教授、上海中国书法篆刻研究会副主任委员。潘伯鹰为学严谨,好诗书。1949年,他作为章士钊的秘书从香港飞赴北平参加谈判之时,忙里偷闲亦不忘逛逛当地的书店、碑帖店,找寻碑帖店中的各色藏品。在《北平忆语》系列短文中,记录了他寻得心爱书帖的兴奋与得意。潘伯鹰对诗文、书法素有研究,曾著有《南北朝文》《黄庭坚诗选》《中国书法简论》《中国的书法》等。在《玄隐庵诗》中,随处可见他读诗、评书的诗作。从《读陶诗》《夜读东坡陈孟公诗,感忆林孟公,巴黎因次其韵》《夜检诸诗》《和唐人诗四章》等可看出他对于诗歌衷心的喜爱。潘伯鹰不仅喜欢诗歌,还爱好书法。陈声聪对潘伯鹰的书法十分欣赏,"伯鹰帖学功深,学习极为广泛,写过东坡、山谷;于元代,喜赵松雪、鲜于伯机,以为其功力是不可及的。草书则肆力于右军《十七帖》

---

① 李瑞清:《玉梅花庵临古各跋》,载李瑞清《清道人遗集》,黄山书社2011年版,第155—156页。
② 作者按:"槃"疑为"盘"。

与孙过庭《书谱》，楷书完全学褚"[①]。他爱好书法，常常练字至半夜。《学书偶作》中他勉励自己珍惜时光、勤于书艺，"苍狗凌天幻，惊蛇跃纸来。嗜怜同土炭，劳岂独筋骸。佳兴无多子，晴光更几回。且勤池畔墨，莫待劫余灰"。《灯下学书漫兴》咏叹自己对于书法的挚爱之情，"炉虚篆冷断微焚，犹爱摊碑究阙文。皮裤昔尝思马援，练裙宛欲得羊欣。平生志事矛攻盾，老去情怀水化云。谁信夜灯辉白发，惯将矻矻谢纷纷"。诗人觉得平生诸事皆如云似水般飘流而去，只有书法常练不辍不负功夫。他练习书法20余年仍感不足，感慨自己已学书成痴不能自已。正如他在《书狂》中所言"学书孟浪秋复春，廿年但恨无古人。笔稍近古转自恨，此中无我安足云。画沙折股法未绝，我虽异古宁当分。何时今古付双遣，且今且古成一军。悲愉驰骤纷玄云，蕺山入梦浮鹅群。可怜心力蝇攒纸，却爱千秋纸上尘"。诗人悲叹自己虽然多年练习，书艺稍近古人，可惜却无自己的风格。这当然是谦逊之词，但从诗人的感叹中不难看出他对于书法的痴恋之情。

潘伯鹰不仅自己练习书法，还喜欢与友人交流学书心得。他与沈尹默、乔大壮、曾履川等书法名家常有诗词唱和，与沈尹默最为相契。潘伯鹰20世纪40年代在重庆银行任秘书时与沈尹默相识，以后交往不断。他常常与沈尹默诗词唱和，《沈监察以蜀语下江人入诗因同作》《沈监察诗中有尘无我，闲之句次韵诘之》《余习儿宽赞少所得，或谓可习褚兰亭，沈监察云是以水济水也，曷取伊阙佛龛或孟法师学之，乃习孟碑二十通，题其后以呈沈公》皆为二人唱和之作。潘伯鹰与沈尹默书法渊源相似，旨趣和态度相近，因而二人可说是互为师友、共促共进。

潘伯鹰帖学功力深厚，曾苦练过王羲之的《十七帖》、孙过庭的《书谱》等。他曾接连创作九首《题十七帖》论述其学书心得，《其一》云："右

[①] 陈兼与：《回忆潘伯鹰先生》，载潘伯鹰《玄隐庵诗》，黄山书社2009年版，第315页。

军十七帖，多与周益州。文字少断缺，辞旨甚易求。郁然见素志，使人思前修。藉令书不工，犹足传千秋。吾尝梦见之，岂弟挚而周。日摩三两行，使转劳冥搜。徒知玩点画，何以异刻舟。"这首诗赞颂《十七帖》流畅勃郁，以气势胜，劝诫学书者不可纠缠于点画，这无异于刻舟求剑。《其四》云："传闻虞安吉，笔法未尝见。年老欲乞外，位卑敢辞贱。此子定何贤，顾得右军荐。吹嘘辞独恳，中表附攀援。欲坚刺史诺，小郡出青畇。当时事若何，千岁过如电。留兹龙虎迹，吉也得佳传。"这首诗评论的是王羲之的《虞安吉帖》。《虞安吉帖》是王羲之向益州刺史推荐虞安吉作其下属的信函。从这首诗中不难读出潘伯鹰因酷爱王羲之的草书妒忌虞安吉"此子定何贤，顾得右军荐"。这种妒忌显得有些憨直可爱。《其九》云："髫龀始读书，黾勉历岁月。岂不通其辞，终有一尘隔。中年饱忧患，乃渐与之接。反覆咏其言，一一先我设。百世真可知，慷慨更呜咽。识途恨不早，晚盖及今决。安敢谢时人，刍豢良所悦。流观右军帖，将谓求笔诀。"诗人感叹自己启蒙日迟，恨不能多多揣摩学习，可见其热爱之切。除了《十七帖》外，潘伯鹰还有其他论书法的诗，例如《题瘗鹤铭》评论摩崖石刻《瘗鹤铭》，《云峰寺祖堂山门有康熙磁版，作"第一名山"四字，深得〈天发神谶碑〉神采，赋寄吴与沈尹默监察》评论云峰寺上康熙所题书法有《天发神谶碑》（即《吴天玺纪功碑》）的风韵。

启功书法秀雅大气，颇有书卷气。他的书学思想许多是以论文和随笔的形式阐释，例如《关于法书墨迹和碑帖》《〈平复帖〉说并释文》《兰亭帖考》《题张猛龙碑明拓本》《孙过庭〈书谱〉考》《〈张猛龙碑〉跋》等都是专门谈碑帖的论文。他的《论书随笔》分三部分，分别从"论笔顺""论结字""琐谈"三个方面谈书写之道。他的《论书札记》则采取语录体，解答书法练习中的常见问题，如："或问临帖苦不似奈何？告之曰：永不能似，且无人能似也。即有似处，亦只能略似、貌似、局部似，而非真似。"[1] 除了论述书法的论文、随笔外，他论书诗数量繁多，主要结集于《论书绝句》。《论书绝句》共100首，所论碑帖以百数计，可以称之为一部书法史和书法研究史。如《丧乱帖·三》论王羲之《丧乱帖》，"大地将沉万国鱼，昭陵玉匣劫灰余。先茔松柏俱零落，肠断羲之丧乱书"。首句介绍《丧乱帖》的创作背景，《丧乱帖》首句写"丧乱之极，先墓再离荼毒"言战乱带来的惨剧。该诗写于抗战之际，亦为丧乱之时。"万国鱼"指的是人被洪水所吞没化身为鱼。第二句指的是《丧乱帖》原本虽随唐太宗殉葬，但留下了摹本《万岁通天帖》及日本所传摹本。第三、四句是诗人联想到自己的先茔被毁弃，再看王羲之的《丧乱帖》自然伤心断肠。在注本释文中提及"丧乱帖笔法跌宕，气势雄奇。出入顿挫，锋棱俱在，可以窥知当时所用笔毫之健"[2]，可见启功对《丧乱帖》的流传及特点是非常了解的。除此之外，他还论述过历史上非常著名的其他碑帖，如《兰亭序·四》《曹真残碑·二十五》等，可以说是启功先生对于书法史的一次全面检阅。

三、诗论诗

现代画家中有许多原本就是诗人出身，他们对于诗学有精深的研究，因此评价他人诗作时也显得游刃有余。陈曾寿是"同光体"派的后期代表诗人，他延续前期陈衍、郑孝胥、沈曾植、陈三立的风格，坚持"诗为心声"的创作理念，读其诗作可见其人。他不仅创作大量诗歌，而且也评价他人诗歌创作之得失。陈曾寿没有专门的诗歌论著，《读广雅堂诗随笔》是一篇借

---

[1] 启功：《论书绝句：注释本》，赵仁珪注，生活·读书·新知三联书店2013年版，第248页。

[2] 启功：《论书绝句：注释本》，赵仁珪注，生活·读书·新知三联书店2013年版，第6页。

评张南皮诗集《广雅堂诗》阐释自己诗学主张的随笔。在《读广雅堂诗随笔》中他说明用典的原则，"用事有二类，一神化无迹，一比附精切。自古善用事者，断推老杜，所谓'读书破万卷，下笔如有神'也。'破'字最妙，盖化实为虚，非堆砌故事者所能梦见"[1]。接着他又以苏东坡、顾炎武的诗歌做例子证明用典贴切自然之不易。陈曾寿因受其家风影响，祖父陈沆诗风即以"清苍幽峭"见长，而他的授业之师关棠在诗风上也强调诗歌"以真为贵"，因此他的诗歌风格以沉稳凝重为主。他特别喜欢黄庭坚，从《读山谷"忍持芭蕉身，多负牛羊债"诗句有所感，用其韵，为十诗》可以得见。"忍持芭蕉身，多负牛羊债"语出黄庭坚的《胡朝请见和复次韵》中"忍持芭蕉身，多负牛羊债。篛龙不称冤，易致等拾芥"。陈曾寿喜欢黄庭坚的原因首先重其人格，他在和诗中毫不犹豫地表示"学诗作黄语，学道扐黄戒"。此外，他还在《予诗学山谷，画师子久，两事皆不成，戏成此作》中称，"天下无双双井诗"亦为明证。

出于对苏轼、黄庭坚的喜爱，陈曾寿的诗论诗也是以宋诗为标准。他的诗论诗主要是以题写诗集的形式出现，如《书玉溪诗集后》《书广雅诗集后》《书梁文忠公遗诗后》《书诚斋集》《书江弢叔诗后》《书杜集后》《书梅泉今觉盦诗集后二首》《读剑南诗》等。他对杜甫的忧患意识深表敬佩，曾先后两次题写杜甫诗集，如《书杜集后》云"狼狈国风手，飘摇黄屋忧。致君终不遂，为客竟长休。衣钵三宗在，江河万古流。神方谁检得，撼树任蚍蜉"；又如《书杜集后》云："风骚而后此英灵，漂泊江湖一客星。犹有精诚动天地，虚蒙记识到朝廷。奄奄枥骥宁辞辱，的的高鸿不易冥。幕府身容托疏放，谁知心苦忍伶俜？"这是从个性人格的角度论杜甫的诗，他钦佩杜甫忧国忧民的责任担当，"致君终不遂""奄奄枥骥宁辞辱，的的高鸿不易

---

[1] 陈曾寿：《读广雅堂诗随笔》，载《苍虬阁诗集》，上海古籍出版社 2012 年版，第 412—413 页。

冥"，虽忠君之意犹在，然"为客竟长休""漂泊江湖一客星"。联想到陈曾寿为恢复清廷做出的种种努力，与其说他钦佩的是杜诗的语言魅力，不如说他从杜诗中读到了自己的影子，在杜甫诗作中找到了历史的知音。因为他强调诗歌的忧患意识，不作轻言狂语，因此，也不难理解他对浮艳的"诚斋体"颇有微词，他在《书诚斋集》中抱怨道："探汤绝笔见心期，诗格诚斋不厌卑。惯以纤新娱俗眼，还将狡狯出偏师。拔奇却有惊人技，白战曾无寸铁持。堪羡虞公身死日，堂堂博得一联诗。"陈曾寿不喜欢杨万里的《诚斋集》，称之为"诗格诚斋不厌卑"。他反感诚斋体的诗风，只因为"惯以纤新娱俗眼，还将狡狯出偏师"。不仅诗集语言纤巧媚俗，而且还会对后来的诗风做出错误的示范。陈曾寿不喜欢诚斋体这种活泼风趣的诗歌风格，恐怕与他强调诗歌的社会教化功能及严谨端正的诗歌追求有关。因此，也不难理解他对于李商隐也略有微词，如《书玉溪诗集后》云"几多惆怅负华年，恩怨纷纭只惘然。尽托门庭夸彩笔，终迷阊阖误钧天。私书约后忘机否，好梦成时枕手眠。能使柳枝惊问讯，不妨幽忆写黄泉"。他对于李商隐诗歌中深情绵邈、迤逦精工的特点颇不以为然，认为"尽托门庭夸彩笔，终迷阊阖误钧天"。陈曾寿还有一些诗论诗是评价时人之作，《书梁文忠公遗诗后》评的是清代梁鼎芬的诗集，《书江弢叔诗后》评的是清代江湜的诗集，《书梅泉今觉盫诗集后二首》评的是民国诗人周梅泉的诗集，说明他对于诗歌有宽泛的阅读视野和积极的介入态度。

  陈声聪对于诗歌素有研究，他著有《兼于阁诗话》《荷堂诗话》《填词要略及词评四篇》等诗话专门评论诗歌。在他的《兼于阁诗话》中作有《论诗绝句四十八首》评价晚清民国期间的旧体诗人。组诗共 48 首，每首诗点评一位诗人，涉及梁启超、樊增祥、陈散原、陈沧趣、陈木庵、曾重伯等。评价梁启超的诗，"早岁登高快一呼，变风变雅气何粗。饮冰内热奚由解，终与前人共步趋"。梁启超号饮冰室主人，因此有"饮冰内热奚由解"一说。"终与前人共步趋"是在赞叹梁启超的诗引领时代风气。评价樊增祥的诗,"能事才人信不难,风诗洗尽世酸寒。灞桥月色黄于柳,曾作贞元乐府看"。樊增祥别字樊山,为清末同光体诗人。他一生勤于创作,遗诗3万余首,更有上百万言的骈文。陈声聪评价他"能事才人信不难",指的是他突出的创作能力。樊增祥的诗歌长于用典、欢娱能工,不作酸寒语,因此评价他"风诗洗尽世酸寒"。他的诗歌风格受唐诗影响较深,因此说"曾作贞元乐府看"。陈声聪虽然画名不彰,但却是现代重要的诗歌评论家。他的论诗诗见解精到、语言简洁,与他的《兼于阁诗话》《荷堂诗话》都是了解近现代旧体诗人创作特点的重要资料。

　　启功《论诗绝句二十五首》《论词绝句二十首》专门评价历代诗词作品。启功论诗论词不从个人立场出发,不对诗人词人进行道德评价,这显示出他作为文学史家的本色。《论诗绝句二十五首》第一首即综论,"唐以前诗次第长,三唐气壮脱口嚷。宋人句句出深思,元明以下全凭仿"。启功认为唐以前的诗是"长"出来的,唐诗是"嚷"出来的,宋诗是"想"出来的,而元明清的诗是"仿"出来的。短短四句话将中国古代不同时期的诗歌基本特点概括得十分清晰。他从《诗经》论起,"世味民风各一时,纷纷笺传费陈辞。雎鸠唱出周南调,今日吟来可似诗"。这首诗不仅点出了"国风"在《诗经》中的重要性,而且也说明《诗经》的创作来源丰富,不同地域的民歌口语皆为源头,三言两语勾勒出《诗经》的基本特征。他除了论述《诗经》《楚辞》外,还对不同时代的诗人风格进行概括。例如评价李白"千载诗人首谪仙,来从白帝彩云边。江河水挟泥沙下,太白遗章读莫全";评价杜甫"地阔天宽自在行,戏拈吴体发奇声。非唯性僻耽佳句,所欲随心有少陵";评价苏轼"笔随意到平生乐,语自天成任所遭。欲赞公诗何处觅,眉山云气海南潮"。除了评价诗人外,他还有《论词绝句二十首》评价词人,例如评价温庭筠"词成侧艳无雕饰,弦吹音中律自齐。谁识伤心温助教,两行征雁一声鸡";评价李煜"一江春水向东流,命世才人踞上游。末路降王非不幸,两篇绝调即千秋";评价柳永"词人身世最堪哀,渐字当头际遇乖。岁岁清明群吊柳,仁宗怕死妓怜才"。启功诗书兼工,他既有论诗词的诗,也有论书法的诗。从数量上看,论书诗远较诗论诗数量为多。与他写生活起居的诗词不同,他的论书诗严谨大气,绝无油滑气。这恐怕与他重视诗书,重视诗教的意识有关。

除了像陈曾寿、陈声聪、启功这类以组诗形式评论诗歌的画家外,还有许多画家的诗论诗散见于诗集中。陈师曾作有《论诗三偈》。《其一》云"鸥心刻意苦无多,其若天音微妙何。领得数声言外旨,真须饿死亦高歌";①《其二》云"不能顿挫不深沉,莫向凡夫眼孔寻。若自灵根发奇艳,始知翦彩缀华林";《其三》云"渊渊文字古波澜,衣钵精微淡处参。直到脱离一切相,庄严八宝任挥弹"。陈师曾的诗论诗不是评价某一个诗歌潮流或诗人,而是论述诗歌创作心得,类似于诗歌创作论。他认为诗歌需呕心刻意而作,不可随意为之,因此即使饿死也要高歌,这符合诗歌不平则鸣的传统。诗歌创作需要有超脱世俗的眼光,在平凡中找寻诗意,即"莫向凡夫眼孔寻"。诗歌最终是为了达到浑然天成,不见匠心方为上品,故而"直到脱离一切相,庄严八宝任挥弹"。从陈师曾的诗歌观我们可以看出其父亲陈三立的诗歌观对其产生的影响。

论艺诗是现代中国画家旧体诗词创作的重要内容,深刻体现了这些画家对于中国传统绘画、书法和诗歌的发展历史和艺术观念的认知。与系统性的艺术理论著作不同,借用诗歌的形式阐释艺术观念不仅言简意赅,而且在只言片语中更能点破问题的要害,常常能言人所不能言之处。系统梳理现代画家的论艺诗,对于理解画家的艺术观念,丰富画家的艺术认知起到了重要的辅助作用。这些论艺诗的创作提醒我们除了关注画家的绘画创作外,对于画家多样的艺术成就也应给予更多的注目和考察。

---

① 作者按:"鸥"疑为"呕"。

第五节　咏物诗与书画意识

中国的咏物诗传统历史悠久，明代胡应麟在《诗薮》中说："咏物起自六朝，唐人沿袭。"实际上该说不确。早在《诗经》中已经出现了不少咏物的诗句，《召南·甘棠》咏颂甘棠可视为咏物诗的滥觞。真正第一首咏物诗应为屈原的《九章·橘颂》。《橘颂》以橘自比，喻其自己的高洁人格，可视为咏物诗之祖。先秦时期是咏物文学的初始时期，这一时期咏物文学的出现与人们对外界事物的认知水平不断提升有关。先秦时期是我国咏物文学的滥觞期，为咏物文学确立了三大传统："博物纪异"的传统，以《山海经》为代表；"阐理明道"的传统，其传统植根于《周易》；"抒情言志"的传统，酝酿于《诗经》之"比兴"，确立于屈原《橘颂》。[①] 汉魏时期，咏物诗作为诗歌类别逐渐确立，这一时期在确定咏物诗时专指动物、植物、器物等，而山川建筑、气候时令等皆不纳入咏物诗的范畴。唐宋时期，咏物诗蓬勃发展。这一时期，诗人自觉运用咏物诗托物言志，摆脱了早期咏物文学借其认知外在世界及表达哲思的阶段。元明清时期，咏物诗的发展基本上延续唐宋时期确立的托物言志的诗歌传统，成为文人精神物化的载体。在咏物诗史上出现了各具特色的咏物诗人，如唐代郑谷因擅写鹧鸪诗被人称为"郑鹧鸪"，宋代谢逸擅写蝴蝶被人称为"谢蝴蝶"。此外，还有"雍鹭鸶""崔鸳鸯""高梅花""杨春草""袁白燕"等。咏物词的发展稍晚于咏物诗，咏物词

[①] 参见路成文《中国古代咏物传统的早期确立》，《中国社会科学》2013 年第 10 期。

形成于唐、五代时期，成熟于宋代，明清时期咏物词已蔚为大观。①受"诗庄词谐"观念的影响，咏物词的风格与咏物诗有所不同，更强调咏物词的抒情性，词风更加奔放热烈。如敦煌曲子词，柳永、辛弃疾的咏物词与同题材的咏物诗相比，情感上显得更加强烈。清康熙四十五年（1706），以清圣祖玄烨名义编写的《御定佩文斋咏物诗选》共六十四册，四百八十六类，选诗一万四千五百九十首。清雍正年间，俞琰组织编写《历朝咏物诗选》。虽然《历朝咏物诗选》在篇幅上不及上一部，但集分八卷，选诗逾千。不难看出，咏物诗词在中国诗歌发展史中也属于较为庞大的诗歌类型。

咏物诗发展到现代，发生了一些新的变化。首先，新的物品出现使得咏物诗的题材进一步扩大。现代生活与古代相比多了许多新的变化，新的物件日益渗透到诗人的日常生活中，因此，这些物件也出现在诗人笔下。周炼霞有一首著名的咏物诗《消寒九咏·手笼》，词曰"常共貂裘觅醉吟，相携不畏雪霜侵。浅深恰护柔荑玉，开阖频牵细链金。密密囊中藏粉镜，依依袖底拥芳襟。旗亭酒冷人将别，一握难禁暖到心"。手笼为沪上妇女冬天与裘皮大衣相配的饰物，既可暖手又作女包。诗人选择手笼入诗，与粉镜、拉链相配，独具慧眼。蒋彝1970年游历日本时创作《日本画记》，见到当时先进的电器自动电梯，作有咏物诗《自动电梯》，"行脚甫登自转梯，两旁揖让费猜疑。衣襟重整将回礼，早与伊人赋别离"。自动电梯即使当时在日本也是新鲜事物，阅历丰富者如蒋彝见到自动电梯时亦惊诧不已。

一、咏物诗的分类

画家笔下的咏物诗根据所咏之物大致可划分为三类：植物类、动物类、

---

① 参见方晓红《论咏物词的历史流程及艺术特色》，《武汉大学学报（人文科学版）》，1994年第5期。

器物类。植物类多为梅兰竹菊,动物类多为鸟兽虫鱼,器物类多为笔墨纸砚。前两种为绘画题材,后一种为绘画工具。

(一)植物类

梅兰竹菊在中国的诗词传统中具有典型的象征性,由于其固定的指代含义,它们在诗词中属于原型意象。所谓原型意象指的是在传承过程中具有稳定性的意象,具有含义的稳定性;易感发性;历史性的特点。[1] 也就是说,在文化传统中这类意象在诗歌中出现时并不简单作为物象本身存在,而是具有丰富的文化内涵。在现代画家诗词中这类意象反复出现。如梅花,"留影旧时月,未仙前度人。霜天干气象,皋鹤斗精神。研食我常道,偈云何处尘。横杖柱瓢处,笑碍乌巾"(吴昌硕,《画梅》),"海国香风万树开,也曾轻屐遍苍苔。照人清梦月如旧,可惜萍翁白发衰"(齐白石,《梅花·其一》),"独犯巫间雪,来销楚国魂。乍看梦相似,一笑格犹存。缥缈青霞意,凄凉旧月痕。分明来去踪,应感后皇恩"(陈曾寿,《梅》);如兰花,"人言兰色幽,我爱兰香逸。色是花之容,香乃花之德。似近忽复远,对之可终日"(陈小翠,《兰赞》),"漫教秋菊比芬芳,瑟瑟曾疑凤尾翔。萼吐小红怜九畹,花开浅碧忆三湘。纫来合是仙人珮,吹去应知王者香。绝代佳人幽谷住,只将心事付东皇"(周炼霞,《题画春兰》);如竹子,"拔地撑天翠色寒,未能入手作渔竿。丝纶百尺牵缠处,缛叶繁枝剪削难"(启功,《画竹》),"西风飒飒竹生寒,衰草萋萋菊又残。莫道秋光无艳色,虚心傲骨耐人看"(经亨颐,《竹·树人补菊》);如菊花,"姹紫嫣红不耐霜,繁华一霎过韶光。生来未藉东风力,老去能添晚节香"(李叔同,《咏菊·其一》),"秋风吹绮阁,帘卷月痕斜。莫道人憔悴,含情对菊花"(李瑞清,《菊》)。虽说,梅兰竹菊在诗人画家笔下为常见意象,但具体到每个画家笔下出现的频率却

---

[1] 参见严云受《诗词意象的魅力》,安徽教育出版社2003年版,第105—111页。

有差异。例如陈曾寿笔下的梅、经亨颐笔下的竹出现的频率颇高，可知这些意象在诗人心中有寄托。除了梅兰竹菊外，植物类意象还有葡萄、紫藤、荷花等，不一一列举。

（二）动物类

咏动物类诗词主要是各种鸟兽虫鱼。如鸟，"吾家有孤鹤，皎若南山云。清响谅自悦，宁须天下闻。无求原近道，性僻爱离群。化鸟思仃伶，笼鹅笑右军。佳人矜独立，处士谢乘轮。笑指孤山树，花开应为君"（陈小翠，《鹤·赠次弟》），"喜春来日暖风和，园林花放新莺啼。喜春来日暖风和，园林花放新莺啼。听花间清音百啭，呖呖呖呖。听花间清音百啭，呖呖呖呖。呖，呖呖呖呖呖呖，呖呖呖"（李叔同，《莺》）；如兽，"瑟瑟烟空暗复明，紫崖东上月痕生。深宵忽听霜林响，知是苍猿拗树声"（张大千，《题苍猿》），"狸奴神俊姿，雄踞拟狮虎。宵深护仓廪，人静卫书府。食受鱼饭腥，眠就氍毹煦。得惠岂无由，其能在搏鼠。吁嗟乎眼前鼠子犹窥壁。狸兮狸兮须乾惕，坡公赋已揭其黠"（诸乐三，《猫》）；如虫，"好饮潇湘水一瓢，因何年老喜游邀。借山不是全萧索，犹有残蝉咽乱蕉"（齐白石，《画蝉》），"闲庭机柚静，何处得秋声。蔓草露初重，空阶月正明。频添征妇怨，如诉旅人情。皎日东方上，缘何嚁不鸣"①（徐世昌，《促织》）；如鱼，"上党松烟等子虚，彭亨岂有腹中书。不贪未必真为宝，愧尔秦王算袋鱼"（潘伯鹰，《墨鱼》），"江南春暮水满田，蛙阁阁，声连天。歌颂禾黍丰收，岁岁复年年"（潘天寿，《蛙》），"一样银鳞趁晚潮，登盘终让四腮骄。年年惆怅秋风里，苦忆松江秀野桥"（周炼霞，《松江四腮鲈》）。鸟兽虫鱼这些自然界的精灵在画家诗词中显得灵动而俏皮，无论是鹤的孤傲、蝉的孤寒还是猫的灵敏都如同他们的画作一样贴切生动。

---

① 作者按："柚"疑为"杼"。

（三）器物类

器物类主要是笔墨纸砚等文房用具。作为画家身边常用物品，这些物品对于画家而言难免日久生情，心生怜惜。例如咏笔，"破笔成冢，于世何补。笔兮笔兮，吾将甘与汝终古"（齐白石，《笔铭》），"武夫回其戈，文士曲其笔。机缄苟得宜，富贵自可必。天道自转环，杀身如不及。中宵神识回，隐匿责有力。百药不能治，惟须惭泪涤。百年顾几何，挥刃促残息。兆铭归帝祀，余子更何益。不待告鰀鲂，已作枯鱼泣"（潘伯鹰，《笔》）；如墨砚，"锋发墨，不伤笔。箧中砚，此第一。得宝年，六十七。一片石，几两屐"（启功，《淄川石砚铭》）；如香炉，"宣室已倾新室在，巨君制作耐寻研。休言紫色蛙声事，艺术精能信足传"（叶恭绰，《余曩者广搜宣德铜炉，所得逾四百。事因署斋名曰宣室，嗣有意广搜莽器又别署曰新室。今宣炉已悉以易米，仅余吴湖帆所书宣室一额，而新室尚存然，亦未必能长保也。偶占一绝见意云》）；如古琴，"振翼高岗，有时而堕。浮鱼九仞，有时而沉。嵇康有琴，泠泠其音。可以解忧，可以写心。淡然人世，山高水深"（陈小翠，《古琴铭》）。除了文房用品外，还有一些咏生活用品的诗，如秋装、香烟、竹帘、棉鞋、圆镜等。例如徐邦达有一首《小镜》亦有别趣，"小小团圞月，就中藏影深。通明照卿我，忧喜最关心"。他将桌面的小镜比喻为一轮明月，将诗人忧喜的投射视为镜子的观照，机巧中透露出谐趣。

虽然咏物诗词中所咏之物纷繁复杂，但都与画家生活有着千丝万缕的联系，许多植物和动物都是画家的绘画题材。植物类除梅兰竹菊外，荷花、桃花、藤萝、丝瓜、白菜、荔枝、水仙在画家笔下也常常出现。此外动物类中螃蟹、虾、蝴蝶、牛、鹦鹉、大雁、猫、鼠等也是如此，这说明画家在选取绘画对象时真正以自然造化为师。

二、咏物诗的表达方式

在囊括万物为画材的情况下,画家与对象之间有时是一一对应的摹写关系,有时又融入个人情感和主观见解托物言志。画家笔下的咏物诗和摹物画因主观色彩的不同而各具特色,研究他们的咏物诗对理解这些画家的个性差异和画风差别有所助益。咏物诗的表达方式大致可分为三类:

(一)直言咏物

这一类咏物诗大多着眼于所咏事物的物态特征,重在描摹事物外在形态。周炼霞的《消寒九咏·手笼》本身并没有太多寓意,主要因被咏对象新奇而成为诗歌题材。不同的画家同样做咏物诗,擅长的咏物范围有所不同。周炼霞擅长生活器物类,而启功擅长文房用具类。周炼霞除了咏过手笼外,还咏过许多其他生活物件,如檀香扇,"聚头几个堆瑶席,仿佛芝兰室。不盈七寸太玲珑,应惜雕檀刻骨费神工。 冰纨也学湘裙折,折折描花叶。悬知摇曳动香风,恰似半规明月入怀中"(《虞美人·檀香扇 四川竹帘》)。如咸蛋,"硃磦赭石画来宜,点就丹心自正齐。金石内藏初不见,先应滚得一身泥"(《咸蛋诗·其一》)。如鸭绒被,"鹅毛比洁,驼茸输嫩,宜压锦衾舒卷。玉织早作寒冬计,亲付白云笼锁,彩霞裁剪。谁袭合欢名字好,待打叠一床铺满。摊数尺密密融融,熨贴更轻软。 记得长宵酒醒,翻来红浪,皱绣芙蓉初展。凤钗斜坠,麝熏微度,暗炙肌香心电。把温柔裹住,不放穿窗射风箭。眠酣也,共伊飞去,梦入春江,浮沉知水暖"(《八归·鸭绒被》)。周炼霞的咏物诗词以新奇见长,但细读其诗又觉得贴切自然,可见诗人的机敏与才气。周炼霞作咏物诗的文思敏捷在郑逸梅的《艺林散叶》中不止一则趣闻。其中一则讲述某年冬天,沪上红榴春诗会,课题岁寒用具。周炼霞所咏为风帽,诗云"覆额恰齐眉黛秀,遮腮微露酒涡春"。又云"莲花座上参禅女,杨柳关前出塞人"。这是取意观音大士和朔漠明妃皆戴风帽。席间无不击节称赏，唯有一人提出明妃所处为雁门关，与唐人诗"羌笛何须怨杨柳，春风不度玉门关"无涉。周炼霞立即将诗句改为"一龛法象参禅女，万里明驼出塞人"，可见其诗思敏捷。①

启功对于文房用品颇为爱好，遇到上好的砚台、镇纸等都忍不住发自内心地喜欢和赞叹。他咏过的文具包括笔，"笔无心，任所如。柔弱者，生之徒"（《羊毫笔铭》）；书箱，"装来五车，作鼠穴蟬窝，在我腹中者无多"（《书箱铭》）；砚台，"正透蕉白，虚心发墨。余地回旋，以守其黑"（《平池蕉白砚铭》），"砚务千年久，良材此日多。案头增利器，笔底发讴歌。肤理牛毛细，雕镌楷叶过。手摩一片石，神往歙山阿"（《题龙尾砚》），"破砚重粘，依然全瓦。磨墨而书，吾神来也"（《砚铭》）；镇纸，"块石天然六角，何时斧凿成龟。莫问从来踪迹，随人纸上游移"（《龟形石镇纸铭》），"镇纸小铜骆驼，数年朝夕摩挲。静伏金光满室，助吾含笑高歌"（《小铜骆驼镇纸》）；印，"直根作印篆文古，钤书之范书之谱。未随猪肉果脏腑，竹孙幸不忝厥祖"（《竹根印铭》）②；书袋，"手提布袋，总是障碍。有书无书，放下为快"（《布书袋铭》）；折扇，"既有骨，又有面。割方就圆未及半。弧不弧，字可辨。直道而书义自见"（《折扇铭》）等。在启功所咏的诸多文房用具中，砚台是常常被提及的物件。这与启功每日与砚台相伴的生活习性和书画家身份是密切相关的。

（二）以物喻人

这类咏物诗并非简单地摹写所咏之物的外形、特性或抒发诗人的喜爱之情等，而是通过借助所咏之物的特性来借物起兴，比拟对象的人格特性。柯璜的《豕人骑狮预言歌》就是典型的以物喻人例证。柯璜（1876—

---

① 参见郑逸梅《艺林散叶》，中华书局1982年版，第322—323页。
② 竹孙：旁出的竹根。

1963），字定础，号绿天野人，浙江黄岩人。全面抗战爆发后，柯璜携全家避居重庆，每日都在关心战争局势的发展。次年底，作为国民党副总裁的汪精卫公然宣称日本"对于中国无领土之要求""尊重中国之主权"，彻底沦为汉奸，被中国人民所唾弃。柯璜针对当时国人有些沮丧的情绪，作《豕人骑狮预言歌》鼓舞士气。

豕人骑狮预言歌（有序）

东大陆一狮，伏于昆仑之下，有豕如人突过其旁，以狮酣睡，跨其脊，作侮慢戏。狮大震怒，蓦然奔跃，豕人紧拉其须，欲下不能，声嘶力竭，见者为之彷徨，作歌记其事。

神州大陆昆仑脉，潜伏狮王似蹇厄。斯时偶入金刚定，似睡非睡有所划。山河莽莽郁苍茫，蛇豕纵横卧榻旁。海东突上豕如人，两足蹒跚步踟蹰。图南不敢图，西顾何所获。行行渐近狮王边，异想非非跨其脊。狮王蓦地作大吼，奔蹄飞跃雷霆走。豕人狮背起彷徨，惴惴其形丧家狗。欲下难下奈狮何，遍呼将伯空开口。声嘶力竭果何为，心胆欲碎瘦又饥。狮王大显大仁勇，独步天长无尽时。沉沉睡狮醒千载，相狮之背岂料之。壁上观者半绝倒，拉须履尾惹人嗤。狮王狮王胡不软尔脚，翻然忏悔浪戏谑。排空无际身倒悬，大陆风波真险恶。从此发心敛野心，他年何敢再肆虐。狮云我是人天龙象侪，历览无际讵示弱。扶摇九万事寻常，况巡深山游大陆。愿尔备尝艰阻千万辛，日将沉，云漠漠，放尔遗骸大荒落。①

诗为七古。小序中将中国比拟为东方睡狮，将日本比喻为豕人。豕者，猪也。将日本侵华喻为豕人骑狮。殊不知，睡狮虽梦寐未醒，然绝非豕人之

---

① 作者按："翻"疑为"幡"。

流可以轻侮。在诗中，他绘声绘色地添加了诸多细节，如狮王之伟仪，"山河莽莽郁苍茫，蛇豕纵横卧榻旁"，狮王潜伏时山河锦绣、百兽臣服，自是一番祥和景象。不承想，东海突升"豕如人"，猪具人形，蠢蠢欲动，"异想非非跨其脊"。豕人自不量力，以为趁着睡狮小寐，不承想狮王"奔蹄飞跃雷霆走"，这让豕人惊恐万分，"心胆欲碎瘦又饥"。柯璜嘲笑这群豕人以为睡狮可欺，然"相狮之背岂料之"。他不仅讽刺了豕人，还讽刺了作壁上观的"友邦"，也被醒狮之伟力惊厥，"拉须履尾惹人嗤"。醒来后的狮王庄严地向世界宣布："我是人天龙象俦，历览无际讵示弱"。这无疑是在向全体国民昭告，中华民族从来就无惧任何外来势力的侵扰。《豕人骑狮预言歌》在《大公报》刊载后，全国报刊争相转载，还被国民政府印成宣传单，在敌占区全投。此预言歌果然成功预言了抗日战争的结局，豕人骑狮终究是痴人说梦。柯璜用比拟的方式，将中日之战的形势和结果用狮豕争斗的方式描绘出来，凸显出知识分子的家国情怀和历史洞见。除了这首广为人知的《豕人骑狮预言歌》外，柯璜在《铁马》中也运用了类似的手法，诗云"何处飞来阵阵风，人间缥缈遍丁东。声声怨慕声声诉，非商非羽又非宫。匏土丝竹无此韵，铜琶铁板争沉雄。如闻衔枚军疾走，千骑万骑进相攻"。作为同一时期创作的抗战诗词，他将金戈铁马之铮铮铁骨尽展其态，将铁马比喻为战士，铁马之雄姿即战士之伟貌。

（三）托物言志

托物言志指的是借助植物或动物的某种秉性，借言此物来表达自己的志趣，常见的所托之物是梅兰竹菊。梅兰竹菊在中国传统文化中具有特定的比兴含义，如清雅高洁的春兰、凛然不屈的夏竹、隐逸悠远的秋菊、傲然霜雪的冬梅皆是诗人笔下反复出现的意象。吴昌硕善咏梅，其早期咏梅诗的自喻特征不是特别明显，这一时期的咏梅诗主要还是以欣赏为主，如《又一村看梅》云："危亭势揖人，顽石默不语。风吹梅树花，着衣幻作雨。池上鹤梳翎，寒烟白缕缕。"又如《野梅》云："梅花影照清浅溪，玲珑碎玉嵌玻璃。日斜人影亦在水，惊醒翠禽凄一啼。"他后期的题画诗中也有许多咏梅诗，从这些咏梅诗中可以看出梅花的寄寓性比前期明显加强。诗人常常自比梅花，赞誉梅花高洁的品性。如《巨幅红梅》云："铁如意击珊瑚毁，东风吹作梅花蕊。艳福茅檐共谁享，匹以盘敦尊罍簋。苦铁道人梅知己，对花写照是长技。霞高势逐蛟虬舞，本大力驱山石徙。昨踏青楼饮眇倡，窃得燕支尽调水。燕支水酿江南春，那容堂上枫生根。"吴昌硕后期写梅咏梅，有意将自己与梅花做比较。如《梅》云："空山梅树老横枝，入骨清香举世稀。得意忘言闭门处，墨池冰破冻虬飞。"该诗小序写道："野梅古怪奇崛，不受剪缚，别具一种天然自得之趣。予芜园所有如此。"小序中对梅品格的描述以及表现出的艳羡可看出诗人借梅写志的寄托。如《老梅怪石》云："老白渡口潮浑浑，踏浪招得梅花魂。雪压一林天孕月，梦醒五夜愁挂村。临池惜无画水力，穿石定有拿溪根。我所思兮酌清醑，薏腾一醉眠苔痕。"小序中也对梅石赞不绝口："梅根入石，枝干坚瘦，石得梅而益奇，梅得石而愈清，两相藉也。于是知君子贵得益友，不可孤立。"与爱梅嗜梅的品性相比，他常常揶揄牡丹。如《牡丹》云："酸寒一尉出无车，身闲乃画富贵花。胭脂用尽少钱买，呼婢乞向邻家娃。"吴昌硕揶揄牡丹，并非牡丹不娇艳美丽，实因牡丹所代表的富贵之气与吴昌硕志趣不合。吴昌硕早期画作如倪瓒般"虚室生白"不染纤尘，而后期画作越来越强调梅石写意。"若潜心体味，不难认证吴氏梅石一'清'一'奇'之构成，实属'等值双赢'关系，近乎'强强组合'。这就是说，即使彼此不在同一画面联袂，也不至于导向画家忧心的'价值缺席'。"[1] 吴昌硕的梅花情结是传统文人面对生活逆境的价值坚守。

---

[1] 夏中义：《〈缶庐别存〉与梅石写意的人文性——兼论吴昌硕的"道艺"气象暨价值自圆》，《文艺研究》2013年第12期。

吴昌硕嗜梅，经亨颐嗜竹。经亨颐写过许多咏竹颂竹的诗句，如《竹 海粟八哥，剑华赤石，公展菊。时海粟将出国》云"夕照荒园人迹少，偶来觅食好婆娑。西风催紧秋将去，无限离情问八哥"；又如《竹 树人补菊》云"何处幽岩得地宽，移来佳种玉团团。此间俱是寒之友，不道寻常倾盖欢"；再如《竹 树人补鸟》云"苦竹托根老不移，耐风耐雨故迷离。枝头且莫作归处，南北迢迢任所之"。经亨颐的咏竹诗主要集中于1927年至1936年。随着1927年蒋介石发动"四一二"反革命政变，对国民党左派和共产党实施武装镇压，作为国民党左派的经亨颐也受到打击。对蒋介石的独裁统治他深表不满，1929年在法租界成立了"寒之友社"，自任社长。何香凝、陈树人等国民党左派人士为骨干社员，同时吸收张大千、张善孖、潘天寿、丰子恺等画家为成员。"寒之友"取意松、竹等耐寒之物。自此，竹的意象在经亨颐诗集中频繁出现。他写各种形态的竹：雨中之竹，如《雨竹 树人补凌霄》云："休依乔木号凌霄，高处无花非一朝。竹外不妨三两朵，清和天气雨潇潇。"《雨竹 树人补红叶》云："竹宁有墨红非花，画理诗情属一家。写到秋林悲客梦，满城风雨莫停车。"晴日之竹，如《晴竹》云："难得山中风定时，晴光寒翠见天资。临空不折作休息，大地春来吐叶迟。"笋竹，如《笋竹》云："老干胡为折？风雨日相逼。此风此雨中，地下欣欣出。"他对竹也从欣赏到寄托，如《竹石》云："虚心磊落老风尘，大块文章寄我身，时雨时晴常数事，黯然俯仰见天真。"又如《竹》云："君子之怀至大公，岂朱岂墨色皆空。不关春夏秋冬节，任受东西南北风。"再如《竹 树人补水仙》云："苦竹经冬老更刚，寒花亦有春风香。素毫写出清之德，过去冰霜付淡忘。"在党内受到镇压和排挤的情况下，他通过画竹咏竹来表明心志。1936年，经亨颐年近六十，在总结其一生行迹的《六十述怀》中他伤感地写道："吾乃行吾素，五十学画竹。兹迩十寒暑，际遇百苍茫。从政非所学，老大徒悲伤。"可见此时诗人身心俱疲。1937年春，他原本打算在西湖畔筑屋修建"寒之友社"作为退休养老之所，图纸都已自行绘制设计完成。不承想八一三事变爆发,日军侵占上海,寓居上海的经亨颐感时忧国,忧愤而终。高洁的松竹成为他一生倾心教育、为国为民的人格化身。

咏物诗的书画意识除了表达方式的特色外,另一突出特征就是视觉思维,这种视觉思维主要体现为物体的形态表现。如果说山水诗在形态想象上没有太多突破的话,那么咏物诗中的形态表现倒是有一些特色。现代咏物诗与古代咏物诗相比,在咏物类别上有所扩展。古代咏物诗主要集中于梅兰竹菊、鸟兽虫鱼、笔墨纸砚等少数题材上,现代咏物诗则扩展到生活的方方面面。如盘香,"相思毕竟易成灰,百结柔肠九曲回。纵使奇香能彻骨,等闲蜂蝶莫飞来"(周炼霞,《咏盘香》);如香烟,"泥金镶里,闪烁些儿个。引得神仙心可可,也爱人间烟火。 多情香草谁栽?骈将玉指拈来。宠受胭脂一吻,不辞化骨成灰"(周炼霞,《清平乐·金头香烟》);如颈架,"我眩发来频,颈架支撑坚铁筋。多少偷儿不屑顾,嫌昏。六祖居然隔一尘"(启功,《南乡子·颈架》);甚至扩展到日常生活之外延伸至太空,如飞碟,"凤子翻飞出太空,薄翅破鸿蒙。倏吸见西东,怪上有神人影踪。 大千世界、诸天日月、天外有天宫。人世绝音通,想是处、物华更丰"(曹大铁,《太常引·记飞碟》)。从以上列举中我们可以看出,传统型的现代画家虽然在物体的描绘和想象方式并没有太大突破,但在表现的范围上有了很多新的内容。

现代画家诗人创作的咏物诗既继承了古代咏物诗的传统,又有鲜明的群体特性和时代特征。通过对现代画家咏物诗的分析,可以发现画家诗人们在创作咏物诗时具有鲜明的书画意识。这种书画意识既体现在对题材的关注上,也体现在诗词中典型的"图像性"。画家诗人创作的咏物诗具有鲜明的形象性和丰富的色彩感,往往三言两语间就可以将所咏叹之物的形象特点勾勒出来。总之,意境的文人化追求可视为画家诗人诗词创作的基本特征。

第三章 现代中国画家的生活诗词创作分析

所谓"生活诗词"指的是与画家的社会身份相关的诗词，例如咏史怀古诗、时事诗、咏怀诗及怀人诗等。这类诗词与画家的职业身份并无直接关系，更多地体现出画家的社会身份。现代画家的生活诗词是职业角色之外日常生活身份的体现，对生活诗词的考察实际上将画家的社会角色也纳入观察和梳理的视角，实现画家的职业角色与社会角色的统一。正是因为充分考虑了画家诗人身份的二重性，因而在考察画家诗人的诗词创作时将两个类型的诗词创作都纳入分析的范畴中，这样有利于我们建立对现代画家诗人角色认知的完整内涵。

画家诗人之所以有不同题材和内容的诗词源于他们多重的社会角色。所谓"角色是指个人在社会关系中处于特定的社会地位，并符合社会期待的一套行为模式。换句话说，角色是一定社会关系所决定的个体的特定地位、社会对个体的期待以及个体所扮演的行为模式的综合表现"[①]。人之所以需要不同的角色，可以从自然属性和社会属性两个方面来认知。从自然属性来看，人是一个生命有机体，存在基本的生理需要，即自然状态的人；从社会属性来看，人又总是生活在一定的社会关系中，需要通过广泛的交换协作获得生活资料，即社会状态的人。

根据现代传播学理论，人在社会中生存扮演的不是某一单一角色而是"角色丛"。默顿（R. K. Merton）在《角色丛：社会学理论中的问题》（1957）一文中指出："角色丛的意思是指那些由于处于某一特定社会地位的人们中间所形成的各种角色关系的整体。因此，社会的某一个别地位所包含的不是一个角色而是一系列相互关联的角色，这使居于这个社会地位的人

[①] 奚从清：《角色论：个人与社会的互动》，浙江大学出版社 2010 年版，第 6 页。

同其他各种不同的人联系起来。"① 画家亦是如此，在社会生活中也是"角色丛"。画家作为社会成员之一，融合了画家、诗人、政治家、教师、宗教信徒等多重社会角色。

现代画家的生活类诗词是画家群体"角色丛"身份的体现，分析现代画家的生活类诗词大致有以下作用：

首先，从他们的政治时事类诗词可以了解画家的政治倾向和时事态度。这类政治态度的表达不太容易在他们的画作或论著中看出端倪，却可从日记、诗词中找到线索。虽然许多画家在情感上认同古典，但在日常生活上还是乐于看到政治民主制度的建立、经济的繁荣昌盛及科技进步带来的种种便利。新中国的成立和民主协商政治制度的确立无疑是 20 世纪最为重大的政治事件，从张宗祥、冼玉清、丰子恺等诗人的笔下我们看到了人民当家作主后的欣喜和兴奋。例如丰子恺的《庆千秋·国庆十周年盛典》：

> 六亿狂欢，看十年盛典，壮丽无边。翻飞红旗蔽日，队伍连天。笙歌鼎沸，奏钧天观礼台前。呼万岁声闻霄汉，从今带砺河山。　此日金吾放夜，有琼花万朵，照耀云端。华筵嘉宾满座，玉盏频传。上寿称觞，庆千秋国泰民安。应记省：年年进步，人人快着先鞭！

其次，从唱和酬答等交往类诗词中可以了解画家的人际交往和画学传承。画家的绘画或者诗词技艺的学习和提高是缓慢渐进的过程，需要不断与恩师好友切磋学习才能够获得提升。从师友交往中获益匪浅的现代画家不胜枚举，齐白石、陈师曾、姚华、潘天寿、丰子恺、张大千、周炼霞、启功等都有相对固定的艺术交往对象。唱和酬答诗对于画家而言既是情感的内在需

---

① [美]默顿：《角色丛——社会学理论中的问题》，转引自邵培仁《传播学》，高等教育出版社 2000 年版，第 73 页。

要,也是观摩学习的难得机会。画家的人情交往具有明显的同人性和地域性,年龄、地域、流派、性别等因素都成为画家唱酬对象的影响因素。考察这类诗词,不仅可以了解到画家的社会关系,还可以帮助理解现代画家组织和流派如何成型。

再次,从他们的怀人伤世类诗词可以了解他们的婚姻家庭生活。画家作为具有专业技能的特殊群体,通常都是家庭或家族的重要经济支撑和精神支柱。当亲人或者爱人因战乱动荡不得不远隔分离甚至天人相隔时,我们从画家饱含深情的缅怀和思念中体味到画家丰富的内心感受。这些怀人伤世类的诗歌生发自画家内心,在情感上比其他类型的诗作更显真挚,因而更加容易打动读者。例如吴昌硕是现代绘画史上具有开创意义的画家,他的绘画风格对于后来画家有着深远的影响,他的多位弟子在他逝世时创作怀人诗怀念恩师。例如弟子王个簃就经常怀念吴昌硕,如《梦见缶师据案作画,感赋两律,明日为缶师诞日》(其一)云:"陈迹分明在眼前,残灯一梦总凄然。明朝寿日追三载,畴昔同侪半九泉。不断肝肠多挂碍,无声翰墨最留连。寒泉秋菊临风荐,独立空阶致惘然。"

最后,从他们的述怀咏史诗可以了解到画家在面对典籍古迹、四季轮回、疾病梦魇时所生发的切己的时间感受,体会他们对时光易逝和生命多艰的体悟与理解。除了必要的职业角色、社会角色、家庭角色外,画家还要面对自身的生命本体。当画家幽居独处或师友亲人远离逝去,画家独自面对个体存在时,往往产生对于历史、生命的哲思与拷问。述怀咏史诗因为其深沉的思考,因而诗词基调主要以感伤惆怅为主,但亦不乏志得意满后安详欢愉的情绪。

无论是画家还是其他社会群体成员,都是处于复杂的社会关系中而存在的。正是这些社会关系使得画家具有不同的社会角色。如果说,阅读画家的书画诗词帮助我们界定了他们职业属性的话,那么梳理生活诗词则更多了解到他们的社会角色和内心感受,书画诗词和生活诗词完整地构成了画家的精神世界。

第一节　咏史怀古诗词与历史反思意识

何为"咏史诗"？唐代吕向在《咏史诗》解题中提道："谓览史书，咏其行事得失，或自寄情焉。"[1] 吕向不仅界定咏史诗，而且进行了分类：一类属于无寄托的咏史诗，主要是隐括史传、以史为诗；一类属于有寄托的咏史诗，主要借助历史感慨寄兴、诗以咏怀。前一种是借助诗歌的形式概括历史事件，属于袖珍体的历史；后一种则如克罗齐所言"一切真历史都是当代史"[2]，借历史话题浇心中块垒。

咏史诗是交叉性的诗歌类型。属于诗学与史学相融合的诗歌类型，是一种"文学式的史学研究"[3]。它与史学的区别在于不拘泥于历史细节，常常在诗歌中采取粗线条的方式描述历史事件。此外，"以史为鉴"的史学传统也使得咏史诗往往寄意于史实之外，试图在历史兴亡的规律中找寻当下历史事件的价值判断。所谓"咏史者，读史见古人成败，感而作之"[4]。

此外，还有一类诗歌与咏史诗相似，以探访历史古迹、发历史之幽情为题材，古人称之为"怀古诗"。所谓"怀古诗"，指的是"诗有览古者，经

---

[1] （南朝）萧统选编，（唐）吕延济等注：《日本足利学校藏宋刊明州本六臣注文选》（卷二一），人民文学出版社 2008 年版，第 317 页。

[2] [意] 贝奈戴托·克罗齐：《历史学的理论和实际》，傅任敢译，商务印书馆 1982 年版，第 2 页。

[3] 武尚清：《说咏史诗》，《史学史研究》1990 年第 1 期。

[4] [日] 遍照金刚：《文镜秘府论》南卷《论文意》，人民文学出版社 1980 年版，第 135 页。

古人之成败咏之是也"①。至元代，方回对"怀古"的解释更加细致，"怀古者，见古迹，思古人，其事无他，兴亡贤愚而已"②。咏史诗与怀古诗虽然借助的媒介有所区别，但在抒发诗人的历史意识方面基本一致，具体归类时往往通称"览史""览古""咏古""咏史"等。因而，此处也将这类诗歌统称"咏史怀古诗"。

由于中国诗歌和历史的发达传统，咏史诗产生的时间较早。咏史诗在先秦两汉时期已产生，此后一直绵延不绝。对于古代咏史诗的时代划分，不同的论著各有不同。《古代咏史诗通论》划分较为细致，分为六个阶段：先秦两汉为孕育发轫期；魏晋南北朝为成长发展期；唐五代为成熟繁荣期；宋辽金为深化新变期；元明为持续发展期；清及近代为集大成期。③ 而《古代咏史集叙录稿》则简化为四个阶段：先秦至唐五代时期为产生形成期；宋辽金为开拓扩展期；元明为传承繁荣期；清为集成鼎盛期。④ 可以看出，第二种分类法除了将唐五代以前的咏史诗进行了合并外，基本的年代划分与第一种分类法一致。

现代画家有着良好的文化素养和历史知识，他们继承了古代咏史诗的传统，经常借助诗歌的形式表达自己对于历史典籍和古代遗迹的感受，创作了大量咏史怀古诗。这些画家诗人经常借助诗词的形式表达自己对于历史典籍和古代遗迹的感受，有的明显有所寄托，有的则是纯粹抒发怀古之情，从中不难解读出画家们丰富的内心世界。诗作中是否有所寄托，根据当时诗人所处的背景和心境不一而足。根据写作题材的差异，现代画家诗人的咏史怀

---

① ［日］遍照金刚：《文镜秘府论汇校汇考》南卷《论文意》，卢盛江校考，中华书局2006年版，第1350页。
② （元）方回选评：《瀛奎律髓汇评》（卷之三 怀古类·序），李庆甲集评校点，上海古籍出版社2005年版，第78页。
③ 参见赵望秦、张焕玲《古代咏史诗通论》，中国社会科学出版社2010年版，第1页。
④ 参见张焕玲、赵望秦《古代咏史集叙录稿》，三秦出版社2013年版，第1—28页。

古诗词可分为咏史诗词和怀古诗词两类。

一、咏史类诗词

阅读史书时有感而发乃人之常情，咏史诗歌根据不同诗人的时代背景和个人境遇可分为两类：一类是寄兴咏史类，这类咏史诗的寄托之意明显，总是能从历史事件和历史人物联想到自身处境；另一类是遣兴咏史，这类咏史诗的寄托之意则较为隐晦，通常表达对于历史人物的一般性评价、感叹时间流逝或者对历史本身进行咏叹。

（一）寄兴咏史

由于所处的社会时局不同，不同立场的诗人在阅读历史的过程中往往不自觉地有"代入感"，容易形成不同时代之间的共鸣感。这种共鸣在社会转折时期表现得尤为明显，例如晚清民国时期咏史诗词就比较兴盛，陈曾寿是这一时期咏史诗的代表诗人之一。作为遗老型诗人，他擅长借物抒情，咏物诗中多出现"落花"等具有象征意义的物象。他的两组咏史诗皆为同一主题，借古喻今表达对清政府的"忠贞不二"。

> 孤臣头白醉钧天，莲炬金杯照夜筵。问答玉音犹在耳，凄迷春梦已如烟。肆奸桧贼空遗臭，僭号昌奴岂自全？二十年来家国事，伤心成就一胡铨。（《咏史二首·其二》）

这首诗歌颂的是南宋爱国名臣胡铨。1138年，金国派遣使臣到南宋都城临安议和。金国使者态度傲慢，对南宋政府百般侮辱，但以秦桧为代表的求和派奴颜丧节。胡铨愤而上书要求高宗斩秦桧、王伦等佞臣头颅，否则宁愿蹈海而死。显然，陈曾寿在此有所寄托。他不忘皇恩自比胡铨，将阻挠复清的人比喻为奸臣秦桧。该诗首联具有强烈的视觉对比,"白"与"金"的颜色对比与"钧天"与"夜筵"的形象对比使得诗人的悲愤之情尤显突出,将遗臣的孤冷清寒之气衬托得分外明显。除了这组诗之外,他还有一组同题诗也是如此,如《读史二首》(其二)云"林宗伦鉴蔚宗疑,从古惟人不易知。苦向钟山辩心迹,多情犹觉惠卿痴"①。从诗句中不难读出他对于愚忠前清的痴情。

余绍宋避居家乡龙游县沐尘村期间,除了游览沐尘周边的景色外,也向避居的群众积极宣讲抗日的道理。他在阅读明代遗民诗集时,深感爱国抗敌之必要,组诗《读清初卓尔堪〈明末四百家遗民诗选〉,慨然有作四首》就表达了诗人的忧思。该组诗所咏叹的是清代诗人卓尔堪所编《遗民诗》。卓尔堪为清初诗人,爱好与明代遗老交往。他在多方搜罗整理后,辑成《遗民诗》十六卷,收录明代遗民诗人五百余人,共三千余首诗。乾隆年间,该诗集两次被列为禁书。1910年,上海有正书局重新出版,更名为《明末四百家遗民诗》。余绍宋在阅读该诗集后感受良多,在《读清初卓尔堪〈明末四百家遗民诗选〉,慨然有作四首》(其一)中感慨:

> 历历崇弘事,分明在眼前。垂亡还聚敛,屡衄尚争权。民散兵犹匪,官降士独贤。沧桑无限恨,诗史为流传。

阅读这本《遗民诗》,余绍宋仿佛重温明末清初崇祯、弘光年间历史。他总结明朝灭亡教训,归因于四点,即敛财、争权、兵匪、士乱。"士乱"指的是为了处置阉党魏忠贤,文官集团逐渐做大。不断滋生的边境外患与农民起义又迫使朝廷不断加重税负,这些都加速了明朝的灭亡。阅读明代的遗民诗,显然不仅仅是为了感受遗民的高尚人格或诗文之美,他意在感慨当时

---

① 作者按:"辩"疑为"辨"。

的时局。《其四》诗云：

> 歌哭志无贰，乌乌变徵音。遗民千古恨，节士百年心。霜雁清秋唳，寒蛩永夜吟。终篇益惆怅，戎祸到于今。①

他从明代遗民志士的诗文感受到了他们强烈的爱国热忱。他联想到他所处的当下，怎让人不伤心担忧？重要的是从他的咏史诗作中能深切感受到他总结历史兴亡，忧心国家命运的赤子之心。该诗颈联"霜雁清秋唳，寒蛩永夜吟"情感悲怆，借助"霜雁""寒蛩"等意象表达出诗人的忧愤之情。

潘天寿在抗战初期也作有咏史诗鼓舞战斗士气，《读史偶书》就是借助历史上著名的"淝水之战"鼓舞民众同心抗敌。

> 半壁河山任小看，非关天堑限层澜。恐扪虮虱闲王猛，故展棋枰付谢安。三楚沙虫飞浩劫，八公风鹤奏奇寒。炎黄帝胄原神种，牧马如何问马鞍。

首联交代历史背景——十六国时期。此时东晋失去半壁江山任人小看，长江天堑虽然险要但却不能阻挡敌人的入侵。西晋灭亡后，华北战乱不断。公元357年后，苻坚在王猛的辅佐下渐渐统一了北方中原一带，建都长安，史称"前秦"。南方则以建康为都，史称"东晋"。颔联着重描写淝水之战，南北双方均有良相辅佐，前秦方面良相王猛深谋远虑。王猛未辅政苻坚之前，闻东晋桓温入关，他身披褰衣与桓温坐而论道，虽有虮蚤相扰而淡然处之，桓温誉之"江东无卿比也"。（此时王猛已死）东晋宰相谢安亦为时俊。谢安安排好兵马，痛击秦兵，赢得了淝水大捷。当前方将士向建康报捷时，

---

① 作者按："遣"疑为"遗"。

谢安正与客人在家下棋，听闻捷报后淡然处之，可见其运筹帷幄能力。颈联展现大战结果，秦军大败，苻坚带领余兵逃回北方的过程中，听到风声鹤唳恐惧不已。"草行露宿，重以饥冻，死者十七八"，混乱的行军组织带来的损失甚至比战败还严重。尾联为点题诗句，他以淝水之战为例鼓励中华儿女，侵略者妄想征服中华是白日痴梦。"牧马"指的就是异族侵略，"问马鞍"典出唐代边塞诗人岑参的《献封大夫破播仙凯歌》，"昨夜将军连晓战，蕃军只见马空鞍"意指若外敌侵犯，他们的下场只能是丧命沙场空余马鞍。该诗以淝水之战中两军实力的变化过程鼓励军民要有信心战胜敌人。即使强大如前秦军者亦有疏忽之时，只要审时度势、精心布局，必让敌人丧命疆场。从该诗中不仅可以领略到潘天寿赤忱的爱国热情，而且从"半壁河山""天堑层澜"等形象中可以看出诗人激越雄健的诗歌风格，这与潘天寿的绘画风格是一致的。

陈小翠诗风秀丽婉转，属于典型的婉约派诗人，这在她的咏物诗和怀人诗中体现明显。她的怀人诗不仅数量多，而且春花秋月、远亲故友皆可入题，体现出细腻的内心感受。然而她的诗歌也并非一味的闺阁气，在民族危亡时刻她的咏史诗也有雄强之气。陈小翠在其少女时期，即感佩历史上的英雄人物。在阅读《史记·项羽本纪》时，她感动于项羽的英雄气概。

　　覆手能翻万世秦，英雄血性近乎仁。也能忧乐先天下，肯把头颅赠故人。大度已容刘季子，窄怀偏杀楚君臣。鸿沟不抵长城险，垓下哀歌动鬼神。(《读项羽本纪》其二)

如果说年少读史还只是感受历史人物魅力的话，中年经历乱世再读史书则有更多的家国情怀和兴亡感受。抗战爆发至 1949 年前，陈小翠一直独居上海。这一时期的咏史诗情绪更加激昂，明显有所寄托。《读宋史有感》赞叹英雄陆秀夫：

千古男儿陆秀夫,誓甘蹈海不为奴。年年割地和强敌,割到崖山寸土无。

陆秀夫为南宋抗元名相,与文天祥、张世杰并称"宋末三杰"。陆秀夫在崖山海战失败后,背负卫王赴海而死。该诗以陆秀夫为例,批判与敌割地求和,最终导致了无路求生的境地。显然陈小翠这里以宋末为喻,警告当时的国民政府对待日寇不能屈膝苟且,唯有死战才能求生。

(二)遣兴咏史

诗人乱世时期写作的咏史诗总是借古喻今,明显有喻指含义。和平时期的咏史诗则明显带有遣兴怡情的作用。在遣兴咏史类的诗词中,歌咏美人是常见题材,通常是咏颂历史上著名的"四大美女"。钱名山青年时期就歌咏过王昭君和西施,作有《咏昭君》、《西子》(三首)等。

蛾眉深锁怨华年,临去翻蒙圣主怜。此后君王好留意,深宫红粉尚三千。(《咏昭君》)

不知秋色到宫梧,沉醉君王气太粗。儿女哪知军国事,属镂昨夜赐申胥。(《西子》其二)[①]

这些皆为咏叹美人命蹇时乖的诗句。宋亦英也作《咏史》歌咏历史上的美女,如咏叹王昭君:

史笔何偏责画工?昏王自是要和戎。文成公主如花貌,一样悲啼出汉宫。(其一)

[①] 作者按:"申"疑为"甲"。

如咏叹杨玉环和褒姒：

覆国蒙尘事可悲，玉环褒姒咎谁尸？君王若把苍生重，贤后良妃代有之。（其二）

启功《昭君辞二首》也歌咏王昭君：

吾闻汉宫女，佳丽逾三千。长门永巷中，闭置不计年。他人妻若妾，一一堪垂涎。初号单于妇，顿成倾国妍。假令呼韩邪，自秉选色权。王嫱不中彀，退立丹墀边。汉帝复回顾，嫫母奚足怜。黄金赐画工，旌彼神能传。（其一）

毅然请和亲，身立万里功。再嫁嗣单于，汉诏从胡风。泛观上下史，常见蒸与通。父死不杀殉，何劳诸夏同。假令身得归，依然填后宫。班氏外戚传，鲜克书善终。卓彼王昭君，进退何从容。知心尚其次，隘矣王荆公。（其二）

启功歌颂美人类的咏史诗并不简单停留在美人的外貌描绘上，而是将她们与国家命运相联系，引申出对命运无常的咏叹。

除了歌咏美人外，表达对历史人物的看法也是遣兴类咏史诗的常见题材。钱名山的《咏史绝句·七首选二》作于诗人青年时期，这一时期诗人主要精力用于读书写作考取功名。《咏史绝句》咏的是南宋的赵鼎和岳飞：

赵鼎当年宰相才，亲征令下走风雷。如何也劝临安驾，从此康王死不回。（其一）

军前流涕拜金牌，奉诏班师叹岳爷。自是将军臣节在，神州从此属谁家？（其二）

这两首诗所咏为南宋的名臣名将。与余绍宋、陈小翠有所寄托地咏赞宋代历史人物不同，钱名山在创作这组咏史诗时并不因为外敌入侵社会动荡而有所感，他只是单纯为感佩历史人物气节。1949年后许多诗人也创作咏史诗，这一时期的咏史诗大多表达阅读历史时的感受而不再有明显的"代入感"。宋亦英的咏史诗《读史偶感》表达的是对于寿命的看法，"彭殇何必芥胸中，善始由来贵善终。若使明皇仅中寿，开元贞观可同风"。彭祖为古代传说中长寿之人，诗人劝解世人，何必介怀彭祖的长寿和一些人的夭亡？生命贵在善始善终。后半部分以唐玄宗为例，假设唐玄宗只活到60岁，则盛唐也不必遭逢长达八年的安史之乱，说明寿命长短的相对性。这首诗借以表达的仅是诗人对于生命的看法。启功对于历史兴衰看得更为透彻，他在《贺新郎·咏史》中用调侃的笔法咏史，油滑间却有真知灼见。

古史从头看，几千年，兴亡成败，眼花撩乱。多少王侯多少贼，早已全都完蛋。尽成了，灰尘一片。大本糊涂流水账，电子机，难得从头算。竟自有，若干卷。书中人物千千万。细分来，寿终天命，少于一半。试问其余哪里去？脖子被人切断。还使劲，断断争辩。檐下飞蚁生自灭，不曾知，何故团团转。谁参透，这公案。①

启功用调侃的笔法评价历史上的曲折是非不过是过眼云烟，无须过于计较，睿智如启功者对于历史有自己通达的看法。

二、怀古类诗词

怀古诗词是诗人游览名胜古迹时，从古址、皇陵等遗迹中汲取灵感创

---

① 作者按："撩"疑为"缭"。

作的诗歌。与咏史诗词类似，怀古类诗歌大致也可分为两类：一类是寄兴怀古。这类诗歌通常在参观古迹、凭吊古人时常常联想到历史兴亡朝代更迭，寄托了诗人的兴亡之感；另一类是遣兴怀古。这类诗歌将古迹皇陵等视为与自然山水无异的人文景观，游览古迹更多是为了体验人文历史的乐趣，这类怀古诗实际上更多类似于山水纪游诗。

（一）寄兴怀古

诗人写作这类怀古诗时通常与所咏叹的朝代发生的重大事件产生共鸣，由游历古迹而触发思幽之情。这种怀古之情实际上寄托的是对当下的关注，表达诗人对于时局的看法，抒发难以排遣的心绪。陈曾寿就是其中典型代表，他的怀古诗中处处可见对清朝寄托的深情。最典型的例证是他在拜谒清福陵和昭陵时所作的怀古诗。

> 干霄松柏郁苍苍，巍赫神功接混茫。臣甫拜趋思历数，道周魂梦感高皇。丰碑谟烈天难继，如带源泉气自长。报国无能攀恋切，余生合署老司香。（《乙亥七月初八日恭谒福陵昭陵敬赋》）

清福陵俗称东陵（河北遵化清帝陵也称东陵），位于沈阳东郊，为清太祖努尔哈赤和皇后的陵墓。清昭陵位于沈阳城北十华里外，为清第二代君主皇太极和皇后的陵墓。首联写景起兴，"干霄松柏郁苍苍，巍赫神功接混茫"。松柏苍翠是为了映衬先祖之高德，而"丰碑谟烈天难继，如带源泉气自长"则是赞颂陵墓石碑气势雄伟，太祖太宗雄才大略。他被陵寝恢宏的气势折服，先联想到清建国初高祖的丰功伟绩，"臣甫拜趋思历数，道周魂梦感高皇"，再反观眼前清朝的衰落不禁深深自责，无法挽大厦之将倾，"报国无能攀恋切，余生合署老司香"，真乃遗臣本色。他的另一首谒陵诗也表达了类似的自责：

梵潮流转界三千，说法松风正炽然。深禁偶看遗鸟影，寂光长自摄龙天。微寒暗送神灵雨，飞翠遥迷淡沱烟。穿径冲泥有余兴，聊随佣作策衰年。(《三月奉命察视福陵昭陵界址，山行有作》)

诗句通过"遗鸟影""摄龙天""神灵雨""淡沱烟"等形象表达自己的忧愤之情。除了两首怀古诗外，他游览其他古迹时也总能有所联想，如《崇效寺看牡丹并观红杏青松图卷，自辛亥后越二十九年复来此寺，不胜凄感》《过洪山阅兵台下》《过马场》《护龙亭》《过颐和园宿香山旅馆》等。《崇效寺看牡丹并观红杏青松图卷，自辛亥后越二十九年复来此寺，不胜凄感》是他在崇效寺赏花时有感而作。

遗芳重见廿年迟，凄冷心情只自知。未惜命酬倾国色，应怜才尽送春诗。池经凝碧仍弦管，殿入披香乱絮丝。一世荒嬉成溺笑，何人痴绝望佳期？（其二）

他在崇效寺赏花时突然想到辛亥革命已逾二十九年，二十九年前还是清王朝，如今却早已是民国。

陈曾寿担忧的是君臣之事，格局难免狭隘，凸显了他的遗老心态。实际上，大多数画家诗人在历史遗迹前，更多联想的是民族大义和国家危亡，较为突出的是潘天寿。1933年秋，潘天寿在赶赴南京参加在南京中央大学举办的"白社"画展。在此期间，诗人登临燕子矶、俯瞰长江水，联想起在金陵城下、长江之畔发生的诸多战事，不免心潮澎湃，作《登燕子矶感怀》组诗。《其一》云：

掠波燕子势无伦，翠壁丹崖绝点尘。四塞烽烟谁极目，江风吹上独吟身。

诗中前两句写燕子矶之盛景，紧接着诗意一转，落笔当下。"四塞烽烟谁极目"显然指代就是两年前的日军发动九一八事变，诗人满心焦虑，独立江畔，心中苦闷难以排遣。前程往事皆逝，当下时局最紧要，《其四》表露出难掩的忧虑之情：

泥马君王事劫灰，平沙无际水潆洄。莫教此堑分南北，尽遣金人铁骑来。

"泥马君王"指的是"泥马渡康王"的故事。而今偏安一隅的南宋王朝早已灰飞烟灭，只留下滚滚江水东逝，"平沙无际水潆洄"即是。诗意落脚点在末尾两句，"莫教此堑分南北"意指堂堂中华，万不可分南北治之。这里显然不是指涉南宋旧事，而是在担忧日寇侵华，所谓"金人铁骑"实为不可忍受的民族屈辱。

此外，溥心畬的《南游集》中也有大量的怀古诗，如《昌德宫》《昌庆苑》《鲍石亭》《战后游法隆寺》《铃松阁对雨》等。这些怀古诗看似纪游，实则意有别指，倒是符合"兴观群怨"的诗教传统。

（二）遣兴怀古

遣兴怀古诗与遣兴咏史诗相似，主要也是表达对历史的感受。不同之处在于遣兴怀古诗主要以历史古迹为情感依托。在遣兴怀古诗中古都题材最为常见，许多画家诗人都喜欢咏赞古都，如张伯驹、吴湖帆、陆维钊等。

张伯驹好游历，在他的《丛碧词》《秦游词》中有多首游历古都的词作，歌咏不同朝代的都城。《浪淘沙·金陵怀古》《西河·金陵怀古，答南田，依清真韵》咏赞的是南京，《惜红衣·重至西安，和白石》《鹧鸪天·登骊山》《鹧鸪天·雁塔》《小秦王·灞桥》《浣溪沙·华清池》《前调·秦始皇陵》咏赞的是西安，《小秦王·游天坛》《浣溪沙·社稷坛白牡丹》《八宝妆·故宫牡丹》咏赞的是北京，《临江仙·洛阳》咏赞的是洛阳。张伯驹咏赞古都的词作擅长依据各个古都不同的历史背景，抓住各个都邑的风貌来描述。《西河·金陵怀古，答南田，依清真韵》写南京，重在突出其六朝金粉气：

形胜地，兴亡梦里谁记。寒流北望接天低，怒潮又起。归帆去棹送征人，斜阳冉冉无际。　曲阑畔，曾共倚，桃叶渡口船系。当年第宅剩春风，燕泥故垒。昔游回首几经年，应知愁似江水。　绿杨白板旧酒市，想枇杷、花下门里，换了繁华人世。只秦淮、片月凄凉，相对曾照南朝，歌声里。

如《前调·秦始皇陵》写西安附近的秦始皇陵，则重在突出其帝业成空：

一出函关六国销，河山万世付儿曹。书焚未料来刘季，椎击何知有赵高。唐寝废，汉陵遥，霸图剩此土岹峣。荆榛不是神山树，只对斜阳唱牧樵。

又如《临江仙·洛阳》写洛阳，则重在描述苍凉荒芜：

金谷园荒芳草没，当年歌舞成尘。杜鹃声里又残春。落花满地，来吊坠楼人。　风物依然文物尽，才华空忆机云。佩环不见洛川神。牡丹时节，斜日一销魂。

不同古都虽看似相似，实则历史背景各个不同，这一点在他的词作中得到体现。除了古都题材的诗词外，他还有咏赞各地古迹的词作，如《扬州慢·武侯祠，依白石韵》《浣溪沙·兰州》《六州歌头·居庸关长城吊古》《前调·咏雁塔门前石狮子》等。张伯驹之所以创作大量怀古词作与其爱好游历、喜欢在历史语境中感受兴亡变化的性格有关，而雄浑大气的词作风格与磊落豪爽的性格是两相一致的。

吴湖帆气质儒雅古典，也有不少怀古类诗词。他的怀古词也是以都邑类为主，如《凤凰台·金陵怀古》：

故国愁多，新亭恨系。难禁凄泪如麻。听隔江商女犹唱庭花。还访乌衣巷陌，春似梦梦影堪嗟。殷勤问当年燕子飞向谁家。

天涯空怜沦落，回首处，依依淡月笼沙。照迷离碎景，几点寒鸦。望极垂杨流水，桃叶渡雨密风斜。知多少行人过时，伤尽繁华。

与张伯驹怀南京的词作不同，吴湖帆的词作没有侧重写南京的六朝金粉气，而注重突出其江南烟雨风情。朦胧的江南烟雨气中带着淡淡的忧伤又似乎饱含不尽的依依不舍，倒是非常符合吴湖帆的文人气质。除了咏叹南京等都邑外，他还有咏叹其他古迹的词作。如《雪狮儿·虎丘》：

故丘还在，消沉霸业，繁华非昨。到此徘徊，花冷一筝弦索。琼楼半角。正好梦，罗浮依约。危阑倚，落红成阵，不嫌风恶。

缥缈云屏翠扑。向天平，回望可抬黄鹤。响屧廊遥，忍吊吴宫芳若。疏香领略。渐雾隐，金阊城郭。闲自乐，酒醒暮烟低幕。

又如《玉女摇仙佩·苏小墓》：

南朝艳影，往迹空留，旧馆红楼何处。柳细花愁，西泠桥左，那日锦车曾驻。徙倚还无语。想香檀按拍，歌情谁诉。笑堤上红襟燕子，飞去飞来，可惜无主。人生易多愁，丽色如花，偏他不遇。

还记画船泛月，艳说钱塘，梦里曾传佳句。想象当初青骢郎马，咫尺相看今古。冷泪浇坟土。最伤心对此青山红树。待认取斜阳片石，西陵松下，采芳归路。谩回顾。红颜自昔如朝露。

这几首词作同样延续了吴湖帆繁复意象的写作风格，"故丘""弦筝""暮烟""红楼""细柳""秾花""燕子""画船""斜阳""红颜"等具象化的诗歌意象比比皆是。之所以吴湖帆的意象比例较高，恐怕与其长久的绘画训练形成的视觉思维有关。繁复的江南意象使得吴湖帆的怀古词风格温婉雅致。这除了自身的文人性格因素外，也因为他的词作受晚唐及宋词影响较多。这一点从其词作收藏情况可以看出，他收藏了大量唐宋词集，如《花间集》《唐宋诸贤绝妙词选》《两宋十大家词》《宋元八家词》《彊邨手校宋元词十五种》等。在这些词集中有大量的题跋点校文字，可见他阅读时的认真。[1]编者汪东在《佞宋词痕·序》中也认为吴湖帆受宋词影响较多，"夫倚声之体，导源《花间》，而极于两宋。词必宗宋，犹诗必宗唐，故以'佞宋'名集，已可识其指归。观言情诸作，高者规模晏、贺，次亦旁皇《花外》《白云》之间，而宁拙毋巧，堂庑益宏阔矣"[2]。

从现代画家诗人的诗词创作实际出发，他们的诗词创作与其他诗人群体相比，具有突出的视觉倾向。从其绘景描物的简洁明快中，不难看出绘画训练对于诗词中物态意象把控的影响。这一点在陈曾寿、潘天寿、溥心畬、张伯驹、吴湖帆等画家诗人的咏史怀古诗词中表现尤为明显。他们的诗词在咏史怀古之余，还追求诗词的形象与意境，呈现出强烈的视觉感。这一点与他们长期的绘画训练与自觉的视觉追求息息相关，这也是画家诗人群体与其他诗人群体在诗词创作上最为突出的区别。

分析这些现代画家诗人的咏史怀古诗词并非简单地罗列其诗词成就，

---

[1] 参见梁颖《词人吴湖帆》，《中国书法》2016年第11期。
[2] 汪东：《佞宋词痕·序》，载吴湖帆《佞宋词痕》，浙江人民美术出版社2019年版，第11页。

而是希望通过分析这些诗词,并将这些诗词回归于具体的历史语境中来考察中国现代画家诗人群体的情感趋向及诗词的艺术价值。不难看出,现代画家诗人群体作为现代旧体诗人群体之一,他们与五四新文学作家一样具有深切的忧患意识与民族国家观念。无论是咏史诗词还是怀古诗词,从其诗词中可以感受到画家们深切的历史意识和强烈的现实精神。除此之外,从他们的咏史怀古诗中也不难看出现代画家诗人群体深厚的文化功底。在绘画创作之余,这些现代画家将诗词创作作为提高文化修养、提升精神境界的必要手段,这一点对于当代画家的艺术修养而言尤其具有启发意义。

第二节　时事诗词与现实关怀

以律诗绝句为代表的旧体诗词发展到现代遇到的巨大的理论障碍就是"传统旧体诗如何完成创造性转化"①。发展逾百年的现代旧体诗词若希望完成创造性转化，必须要从内容和形式两个方面入手：从内容上，要切合社会发展实际。一个时代有一个时代的精神，一个时代有一个时代的事件。以五四运动为现代中国的起点，现代中国重大历史事件频发，在这百年间中国社会艰难地完成从传统中国向现代中国的转型。无论是五四运动带来的文化冲击，还是《在延安文艺座谈会上的讲话》带来的方向指引，应该说都是中国在试图走向现代社会的有效尝试。因此，旧体诗词作为诗歌的传统形式可以而且应该反映这一历史变化进程。从形式上而言，现代旧体诗词如果要完成创造性转化，如何在韵律、词汇、格式上进行改革其实有许多可待创新之处。我们欣喜地发现在诗词的形式方面已经有一些积极讨论的声音。例如在韵律上，卞之琳的《重探参差均衡律：汉语古今新旧体诗的声律通途》、张海鸥的《旧体诗词的韵与命》、周啸天的《当代诗词写作中的入声字废存问题》、刘夜烽的《旧体诗的平仄声和押韵》、秦世良的《关于新韵的几点建议》等论文都讨论了旧体诗的新韵问题。《中华诗词》于 2002 年分别推出《中华新韵府》编委会拟定的《中华新韵府简表》②和星汉拟定的《中华今韵

---

① 这一概念借鉴自李遇春的《中国文学传统的创造性转化——重建现代中国文学研究的古今维度》，《天津社会科学》2016 年第 1 期。
② 《中华新韵府》编委会：《中华新韵府简表》，《中华诗词》2002 年第 1 期。

简表》①可以视作是在韵律方面的积极改革和尝试；在词汇上，现代词汇是否可以入旧体诗的讨论也不少。不少诗人主张将新词纳入旧体诗创作，启功就持这种观点。王一川曾在《旧体文学传统的现代性生成——启功的旧体诗与汉语现象研究》一文中专门分析启功诗词中的新词入诗问题。②启功自己也在《从单字词的灵活性谈到旧体诗的修辞问题》谈到旧体诗的语言转化问题。③由此可见，现代旧体诗人实际上有自觉的语言转化意识。

传统古诗分类中并无时事诗词这一提法，因为历史与时事原本就是相对而言的概念。没有固定的命名并不意味着古诗并无描写当下时事的内容，相反是大量存在的。杜甫的"三吏三别"与《闻官军收河南河北》、李煜的《虞美人·春花秋月何时了》《相见欢·无言独上西楼》《乌夜啼·昨夜风兼雨》等都是著名反映大时代变革的诗词。现代中国发生了许多重大历史事件，这些事件都不同程度地反映在旧体诗创作中。研究这些时事类诗词可以发现重大历史事件如何在诗词中完成历史化叙述的过程。此外，由于现代画家的知识背景和政治态度差异，不同的时事在诗人笔下呈现面貌各不相同，研究这些时事诗词可以发现这种态度上的差异。按照内容划分，时事诗词大体可分为政治类、经济类、科技类、文体类、生活类五大类别。

一、政治类时事诗词

中国现代历史发生了诸多重大政治事件，这些重大政治事件影响到了每一个个体，画家群体也不例外。许多近现代画家诗人都经历了从清王朝覆

---

① 星汉：《中华今韵简表》，《中华诗词》2002年第1期。
② 参见王一川《旧体文学传统的现代性生成——启功的旧体诗与汉语现象研究》，《传统文化与现代化》1998年第2期。
③ 参见启功《从单字词的灵活性谈到旧体诗的修辞问题》，《北京师范大学学报（社会科学版）》1994年第6期。

灭到中华民国建立的过程，也有很多现代画家诗人还见证了中华人民共和国的成立和建设，这些政治事件在画家诗人的时事诗词中留下了浓墨重彩的记录。通过梳理和解读这类政治类时事诗词，可以窥探出画家诗人不断进步的政治立场和跌宕起伏的个人命运。这些政治类时事诗词从时间上划分，大致可分为以下六个阶段：

（一）辛亥革命时期

辛亥革命的胜利结束了中国两千多年的封建王朝历史，这场革命带给中国的不仅是清帝的逊位，而且是整个封建制度的终结。不同政治态度的画家诗人面对这一重大事件态度截然两分：哀痛者如陈曾寿，他在自己的生日之时想到的是清王朝的风雨飘摇，在《辛亥八月十□日生日感赋》中哀痛不已：

> 七年留滞卧修门，一夕秋风醒梦魂。事与生来知未了，吾先我丧欲何存。孤踪肮脏天方厌，万影凄凉月不温。隔岁风光惊似昨，重看愁对菊花樽。（其一）

从1904年起，陈曾寿一直是清政府高官，勤于政务。然而，一朝梦醒突然发现王朝飘摇。"七年留滞卧修门，一夕秋风醒梦魂"准确形容了他当时的错愕和惊讶。王朝飘摇让陈曾寿伤痛欲绝，甚至愿自戕以明志，"吾先我丧欲何存"。虽然最终没有自戕殉国，但内心的悲痛溢于言表。后两联就描写这种悲痛，"万影凄凉月不温""重看愁对菊花樽"。时隔三年，他再次在生日之时感叹旧朝更迭。

> 早忘自念犹伤逝，难洗余哀那入禅。咮简多生宁有债？把诗过日岂非天。僵蝉咽断繁霜后，瘦菊魂销细雨前。一念嵯峨妨学道，傥看

射虎未残年。(《八月十一日生日偶作》)

遗老型画家诗人自然属于少数，为辛亥革命胜利欢欣鼓舞的画家诗人大有人在，姚华就是其中之一。在《辛亥十二月二十五日诏书谢政，明日为中华民国赋纪》中，他对于清朝结束、民国开始充满了期待：

> 丹书叶叶下天阍，万户新桃更纪元。雷雨何曾惊匕鬯，山河依旧识中原。杏坛春始新周笔，梅里香生故国魂。信是不关兴灭例，几人襟袖见啼痕。

首联便是相当喜庆的开头，"丹书""新桃"皆喜庆的符号。在姚华看来，进入民国虽然经历了风雨，但生活依然在延续，"山河依旧识中原"。在尾联部分，他嘲笑那些为前朝覆灭而掩袖低啜的遗老们，"几人襟袖见啼痕"。同样面对辛亥革命胜利、清朝灭亡，遗老型和开明型诗人的情绪反应有着天壤之别。

（二）军阀割据时期

1912年以后，北洋政府掌握国家政权。由于北洋政府主政不力，从1916年至1928年间中国一直处于军阀割据时期。各路军阀为争夺政权和地盘混战不断，百姓受战争影响迁徙流转，深以为苦。许多现代画家为求生存不断搬迁，其中就包括吴昌硕、齐白石等人。

1912年以后，吴昌硕一直寓居上海，北洋政府成立时他已经年近七旬。上海自开埠后经济繁荣，既是商家必争之地，也是兵家争夺的战场，战火的硝烟影响到在上海求生的每一个人。1927年4月，蒋介石发动"四一二"反革命政变。在他的指挥下，流氓帮派青红帮假冒工人袭击了闸北的上海总工会会所。作为一个以卖画为生的手艺人，吴昌硕对于时局的动荡显然有些惊恐，不得已在西摩路李伯勤家避难。在《闸北兵乱，移居西摩路李氏瀛在庐，涂中得句》[①]写道：

> 风色莽团沙，寒林乱点鸦。行行江有汜，叠叠浪生花。赪尾鱼歌未，狂呼鹿逐邪。任渠魑魅舞，烂醉拍胡笳。（其一）
>
> 绝望依南斗，其凉又北风。酒瓢辞独醉，书担走随翁。蜃气兵尘外，鸿哀草泽中。杜陵吁剑阁，恻恻梦魂通。（其二）

当时吴昌硕在上海的书画界已经声名显赫，他的画作在日本和国内都颇受欢迎。他对于动荡不安的生活明显表示出厌恶和不满，"狂呼鹿逐邪"中的"邪"即表达其不满的情绪。虽年过八旬，吴昌硕依然感觉到生活如飘萍般摆荡，诗句"鸿哀草泽中"点明。他最大的希望就是战争早些结束，"杜陵吁剑阁"指的是杜甫的《剑门》一诗，诗云："唯天有设险，剑门天下壮。连山抱西南，石角皆北向。两崖崇墉倚，刻画城郭状。一夫怒临关，百万未可傍。珠玉走中原，岷峨气凄怆。"杜甫通过描写剑门险要的地势，联想到安史之乱后混乱的局面，意识到剑南可能会沦为军阀混战之地。吴昌硕此处借指上海，他自然不希望混战给上海带来灾祸。

动荡的时局除了影响在上海谋生的吴昌硕外，远在湖南的齐白石也感受到混战的威胁。1916年，年过半百的齐白石居乡作画，友人的避难让第一次他感受了战火延及家门。《丙辰四月十一日，闻南北军约战于湘潭。有友人避灾来借山，偶观〈借山图〉及诸题词，因怀唐叟传杜》（其一）云：

> 军声到处便凄凉，说道湘潭作战场。一笑相逢当此际，明朝何处著诗狂。

---

① 作者按："涂"通"途"。

由于战火初燃，因此从这首诗中还感受不到强烈的忧患之情，更多的是老友相逢的喜悦。次年，战乱滋扰频繁。齐白石不得已只身赴京，以卖画刻印为生。到了 1919 年，齐白石已经先后三次从北京往返湘潭，有诗为证：

一日飞车出帝京，衡湘何处著闲民。园荒狐已营巢穴，世变人偏识姓名。愁似草生删又长，盗如山密划难平。三年深负红梨树，北地非无杜宇声。(《己未三客京华，闻湖南又有战事。将欲还家省亲，起程之时，有感而作》)

频繁的混战使得家乡盗匪肆掠，家园已变得十分荒芜，连狐狸都开始筑巢，"园荒狐已营巢穴"，而自己的愁绪如斩不尽的杂草，盗贼如铲不完的山丘难以尽除，"愁似草生删又长，盗如山密划难平"。从齐白石的诗句中不难看出动荡的时局对普通人生活的巨大影响。

（三）抗日战争时期

军阀的混战还不是最为危急的时刻，日寇的侵袭才让中华民族真正面临生死存亡的危机。1937 年日军向西挺进，国民党军队封锁长江使得常州断粮。不仅如此，国民党军队退守之余还四处劫掠骚扰。钱名山在《十月十六日纪事》中写道：

南村移家苦不早，照眼安阳山色好。昨夜家中消息来，兵入荒庐迹如扫。登吾之堂，卧吾之床，颠倒我衣裳，席卷囊括为行装。老夫避地计或误，兵法捣虚固所当。世间何物可长保？身外区区复何道。邓氏本来传一经，老聃幸未亡三宝。嗟哉东国鲁仲连，从今请作磨兜坚！

外寇未及先自乱阵脚，首先遭殃的是普通百姓。溃散的军队如同流寇，"登吾之堂，卧吾之床，颠倒我衣裳，席卷囊括为行装"，军队纪律如此涣散，也难怪抗战伊始便节节败退。面对家里遭受的洗劫之物，钱名山只好自我宽慰，"世间何物可长保？身外区区复何道"，言语间充满了无奈与叹息。

1938年4月，中国军队在山东枣庄取得台儿庄大捷。吴白匋在《琴调相思引·有约望江楼听筝未赴，时方报台儿庄大捷》中对此捷报深表欣慰：

嘉树新条绿四围，侵阶日影暗然稀。移巢燕子，栖稳欲高飞。
漫卷诗书听报捷，不烦弦索谱思归。晚春情味，看看胜前时。

"嘉树新条"展现了万象更新景象，在前方高奏凯歌之时，也勾起了诗人恋家思归之情。

1941年开始第二次长沙会战。这次会战我军歼灭日匪4.8万余人，击落飞机3架，击沉汽艇7艘，战果令人振奋。商衍鎏闻讯写《辛巳中秋喜湘北奏捷》诗志贺：

洞庭黑云压湖底，汨罗国殇哭屈子。半月惨澹悲阴风，猰貐磨牙蛟掉尾。白骨相撑血肉糜，烈士甘心为国死。当时天宇愁无光，月色沉沉秋声里。阵旗半卷风尘昏，肠断湘江呜咽水。三更大叫泪湿枕，此房不灭真国耻。金甲射月月忽开，鼓声震天山欲摧。合围三军气吞房，食肉寝皮云岚霾。长枪缓杀意不快，聚歼刀河长乐街。始知士气不可侮，十六万房同灰埃。欢呼河山指日复，驱除房骑清九垓。今宵秋月喜皎洁，明秋更洗秦淮杯。

诗歌采取先抑后扬的写法，前半部分极力渲染严肃悲凉的氛围，将日寇的侵略比喻为恶兽"猰貐""蛟"的侵袭，为此洞庭湖上愁云密布、阴风阵阵；后半部分诗人欣闻捷报传来，有如"金甲射月"，将士三军对付仇敌恨不得食肉寝皮，以逞意气之快。从诗句"今宵秋月喜皎洁，明秋更洗秦淮杯"中不难看出诗人对于抗敌胜利难掩的喜悦之情，读完让人心情颇为畅快。

1945年抗战胜利，画家诗人们结束流离之苦，自然个个欣喜异常。如陈小翠在《乙酉八月十一日我国全面胜利喜书》中欢呼，"爆竹声中噩梦回，十年初见笑颜开。狂风暴雨重重去，霁月光风苒苒来"。从陈小翠的诗中不难感受到当时全国人民欢庆抗战胜利的兴奋之情。日军无条件投降，日本侵占的国土全部光复。叶恭绰在《卅四年十月廿五日台湾复归我版图有作》中表达了作为一个中国人的自豪和喜悦心情："喜从海外复炎洲，百战功勋笔底收。施（琅）郑（成功）朱（一贵）蓝（鼎元）都莫问，且教呼酒酹唐（景崧）刘（永福）。"施琅、郑成功、朱一贵、蓝鼎元、唐景崧、刘永福皆为抗击敌寇、或保卫台湾或收复台湾的民族英雄。他借史喻今，赞颂当时的抗日将士。

（四）新中国建设时期

新中国成立后，紧接着面临如何建设的重大问题。党中央制定了第一个五年计划，计划预计在"一五"期间主要完成社会主义改造和初步开展工业化建设。社会各界积极参加社会主义建设的讨论和实践。张宗祥的《清平乐·浙江第二届人民代表第三次会议献词》描述了代表们在浙江省第二届人大会议上积极讨论、参政议政的情形：

> 同心苦干，战胜涝兼旱。牧畜森林都要管，副业力求完善。会场聚集群英，发挥农业真情。中共红旗领导，大家奋勇前行。

从诗句"牧畜森林都要管，副业力求完善"不难看出代表们积极讨论社会主义建设的热忱。

丰子恺的《庆千秋·国庆十周年盛典》是为了祝贺新中国国庆十周年而作：

> 六亿狂欢，看十周盛典，壮丽无边。翻飞红旗蔽日，队伍连天。笙歌鼎沸，奏钧天观礼台前。呼万岁声闻霄汉，从今带砺河山。
>
> 此日金吾放夜，有琼花万朵，照耀云端。华筵嘉宾满座，玉盏频传。上寿称觞，庆千秋国泰民安。应记省：年年进步，人人快着先鞭！

与新时期不少"老干体"的颂诗不同，从丰子恺的词中可以感受到这一时期所作的歌颂新中国建设成就的诗词情绪真实发自肺腑。

（五）"文革"时期

1966 年，"文化大革命"开始。"文革"期间，社会各领域都受到了冲击，文艺领域也不例外。许多画家被迫停止创作，有的甚至还要接受批斗。1969 年冬，潘天寿被押解回乡接受批斗。三首《己酉严冬被解故乡批斗归途率成》作于批斗刚结束返家途中，可以明显感受到他当时沮丧伤感的心情。《其一》云"千山复万山，山山峰峦好。一别四十年，相识人已老"；《其二》云"入世悔愁浅，逃名痛未遐。万峰最深处，饮水有生涯"；《其三》云"莫此笼絷狭，心如天地宽。是非在罗织，自古有沉冤"。当时潘天寿已年届七旬，他一生做事光明磊落，性格耿介硬朗，人生中从未受此大辱，一时之间感到难以接受。

（六）十一届三中全会以来

1978 年，全国范围内开展的真理标准问题大讨论、十一届三中全会胜

利召开意味着社会秩序的全面恢复,让社会各界深感振奋。陆维钊在《党十一届三中全会召开赋此志颂》中赞叹道:

继往开来报捷音,满城爆竹酒频斟。接班喜见安排好,除害端依挖掘深。万里红旗绵世运,百年大计奋人心。抓纲治国般般定,无数英雄协力任。

三中全会的召开开启了新的时代,诗人深刻感受到了时代旋律的变化,欢喜之情溢于纸表。宋亦英也在《喜读三中全会公报》中表达出激动之情,诗云:

猿鹤虫沙劫太悲,廿年事与愿终违。春催北国晴消冻,雪压南枝怒放梅。石烂海枯天有眼,花明柳暗水生辉。微躯莫道黄昏近,愿学春蚕继吐丝。

诗人虽然感叹世事蹉跎、时光荏苒,但全诗基调昂扬,终究从个人喜乐悲欢中解脱出来,愿意贡献个人的绵薄之力,"愿学春蚕继吐丝"即为诗证。

1997年,香港回归是十一届三中全会后又一重大政治事件。宋亦英在《金缕曲·欢庆香港回归祖国》中热烈欢庆香港回归洗刷百年国耻:

雪耻欣今日。百余年、风云变幻,悲欢怕述。有国难投,徒惹恨,苦恨求和地割。空北望、燕山横碧。都说香江多妩媚,有谁怜,血泪炎黄滴。拔剑问,心悲恻。 文姬归汉心潮激,莽河山、红旗万里,碧空如拭。一国欣看存两制,千古人间奇迹。行看取,花繁果硕。民主和平过渡好,顺天心民意理之必。河海唱,金瓯一。

启功为祝贺香港回归，特别绘制水仙画，有诗《为庆祝香港回归画水仙一幅，题诗二首》为证，诗云：

  金冠玉貌水中央，翡翠衣裳列几行。祠庙百年归未得，如今仙子返高堂。
  耋年读史最惊人，占我封疆一百春。意外屏躯八十五，居然重见版图真。

二、经济类时事诗词

新中国成立初期，我国为促进农业生产，在农村地区大力推行合作化运动。这一时期农民参与农业生产的积极性高涨，蔡若虹《八声甘州·送公粮》就描绘了农民在收割完粮食后，为国家送公粮时的喜悦之情。

  忆烽烟年代送公粮，专看别人忙，有延安小米，山西莜麦，河北高粱。仆仆风尘古道，谈笑说关张，一曲支前调，驴背斜阳。
  今日送粮上路，是自家耕种，自己收藏。喜秀才换笔，锄下写文章。未经年，学农问稼，也居然，颗粒得归仓。心潮急，汽车嫌慢，公路嫌长。

全诗采取对比手法，将农业合作化时期与抗战时期的公粮运输作对比，凸显二者的相似之处，其共同点都是为了支援国家，达成胜利目标。

20世纪80年代后，我国明显加快了工业建设的步伐。这一时期大型工业基建项目取得重要成就，其中就包括大型水利设施的完工。葛洲坝水电站是长江第一座大型水电站，从1971年开工到1988年完工，建设周期历经十余年。画家范曾夜过葛洲坝时，耳边响起轰鸣的水声，不禁惊叹其雄伟与宏大。《夜过葛洲坝》诗云：

惊波忽息一门开，壁立千寻夹水来。鱼跃龙吟墙外事，乘舟但觉上天台。

新时期以来，各地基建速度不断加快，在交通运输上取得举世瞩目的突破性成就。例如王学仲所作《天津空港歌》赞叹的就是天津的机场：

津门凌云御风由此起，凭舱俯视沧溟渤海水。北通黑水长白山，南达香岛疾如矢。炮台拱卫瞰余垒，怦怦难已愤国耻。颠却浪白击海风，茫茫南粤接五指。朝朝轰鸣震上苍，万吨海港巨轮舣。聂之城、霍之里；国之门、海之市，银鹰一驰九千里。飞驾兮，鹏游九重心有喜。七十二沽点点蓝，城池历历海无涘。禹夏之域乐友朋，快哉汗漫九垓兮恣君驶。

除了机场建设成就外，我国在飞机制造上也逐步赶超欧美等国家，研制出中国商飞 C919，成为世界上为数不多的飞机制造大国。刘征词《金缕曲·欣闻国产大型客机 C919 即将飞上蓝天》赞叹中国飞机的英姿：

飞梦三千岁。上青天，鲲鹏变化，北溟游戏。才是先民初开眼，已自腾飞无羁。骇莽莽，云扬海立。搏击天风九万里，奋图南、浪拍天池水。美哉幻，宏哉伟。　而今古梦成实绩。喜星槎，C919，冲天而起。却觉鹏飞小焉耳，谈笑巡天绕地。集百感，横挥老泪。检点恢宏先哲梦，大同篇、合乘逍遥翼。成乐国，今时矣。

当今中国经济已取得了令人瞩目的成就，这些成就被画家诗人们采用美术、诗词的方式一一记录了下来。

三、科技类时事诗词

经济活动的繁荣离不开科技的支撑与助力，解放后国家加大了科技研发的力度。在不同的科技领域都取得了长足的进步，结晶牛胰岛素、"两弹一星"的试验成功都是这一时期的重大科技成就。除此之外，航空领域也从无到有逐步壮大。科技类时事诗词的创作说明画家诗人绝非只关注审美化的艺术对象，他们对于飞速进步的科技成就同样也予以关注和认同。

1957年苏联第二颗人造卫星发射成功，周炼霞感到非常鼓舞兴奋，她在《鱼水同欢》中描写当时人们的欢庆场面：

处处红旗歌革命。灯海人潮，十月同欢庆。正是高空飞箭迅。双星射似连珠进。　玉宇晶球谁占领。第一开荒，左券操奇胜。黄耳能传云外信。可知天听从民听。（其一）

原子穷兵焉足逞。火箭穿云，世界称先进。两度智星光炯炯。分明广照和平阵。　岂但人人歌美景。美景当前，犬也生来幸。更比刘安仙术稳。飞升直到苍穹顶。（其二）

从中可以看出当时苏联与中国政府和民众之间质朴纯洁的友情。好友吴湖帆也作《更漏子·红星初放二首》与周炼霞相和：

绀迷空，红照眼，天半明星一点。时未晚，恰相逢，情随灯焰红。　初放夜，神光射，欲唤素娥来下。魂凝处，黯依违，归与归么归。（其一）

满霜天，沉霭暮，欲访蕉园何处。相向问，驻无方，生疏如异乡。　怜又爱，浑无奈，茅店小休人待。归路窄，转情深，一灯红印心。（其二）

我国卫星发射技术在这一时期也取得了长足进展。1970年，我国成功发射了第一颗人造卫星"东方红一号"。吴白匋在《齐天乐·庆祝我国第一颗人造地球卫星发射成功》中赞叹道：

太空人造银河里，荧荧后来居上。碧眼童娃，黝肤士女，齐听《东方红》唱。春雷一响。促灿漫山花，不停开放。怒海扬帆，长看北斗辨航向。　人间奇迹易创。在庶民掌握，先进思想。自力更生，挖山不止，终见移开叠嶂。修罗骇嚷。似棒打头颅，箭穿心脏。历史车轮，笑他螳臂挡。

上阕赞颂卫星发射成功让世人惊叹，连外国人都表示钦佩，"碧眼童娃，黝肤士女，齐听《东方红》唱"；下阕则鼓励人民自强不息自力更生，用试验人造卫星的精神将中国落后的社会面貌彻底改变，"自力更生，挖山不止，终见移开叠嶂"。吴白匋的诗作代表了当时中国人发自内心的民族自豪感和自强不息的奋斗精神。

次年，我国又发射了第二颗人造卫星"实践一号"，这颗卫星的成功发射再次证明我国在航天领域的飞速发展和突出成就。方镛声在《闻我第二颗人造卫星发射成功》中感叹以前高不可测的太空如今也变得触手可及。诗云：

卫星曾庆上天空，仙乐飘飘绕九重。早慑声威惊两霸，又传河汉舞双红。金光灿灿驱邪气，劲草铮铮挺疾风。宇宙无穷知无尽，还须不断上高峰。

如今,我国在太空探索方面成就斐然,回望当年披荆斩棘、一路坎坷的诗句,仍然感觉心潮澎湃、激动不已。

四、文体类时事诗词

新中国成立后社会生活中重大的文化事件主要是庆祝建党建国等纪念活动。庆祝建党建国类的纪念活动在新中国成立后被赋予了丰富的政治含义,通过各种纪念活动,人们对于新旧时代有了更为明晰的对比。许多从旧时代过来的画家诗人从这类纪念活动深刻感受新时代的伟大,增加了对中国共产党和国家政权的认同感,这一点从其诗词创作中可得到证明。在纪念日诗词中,庆祝建国类诗词在解放初期数量较多,如丰子恺的《光明城市·庆祝上海解放十周年》:

红旗照耀处,木石尽生光。上海十年前,本是黑暗乡。自从插红旗,好比大天亮。万恶全肃清,众善日宣扬。投机无遗类,剥削自灭亡。流氓皆敛迹,娼妓出火坑。游民有归宿,乞丐无去向。货币常稳定,物价永不涨。努力除四害,居民保健康。公园到处开,绿化满里巷。转瞬十年来,地狱变天堂。十岁小朋友,生长光明乡。以为上海滩,本来就这样。听我唱此歌,方知感谢共产党。

又如陆维钊的《满江红·建国十五周年献词》(其二):

无限青春,十五载,党团煦育。遍大地,男英女杰,文韬武略。远客五洲参圣地,红旗三面迎朝旭。伴争鸣,是处斗争花,开成簇。

阶级恨，渊和壑。新旧比，寒和燠。只更生在我，先移习俗。父老惯将家史讲，儿童早就民兵学。尽窥边，鼠贼计多端，全倾覆。

除大量的庆祝建国类诗词外，庆祝建党类诗词数量亦可观。如刘海粟的《满庭芳·中国共产党成立六十周年献词》：

六十年前，鸡鸣震旦，一声啼醒神州。碧天红镜，辉映万兜鍪。行遍千山万水，擎镰斧，风雨同舟。五星耀，天旋地覆，处处有歌讴。回头惊十稔，春郊雉雏，沧海横流。只雷转风奔，四害成囚。从此蛛蚕解网，趋四化、重写春秋。人间乐，无逾此日，甲子庆重周。

又如范敬宜的《水调歌头·建党八十周年感怀》：

沧海横流日，天下尽滔滔。凭谁立马危岸，奋臂射狂涛？一任浪谲波诡，何惧千磨万击，百战见英豪。星火燎平野，猎猎红旗飘。驱魑魅，扫阴霾，斩榛蒿。清风起处，四海五湖更多娇。莫道峰回路转，毕竟云开雾散，举国势如潮。三代成伟业，盛世看今朝。

这一时期庆祝建国类诗词与庆祝建党类诗词在内容上和手法上都十分相似，大多是通过新旧对比的方式强调建立新中国的意义，以及表达发自内心的赞颂之情。这二者之间认同方式的相似，可以看出新中国的成立和共产党的领导地位在画家心中的崇高与神圣。

除了纪念日之类的文化活动外，在体育事业发展方面我们也取得了骄人的成绩，标志性事件是1960年登山健儿成功问鼎世界第一高峰珠穆朗玛峰。成功问鼎珠峰象征着不畏艰难勇于攀登的民族精神，许多国人包括画家难掩激动兴奋的心情，吴湖帆、周炼霞、陈声聪、张伯驹、朱庸斋等都作词

祝贺。如吴湖帆的《沁园春·珠穆拉玛峰》,词云:

万里云山,一片银涛,多是雪封。认玉苍苍里,擎天柱石,白茫茫底,大地蒙茸。悬结冰层,空临绝壑,展季节狂飙撼谷穹。人共道,见草莱霶露,飞走潜踪。 横虹。康藏西东。绾南国屏藩锁钥通。算云梦风流,凭谁管领,朝阳立马,惟我英雄。左挟昆仑,俯提扬子,正带砺河山顾盼中。齐鼓掌,仰红旗飘扬,第一高峰。

又如周炼霞的《八声甘州·歌颂登山队攀登珠穆朗玛峰》,词云:

仰层霄赖以拄其间,巍巍峙寰中。有连天云冻,千年雪压,万仞冰封。遥望晶莹如削,宝剑刺晴空。多少黄须客,未敢撄锋。 一片朝霞灿烂,照金光大道,百族欣同。看攀登奋勇,儿女尽英雄。任胼胝奇寒彻骨,不畏难豪气满心胸。欢声震,插珠峰顶,革命旗红。

再如陈声聪的《水调歌头·颂珠穆朗玛峰登山队》,词云:

我怪此山顶,底用插天高。曾闻亿万年上,还是海中槽。笑拍洪崖问道,何日鹏抟鲸击,万仞挟风涛。太古雪犹在,冰壁倚岹峣。 长空寂,飞鸟绝,百灵逃。看人胁息梯栈不辞劳。上欲众星手摘,下有巨鳌首戴,天顶赤旗飘。祖国好儿女,世界识英髦。[①]

此外,还有张伯驹的《高阳台·中国登山队登上希夏邦马峰绝顶。和玉谷》、朱庸斋的《百字令·中国健儿登上珠穆朗玛峰喜赋》也是如此。画

---

① 作者按:"髦"指"出类拔萃的人物"。

家虽然也爱好游览山水，但成功攀登珠峰带给画家的精神震撼仍然是巨大和强烈的，如词句所云："算云梦风流，凭谁管领，朝阳立马，惟我英雄"（《沁园春·珠穆拉玛峰》），"任胼胝奇寒彻骨，不畏难豪气满心胸"（《八声甘州·歌颂登山队攀登珠穆朗玛峰》），"祖国好儿女，世界识英髦"（《水调歌头·颂珠穆朗玛峰登山队》）。从不吝赞语的诗词中我们看到他们对于这些征服珠峰的英雄们发自内心的敬佩，这种敬佩增加了画家们的民族自豪感和社会向心力。

五、生活类时事诗词

如果说从政治科技类时事诗词可以看出画家诗人的政治立场和时代精神等宏大话语的话，那么从生活类时事诗词中则可以了解他们的生活志趣和性情爱好。社会生活丰富多彩，既有公共生活也有个人生活。生活类时事诗词大致也分为两类：一类是社会公共事件类，这类诗歌大多描述各类社会运动或事件；一类是个人生活类，这类诗词主要描写个人生活细节和趣事。

（一）社会公共事件类

社会公共事件类诗词包含各类重大社会事件，如陈声聪的《闻长江大桥成喜赋》志庆的就是1955年武汉长江大桥建成，诗云：

> 楚云漠漠楚天秋，梦里晴川旧日楼。忽见长虹连数里，真成底柱在中流。龟蛇无语江涛伏，车骑摩肩地轴浮。若与上游论形胜，故应人物陋孙刘。①

---

① 作者按："底"疑为"砥"。

吴湖帆的《八声甘州·绿化上海》赞颂了上海的绿化运动，词云：

展春江花月碧葱茏，物华许争迎。料千般琪树，十年乔木，百里阴成。自是垂杨深处，友爱送鹃声。传语谁家好，相道光荣。　还望楼台翠声，映帘栊鹦鹉，憨态生生。想芳菲满院，香草也多情。问何如神仙眷属，度良辰美景眼长青。欢歌里，仗东风暖，万象和平。①

王个簃的《学习焦裕禄事迹》宣扬的是无私奉献的焦裕禄精神，诗云：

坚持斗争为人民，艰苦一生对自己。走遍全县作调查，痛痒相关在心里。拼命支撑硬骨头，除掉三害鼓勇气。力量无穷哪里来，主席教导牢牢记。我要好好学习他，对照自己永不疲。

2003年"非典"暴发，当时全国人民众志成城与"非典"战斗。黄苗子作有五古《白衣颂——献给非典前线勇士》歌颂前线与病毒作斗争的勇士们，联想到近年暴发的新冠疫情，再次读到该诗作，不免对于执甲白衣更添几分钦佩感激之情：

壮哉医药师，日夜无休止。挺身第一线，白衣多仙子。矢溺唾涎污，扶持近尺咫。二十四小时，轮班忘寝寐。非典渐得控，医护皆勇义。

---

① 作者按："阴"疑为"荫"。

（二）个人生活类

个人生活类诗词则主要记录的是个人生活中的各类细节和感受。启功的个人生活类诗词数量较多，他的生活诗词幽默风趣，可见其乐观向上的生活态度和安定幸福的晚年生活，如《卡拉OK》云：

> 卡拉OK唱新声，革履西装作客卿。五亩蚕桑堪暖老，四邻鸡犬乐滋生。齐王好乐谁参预，姜女同来未可能。莫笑邹人追现代，半洋半土一寒伧。①

这首诗记录的是新事物卡拉OK，启功赞颂卡拉OK的乐趣非齐王姜女所能共享，可见启功也是个歌唱爱好者。又如《鹧鸪天八首·乘公共交通车》（其一）云：

> 乘客纷纷一字排，巴头探脑费疑猜。东西南北车多少，不靠咱们这站台。　坐不上，我活该。愿知究竟几时来。有人说得真精确，零点之前总会开。

这首词描写大家等待公交车的焦急心情，"乘客纷纷一字排，巴头探脑费疑猜"显得非常形象俏皮。有意思的是，同样擅作活泼语的周炼霞也作一首关于公交车的词《明月生南浦·乘公车》，但周炼霞笔下的公车则重在描写坐车人的各种形态：

> 排就雁行阶畔立。玉毂驰来，阵阵鸣仙笛。两两朱扉相次辟。纷纷下上连珠疾。　后拥香肩前触展。玳瑁梁高，素手举难得。路转回环

---

① 作者按："预"疑为"与"。

多曲折，人如嫩柳常欹侧。

现代科技的发展使得日常生活中家用电器不断增多，陈声聪的《翠楼吟·对电视机戏作》就是咏赞新式电器电视机。他对电视机能囊括古今中外、展现世界各地风景的功能惊奇不已：

> 月槛流萤，云屏舞蝶，寒光一帘高挂。风轮翻转处，猛回忆，儿时灯马。何因咿呀，在幻影游中，微波通下。迢迢夜，隔河星渡，斗槎纷驾。　艳冶，新样银釭，看海天浮蜃，十洲如画。蓬瀛重叠外，俨邻并，呼将闲话。琴台芳榭，尽楚楚眉痕，纤纤腰把。须还怕，绿啼红怨，乱花飘瓦。

通过梳理现代画家诗人的时事诗词，我们可以感受到现代画家诗人的诗词内容和情感基调与现代重要社会历史事件是紧密联系在一起的，能够深刻感受政权更迭与时代变迁对这些诗人诗词创作的影响。实际上，这些画家诗人不仅通过诗词记录个人的感受，表达自己对于时代的见解，实际上也通过书画来表现，例如何香凝的猛虎图、潘天寿的雄鹰图、丰子恺的逃难图、齐白石的和平鸽图等都是时代精神的折射。在分析这些诗人的诗词创作时，若与他们的书画相印证，两相比照下能更加深刻地认识到中国现代画家群体在时代变迁中丰富的精神历程。

之所以关注现代画家诗人的时事诗词，主要是因为现代画家诗人是现代旧体诗词创作的代表群体之一，画家诗人的时事诗词创作在中国现代时事诗词占比可观。与政治家的时事诗词的"现场感"不同，画家诗人的时事诗词重在从参与者、见证者的角度记录时代变革与抒发个人感受。考察现代画家的时事诗词的目标不仅在于梳理这一题材的诗词史料，还希望通过这些史料从一个侧面来考察传统文人的"创造性转化"和"创新性发展"的精神轨迹。

第三节 咏怀诗词与生命意识

咏怀诗又名述怀诗，是以吟咏怀抱、抒发情志为主的诗歌类型。"咏怀"一词最早见于阮籍《咏怀八十二首》，《文选》李善注："嗣宗身仕乱朝，常恐罹谤遇祸。因兹发咏，故每有忧生之嗟。虽志在刺讥，而文多隐避，百代之下，难以情测"，注言说明了阮籍创作咏怀诗的动机在于对自身生命安危的担忧。虽然阮籍《咏怀八十二首》缺乏统一的布局和明晰的思想线索，很多诗篇的创作背景和抒发的情感类型并不明晰，但依然可以从诗歌中感受到诗人的出世思想不断转化升级的过程。赵沛霖在《论阮籍〈咏怀诗〉——出世思想与〈咏怀诗〉发展的三个阶段》一文中将阮籍的《咏怀诗》分为三个阶段：第1—24首为第一阶段，出世思想的萌生阶段；第25—55首为第二阶段，出世思想的确立阶段；第56—82首为第三阶段，神仙世界的向往阶段。[1] 虽然阮籍在《咏怀诗》中体现的是个人怀抱和情志，但这组五言诗在诗歌发展史上具有重要的意义。形式上而言，这组咏怀诗由82篇作品组成。虽然写作时间各有不同，但思想基调上高度统一，这是大型五言组诗的开端；从内容上而言，阮籍的《咏怀诗》中体现的哲理性与汉代诗歌传统具有明显区别，《咏怀诗》将人类幸福的丧失看作必然。从《咏怀诗》中可以看出诗人对社会现实不断加深的失落情绪，诗歌中表达出强烈的厌世感。汉代的五言诗虽然也感叹幸福的丧失，但并不视为生命的必然。正是因为这些

---

[1] 参见赵沛霖《论阮籍〈咏怀诗〉——出世思想与〈咏怀诗〉发展的三个阶段》，《北京大学学报（哲学社会科学版）》2010年第3期。

原因，吉川幸次郎认为"阮籍的《咏怀诗》在五言诗的历史上，进而在整个中国诗歌的历史上，有着最为重大的意义。因为到了阮籍，五言诗一方面成为知识分子用以表现他们的人生观和世界观的工具，同时也建立了用这一文学形式最坦直地吐露自我心情的传统"[1]。魏晋时期的咏怀诗以阮籍为代表，但同时期还有许多诗人创作这一题材。魏晋时期的咏怀诗有的直接标明"咏怀""述志"，如阮籍；有的则标明"杂诗"组诗，如曹植、张华、陶渊明；还有的则以其他诗体出现，实则为咏怀诗，如曹操的《短歌行》、左思的《咏史诗》、郭璞的《游仙诗》等。[2] 可以看出，魏晋时期咏怀诗的实际创作数量相当可观。咏怀诗的大量出现可以视为是这一时期玄学思想影响的结果，但也可以看出这一时期自我意识的迅速凸显，诗人希望借助咏怀诗发出个性化的声音。

以阮籍为代表的魏晋咏怀诗在六朝时期逐渐播散，最典型的代表就是陶渊明诗歌中饮酒、咏菊题材中强烈的述志倾向，这种倾向与阮籍的咏怀诗有诸多的类似之处。经过六朝时期的逐渐播散，唐代的许多诗人已经能熟练地运用咏怀诗这一题材进行创作。从唐代诗人对咏怀诗的接受情形来看，咏怀诗在唐代主要以三种形态出现：拟阮和阮之作；题为"咏怀"之作；"咏怀变体"之作。[3] 前两种形态可以看作是对"咏怀"诗的直接继承，而后一种即"咏怀变体"的出现可以视其为更新发展。"唐人的感遇系列、古风系列、感怀系列等，因与阮籍《咏怀诗》有着千丝万缕的相承关系，不妨将

---

[1] ［日］吉川幸次郎：《中国诗史》，章培恒、骆玉明等译，复旦大学出版社 2012 年版，第 154 页。
[2] 参见孙明君《酒与魏晋咏怀诗》，《清华大学学报（哲学社会科学版）》1999 年第 1 期。
[3] 参见刘小兵《论阮籍〈咏怀诗〉的诗史意义——以唐人对阮籍〈咏怀诗〉的接受为视角》，《中南民族大学学报（人文社会科学版）》2016 年第 2 期。

之视为在阮籍《咏怀诗》影响下的咏怀变体。"[1] 唐代以后，咏怀诗成为一个基本的诗歌类型固定下来。明清两代都出现了擅长咏怀的诗人，例如阮大铖擅长将山水田园与咏怀相结合[2]，清代查慎行注重对人生的体验和寻味，注重"对理想和现实、人生和历史、自然与人类的超现实的艺术观察和诗法外现"[3]。

咏怀诗发展到了现代，在内涵上变得更加丰富。在现代画家旧体诗中，咏怀述志不再仅仅表达政治压迫下的遁世游仙，而且与山水纪游诗的区别明显，主要侧重于理想怀抱的抒发、内心情志的表达及对于时间、疾病的感受等方面。现代画家的咏怀诗大致可包括述志、记梦、记病、感时四种类型。

一、述志类咏怀诗

作为知识分子的画家群体都有服务国家、实现个人价值的抱负，画家心中挥之不去的诗人意识正是个人价值追求的体现。当这一理想顺利实现时，画家会感到舒畅满足；当这一理想受到挫折时，则感到委屈不平。徐世昌晚年的述志诗散淡恬静，有明显的隐世思想，这是作为手无兵权的一介书生发展到位高望重的总统，他的隐士思想正是个人理想实现的结果。翻阅他晚年诗集《海西草堂集》随处可见这样恬静风格的述志诗，如《旷怀》云：

不问人间春与秋，旷怀到处有林丘。奇书到眼自雪亮，苦茗沁脾如泉流。风尘宦迹邯郸枕，烟月情怀庾亮楼。从知嵩少山深处，溪涧澄清好饮牛。

---

[1] 刘小兵：《论阮籍〈咏怀诗〉的诗史意义——以唐人对阮籍〈咏怀诗〉的接受为视角》，《中南民族大学学报（人文社会科学版）》2016年第2期。
[2] 参见钟明奇《阮大铖〈咏怀堂诗〉简论》，《中国文学研究》1993年第2期。
[3] 孙京荣：《论查慎行的咏怀诗》，《西北师大学报（社会科学版）》2002年第2期。

又如《感怀》云：

春色无端染绿莎，一竿生计付渔蓑。梅花坞里曾思鹤，昙礶村中欲换鹅。胜事已随云影散，澹怀每对月明多。空斋独坐无情思，一炷炉香养太和。

再如《述怀》云：

紫茄白苋说家风，我是苏门种菜翁。流水小桥村远近，斜阳古柳路西东。园丁岁晚收山栗，童子朝来洗砌桐。漫道斋民知要术，豚蹄长愿祝年丰。

他的咏怀诗中有大量出现"神仙""渔佬""塞上翁""种菜翁"等字眼，明显有自比含义。虽然同是表达散淡隐世思想，但他的咏怀诗与陶渊明的咏怀诗还有些不同。陶渊明的隐世是在洞察生命奥义后的主动避世，而徐世昌的隐世则是理想实现后的心理满足。

虽然幸运者如徐世昌个人理想得以实现，但大多数诗人终身有志难酬、郁郁寡欢。吴昌硕70岁时在上海购得吉庆里923号，上下三层宽大敞亮，生活上已十分宽裕。此时他在沪上画坛名重一时，王一亭、王梦白、梅兰芳等皆为弟子。可是我们在他这一时期所作的《述怀》中却看到另一个吴昌硕：

衰年闷损不行乐，一屋空嗟类野航。竹粉白随云影堕，涧流纤带草痕香。病狂竟使乾坤醉，得句徒生笠屐光。金石此身谁位置，且从晞发哭苍茫。

晚年的吴昌硕内心深处似乎并不满足,"衰年闷损不行乐",他对于晚年物质上的丰沛并不在意,感叹的是时光流逝有志难酬,"且从晞发哭沧茫"。晚年的吴昌硕对于中年时期失败的仕途生涯耿耿于怀,艺术事业的成功也难掩心中的失落。

述志诗除了抒发闲适自得或怀才不遇等个人之怀外,还有咏自己报效祖国、为国捐躯的国家之怀。何香凝的《出国途中感怀》就是一首咏国家之怀的诗。何香凝是国民党元老级人物,与经亨颐、邓演达、陈友仁等相友善。1927年,面对蒋介石日益严重的"反共"浪潮,她联合经亨颐等人极力反对。因为蒋介石不听劝阻,1929年秋,她愤而离开上海远赴法国。在离开上海赴法途中,她作《出国途中感怀》以明心志:

车摇摇,风萧萧,多少青年海外飘!长驱直进何所畏?不怕狂涛与暗礁。舟行世界千万里,飞机直上千云霄。一望中原无净土,同胞血染赣江桥。三民主义今非昔,污吏贪官民怨极。帝国侵凌祸怎消?频年借债如山积。金钱变作炮弹灰,到处肥田生荆棘。可怜十室九家空,民穷财尽饥寒迫。谋生无路去投军,愿为司令当执役。无情毒炮一声鸣,断送生灵千万亿。牺牲为彼争地盘,空流鲜血无遗迹。遥怜少妇泣闺中,望子思夫长叹惜。不知已上断头台,梦魂相会各言哀。留言后辈青年者,我等雄心且莫灰!天生我才必有用,今天死了再胚胎。前者牺牲后者继,此后无穷烈士来。花开花落年年在,血冢黄花几度开!

在孙中山逝世后,何香凝明显感觉到国民党内的一些人违反孙中山遗愿,大搞宗派主义。为了表示自己的不满,她甚至拒绝参加蒋介石和宋美龄的婚礼,不做两人结婚的证婚人。[①] 我们从这首诗中可以感受到何香凝当时的愤懑和不满,这种不满不仅是因为三民主义的理想被篡改和抛弃,"三民主义今非昔,污吏贪官民怨极",更因为战争、贪腐带给百姓的苦难让何香凝寝食难安,"可怜十室九家空,民穷财尽饥寒迫"。何香凝和丈夫廖仲恺为了改变近代中国积贫积弱的社会现实,真可谓不畏牺牲、敢说敢做。

中华人民共和国成立后,中国的美术事业进步神速,王伯敏教授自1952年起任教于浙江美术学院(今中国美术学院)逾半个世纪,可谓是当代美术发展的见证者。回顾半生经历,他在《居西湖四十载》中不仅感叹时光之荏苒,更为自己毕生治史感到骄傲和自豪:

> 西子湖边绿柳城,平居倏忽四十春。每逢夜坐知书味,到了严寒不自轻。曾经暴雨衣衫湿,湿后自怜老书生。书生齿落吟五绝,诗脚任它六月声。小小书楼长乐处,泥炉茶熟不思荣。一生治史三更月,半世挥毫万里行。晨昏漫步闻莺道,难忘库车日日晴。

王伯敏教授花费五十年的时间,完成了六部美术史,对美术研究的贡献卓著。诗句"一生治史三更月,半世挥毫万里行"道出了其中的艰辛与持守。

二、记梦类咏怀诗

按照现代心理学的研究分析,梦是人的潜意识反映。弗洛伊德在《梦的解析》中就认为由于人的意识分为三类:意识、前意识和潜意识。人在规

[①] 参见蒙光励、陈流章:《何香凝年谱简编》(上),《暨南学报(哲学社会科学版)》1987年第2期。

范的社会生活中都是意识指导的结果，人的意识活动支配规范化的行为模式。然而，人的意识中有大量不为人知的潜意识活动，这些潜意识在白天被压抑储存起来，在夜晚睡梦来临的时候被释放出来。所谓"日有所思，夜有所梦"正是此意。

如果我们可以将政治理想和人生愿景视为诗人意识追求的结果，那么梦境的内容更多体现了诗人内心深处的想法和欲念。梦的划分方式有很多种，根据梦的动机分为两种：无寄托的梦和有寄托的梦。所谓无寄托的梦境，指的是在梦中没有寄托和愿望，主要以记录梦的奇幻和诡谲为内容，例如潘伯鹰的《纪梦》即是一例：

> 海中隐隐闻群仙，沧波接鳞欲吞天。十丈巨舶飘芥子，自崖一望空清然。振衣拂袖归隐几，蘧然已茌瀛洲边。恍疑御气得飞度，不尔岂有凌虚船。乌龙骄吠皆龙种，入门傍拂花便娟。萧萧宇舍但明广，临窗珠树低随肩。乃知仙人本素约，世间侈靡皆妄传。屏息久伫出玉女，皎如寒月芳姿圆。嗟余根钝本俗骨，宁有奇抱能超迁。不遭呵斥见矜宠，宓妃奔走开璃筵。琼蔬玉粒产玄囿，人间五味何能饘。终嫌大药未染指，扪腹闭口收其涎。当筵再拜受玄旨，惜哉惊寤闻清弦。低头讶视不自信，分明绰约当余前。何须对此发惆怅，纷纭真幻皆风烟。

这首纪梦诗主要描述的是诗人在梦中云游海外仙山的奇遇。在梦中，他见到了"萧萧宇舍""乌龙骄吠""玉女""宓妃"等，可谓是一次奇幻的仙境之旅。这首诗没有明显的政治寄托或人生咏怀，更多的是回忆梦中胜景，唏嘘奇幻体验。

当然，正如人的心中始终存有欲念一样，无寄托的纪梦诗终是少数，大部分的纪梦诗还是有所寄托的。梦境虽然美好，但也是人生无法实现美好愿景的替代性补偿。一场美梦醒来,心中的失落似乎更多了一层。因此,感叹梦的虚幻是常见的纪梦诗主题。感叹梦的虚幻实则在感叹时间的流逝。流逝的匆匆时光中,人的愿望无法达成会产生的巨大失落,这一点在陈曾寿的《纪梦》中体现得最为明显:

今生了不记,俄为何世人?梦中有寐觉,所觉孰幻真。沉沉古刹中,斗室栖我身。一身绳榻上,开眼微欠伸。日影满东窗,计时方及晨。枯几摊卷帙,坏壁悬瓢巾。不记生我谁,亦无妻子孙。荒荒何岁月,寂寂余炉薰。旋来拥帚奴,伛偻除埃尘。口颂普贤偈,悲音动心魄。虚空不能容,无始贪痴嗔。诚心猛忏悔,记授菩提新。众业自无尽,我愿自无垠。伮唱我徐和,既懵犹津津。嗟我有生初,大母逮双亲。有叔复有姊,弱弟惟午君。六龄出京师,鄂渚三十春。蕃衍族滋大,人事丛悲辛。飘风六十年,忽然迹已陈。万里异色天,峨峨冰雪邻。君恩未能去,麋性安可驯?前尘既渺渺,来轸尤惕惕。还视窗日影,玩愒徒逡巡。

这首纪梦诗采取对比的手法说明人生如幻如梦的主题,诗的前半部分诗人梦到自己化身为僧,求法于寺庙之中,"沉沉古刹中,斗室栖我身"。梦中的僧侣生活虽贫苦无据但也无牵无挂。接着诗笔一转,梦醒之时想到自己有亲人牵挂,"嗟我有生初,大母逮双亲。有叔复有姊,弱弟惟午君",联想到自己颠沛流离的一生,诗人感到郁郁不得志。将梦中僧侣的孑然一身与现实中羁绊无为相比,陈曾寿感受到前途之渺渺,人生之乏味。这首诗看似纪梦,实际上将梦境与现实对比,最后落笔于"君恩未能去,麋性安可驯",即不能复辟皇权的失落。

类似感叹人生如幻如梦主题的纪梦诗,还有张伯驹的《阳台梦·纪梦,和唐庄宗》:

锦衾窄窄都无缝,骨轻肢软嫌棉重。一身飘忽上桐花,幻双飞彩凤。 醒来还是客,愁赋落梅三弄。可能凭酒又昏沉,再续前边梦。

在这首记梦诗中,张伯驹所和之人为后唐庄宗李存勖。李存勖自幼聪颖过人随父征战。父亲去世后,他秉承遗命,灭后梁,逐契丹,统一北方大部,建立后唐。然而,李存勖重用宦官、宠幸伶人,每日与伶人同台唱戏荒废国务,建国三年即兵变被杀,失败之速实属罕见。显然张伯驹在诗中自比唐庄宗,诗的前半部分极力铺陈奢靡生活,"锦衾窄窄都无缝,骨轻肢软嫌棉重。一身飘忽上桐花,幻双飞彩凤";紧接着笔锋一转,后半部分则极写落魄之时的失落与无助。联想到张伯驹年轻时贵为"民国四公子"之一,富甲一方。然而到了晚年,将平生所藏皆捐献殆尽身无长物,就不难理解他所感慨的"醒来还是客,愁赋落梅三弄",非无病呻吟,而是切己感受。"人生幻如梦"的感叹在张伯驹处显得特别真实,让人唏嘘感叹。

有寄托的纪梦诗除了感叹人生虚幻如梦的主题外,思乡也是常见的主题。梦中回到家乡与家人无拘无束一起生活恐怕是许多在外飘荡的游子心中常常出现的景象。齐白石客居北京后常常在梦中还乡,在《书梦》《昨梦》《梦游》等诗中他一次次精神还乡:

难舍吾庐近晓霞,昨宵扶杖梦还家。感秋偏折簪头菊,思懒犹怜恋地瓜。(《书梦》其一)

昨梦到潇湘,孤村落日黄。芙蓉无色菊花荒,往日风光堪断肠。(《昨梦》)

一点两点黄泥山,七株八株翠柏树。欲寻树杪住僧楼,满地白云无路去。(《梦游》)

瓜果枝头的乡村生活让不得不异地谋生的齐白石在梦中回忆起青年时

期那段快乐的借山吟馆生活。

《纪梦》是陈小翠《湖山集》的最后一首，作《纪梦》之时陈小翠刚刚离婚不久，与丈夫并不幸福的短暂的婚姻让年轻的陈小翠更增加她对幼年时期无拘无束生活的眷恋和缅怀。

> 我昔有敝庐，乃在城西门。小楼煜黄日，悄悄疑无人。髫年秒奇慧，肺腑清且醇。奇字走蝌蚪，丽句镌春魂。终日无一语，无语亦欣欣。有时词源发，泻地皆水银。立身白云外，尧舜何足云。如何三四年，此意遂渐湮。魑魅相揶揄，胸膈郁微尘。平旦梦儿时，斗室生奇温。故物如故人，一一来相亲。理我壁上琴，倾我旧时樽。须臾慈父来，欣笑颊生纹。欢跃捉之坐，为我讲鲁论。醒来一惆怅，清泪忽盈巾。人生如四时，烂漫惟浓春。何如绾双鬟，长作梦中人。

此时的陈小翠离婚后回到娘家与家人相伴，刚刚生下幼女翠雏让生活平添几分乐趣。陈小翠的《纪梦》除了表达了对幼年生活的怀念外，更多了一层对婚姻生活的失望。与青梅竹马的情人顾佛影不能长相厮守，与丈夫汤彦耆的婚姻草草而终，失败的婚姻让年轻的陈小翠初尝人生的不如意。相比她晚年的苦闷与挣扎，如《如梦令·梦中作》中所言，青年时期纪梦诗中所寄寓的惆怅与感伤显得有些柔弱与矫饰。

三、记病类咏怀诗

生老病死乃人之常情。人在青年时期身体强健，对于未来充满憧憬。这一时期偶有病痛，但总还让人觉得来日方长。然而人在年老之时所作的记病诗则完全不同，无论是达观的放旷之语还是调侃的戏谑之语，总能让人感受到诗句背后对于时间和生命的焦虑与不安。有意思的是，从现代画家的记病诗中不仅可以体味他们晚年的生活情状,也可以看出医疗手段的变化如何影响了他们的治疗。

吴昌硕年老体弱多病,这从他大量的记病诗中可以看出。从《缶庐集》(卷四)开始,他的记病诗开始增多。从他各卷诗集中记病诗的分布可以了解他中年之后生病的频率,《病中寄冯梓臣锋》(卷四)、《病除》(卷五)、《病起》(卷七)、《老病》(卷八)。从中不难看出,老年的吴昌硕记病诗明显增多。中年的记病诗还有些壮年的诗酒豪情,如《病中寄冯梓臣锋》云:

听雨作僵卧,方床牢结绳。药烟浮古屋,海气压昏镫。两大眼看破,一寒愁病增。平生杯在手,羡尔客不能。

又如《病除》云:

日进瓜茄口不舒,病除一饮啖花猪。斋居久矣嗤梁武,画寝依然作宰予。拙手早知难画虎,闲身谁更问骑驴。我无官守无言责,白屋如舟坐泛虚。

老年的记病诗则少了调侃戏谑的轻松,多了病痛缠身的痛苦和难受。如《病起》云:

模黏身在乾坤里,病起方知倚竹床。足蹩悔为牛马走,髯疏愁对海山苍。研如煮食和薇蕨,琴可移情听羽商。却笑老妻怜我瘦,自忘鬓秃满头霜。

又如《病余》云:

病余人比还魂鹤，弦断秋横涩指琴。聋且为鳏殊耐老，醉能逢蝶亦无心。闰年谶忍黄杨厄，饮墨碑疑碧落寻。事往如烟愁似织，短檠长剑夜深深。

再如《老病》云：

残垒孤云驻，秋池一鉴开。黄深霜后鞠，绿瘦雨余苔。见佛有时笑，抱琴无此哀。一杯酬老病，甘苦梦中来。

从吴昌硕的记病诗不仅可以知晓老年吴昌硕体弱多病的生活状况，更从他不同时期记病诗的差异感受到了疾病如何缓慢摧毁吴昌硕刚硬自强的性格。

同样是描写病痛，吴昌硕笔下的治病手段主要以中医的煎药静养为主，而稍后西医诊疗手段的介入就演变了更加先进的外科手段，高剑父晚年就做过膀胱结石手术。他在《协和医院病中即事——民廿四年暮作》组诗中记叙其事：

瘤满胱前石满怀，钳来颗颗似珠圆。医师几斛都还我，留待新年种水仙。（其三）

无端双股渐麻痹，但觉须臾死半身。耳畔只听刀剪响，便便腹剖任他人。（其五）

民国二十四年即 1935 年，从诗中可以看出国内外科手术在 20 世纪 30 年代已相当先进，可以进行复杂的腹腔手术。

启功晚年，健康状况不尽如人意。除了在《颈部牵引》《颈架》等诗词中看出他有颈椎毛病外，还了解到他有高血压病、心脏病等问题。启功在晚年诗词《千秋岁·就医》中描写身体眩晕：

天旋地转。这次真完蛋。毛孔内，滋凉汗。倒翻肠与肚，坐卧周身颤。头至脚，细胞个个相交战。　往日从头算。成事无一件。六十岁，空吃饭。只余酸气在，好句沉吟遍。清平调，莫非八宝山头见。

又如《沁园春·美尼尔氏综合症》云：

夜梦初回，地转天旋，两眼难睁。忽翻肠搅肚，连呕带泻，头沉向下，脚软飘空。耳里蝉嘶，渐如牛吼，最后悬锤大钟。真要命，似这般滋味，不易形容。　明朝去找医生。服"本海啦明""乘晕宁"。说脑中血管，老年硬化，发生阻碍，失去平衡。此症称为，美尼尔氏，不是寻常暑气蒸。稍可惜，现药无特效，且待公薨。

无论是眩晕盗汗还是美尼尔氏综合征都是年老体弱、身体衰竭的表现。晚年启功常突发心脏病，被送院治疗。如《心脏病发，住进北大医院，口占四首》（其一）云：

住院生涯又一回，前尘处处尽堪哀。头皮断送身将老，心脏衰残血不来。七载光阴如刹那，半包枯骨莫安排，老妻啼笑知何似，眼对门灯彻夜开。　已经七十付东流，遑计余生尚几秋。写字行成身后债，卧床聊试死前休。且听鸟语呼归去，莫惜蚕丝吐到头。如此胜缘真可纪，病房无恙我重游。

再如《心脏病突发，送入医院抢救，榻上口占长句》云：

填写诊单报病危，小车直向病房推。鼻腔养气徐徐送，脉管糖浆滴滴垂。心测功能粘小饼，胃增销化灌稀糜。遥闻低语还阳了，游戏人间又一回。①

启功晚年虽疾病缠身，但从他的诗词中可以感受到他豁达开朗的态度。他对于生死病痛不系于怀，倒是生死病痛之间对于亡妻的思念与日俱增。

除了男性画家年老衰弱受疾病困扰外，许多女性画家因各种原因也疾病缠身，陈小翠、周炼霞较为典型。陈小翠幼年时代即体弱多病，她少年时代的诗集《银筝集》《天风集》《心弦集》《香海集》《沧州集》《绿梦词》中就多次述其疾病，如《病怀》《病起和倩华》《养疴》《丁卯九月廿四日，次弟结婚于新惠中，予以病不克起贺，爰寄小诗，以博双笑》《前调·病中作》《南仙吕入双调·病中遣怀》等。陈小翠的记病诗与她其他题材的诗作相似，也是以婉约见长。与男性诗人调侃式的记病诗风格相异，她的记病诗多了几分缠绵柔弱。如《病起和倩华》云：

拂拂帘栊柳带长，梦痕多半滞匡床。旧题诗处苔生绿，新落花时水尽香。慰我病怀怜燕子，描人瘦影恼斜阳。吟魂一片浑无着，风曳炉香出画廊。

再如《前调·病中作》云：

空庭暗雨，似三更将过。小颗钍花抱烟堕。裹重衾嫌热，推了还寒，猜不准、定要怎般方可。　房栊闻碎响，落叶敲窗，几度猜疑有人么？索性不成眠，药气愔愔，犹胜有、薰笼余火。待起剔银灯写新词，

---

① 作者按："养"疑为"氧"，"销"疑为"消"。

又蓦地惊人,影儿一个。

陈小翠少年多病的经历和轻松宽裕的家庭环境促成了妩媚柔弱的性格,这一性格特征终身影响了她的人生轨迹。

周炼霞的记病诗从数量上看,相较陈小翠少了许多,她的记病诗主要在晚年阶段。她的记病诗少了陈小翠诗中的哀怨之气,多了几分怀旧感伤,如《千秋岁·病讯》云:

篱边霜迥,碧水煎芳茗。潮乍落,风初劲。茂陵秋未雨,绮阁人先病。抛彩笔,药炉烟袅琴书静。 莫是禅难定,莫是愁难醒。百种念,千回省。不成今夜睡,还费明朝等。焚香祷,维摩可许天花证。

再如《蝶恋花·小病感怀》云:

消夏年时多有我。酒阵词场,好句曾惊座。笑语微酡颜色可,隔帘输与榴花火。 乐事赏心容易过。岂料而今,病对书窗卧。寂寂难寻幽响破,流莺也捡深枝躲。

从周炼霞的记病诗中可以感受到她对于时光流逝、故人不在的感伤,"百种念,千回省""酒阵词场,好句曾惊座",晚年周炼霞在病痛中更加深切地感受到生命的无常。

四、感时类咏怀诗

时间恐怕是世间最无情也最公正的标准,无论贫富贵贱最终都要接受时间的审判。其实无论是怀才不遇的咏怀诗、压抑缠绕的纪梦诗还是苦涩哀婉的记病诗，最终都是对时间和死亡的焦虑。正是因为人始终要独自地面对死亡，因而才会有宏志未酬的惆怅、亲情远离的惦念和伤病缠身的焦虑。感时类诗词的主题主要集中在感叹时光流逝之匆匆，总是通过季节时令等具体时间节点来体现。

感叹时光匆匆流逝是常见的感时主题。发出"逝者如斯夫"的诗人大多已迈入人生晚境，对于时间的流逝更加敏感，晚年的徐世昌、齐白石就有多首感时诗。徐世昌的感时诗在感叹流逝时多采取居高临下的俯视视角，总是从统治者的视角来俯瞰众生。如同题诗《感时》二首：

落叶蓟门树，风高霜又寒。长城无雁过，秋气满三韩。时序关心久，山河着手难。应知民事苦，茅屋几家安。

芳草天涯秋复春，平桥烟水几分尘。荒凉古驿增新垒，寥落晨星照故人。三岛云霞蒸海市，两阶干羽格苗民。人间治乱分明在，谁向君平一问津。

这种视角在他的感时诗中反复出现恐怕与他曾经做过民国总统的政治经历有关。而齐白石的感时诗则采取平视视角，显得格外亲切生动。晚年的齐白石喜欢追思时光，在《忆儿时事》中回忆童年烂漫天真的放牛时光：

桃花灼灼草青青，乐事如今忆佩铃。牛角挂书牛背睡，八哥不欲唤侬醒。

在《追思》《忆往事》中回忆无拘无束的少年时光：

少年乐事怕追寻，一刻秋光值万金。记得那人同看菊，一双蟋蟀出花阴。（《追思》）

老来山水断因缘,最喜闲游是少年。无事出门三十里,赤泥山下听流泉。(《忆往事》)

齐白石的感时诗不仅亲切,而且总是离不开怀乡主题。在他的感时、纪梦、记病和怀亲等诗题中,他最快乐的时光总是定格在青少年时期的乡村生活上。

除了整体性感叹时间流逝的感时诗外,还有一类感时诗是在具体的季节更迭和时令变化中感受时间,所谓"伤春悲秋"之慨即是如此。春季之所以让人容易感受时间,是因为春日时节万物萌发。如徐世昌的《惜春》云:

两行绿柳扬风丝,一树红桃待雨滋。九十春光宜纵饮,重三佳日又催诗。花开花落何人问,潮去潮来有客知。江上鼓鼙声不定,伊谁犹谱惜春词。

以及溥心畬的《御街行·送春》云:

谁家玉笛摧芳树,容易春归去。漫将新恨语流莺,借问天涯何处?繁华过眼,春风吹梦,流水浑难住。 青山断续芜城路,应是愁无数。楼台消尽可怜春,不信当年歌舞。乱云千叠,夕阳一片,散作黄昏雨。

秋季万物凋零,日益逼近死寂的冬天,也让人容易生发伤时之感,如周炼霞的《秋怀》(其二)云:

冷雨疏风夜渐阑,琐窗相对一灯寒。芭蕉最是无情物,苦把愁弦切切弹。

再如陈树人的《秋阴湖泛》云：

脉脉秋湖亦可寻，不嫌几日作轻阴。晚荷倦柳浑如诉，转觉当前意度深。

"咏怀诗"所咏何物？从以上的梳理来看，不离事业抱负、疾病梦境、季节时间等诗歌主题。为何画家诗人们喜欢缠绵流连于这些主题上，对之反复喟叹抒情？究其本质还是因为诗人的生命意识使然。人生一世，草木一秋。无论一路走来，画家们的经历如何，他们都需要在夜阑人静、孤身独坐时面对自身灵魂的拷问。咏怀诗是画家们自己与自己的对话，是面对自我生命的自问自答。通过这种问答，画家诗人们有了更加强烈的生命意识，懂得珍惜时间、追求理想的可贵。诗人们总是在永恒的时间和有限的生命之间不断产生焦虑，又在诗歌中反复喟叹感慨来释放情怀。

第四节　怀人诗词与感情世界

中国古代有许多优秀的怀人诗词，王维的《九月九日忆山东兄弟》就是其中的名篇，"独在异乡为异客，每逢佳节倍思亲。遥知兄弟登高处，遍插茱萸少一人"。李白因为参加李璘幕府被判流放夜郎（今贵州正安一带），给妻子写的《南流夜郎寄内》感情至深，"夜郎天外怨离居，明月楼中音信疏。北雁春归看欲尽，南来不见豫章书"。诗歌表达了流放途中的李白盼望亲人家书的急切心情。除了对家人、爱人的怀念外，还有对师长、好友的怀念。古代许多诗人终身保持良好的友谊，如春秋时期管仲与鲍叔、钟子期与俞伯牙、盛唐时期李白与杜甫都是如此。杜甫为怀李白先后写过《不见》《天末怀李白》《春日忆李白》等，在《不见》中他对于李白的思念可说是魂牵梦绕，"不见李生久，佯狂真可哀。世人皆欲杀，吾意独怜才。敏捷诗千首，飘零酒一杯。匡山读书处，头白好归来"。

现代画家继承了尊师长、重亲情的伦理传统，对上供养父母、尊敬师长，对下爱护子女、护佑学生。我们常常能从这些画家的成长经历和交往点滴中看出他们高尚的品性和为人。许多现代画家有着强烈的家庭观念，对家人尽心竭力，为家庭的安全舒适奔忙辛劳。吴昌硕、齐白石、李瑞清等为了让家人过得舒适宽松不得不异地谋生，常年寓居他乡鬻书卖画。齐白石当年没有遇到陈师曾点拨提携之前，甚至在寺庙中寄寓过一段时间。李瑞清为了养活近五十口人的大家庭，离开江宁后易冠为道不再婚娶。对于师长，许多画家也是将"一日为师，终身为父"的理念贯穿始终。任伯年长吴昌硕四岁，与吴昌硕亦师亦友。当年任伯年画名大盛时，吴昌硕在画技上还有不成熟之处。任伯年启发他"以书入画",使得吴昌硕晚年画技有了很大提高。任伯年逝世时,吴昌硕对这位师友恭送挽联以志哀情,"北苑千秋人,汉石隋泥同不朽;西风两行泪,水痕墨气失知音"①。张大千虽不是李瑞清在两江师范学堂的学生,但却是点烛焚香、磕头跪拜收下的入室弟子。张大千随李瑞清学习书法的时间并不长,仅一年有余。然而张大千对李瑞清十分敬重,逝世时不仅为其守灵,而且每逢忌日还要为其焚香祭祀。后来张大千长期侨居海外,仍感念李瑞清教导之恩,大厅中常年悬挂李瑞清书法,每逢见到师尊作品还要起身观看。② 这种对师长的尊重之情,也在言传身教中影响了他们的学生和弟子。许多画家的再传弟子在言行举止间对师长都极其尊重,王个簃、诸乐三、潘天寿对吴昌硕,"天风七子"何漆园、赵少昂、黄少强等对于高奇峰,陈冷月对刘蘅都极尽尊重甚至赡养之情。对友人,画家之间也是危难之时尽其所能给予帮助和支持。画家友朋之间除了诗词书画的酬唱交流外,在生活上也经常互相问候。吴昌硕弟子众多,这些弟子虽就学有先后但感情甚笃。诸乐三、吴弗之、沙孟海、朱屺瞻等弟子之间常常诗词唱和,同声相应同气相求。同为居廉弟子,"二高一陈"也时有互动。陈小翠、周炼霞、顾青瑶等在20世纪30年代同为中国女子书画会成员,新中国成立前虽然书画会解散,但是成员之间联络频繁嘘寒问暖。正是对亲人、师长、朋友的深情厚意使我们感受到现代画家不仅在技艺上才华出众,而且在品德上也值得敬佩。

怀人诗词,顾名思义指的是怀念他人的诗词。怀人诗词从怀念的对象上来看,大致可分为怀念亲人、怀念师友及怀念爱人三类。从情感基本的特征而言,对于亲人大多是以尊重眷念为主,对于师友则以感激怀念为主,

---

① 刘琅、桂苓编:《旧影:一代孤高百世师》,中国友谊出版公司2005年版,第317页。
② 参见李定一、陈绍衣《熔冶古今书法的一代宗师——李瑞清》,海峡文艺出版社2003年版,第27页。

对于爱人则以惦记想念为主。怀人诗词从怀念对象的存继关系还可细分为思念类和怀念类。思念类指的是所怀对象仍然在世，通过咏怀表达对于亲人故交的感情，而怀念类则所怀对象已经去世，表达更多的是缅怀悼念之情。需要说明的是，怀念类诗词与伤逝类诗词都是表达对于逝去的亲朋故交的怀念感情，但伤逝类距离咏怀者逝世的时间较短，以"哭……""伤……"为题，情感上较为强烈激动；怀念类则距离咏怀者已经有一段时间，多以"怀……""忆……"为题，情感上较为深切和缓。

一、怀念亲人类诗词

家中长辈常常是家庭的伦理支柱和情感核心，在"父慈子孝、兄友弟恭"的伦理架构中，严父慈母常常是为人子女最为牵挂的亲人。无论子女谋生何处，对于父母的想念总是那么强烈。齐白石躲避家乡战乱携家北上谋生，最不放心的便是家中的老人。他在《避乱携眷北来》表达了对家中双亲的忧虑：

> 不解吞声小阿长，携家北上太仓皇。回头有泪亲还在，咬定莲花是故乡。

写作此诗时正值京汉铁路工人大罢工的酝酿期，动荡的消息远播湖南。同年6月，他不得已北上。北上避居的齐白石最不放心的是家中的老人，一个"咬"字透露出他决定时的两难。齐白石晚年定居北京，与家人主要通过书信互通消息。因此家书成为互传讯息的重要渠道，家书的悲喜也成了他的悲喜。家中平安无事时，见芙蓉花开如见家人，如《得家书，喜芙蓉正开，得二绝句》(其一)云：

记得移家花并来，老夫亲手傍门栽。借山劫后非无物，一树芙蓉照旧开。

家中若有不祥讯息则为之痛苦不已，如《得家书，挥泪记书到之迟》云：

夕阳乌鸟正归林，南望乡云泪满襟。家报乍传慈母病，可猜疑处更伤心。

迟到的家书告知老母身患重病，这让齐白石焦虑万分。音讯不通带来的焦虑让他"可猜疑处更伤心"，已是一家之主的齐白石对家中至亲仍恪尽为人子女的责任。

1934 年，陈小翠因与丈夫汤彦耆感情不和两地分居，自身家庭的不幸以及女性的柔弱性格使得她对于父母的依恋更为强烈。在写给父亲的家书中，可以看出她对于幼年无拘无束生活的怀念，如《答家君书》（其一）云：

二日奉家书，诵之忽成诗。夜半寒霜重，僵蚕自吐丝。家园梦中见，长似小年时。吴绵已作雪，霜橘亦盈枝。鹿门愿偕隐，何事久参差。

看似寻常"家园梦中见，长似小年时"的怀念除了对家人的怀念，还隐含着对于婚姻生活的失望。如《答家君书》（其二）云：

今秋苦多病，移家傍亲庐。亲恩如太阳，照此东南隅。常恐桑榆晚，愿亲常欢娱。绕膝未遑暖，造纸去西湖。阿母垂暮年，往往惜离居。请看庭前树，树上有慈乌。巢成不自处，觅食东西呼。谁为返哺雏，念之凄肝脯。人事而何物，能令骨肉疏。

陈小翠与丈夫的婚姻是父亲包办所为，结婚仅一年就感情不睦而离婚。从"移家傍亲庐""亲恩如太阳"等诗句不难看出这一时期陈小翠性格中的小儿女心态。周炼霞虽同为女画家，但个性更加大胆强势。由于长相娇美性格开朗，常常惹得沪上文人墨客流言蜚语，对此她都是一笑置之。但对故意冒犯，周炼霞也是毫不客气。曾有词人宋训伦撰文暗指她拜金，"好诗岂配女人怜""今日红妆只要钱"，周炼霞毫不客气地写诗回应，"女儿不配怜诗好，男儿便合沙场老。何故擘吟笺，冤她只要钱。词人真气数，忘却来时路，借问令萱帏，男儿抑女儿"（《菩萨蛮·警告宋词人》）。言语间对宋词人针锋相对毫不客气，可见其性格中顽强坚韧的一面。周炼霞虽然性格开朗大方，但对双亲也极尽眷恋缠绵，尽显小儿女之态，《甘州子·思亲》便是她一首情感真挚的思亲之作：

晚风扶梦到湘潭。依膝下，似承欢。天边无奈雁声寒。惊得弱魂残。空怅望，何日动归帆。

周炼霞祖籍湘潭，幼年时期在湖南长大。因此，"晚风扶梦到湘潭"指的正是她幼年时期在父母身旁承欢膝下的欢乐情形。从青年时期起，周炼霞就定居上海。人事阅历增多的同时深感世情复杂，因此越发怀念童年无拘无束的生活。

除了怀念家中的长辈外，家中的兄弟姐妹也是诗人们常常惦念的对象。与如今家庭规模较小不同，现代许多画家都是兄弟姐妹众多。众多的兄弟姐妹容易促使手足之情和睦友爱，最典型的便是陈氏兄妹。由于早年父亲陈蝶仙经营"无敌牌"牙粉的成功，陈氏兄妹三人幼年生活较为宽裕。陈蝶仙爱好文学，是早期"鸳鸯蝴蝶派"的重要作家，曾创作《泪珠缘》《玉田恨史》

等小说。因此，兄妹三人皆受其影响爱好文学。她与幼弟陈次蝶感情甚笃。当年，幼弟陈次蝶留学日本时，陈小翠还曾写《寄怀次弟日本》怀念远在他乡的弟弟：

> 沧桑几度海生尘，久客思家倍可亲。春草池塘连夜雨，绿杨楼阁隔帘人。梦回关塞青枫老，病起江湖白发新。莫忘垂髫十年事，士龙板屋共清贫。

1927年，幼弟次蝶新婚，陈小翠作《丁卯九月廿四日，次弟结婚于新惠中，予以病不克起贺，爱寄小诗，以博双笑》(其一)衷心相贺：

> 特地催妆费隽才，妆成犹自傍妆台。天孙莫与姮娥似，不到黄昏不肯来。

1937年抗战全面爆发，陈小翠离异后独居上海，她对家人的思念更近一层，《招隐·和次弟》(其四)寄托了她对家人的思念：

> 兵戈满天下，山水几闲人。乱世无安土，还家有老亲。坏桥春水绿，细雨杏花新。即此足赏幽，相呼理钓纶。

随着战事的不断加剧，上海已彻底成为沦陷区，与家人久隔的陈小翠倍感孤独，对亲人的思念成为她此时唯一的感情寄托。在《忆痴弟》中她写道：

> 了知弟不痴，为其与我近。觅句忘寝食，游山轻性命。气欲升九天，心若坐深井。好说老庄语，怪幻莫能信。落花一尺深，中有蒲团

静。子若惠然来,迟子以苦茗。

陈小翠答应幼弟若来访将待之以"苦茗",物虽轻而情至深。陈小翠不仅和弟弟陈次蝶感情深厚,与兄长陈小蝶亦如此。

陈小蝶与陈小翠均爱好诗文,兄妹之间常互致唱酬。早年陈小翠与兄长陈小蝶常有诗词往来,郑逸梅曾回忆"陈小蝶诗稿,其妹小翠往往戏书其旁:窃自翠句"①。《喜大兄归国》《题蝶野纪游诗》《长歌和大兄蝶野》均是写给兄长的赠诗。在《长歌和大兄蝶野》中,陈小翠对兄长诗才深表钦佩,"蝶野和诗如用兵,一日千里何神速""风驰雨骤三百句,蛇死龙惊相切屈"。同时也劝慰兄长为人莫过太刚直,乱世中容易惹出祸端。"处身乱世良不易,劝君莫爱黄山谷。杜甫刚柔能互半,苏黄未免刚有角",言语中对兄长的关爱之情溢于言表。

二、怀念师友类诗词

中国历来有尊师重教的传统,画家更是如此。在现代美术教育尚未普及之前,绘画知识的传授更多是以师门传承的方式学习。因此,师生之间情感联系紧密。吴昌硕性喜交游,从游者众多,这从他《怀人诗》组诗和《十二友诗》组诗中可以看出。1892年,吴昌硕48岁,他将自己生平交游梳理作传,定名《石交录》。他青年时曾师从俞樾学习文字训诂,师从吴山、潘芝畦、杨岘等学习书画篆刻。吴昌硕之所以在诗书画印方面晚年大成,与其转益多师是分不开的。他尊师爱友,与人交往极重风谊,这从他晚年与任伯年经常互赠诗文画作中可窥见一斑。吴昌硕的言行深刻影响了他的弟子,他的众多弟子对业师吴昌硕也是饱含深情。潘天寿就常常在夜深人静时回忆

---

① 郑逸梅:《艺林散叶》,中华书局1982年版,第32页。

吴昌硕，有《忆吴缶庐先生》可为证：

> 月明每忆斫桂吴，大步衣朗数茎须。文章有力自折迭，情性弥古伴清癯。老山林外无魏晋，驱蛟龙走耕唐虞。即今人物纷眼底，独往之往谁与俱？

吴昌硕不仅在绘画风格上影响了潘天寿，而且两人刚硬的性格也如出一辙。而另一位弟子王个簃也常梦见老师，有《梦见缶师据案作画，感赋两律，明日为缶师诞日》（其一）为证：

> 陈迹分明在眼前，残灯一梦总凄然。明朝寿日追三载，畴昔同侪半九泉。不断肝肠多挂碍，无声翰墨最留连。寒泉秋菊临风荐，独立空阶致惘然。

实际上王个簃从学于吴昌硕的时间并不长，但在短暂的从学期间与吴昌硕时有唱和，他直至晚年对吴昌硕都饱含怀念之情。

齐白石十分敬重自己的老师胡沁园。胡沁园原名庆龙，为光绪年间监生。齐白石早年还是木匠时，胡沁园不嫌其资质驽钝，收其为徒教他作诗，齐白石深为感激。在他定居北京后，常常怀念师尊教导之恩，《看梅怀沁园师》（其一）云：

> 闻道韶塘似昔年，老翁行处总凄然。藕池深雪泥炉酒，谁为梅花醉欲癫。

齐白石并非徐悲鸿的授业之师，但两人交谊深厚。徐悲鸿对于齐白石朴拙天成的绘画风格极为欣赏，两人遂成忘年之交。1928年，徐悲鸿担任北平大学艺术学院院长时想请齐白石做教授,齐白石一开始以自己学识简陋为由婉言相拒,在徐悲鸿再三恳请下终于答应。因此,齐白石感念徐悲鸿的"知遇之恩"。徐悲鸿对于长者齐白石执弟子礼。抗战中徐悲鸿远居重庆与齐白石山水相隔,只能在远方遥寄思念,《怀齐白石诗四首》(其二)云:

离乱阻我不相见,屈指翁年已八旬。犹是壮年时盛气,必当八十始为春。

写作此诗时年届八旬的齐白石正困守北平,因此徐悲鸿才有"屈指翁年已八旬"一说。徐悲鸿怀念长者的同时,也祝愿齐白石"必当八十始为春"。

现代画家交往中有明显的同人性质,吴昌硕的弟子之间、岭南画派"二高一陈"及子弟之间、国民政府官员之间、中国女子书画会会员之间互动明显要高于画家群体。在地域上,京派、海派、浙派、闽派、粤派都自成体系,地域内部的成员交流高于外部交流,因此,怀人诗词也大多体现出地域性和群体性。

在齐白石还未成名之前,曾得到京派画坛领袖人物陈师曾的提携和帮助,因此,齐白石对陈师曾始终心怀感激之情。在《对菊忆陈师曾》中,他秋日怀友,对菊忆人:

往日追思同饮者,十年名誉扬天下。樽前夺笔失斯人,黄菊西风又开也。

王个簃与张大千也是故交,《怀张大千》(其一)是王个簃晚年感怀张大千的诗作:

曾老门前第一人，腾蛟起凤见精神。老当益壮多怀想，痛饮千杯万象新。

1919年，张大千来到上海，通过书法家朱复戡介绍正式拜曾熙（农髯）为师。曾熙精于书法，与李瑞清齐名，世有"北李南曾"之说。当时吴昌硕在上海创办海上题襟馆，与曾熙相交往，因而王个簃与张大千得以结识。"曾老门前第一人"正是夸赞张大千为曾熙的得意弟子。此外，王个簃还有怀念同门潘天寿的诗作，如《怀人诗三十首·潘天寿》云："不求人共悦，此意见君奇。好景离常态，真源无尽期。避兵卸双屐，讲学下重帷。江海容吾辈，花开僧短篱。"除了同门之谊外，同事之谊常让人怀念。1938年余绍宋避居家乡时就作有《寄怀林宰平北平》，怀念他北平司法界的同事林宰平。值逢战乱时节，两人山水相隔唯有问候以寄怀：

干戈阻绝怅离思，差幸犹能寄此诗。浊世已忘真隐遁，危邦虽入不磷淄。相期晚节知谁是？自赏孤芳信我师。逃死光阴垂老日，今生重见恐无时。

三、怀念爱人类诗词

除了亲情、友情外，爱情也是最让人惦念的情感。怀念爱人的诗作大多数指男画家对妻子的怀念，但也有一些女画家怀念丈夫的诗作。从感情上而言，无论是丈夫怀念妻子还是妻子怀念丈夫，诗作情感都强烈而真挚。从诗作中常常可以感受到许多现代画家如吴昌硕、陈树人、白蕉、谢玉岑、张伯驹等对配偶都饱含深情，让人感佩不已。吴昌硕为人倔强耿直，和大多数传统的丈夫一样对妻子虽少言谢语，但从他的诗句中可以看出他对妻子深怀感激之心。青年时期他对妻子同甘共苦、共育儿女心怀感念。如《忆内》云：

  竹里西风挏破屋，无眠定坐镫前卜。谁家马磨声隆隆，大儿小儿俱睡熟。①

中年之后与妻子的情感更像是亲人，在妻子过四十寿辰时写诗祝寿相贺，《丁亥八月廿七日赠内》云：

  山妻四十明朝过，往事低徊倍可嗟。曾把钼犁规老圃，更持门户向天涯。织缣出入添裙布，吃墨零星堕齿牙。醉眼却逢秋雨歇，节南山影在烟霞。

陈树人对妻子的爱慕是现代画坛上的一段佳话。当年恩师居廉不仅授予爱徒画技，更是将幼女若文许配。事实证明，他与妻子若文乃是"天作之合"。他曾专门创作《专爱集》表达对妻子忠贞不贰的爱情，《专爱集》中处处可见他对妻子的爱慕和眷恋之情，如《中秋对月寄怀若文衡阳》云：

  同甘踪迹异乡邦，不为时艰意便降。只觉月心成一片，长江相印到湘江。

又如《旅思吟寄若文》云：

  怅念家山土尽焦，风飘道阻一身遥。白头孤宦成何味，不为分携

---

① 作者按："挏"同"搜"。

意也消。

再如《春日独游赋寄若文》云：

江南好景最难齐，到处偕游迹未迷。忽见陌头杨柳色，教人争不感分携。

另如《七夕赋寄若文》云：

经年未唱大刀环，玉露金风鬓愈斑。不免被他牛女笑，今年天上胜人间。

另如《旧历除夕书寄若文香江》云：

半壁河山寇日深，分携岁月任侵寻。思量此夕应相慰，得尽吾侪报国心。

陈树人一旦与妻子居若文分离，总会为妻子写寄大量思念之作，可见二人真正是到了"一日不见，如隔三秋"的地步。陈树人事业上的成功一方面是由于机缘所致，成为同盟会和国民党最早一批成员，另一方面与妻子居若文的悉心照料和陪伴也是分不开的。

张伯驹与妻子潘素的感情深厚。与陈树人的婚姻一帆风顺相比，张伯驹的婚姻幸福就要波折得多。张伯驹弱冠之年，父亲包办了他的婚事，将安徽督军之女李月娥聘配予他。然而，这段包办婚姻并不幸福，李月娥不久郁郁而终。他接着又娶了京韵大鼓艺人邓韵绮，刚开始时两人感情不错，邓韵绮常陪伴丈夫游山玩水。张伯驹也在《鹧鸪天·为惜疏香此小留》《秋霁》

中记其游历。然而，由于邓久无生育加之沾染鸦片，张伯驹对之也日益冷淡。[1] 他真正幸福的婚姻是遇到第三任妻子潘素。张伯驹对她一见钟情，不久迎娶入门。新婚之后，张伯驹借新燕喻其欢愉之情，词作《双双燕·咏新燕，依梦窗韵》云：

掠烟翦水，参差趁东风，乍窥庭户。香巢觅定，相认应非前度。杨柳楼台静锁，问门掩、梨花何处。江南又是残春，怕说天涯同住。　轻举，乌衣翠羽。帘卷待归来，乱红如雨。新妆初试，解向珉筵歌舞。凭寄离思倦绪，念身世、飘零谁诉。还愁更对夕阳，一片江山无语。

此后，张伯驹与潘素琴瑟相和、双飞双栖，他创作多首词作寄托对妻子的爱慕之情，如《梦还家·自度曲。难中卧病，见桂花一枝，始知秋深，感赋寄慧素》云：

无人院宇，静阴阴，玉露湿珠树。井梧初黄，庭莎犹绿，乱虫自诉。凉宵剪烛瑶窗，记与伊人对语。而今只影漂流，念故园，在何处？想他两地两心同。比断雁离鸳，哀鸣浅渚。　近时但觉衣单，问秋深几许？病中乍见一枝花，不知是泪是雨。昨夜梦里欢娱，恨醒来，却无据。谁知万绪千思，那不眠更苦。又离家渐久还遥，梦也不如不做。

1941年，张伯驹被汪伪特务绑架，威胁潘素用张伯驹所藏《平复帖》等珍贵文物交换。张伯驹不顾个人安危严词拒绝了无理要求，并告知前来探

---

[1] 参见张恩岭编著《张伯驹传》，花城出版社2013年版，第19—23页。

视的潘素宁死也不能将文物变卖,题中所谓"难中"指的正是此事。因此,身处囹圄的张伯驹对潘素除了情感上的惦念之外更多了一层对人身安全的担忧。经过此难后,张伯驹与潘素感情更加牢固,与其相伴终身。

与张伯驹相比,谢玉岑的婚姻就没有那么幸运。虽然与妻子感情甚是笃厚,但两人没能白头到老。早年从学于钱名山时,钱名山就非常喜欢谢玉岑,他将长女素蘖与之许配,希望二人能相携长久。正如为师所愿,二人婚后相敬相爱,从这一时期他写给妻子的情诗中不难看出。与陈树人、张伯驹一样,谢玉岑也作过多首怀妻诗,如《海行听雨,有怀素君》(其二)云:

> 郑重兰言惜别殷,桂旌何计遣飘零。拥衾听雨寻常事,不信今宵梦不成。

诗人希望妻子能保重身体,静待相逢之日。又如《素君寄书皆深夜所作,天涯梦醒,寒月在窗,远念故人犹在笔砚间也。赋此谢之》(其二)云:

> 迢递瑶珰剪烛裁,销魂玉臂对清辉。君怀那识春如海,方信频宵少梦来。

诗人由家书中看出妻子皆写自深夜,不难想见妻子长夜漫漫时也是思念甚浓。类似的怀妻词还有很多,《木兰花慢·珊儿弥月,赋怀素君》是一首在女儿满月之时感激妻子辛劳的词作:

> 喜一天晓色,曾画否翠眉峰?想经月恹恹,者番梳洗,环佩犹慵。相携纵添雏鹤,怕梅花不似旧时红。指点晴暄庭院,也应说着证鸿。蓝桥郑重乞相逢,往事记重重。怎未到封侯,一般轻别,着此惺忪。剧怜招伊何计,况万千翻累慰飘蓬。私检客巾腰带,新宽说与卿同。

谢玉岑的怀妻词秉承了一贯的典雅绮丽词风，具有江南才人特有的温婉气质。

怀念爱人中有较为特殊的一类是怀念情人，徐悲鸿与孙多慈即为其中一例。徐悲鸿与孙多慈相恋时，与妻子蒋碧薇结婚多年。徐悲鸿在中央大学艺术系任教时，非常欣赏学生孙多慈，作《苦恋孙多慈》表达自己的爱慕之意：

> 燕子矶头叹水逝，秦淮艳迹已消沉。荒寒剩有台城路，水月双清万古情。

这段师生恋遭到了孙多慈父亲和妻子蒋碧微的强烈反对，无奈之下两人分手。但徐悲鸿对孙多慈念念不忘，此后多次作诗怀念孙多慈，如《怀孙多慈》云：

> 夜来芳讯与愁残，直守黄昏到夜阑。绝色俄疑成一梦，应当海市蜃楼看。

又如《感怀一章》云：

> 遗韵忆犹豫，音容隐易颜。莺莺缘已矣，抑郁又奚言！

不仅如此，还曾为孙创作油画《女画家孙多慈》，可见其情感。孙多慈与徐悲鸿断绝联系后嫁与他人，远赴台湾师范大学任教，至死都怀念徐悲鸿。

怀念爱人并非单指丈夫对妻子的怀念，也可以是妻子对丈夫的怀念。许多现代女画家在表达对丈夫的思念之情上一点不弱于男画家，方君璧与刘蘅即为其中代表。方君璧与丈夫曾仲鸣在法国相识相恋，方君璧攻读艺术，曾仲鸣攻读文学，两人在法国共度14年的美好时光。[①]1930年，夫妻二人回国后，方君璧送其北上就职，言语间充满了依依不舍之情。《念奴娇·七月十五日送仲鸣北上别后时在香港》就是送别夫君时所作：

> 长空无滓，纵冰轮万顷，已多圆缺。那更云猜和雨妒，一霎清光飞灭。玄夜如衣，银星似泪，点点莹襟褶。人间天上，也应同叹离别。　遥望碧海苍茫，孤舟天际，千里共寒澈。谩再凝眸烟浪里，难掩情怀凄绝。梦影浮波，潮声载恨，徒惹愁心结。危栏抚处，扣舷休作呜咽。

相伴18年的爱人突然不在身边，方君璧难免思君心切，夜半时分辗转难眠。《夜半有感》即是夜阑人静时的思君之作：

> 灯影将残月影妍，银光如雾罩无眠。疏钟远度寒山没，惟听心潮拍枕舷。

送走夫君后不久恰逢中秋，方君璧对丈夫的思念又深一层，如《中秋夜寄仲鸣》云：

> 浩月悠悠纵可期，冰魂无处寄相思。徘徊何恨侵罗袜，共影天涯此一时。

刘蘅（1895—1998），字蕙愔，号修明，福建福州人。她自幼父母双

[①] 参见刘绍唐主编《民国人物小传》（第六册），上海三联书店2015年版，第346页。

亡，与兄嫂相依为命。兄长刘元栋向往革命，在广州起义中牺牲，为黄花岗七十二烈士之一。接连痛失家人的经历让刘蘅对家人十分珍惜。1912年，刘蘅与夫君吴承淇结婚后两人互敬互爱。吴承淇也是革命活动的积极支持者，曾参与辛亥革命，出狱后供职于国民政府铁道部。① 因此，每逢社会动荡不安革命活动频繁时，她对丈夫都是格外担心。1933年，福建爆发了反蒋抗日的"十九路军事变"，刘蘅格外担心丈夫的安危。在《闻闽中大乱，书感寄外子》中她毫不掩饰自己的忧虑：

霜严群木衰，触目已凄恻。虎兕复披猖，阴霾更蔽塞。黯黯望南天，忧思日以积。斋心持梵咒，愿荷慈悲力。大好我乡山，春风转浓碧。四维一旦张，烦忧百端释。齐楚无战争，燕闽不暌隔。如我纤弱身，琴书享闲适。

无论丈夫在外供职还是出行在外，刘蘅都心念系之。丈夫在浙江出差时她希望丈夫能早日归来，如《寄外子浙江》云：

略写寻常惜别诗，伤心却讳断肠辞。远游岂觅封侯事，东望应怀作客悲。一雨池塘春黯淡，几家帘幕燕参差。归来看取藏鸦柳，只恐清阴异旧时。

丈夫客居剑津（今福建南平）时亦是如此，《寄外子剑津》云：

往事回头尽可思，宁居未解惜清时。却听长夜潇潇雨，如和伤离

---

① 参见董俊珏、游伟娟、颜梦《福建女诗人刘蘅年谱简编》，《福建师大福清分校学报》2016年第1期。

黯黯诗。曙色窗边凌烛焰，残寒枕底迸香丝。满怀郁绪从谁诉？意密偏教结梦迟。

从方君璧和刘蘅的怀夫诗可以看出，许多现代女画家在表达自我情感时也大胆强烈，一方面与现代女画家丰富的生活阅历和知识背景相关，另一方面也与现代以来提倡的女性解放运动不无关联。

怀人诗词表达的内容上以诗人与至亲挚友的交往思念为主，从怀人诗词中最容易进入诗人内心真实的感情世界。与唱酬诗等社会交往类诗词不同，怀人诗词具有一定的隐私性。正是因为这种隐私性，可以更加真实地了解诗人的看法和态度。实际上，现代画家诗人的怀人诗词远超上述列举的内容，此处只是选取了较有代表性的怀人诗词作证明。检阅这些诗词的内容，不仅可以感受到现代画家内心的情感温度，而且还能观察不同地域间画家"场域"的形成过程。

结　语

现代画家诗词乃至现代诗词在 1912 年后的发展历程并非一帆风顺。之所以现代诗词发展遇到各种挫折，除了难以避免的政治影响和经济影响外，文化影响也是重要因素。面对 21 世纪初旧体诗词研究价值的争论，双方问题常常集中于现代诗词是否具有"现代性"这一焦点上。

首先，"现代性"是包容性强的概念。当我们试图重构建设现代中国文化时，除了"向前看"，还应该"向后看"。"现代性"从政治制度层面上而言，就是建立公正、自由、民主、法制的社会制度，与之相适应的是工业生产方式和文化生产方式。诗词虽然诞生于古代，但究其本质只是一种诗歌形式。若单纯从形式上而言，它和其他文学形式一样都是记录和传达人类情感的文体形式。无论用新诗形式还是旧体诗词的形式，只要表现和传达了现代性的价值观念，应该说都属于现代性的文学形式。从现代画家诗词的创作实际来看，现代画家们大多关注国家命运、建设平等社会、参与政治建设。对外敌侵略无情鞭挞、对国家完整坚决维护、对民主政治热情颂扬、积极寻求男女同酬平权，从上述的具体行为都可以看出现代画家的政治价值观是以爱国、民主为核心的。虽然由于教育、爱好及创作等实际差异，他们更倾向于使用旧体诗词表达上述立场和情感，但不可否认他们在维护立场上的坚定和毅力。

其次，"现代性"应该包括传统文化。除了"向西方看"，也应该"向东方看"。在 20 世纪的大部分时间里，当我们谈论到"现代性"的价值时，往往参照的是西方的价值标准，然而时至今日，当我们的国家实力和人民生活水平都已得到极大提高后，是否应该采取更加平和的态度面对和审视不同背景文化主体的价值和意义？从现实发展的实际状况来看，答案是肯定的。传统价值观重视与自然相亲近、与他人相友善、重视人情伦理，这些思想资源在传统文化价值观中反复强调，而现在我们在建设社会主义现代化强国的过程中，传统文化应该发挥更加重要的作用。书画诗词是传统文化的重要组成部分，研究现代画家的诗词创作自然是题中应有之义。面对旧体文学的研究，大可不必杞人忧天，唯恐开历史倒车。文体只是文化的形式，文体并无新旧好坏之别，关键是文化内核是否符合社会发展。当今社会，社会早已不是百年前的旧模样。当年鲁迅先生面对萧伯纳访华时国人的反应，大声疾呼"反抗被描写"，忧虑的正是文化自卑心态。在当今中国，现代价值观早已立足站稳，不妨以更加从容自在的心态对待旧体文学。

最后，"现代性"应该包括民族性。建立符合中国国情的现代民族文化是现代各个时期知识分子的共同追求。因为不同时期的政治任务和文化使命各不相同，"民族性"在各个时期的内涵也有所差异。20世纪50年代之前的"民族性"体现为寻求民族独立，建立现代民族国家，"民族性"表现为"独立性"。中华人民共和国成立后，在全国范围内大力推行新民歌运动、农民画运动和戏曲改革等民族文化运动，"民族性"表现为"民间性"。20世纪90年代以后伴随着改革开放不断深入，中国在学习外国优秀文化的同时也感受到了文化冲击。这一时期的"民族性"就表现为全球化背景下的"民族坚守"。亨廷顿在《文明的冲突与世界秩序的重建》中将20世纪90年代以来的世界格局称之为多极的和多文明的，并认为各个文明主体之间的冲突不可避免。[①] 这一预言在21世纪以来不断爆发的政治和经济冲突中得到验证。在不同文明主体都在向世界积极推广自己的价值观、大力倡导文化输出

---

① 参见［美］塞缪尔·亨廷顿《文明的冲突与世界秩序的重建》，新华出版社2010年版，第5—7页。

的背景下，中国面对这一新的世界文化格局需要坚持民族性。坚持文化民族性就是坚持文化自主性，积极倡导包括传统文化在内的具有中国特色的社会主义新文化是有效抵抗文化侵略和文化殖民的重要手段。

新时期以来，不同学者如黄修己、钱理群、蓝棣之、朱德发、刘梦芙、臧棣、吴晓东、李遇春等已经意识到重建文化传统的意义，他们通过倡导旧体诗词研究将复兴传统文化落到实处。大家一致认同现代旧体诗词具有现代性，通过积极倡导通过旧体诗词的学习和研究来促进社会主义的文艺建设。[1] 画家诗词作为现代旧体诗词的重要组成部分，在重建民族文化传统方面将扮演重要角色。画家诗词由于与国画和书法等传统艺术的天然联系，因此在对其阅读和研究的过程中可以更加明显地感受到传统文化的魅力和影响。当物质现代化带来世俗生活愉悦享受的同时，书画诗词生活能有效超越其局限性，达到如庄子所言"独与天地精神往来，而不敖倪于万物"的境界。

现代中国画家旧体诗词一百多年的发展经历了诸多曲折和困难，也取得了多方面的成就。总结现代画家旧体诗词的创作实际，我们发现这一阶段的画家诗词呈现出两个方面的特征。

一、偏倚性

所谓画家诗词的偏倚性指的是画家诗词在发展过程中偏于一端，而非

---

[1] 参见朱德发的《从"诗界革命"到白话新诗崛起》，《山东师范大学学报（社会科学版）》1985 年第 6 期；黄修己的《旧体诗词与现代文学的啼笑因缘》，《现代文学研究丛刊》2002 年第 2 期；陈友康的《二十世纪中国旧体诗词的合法性和现代性》，《中国社会科学》2005 年第 6 期；刘梦芙的《20 世纪诗词理当写入文学史——兼驳王泽龙先生"旧体诗词不宜入史"论》，《学术界》2009 年第 2 期；李遇春的《学科权力与"旧体诗词"的命运——中国现当代旧体诗词研究札记》，《文艺争鸣》2014 年第 1 期等论文。

均衡性发展。① 这种非均衡的发展既体现在时间的非均衡性，也体现在地域的非均衡性和水平的非均衡性。从时间上而言，画家诗人的出现和诗词的创作高峰主要集中于20世纪上半叶，下半叶产生的画家诗人数量和诗集数量明显减少。造成这一现象的原因源于画家诗人的成长有一定的周期，上半叶画家诗人所受到的诗文书画教育多是在晚清至民国初年完成，这种诗文书画教育在其余生一直产生影响。除了文化惯性的因素外，主动的价值选择也是其中重要的因素。这一时期出生的画家诗人在纵观比较中西文化差异后，产生了更加强烈的民族文化认同感。他们自觉地徜徉在古典文化的浸润中，无论是诗词书画的艺术创作还是日常生活都趋向认同古代士人风骨和典雅趣味。当然，20世纪后半叶至新世纪初也有许多优秀的画家诗人自觉认同传统文化，并且在不同的场合积极倡导传统文化的复兴。然而从整体上进行比较和考量，前期画家的旧体诗词显然比后期画家的旧体诗词实绩更加显著。

现代画家诗词地域的偏倚性主要体现在画家诗人主要集中于中心省份和地区，而其他省份和地区的画家诗人与这些优势省份相比明显不足。从省份而言，江苏、浙江、广东等省的画家诗词创作最为兴盛。江苏省的南京、苏州、常州、扬州、常熟，浙江省的杭州、金华、余杭、温州、嘉兴，广东省的广州、中山、番禺、顺德、潮州等地都是画家诗人集中的地区。与这三个省份相比，江西、湖南、贵州、福建等省份的画家诗人数量略逊一筹，而西南、西北和中原省份的画家诗人数量明显偏少。从城市而言，北京、上海是画家诗人最为集中的地区。北京及辐射的河北、天津一带，上海及辐射的苏州、杭州一带，广州及辐射的珠三角一带都为现代画家个人生活和艺术创作提供了良好的条件。需要注意的是，虽然有的画家诗人籍贯属于不太发达的省份，但他们通过迁居到中心省份或中心城市后迎来自己绘画创作和诗词

---

① "偏倚性"概念借用自传播学中的"媒介偏倚理论"，该理论由加拿大学者哈罗德·亚当斯·伊尼斯（Harold Adams Innis，1894—1952）提出，他认为媒介传播具有时间偏倚和空间偏倚的特征。

创作的高峰期，如齐白石、李瑞清、夏敬观、陈师曾、姚华等，这一点也说明了画家诗人地域上的偏倚性特征。

现代画家诗词的偏倚性还体现在水平的偏倚性。前期画家诗人之所以较后期画家诗人更能代表现代画家旧体诗词的成就，除了数量上的不平衡性外也体现在创作水平上。由于前期画家诗人自觉地对传统文化的认同和继承，因而他们的旧体诗词更像是内在的创作需求和自然的情感流露。后期画家诗人经历了现代性的话语启蒙，古典诗词在经历了反复否定和抑制后才重新肯定其价值，因此这一时期的画家诗人对于旧体诗词有一个重新认知和打量的过程。可以说，后期画家的旧体诗词是画家群体有意学习和模仿的结果。用不太恰当的比方形容二者的差别就是前期画家的旧体诗词是"流"出来的，而后期画家诗词是"仿"出来的。这样形容后一阶段画家诗词丝毫没有贬损和否定的含义。相反，后期画家的诗词坚守除了视为对前一阶段画家诗词传统的继承外，也可以视为现代化语境下的文化自觉。工业化时代的画家诗人需要面对比前工业时代的画家诗人更加严峻的文化挑战和价值认同，因而所做的文化努力显得愈加珍贵。

二、融通性

现代画家诗人群体与晚清遗民诗人群、学者诗人群、新文学家诗人群、政治家诗人群等旧体诗人群体相比，最大的特色是融通性。这种融通性大致体现在三个方面：职业上的融通性、艺术上的融通性及交往上的融通性。

职业上的融通性指的是画家的多重身份。现代书画史上除了数量庞大的职业画家外，还有许多本身是官员、商人、文学家、僧侣、戏曲家、教师、建筑师、记者，他们出于对书画诗词的爱好，业余花费大量的时间和精力研究和创作。无论从事何种职业，他们的动机都是一样的，就是对诗画发自内心的热爱和推崇。我们从李瑞清、钱名山的弃官从艺，何香凝、徐悲鸿的卖艺救国，丰子恺、张宗祥的诗画颂扬可以看出画家诗人已然将其作为抒发内心情感、表达爱国热忱最为可靠、最为直接的手段。画家诗人的职业相融相通证明了诗词书画作为高雅的艺术形式有着良好的群众基础和广泛的艺术受众。虽然不同职业的人群从诗词书画中汲取的精神营养各不相同，但他们都通过这些艺术活动获得了知识的提升和境界的升华。

艺术上的融通性指的是画家诗人融汇多种艺术门类，汲取诸多艺术门类的精华为我所用。除了已经论述到的诗歌与绘画之间的融通外，诗词还与书法、印章、音乐、戏曲等艺术融合。现代书画史上的"大家""名家"绝非只是精通一两项技能，而是举一反三、触类旁通，吴昌硕、齐白石、陈师曾、李叔同、苏曼殊、丰子恺、张伯驹、启功等均是如此。之所以这些画家讲求艺术的融通，不仅因为这些艺术之间存在相融相通的共性，而且也因为画家在艺术追求上孜孜不倦的探索和人生理想上的自我实现。除了以上列举的画家讲求融通外，现代书法史、篆刻史上也有许多著名书法家、篆刻家创作旧体诗，如于右任、乔大壮、林散之、陶博吾、赵朴初、姚奠中、周退密等，这从另一个侧面也可以证明艺术上的融通态势。

交往上的融通性指的是画家诗人之间注重交流学习、沟通往来。现代画家学习交往最直接的例证就是书画组织的长期存在，画家以雅集、社团、高校、画院及协会为平台加强沟通联系，协调同行之间的诸多事务。除了组织性的交往沟通外，还有许多建立在个人情感上的联系，师生、同窗、同乡、同事等都是画家诗人建立联系的纽带。重视交往沟通的传统在现代书画史上一直存在，始终没有中断。即使是在抗战和"文革"等困难时期，画家仍然以低调秘密的方式交流。这说明画家诗人之间交流沟通的欲望来源于自发的内心需求。

虽然现代画家旧体诗词取得了诸多成就，涌现了数量众多优秀的书画诗人，出版了数量可观的画册诗集，但与此同时也应该看到这一时期的画家诗词也面临诸多问题，主要体现在两个方面：

（1）代际断层。代际断层是目前画家诗词可持续发展面临的最主要的问题。之所以画家诗人出现代际断层，从文化语境的层面来看是因为20世纪几次大规模反传统的文化思潮。频繁的战乱使得现代中国文化始终处于焦虑激进的状态，反传统成为这一情绪的宣泄口。从组织层面上而言，现代美术组织的制度化使得传统的学习模式发生根本变化，分科教学的推广限定了学艺者的学术视野，这使得他们对诗词的学习无法以有效的教学形式加以推广。一些艺术院校不仅在培养方案的制定上缺乏这一教学内容的设定，而且缺乏一支数量稳定、技能全面，能融通绘画、诗词、篆刻等多门类的"通才型"的教师队伍。因此，画家诗词面临的代际断层近期内恐怕难以缓解。

（2）研究滞后。由于旧体诗词在现代文学史中的边缘性地位，画家的旧体诗词也一直得不到系统的梳理和研究。不仅相关的诗集出版情况不太理想，而且研究成果也主要停留在注评释读层面上，这严重影响了现代画家诗词进一步发展。目前来看，许多画家的诗词仍然以自印本的形式留存在图书馆或个人手中，始终没有进入公众视野，如张光的《红薇吟馆诗草》、陈含光的《台游诗草》、谈月色的《梨花院落吟》等。一些现代书画史上较为著名的画家诗人的诗集也只是近年才得到整理出版，这说明画家诗集出版的相对滞后。画家诗词研究滞后的另一表现就是许多诗集仍然以注评为主，如高剑父、陈树人、王个簃、周炼霞、王伯敏等。甚至有的画家诗词连基本的注评版本都没有出现，如徐世昌、夏敬观、叶恭绰、吴湖帆、陈树人、溥心畬、陆维钊、白蕉等，这些因素都使得画家诗词的研究面临种种困难。从研究的成果上来看，目前画家诗词的研究仍然以单篇论文为主，而且高水平的研究论文并不多见。即使在研究资料和传记等专业性资料中，诗词研究与书画研究相比仍显比例过低。除此之外，画家诗词研究在视野上也亟待扩展。对画家诗词较为充分的研究仍然集中于部分著名画家，如吴昌硕、齐白石、潘天寿、丰子恺、启功等，而大量非著名画家诗人得不到充分关注。从对这些画家现有的诗词研究成果来看，其他现代画家的诗词研究完全可以进一步推广和深入。要改变目前现代画家诗词研究相对滞后的状况，需要学者、出版机构、学术期刊的共同努力。相信在不久的将来，在三者的共同努力下，现代中国画家诗词的研究状况能够有所改善。

参考文献

一、人物传记及研究资料类

［1］王家诚：《吴昌硕传》，百花文艺出版社2007年版。

［2］郭剑林、王爱云：《翰林总统徐世昌》，吉林文史出版社1995年版。

［3］齐白石等：《白石老人自述》，岳麓书社1986年版。

［4］吴晶：《画之大者——黄宾虹传》，浙江人民出版社2003年版。

［5］俞剑华：《陈师曾》，上海人民美术出版社1981年版。

［6］董郁奎：《一代师表——经亨颐传》，浙江人民出版社2007年版。

［7］潘智彪、邹璟菲、黄凯颖、董婉茹：《高剑父传》，广州旅游出版社2003年版。

［8］尚明轩：《何香凝传》，北京出版社1994年版。

［9］吴可为：《古道长亭——李叔同传》，杭州出版社2004年版。

［10］叶梅：《叶恭绰》，岭南美术出版社2012年版。

［11］余子安：《亭亭寒柯——余绍宋传》，浙江人民出版社2006年版。

［12］郑绍昌、徐洁：《国学巨匠——张宗祥传》，浙江人民出版社2007年版。

［13］［日］中薗英助：《诗僧苏曼殊》，甄西译，山西教育出版社1999年版。

［14］何初树：《金坚玉洁：陈树人小传》，岭南美术出版社2015年版。

［15］戴小京：《画坛圣手——吴湖帆传》，上海书画出版社2002年版。

［16］廖静文：《徐悲鸿传：我的回忆》，中国青年出版社 2010 年版。

［17］王家诚：《溥心畲传》，百花文艺出版社 2007 年版。

［18］石楠：《刘海粟传》，北京航空航天大学出版社 2009 年版。

［19］卢炘：《潘天寿》，中国青年出版社 1997 年版。

［20］刘英：《丰子恺》，湖北人民出版社 2002 年版。

［21］丰子恺：《子恺自传》，海豚出版社 2013 年版。

［22］张恩岭编著：《张伯驹传》，花城出版社 2013 年版。

［23］张恩岭：《张伯驹词传》，河南人民出版社 2018 年版。

［24］鲁大铮：《黄君璧》，广东人民出版社 2015 年版。

［25］赵学文：《张大千外传》，陕西人民出版社 1988 年版。

［26］杨继仁：《张大千传》，文化艺术出版社 2006 年版。

［27］刘江：《诸乐三评传》，中国美术学院出版社 2002 年版。

［28］郑达：《西行画记——蒋彝传》，商务印书馆 2012 年版。

［29］潘伯鹰：《北平行》，上海辞书出版社 2013 年版。

［30］潘伯鹰：《冥行者独语》，上海辞书出版社 2013 年版。

［31］郑重：《谢稚柳传》，东方出版中心 2008 年版。

［32］郭梅等：《坚净翁——启功传》，江苏人民出版社 2010 年版。

［33］侯刚：《启功：国之瑰宝》，河南大学出版社 2005 年版。

［34］曹鹏：《黄苗子说黄苗子》，中国广播电视出版社 2009 年版。

［35］严海建：《香江鸿儒——饶宗颐传》，江苏人民出版社 2012 年版。

［36］邵盈午：《大匠之路——范曾画传》，河北教育出版社 2002 年版。

［37］吴长邺：《我的祖父吴昌硕》，上海书店出版社 1997 年版。

［38］梅墨生编著：《吴昌硕》，河北教育出版社 2002 年版。

［39］王季平主编：《吴昌硕和他的故里》，西泠印社出版社 2004 年版。

［40］湘潭纪念齐白石 120 周年诞辰筹委会秘书处、湘潭市图书馆编：《齐白石研究资料简编》，自印本 1983 年版。

［41］刘振涛、禹尚良、舒俊杰主编：《齐白石研究大全》，湖南师范大学出版社 1994 年版。

［42］马明宸：《借山煮画——齐白石的人生与艺术》，广西美术出版社 2013 年版。

［43］梅墨生：《大家不世出——黄宾虹论》，西泠印社出版社 2012 年版。

［44］王鲁湘：《黄宾虹研究》，人民美术出版社 2014 年版。

［45］李定一、陈绍衣：《熔冶古今书法的一代宗师——李瑞清》，海峡文艺出版社 2003 年版。

［46］钱璱之编：《钱名山研究资料集》，中国广播电视出版社 2003 年版。

［47］中国人民政治协商会议贵州省贵阳市委员会文史资料研究委员会编：《姚华评介》，自印本，1986 年。

［48］平湖市李叔同纪念馆编：《高山仰止：李叔同人格与艺术学术研讨会论文集》，团结出版社 2011 年版。

［49］赖谋新、朱馥生、余子安编：《余绍宋》，团结出版社 1989 年版。

［50］毛建波：《余绍宋：画学及书画实践研究》，中国美术学院出版社 2008 年版。

［51］柳无忌编：《苏曼殊研究》，上海人民出版社 1987 年版。

［52］李伟铭编著：《陈树人》，河北教育出版社 2002 年版。

［53］张春记：《吴湖帆》，河北教育出版社 2002 年版。

［54］顾音海、佘彦焱：《吴湖帆的艺术世界》，文汇出版社 2004 年版。

［55］中国人民政治协商会议全国委员会文史资料研究委员会编：《回忆徐悲鸿专辑》，文史资料出版社 1983 年版。

［56］广东省人民政府文史研究馆编：《冼玉清研究论文集》，中国评论学术出版社 2007 年版。

［57］王彬：《溥心畬》，河北教育出版社 2003 年版。

［58］萨本介：《末代王风——溥心畬》，河北教育出版社 2008 年版。

［59］孙旭光：《恭王府与溥心畬》，文化艺术出版社 2014 年版。

［60］潘天寿纪念馆、卢炘选编：《潘天寿研究》，浙江美术出版社 1989 年版。

［61］卢炘编：《潘天寿研究》（第二集），中国美术学院出版社 1997 年版。

［62］潘天寿基金会编：《潘天寿与传统诗词》，浙江人民美术出版社 2011 年版。

［63］丰华瞻、殷琦编：《丰子恺研究资料》，宁夏人民出版社 1988 年版。

［64］张斌：《丰子恺诗画》，文化艺术出版社 2007 年版。

［65］谢伯子画廊编：《谢玉岑百年纪念集》，京华出版社 2001 年版。

［66］宁夏回族自治区政协文史资料研究委员会编：《张大千生平和艺术》，中国文史出版社 1999 年版。

［67］包铭新：《海上闺秀》，东华大学出版社 2006 年版。

［68］蒋静芬编：《李圣和先生纪念集》，扬州诗词学会自印本，2002 年。

［69］舒士俊：《陆俨少》，河北教育出版社 2002 年版。

［70］谢定伟编：《谢稚柳书信集》，上海书画出版社 2013 年版。

［71］启功：《启功的书画世界》，北京出版社 2011 年版。

［72］文物出版社编：《以观沧海——启功百年诞辰纪念文集》，文物出版社 2012 年版。

［73］孙康宜编著：《古色今香：张充和题字选集》，广西师范大学出版社 2010 年版。

［74］张充和口述，孙康宜撰写：《曲人鸿爪：张充和曲友本事》，广西师范大学出版社 2013 年版。

［75］苏炜：《天涯晚笛：听张充和讲故事》，广西师范大学出版社 2013 年版。

［76］故宫博物院、香港大学饶宗颐学术馆编：《陶铸古今：饶宗颐著述录》，紫禁城出版社 2008 年版。

[77] 陈韩曦：《饶宗颐学艺记》，花城出版社 2011 年版。

二、古典（旧体）诗词研究类

[1] 江建名、何毓玲编著：《韵文概论》，高等教育出版社 1987 年版。

[2] 张中行：《诗词读写丛话》，人民教育出版社 1992 年版。

[3] 方春阳、吴秋登：《旧体诗入门》，浙江古籍出版社 2012 年版。

[4] 李维：《诗史》，东方出版社 1996 年版。

[5] 王易：《词曲史》，东方出版社 1996 年版。

[6] 陆侃如、冯沅君：《中国诗史》，山东大学出版社 2009 年版。

[7] [日] 吉川幸次郎：《中国诗史》，章培恒、骆玉明等译，复旦大学出版社 2012 年版。

[8] 葛兆光：《汉字的魔方：中国古典诗歌语言学札记》，辽宁教育出版社 1999 年版。

[9] 胡晓明：《万川之月——中国山水诗的心灵境界》，生活·读书·新知三联书店出版社 1992 年版。

[10] 何方形：《中国山水诗审美艺术流变》，广西师范大学出版社 2006 年版。

[11] 王国璎：《中国山水诗研究》，中华书局 2007 年版。

[12] 丁成泉：《中国山水诗史》，华中师范大学出版社 2014 年版。

[13] 刘继才：《中国题画诗发展史》，辽宁人民出版社 2010 年版。

[14] 刘继才：《趣谈中国近代题画诗》，辽宁人民出版社 2012 年版。

[15] 赵以武：《唱和诗研究》，甘肃文化出版社 1997 年版。

[16] 巩本栋：《唱和诗词研究——以唐宋为中心》，中华书局 2013 年版。

[17] 胡旭：《悼亡诗史》，东方出版中心 2010 年版。

[18] 赵望秦、张焕玲：《古代咏史诗通论》，中国社会科学出版社 2010

年版。

[19] 吴海发：《二十世纪中国诗词史稿》，中国文史出版社 2004 年版。

[20] 胡迎建：《民国旧体诗史稿》，江西人民出版社 2005 年版。

[21] 尹奇岭：《民国南京旧体诗人雅集与结社研究》，中国社会科学出版社 2011 年版。

[22] 李剑亮：《民国词的多元解读》，浙江大学出版社 2012 年版。

[23] 刘梦芙：《近百年名家旧体诗词及其流变研究》，学苑出版社 2013 年版。

[24] 马大勇：《二十世纪诗词史论》，时代文艺出版社 2014 年版。

[25] 李遇春等：《现代中国旧体诗词通论》，社会科学文献出版社 2022 年版。

[26] 王林书、张盛荣：《当代旧体诗论》，新华出版社 1993 年版。

[27] 李遇春：《中国当代旧体诗词论稿》，华中师范大学出版社 2010 年版。

[28] （清）何文焕辑：《历代诗话》，中华书局 2004 年版。

[29] 丁福保辑：《历代诗话续编》，中华书局 2006 年版。

[30] 李汝伦主编：《旧瓶·新酒·辩护词：当代诗词研讨文集》，广东人民出版社 1992 年版。

[31] 王小舒、王一民、陈广澧：《中国现当代传统诗词研究》，山东大学出版社 1997 年版。

[32] 王晋光、涂小马、范培松、陈玉兰编著：《1919—1949 旧体诗文集叙录》，江苏教育出版社 1998 年版。

[33] 朱文华：《风骚余韵论——中国现代文学背景下的旧体诗》，复旦大学出版社 1998 年版。

[34] 钱理群、袁本良注评：《二十世纪诗词注评》，广西师范大学出版社 2005 年版。

[35] 冯永军：《当代诗坛点将录》，华东师范大学出版社 2011 年版。

［36］柳村：《古典诗词曲与新诗》，中国社会科学出版社2012年版。

［37］易行主编：《中华诗词的现在与未来》，中国书籍出版社2013年版。

［38］南江涛选编：《民国旧体诗词期刊三种》，国家图书馆出版社2013年版。

［39］刘士林：《20世纪中国学人之诗研究》，安徽教育出版社2005年版。

［40］常丽洁：《早期新文学作家旧体诗写作》，社会科学文献出版社2014年版。

［41］孙志军：《现代旧体诗的文化认同与写作空间》，华中师范大学出版社2015年版。

［42］时国炎：《现代意识与20世纪上半期新文学家旧体诗》，华中师范大学出版社2015年版。

［43］宋湘绮：《新世纪词创作审美问题研究》，华中师范大学出版社2015年版。

［44］王巨川：《中国现代时期新旧诗学互训》，华中师范大学出版社2015年版。

［45］张经建：《当代格律诗词创作》，华中师范大学出版社2015年版。

三、绘画史及绘画理论类

［1］王伯敏：《中国绘画史》，上海人民美术出版社1982年版。

［2］陶咏白、李湜：《失落的历史——中国女性绘画史》，湖南美术出版社2000年版。

［3］潘公凯、李超、惠蓝、陈永怡：《插图本中国绘画史》，上海古籍出版社2001年版。

［4］陈师曾：《中国绘画史》，徐书城点校，中国人民大学出版社2007年版。

[5] 俞剑华：《中国绘画史》，东南大学出版社 2009 年版。

[6] 马衡、陈衡恪：《中国金石学概论·中国绘画史》，时代文艺出版社 2009 年版。

[7] 潘天寿：《中国绘画史》，团结出版社 2011 年版。

[8] [日] 中村不折、小鹿青云：《中国绘画史》，郭虚中译，浙江人民美术出版社 2013 年版。

[9] 薄松年：《中国绘画史》，上海人民美术出版社 2013 年版。

[10] 张少侠、李小山：《中国现代绘画史》，江苏美术出版社 1986 年版。

[11] 李铸晋、万青力：《中国现代绘画史》（晚清之部、民国之部、当代之部），文汇出版社 2003 年版。

[12] 潘耀昌：《中国近现代美术史》（修订版），北京大学出版社 2009 年版。

[13] 郑逸梅：《艺林散叶》，中华书局 1982 年版。

[14] 郑逸梅：《艺林散叶续编》，中华书局 1987 年版。

[15] 陈巨来：《安持人物琐忆》，上海书画出版社 2011 年版。

[16] 斯舜威：《百年画坛钩沉》，东方出版中心 2016 年版。

[17] 朱孔芬编选：《郑逸梅笔下的书画名家》，上海书画出版社 2002 年版。

[18] 乔志强：《中国近代绘画社团研究》，荣宝斋出版社 2009 年版。

[19] 上海书画出版社编：《海派绘画研究文集》，上海书画出版社 2001 年版。

[20] 顾伟玺：《"前海派"绘画研究》，上海大学出版社 2009 年版。

[21] 吕鹏：《湖社研究》，文化艺术出版社 2010 年版。

[22] 许志浩：《中国美术期刊过眼录（1911—1949）》，上海书画出版社 1992 年版。

[23] 许志浩：《中国美术社团漫录》，上海书画出版社 1994 年版。

[24] 张明主编：《中国当代书法篆刻家作品润格》，东方出版社 1994 年版。

[25] 商勇：《中国美术制度与美术市场》，东南大学出版社 2014 年版。

[26] 王中秀、茅子良、陈辉编：《近现代金石书画家润例》，上海画报出版社 2004 年版。

[27][德] 莱辛：《拉奥孔》，朱光潜译，人民文学出版社 1979 年版。

[28] 葛路：《中国古代绘画理论发展史》，人民美术出版社 1982 年版。

[29] 伍蠡甫：《中国画论研究》，北京大学出版社 1983 年版。

[30] 钱剑华编著：《中国书画概论》，江苏古籍出版社 1988 年版。

[31][苏] 叶·查瓦茨卡娅：《中国古代绘画美学问题》，陈训明译，湖南美术出版社 1987 年版。

[32] 陈振濂：《中国画形式美探究》，中国书画出版社 1991 年版。

[33] 胡东放：《中国画黑白体系论》，人民美术出版社 1991 年版。

[34] 姜澄清：《中国绘画精神体系》，辽宁教育出版社 1992 年版。

[35] 邓乔彬：《有声画与无声诗》，上海社会科学院出版社 1993 年版。

[36] 张晨：《中国诗画与中国文化》，辽宁教育出版社 1993 年版。

[37] 钱锺书：《七缀集》（修订本），上海古籍出版社 1994 年版。

[38] 王菊生：《中国绘画学概论》，湖南美术出版社 1998 年版。

[39] 张强：《中国画论系统论》，江苏美术出版社 1998 年版。

[40] 樊波：《中国书画美学史纲》，吉林美术出版社 1998 年版。

[41] 吴德文：《中国画琐谈》，学苑出版社 2002 年版。

[42] 李亮：《诗画同源与山水文化》，中华书局 2004 年版。

[43] 傅抱石：《中国绘画理论》，江苏教育出版社 2005 年版。

[44] 董欣宾、郑奇编著：《中国绘画本体学》，天津人民美术出版社 2005 年。

[45][法] 程抱一：《中国诗画语言研究》，涂卫群译，江苏人民出版社 2006 年版。

[46] 陈滞冬：《中国书画与文人意识》，四川美术出版社 2006 年版。

[47] 周雨：《文人画的审美品格》，武汉大学出版社 2006 年版。

[48] 俞剑华注译：《中国画论选读》，江苏美术出版社 2007 年版。

[49] 王玲娟：《诗画一律：中国古代山水画研究》，安徽美术出版社 2008 年版。

[50] 李东升、范例、王胜选编著：《中国绘画历史与理论研究》，吉林大学出版社 2011 年版。

[51] 杨铸：《中国古代绘画理论要旨》，昆仑出版社 2011 年版。

[52] 傅慧敏编著：《中国古代绘画理论解读》，上海人民美术出版社 2012 年版。

[53] 王韶华：《中国古代"诗画一律"论》，中国文史出版社 2013 年版。

四、期刊论文类

[1] 胡迎建：《论现代旧体诗坛上有建树的六位名家》，《中国韵文学刊》2005 年第 4 期。

[2] 杨晓勤：《萧散简远 高风绝尘——论 20 世纪中国书画家的旧体诗词创作》，《云南民族大学学报（哲学社会科学版）》2009 年第 2 期。

[3] 王雅平、仇玉姣：《新时期以来旧体诗词研究综述》，《云梦学刊》2011 年第 2 期。

[4] 马大勇：《20 世纪旧体诗词研究的回望与前瞻》，《文学评论》2011 年第 6 期。

[5] 李遇春：《中国现当代旧体诗词平议》，《创作与评论》2014 年第 20 期。

[6] 李遇春、戴勇：《民国以降旧体诗词媒介传播与旧体诗词文体的命运》，《文艺争鸣》2015 年第 4 期。

[7] 柯卓英：《当代视域中旧体诗词创作与研究现状之剖析》，《西安石油大

学学报（社会科学版）》2015 年第 6 期。

［8］李遇春：《中国文学传统的创造性转化——重建现代中国文学研究的古今维度》，《天津社会科学》2016 年第 1 期。

［9］郑雪峰：《文章有力自摺迭——简说吴昌硕诗的艺术风格》，《中国书画》2003 年第 5 期。

［10］万新华：《吴昌硕研究之回顾与省思》，《艺术探索》2005 年第 4 期。

［11］张营：《画家身份是诗人本色——论吴昌硕的题画诗艺术》，《美与时代》2012 年第 2 期。

［12］夏中义：《〈缶庐别存〉与梅石写意的人文性——兼论吴昌硕的"道艺"气象暨价值自圆》，《文艺研究》2013 年第 12 期。

［13］崔建利：《徐世昌和他的〈水竹邨人集〉》，《文学与文化》2013 年第 3 期。

［14］崔建利：《徐世昌诗集叙录》，《文学与文化》2015 年第 1 期。

［15］谭凤：《齐白石的诗》，《当代文坛》1984 年第 5 期。

［16］田正前：《齐白石的画梅诗》，《艺海》2007 年第 3 期。

［17］郎绍君：《读齐白石手稿——诗稿篇》，《读书》2010 年第 12 期。

［18］梅墨生：《独到星塘认是家——齐白石老人诗漫议》，《中国书法》2014 年第 13 期。

［19］齐延龄：《齐白石的诗题画》，《艺海》2015 年第 4 期。

［20］张应中：《论黄宾虹山水诗的审美体验》，《淮北煤炭师范学院学报（哲学社会科学版）》2009 年第 5 期。

［21］邹自振：《李瑞清艺术成就与学术建树谫论》，《江西社会科学》2014 年第 7 期。

［22］钱悦诗：《先父钱名山论书法》，《世纪》1997 年第 5 期。

［23］钱月航：《百年寄园 留存风雅》，《常州工学院学报（社会科学版）》2007 年第 6 期。

[24] 贺国强、魏中林：《字字痛刻骨 一洗艳与冶——论同光体诗人夏敬观》，《韶关学院学报（社会科学版）》2006 年第 5 期。

[25] 舒文：《科举史上最后一位"探花"——记江苏省文史研究馆首任馆长商衍鎏》，《世纪》2007 年第 3 期。

[26] 淦小炎：《鲁迅与陈师曾及其艺术交往》，《九江师专学报（社会科学版）》1985 年第 4 期。

[27] 胡健：《守护中的拓进：陈师曾艺术思想与艺术创作》，《江西社会科学》2004 年第 10 期。

[28] 贺国强、魏中林：《由"学人之诗"到"画人之诗"：论陈师曾诗》，《深圳大学学报（人文社会科学版）》2011 年第 2 期。

[29] 戴明贤：《全才大师姚茫父》，《当代贵州》2006 年第 18 期。

[30] 力：《经亨颐的几首生辰诗》，《宁波师院学报（社会科学版）》1987 年第 3 期。

[31] 欣荣：《望断关山红树村——经亨颐的题画诗》，《瞭望周刊》1988 年第 28 期。

[32] 谢永芳：《陈曾寿〈旧月簃词〉补遗及其它》，《聊城大学学报（社会科学版）》2015 年第 2 期。

[33] 石任之：《冬郎情结岂香奁——论近代诗人陈曾寿的遗民心态》，《文学与文化》2014 年第 2 期。

[34] 程翔章：《陈曾寿诗歌创作简论》，《新文学评论》2014 年第 2 期。

[35] 周兴樑：《何香凝的绘画艺术与革命生涯》，《文史哲》2004 年第 2 期。

[36] 陈邦彦、陈仲英：《陈含光传略》，《扬州文史资料》1988 年第 7 辑。

[37] 蒋孝达：《追忆含光先生》，《扬州文史资料》1988 年第 7 辑。

[38] 李圣和：《含光先生与我父兄交往之点滴》，《扬州文史资料》1988 年第 7 辑。

［39］蔡文锦：《陈含光〈台游诗草〉述评》，《扬州大学学报（人文社会科学版）》1999 年第 2 期。

［40］黄继林：《记录日军在扬州暴行的〈芜城陷敌文记〉》，《档案与建设》2008 年第 6 期。

［41］魏怡勤：《晚清扬州诗书画父子名家》，《档案与建设》2010 年第 12 期。

［42］罗明：《澈悟的思与诗——李叔同的诗文创作》，《西南民族学院学报（哲学社会科学版）》2002 年第 11 期。

［43］陈水云：《叶恭绰论词及其对现代词学的贡献》，《北方交通大学学报（社会科学版）》2003 年第 3 期。

［44］廖勇：《从〈全清词钞〉看叶恭绰的词学观》，《河池学院学报》2008 年第 3 期。

［45］毛建波：《余绍宋与民国京杭画坛》，《南京艺术学院学报（美术与设计版）》2006 年第 4 期。

［46］余久一：《高自标致 躬身力行——余绍宋其人其学其艺》，《收藏家》2010 年第 9 期。

［47］宋廷位：《张宗祥、启功〈论书绝句〉研究》，《文艺评论》2011 年第 8 期。

［48］曹旭：《苏曼殊诗歌简论》，《上海师范大学学报（哲学社会科学版）》1981 年第 4 期。

［49］陆草：《试论苏曼殊的诗》，《中州学刊》1984 年第 5 期。

［50］王永福：《苏曼殊研究述评》，《广东社会科学》1990 年第 2 期。

［51］孙绪敏：《苏曼殊诗文中的佛教意识》，《南京师范大学学报（社会科学版）》2000 年第 2 期。

［52］黄永健：《苏曼殊诗画的禅佛色彩》，《深圳大学学报（人文社会科学版）》2003 年第 6 期。

[53] 卢磊：《论陈树人传统文人价值的继承》，《美术教育研究》2014 年第 10 期。

[54] 黄恽：《潘静淑与梅景书屋》，《江苏地方志》2003 年第 4 期。

[55] 冯华茂：《吴湖帆题画诗跋刍议》，《陇东学院学报（社会科学版）》2006 年第 2 期。

[56] 梁颖：《词人吴湖帆》，《中国书法》2016 年第 6 期。

[57] 张光辉：《画如其人 文吐心声——从徐悲鸿题画诗文看其创作思想》，《阜阳师范学院学报（社会科学版）》2013 年第 2 期。

[58] 刘美玉：《同光体闽派女诗人刘蘅〈蕙愔阁诗词〉论析》，《攀枝花学院学报》2012 年第 1 期。

[59] 莫仲予：《文史芬芳述馆贤——冼玉清教授诗词浅述》，《岭南文史》1995 年第 4 期。

[60] 罗敬箴：《馆藏赏珍——简谈溥儒及其诗书艺术》，《河北大学学报（哲学社会科学版）》1997 年第 2 期。

[61] 马斗全：《"故国乡关何处是"——读溥心畬〈寒玉堂诗集〉》，《博览群书》1997 年第 6 期。

[62] 郑雪峰：《头白贞元朝士在——溥心畬诗简说》，《中国书画》2005 年第 5 期。

[63] 史金城、钱桂兰：《吐纳真华 韫玉怀珠——刘海粟先生七上黄山诗词初析》，《南京艺术学院学报（美术与设计版）》1982 年第 2 期。

[64] 白坚：《诗书画交融并美的光辉典范——简论刘海粟的题画艺术》，《艺苑（美术版）》1994 年第 3 期。

[65] 周采泉：《略谈潘天寿的诗》，《浙江学刊》1981 年第 2 期。

[66] 吴战垒：《濡染大笔何淋漓——读潘天寿诗稿札记》，《新美术》1986 年第 4 期。

[67] 林锴：《意趣高华气象粗——潘天寿诗歌的成就》，《中国韵文学刊》

1987 年第 1 期。

［68］卢炘：《信手拈来总可惊——潘天寿诗歌概说》，《文艺研究》1997 年第 1 期。

［69］郑雪峰：《画意诗情笔一枝——论潘天寿的诗》，《中国书画》2003 年第 7 期。

［70］赵维江：《潘天寿雄霸画风的诗语表达——略论潘天寿的古体诗》，《美术学报》2010 年第 2 期。

［71］刘跃进：《画坛巨擘的心灵记录——读〈潘天寿诗存〉札记》，《文艺研究》2010 年第 3 期。

［72］肖瑞峰：《凌云健笔意纵横——潘天寿感怀诗探析》，《浙江社会科学》2010 年第 8 期。

［73］唐吟方：《陈声聪与"茂南小沙龙"》，《收藏·拍卖》2008 年第 7 期。

［74］王公助：《忆先父王个簃》，《世纪》1997 年第 6 期。

［75］梁培先：《月明每忆斫桂吴——吴昌硕于王个簃的师生恩遇》，《中国书画》2009 年第 7 期。

［76］向铮、涂小马：《丰子恺旧体诗词创作探论》，《苏州大学学报（哲学社会科学版）》2001 年第 4 期。

［77］鞠楠：《写实与抒情——论丰子恺古诗新画的艺术特色》，《理论界》2014 年第 1 期。

［78］寓真：《"天地与心同一白"——浅谈张伯驹词的境界》，《中华诗词》2014 年第 8 期。

［79］周笃文：《张伯驹先生与北京的诗钟活动》，《学问》2003 年第 10 期。

［80］惠联芳：《夏承焘、谢玉岑交谊与现代词学发展》，《文艺评论》2015 年第 8 期。

［81］卢炘：《书艺蕴诗性 书家本诗人——读陆维钊先生诗词书法有感》，

《书画艺术》2014年第2期。

[82] 李永翘:《张大千怀乡诗评介》,《西南师范大学学报(人文社会科学版)》1988年第2期。

[83] 肖体仁:《腕底能生万壑云——张大千题画诗的艺术特色》,《作家》2010年第20期。

[84] 潘先伟:《论张大千绘画诗词的主体性哲学精神与审美意蕴》,《中华文化论坛》2012年第4期。

[85] 王浩、黄新图:《张大千纪游诗的艺术特色研究》,《长城》2012年第12期。

[86] 王益:《生态美学视野下的张大千题画诗管窥》,《中华文化论坛》2014年第10期。

[87] 夏中义:《故国之思与泼墨云山境界——论张大千题画诗的心灵底蕴与其绘画的互文关系》,《文艺研究》2016年第1期。

[88] 郑达:《中国文化的国际使者——记旅美华裔游记作家、画家、诗人蒋彝》,《美国研究》2003年第1期。

[89] 王一川:《"中国之眼"及其它——蒋彝与全球化语境中的跨文化对话》,《当代文坛》2012年第3期。

[90] 钱伯城:《怀潘诗人伯鹰》,《书城》1996年第4期。

[91] 韩历君:《逝水回波》,《中国书画》2004年第8期。

[92] 侯荣荣:《梦窗才调老词仙——读〈吴白匋诗词集〉》,《中国韵文学刊》2003年第1期。

[93] 宋浩:《陈小翠的〈翠楼吟草〉》,《粤海风》2003年第4期。

[94] 刘军:《儿女庚词旧有缘——施蛰存与陈小翠的一段往事》,《新文学史料》2009年第2期。

[95] 邵文辉:《天降仙才 诗画合璧》,《上海艺术家》2014年第5期。

[96] 陈学勇:《现代女作家二题》,《新文学史料》2009年第3期。

[97] 王军:《周炼霞的文学创作》,《大连大学学报》2009 年第 5 期。

[98] 刘聪:《好句欲教仙见妒——论周炼霞的诗词创作》,《新文学评论》2013 年第 1 期。

[99] 郝桂林:《谢稚柳诗赞莫力庙水库》,《世纪》1994 年第 2 期。

[100] 启功:《从单字词的灵活性谈到旧体诗的修辞问题》,《北京师范大学学报(社会科学版)》1994 年第 6 期。

[101] 王一川:《旧体文学传统的现代性生成——启功的旧体诗与汉语现象研究》,《传统文化与现代化》1998 年第 2 期。

[102] 赵仁珪:《当代旧体诗创作的两个根本途径——再谈读启功诗词的启示》,《北京师范大学学报(人文社会科学版)》2002 年第 3 期。

[103] 赵仁珪:《一生三绝画书诗——论启功先生的题画诗》,《北京师范大学学报(社会科学版)》2006 年第 4 期。

[104] 孙霞:《天仙地仙太俗 真人惟我髯苏——启功先生题画诗浅议》,《南阳师范学院学报(社会科学版)》2006 年第 4 期。

[105] 柴剑虹:《启功题画诗的书法学价值》,《社会科学战线》2010 年第 1 期。

[106] 郭英德:《"诗书画同核"与"志在笔墨"——启功先生〈谈诗书画的关系〉读后》,《艺术评论》2013 年第 2 期。

[107] 邵燕祥:《解析画家黄苗子的打油诗》,《杂文月刊》2012 年第 3 期。

[108] 王蒙:《诗到无邪合打油》,《读书》2015 年第 11 期。

[109] 张建智:《陋室天地有乾坤——怀念吴藕汀》,《博览群书》2011 年第 2 期。

[110] 苏炜:《"鱼玄机"与"桃花鱼"——张充和学诗的故事》,《书城》2010 年第 4 期。

[111] 朱浩云:《奇人曹大铁》,《收藏》2014 年第 21 期。

[112] 钱仲联:《"以古茂之笔 抒新纪之思"——序饶宗颐教授的〈固庵文

录〉》,《文艺理论研究》1992 年第 3 期。

[113] 赵松元:《浮磬铿锵 明珠璀璨——饶宗颐 1949—1978 年诗歌创作略述》,《韩山师范学院学报》2008 年第 1 期。

[114] 陈伟:《饶宗颐教授六十岁以后诗词创作略述》,《韩山师范学院学报》2015 年第 1 期。

[115] 世济:《老骥伏枥 勤奋笔耕——宋亦英及其诗词》,《新文化史料》1998 年第 6 期。

[116] 江鲲池:《宋亦英的诗书画》,《炎黄春秋》2004 年第 3 期。

[117] 谢永芳:《朱庸斋词话与民国词学的新变》,《黄冈师范学院学报》2011 年第 5 期。

[118] 莫仲予:《义史分芳述馆贤——漫谈朱庸斋的山水画》,《岭南文史》1997 年第 4 期。

[119] 胡抗美:《还向诗丛讨笔锋》,《中国书法》2015 年第 23 期。

[120] 彭修银:《"万卷蟠胸识自高 百川横地一峰尊"——范曾教授访谈录》,《文艺研究》2005 年第 5 期。

[121] 贾飞:《范曾"诗、书、画"意境》,《文艺争鸣》2010 年第 24 期。

[122] 张公者:《俯仰今古 寄傲丹青——范曾访谈》,《中国书画》2009 年第 9 期。

五、学位论文类

[1] 张德明:《现代与反现代张力中的中国现代文学》,博士学位论文,四川大学,2004 年。

[2] 张桐瑀:《"引书入画"在黄宾虹山水画笔墨转换中的重要作用》,博士学位论文,中国艺术研究院,2007 年。

[3] 胡志平:《清末民国海上书画家润例与生存状态研究》,博士学位论文,

浙江大学，2007年。

[4] 石莉：《清末民初上海画派与民间赞助》，博士学位论文，中国人民大学，2008年。

[5] 李仲凡：《古典诗艺在当代的新声——新文学作家建国后旧体诗写作研究》，博士学位论文，兰州大学，2009年。

[6] 王慧敏：《民国女性词研究》，博士学位论文，南开大学，2012年。

[7] 陶小军：《民国前期中国书画市场研究（1912—1937）》，博士学位论文，南京师范大学，2014年。

[8] 颜运梅：《陈小翠诗词曲研究》，硕士学位论文，华南师范大学，2005年。

[9] 丰丽：《启功诗歌研究》，硕士学位论文，首都师范大学，2009年。

[10] 廖勇：《叶恭绰的词学文献贡献》，硕士学位论文，湘潭大学，2009年。

[11] 赖文婷：《李瑞清及其诗歌浅论》，硕士学位论文，南昌大学，2012年。

[12] 傅欢：《一拳打破古来今——论吴昌硕题画诗》，硕士学位论文，南昌大学，2012年。

[13] 呼延博文：《思到无邪合打油——论邵燕祥、杨宪益、黄苗子的"打油诗"》，硕士学位论文，宁夏大学，2013年。

[14] 毛芝莉：《从沈尹默论书诗管窥其书学思想》，硕士学位论文，华东师范大学，2014年。

[15] 朱利：《诗传画外意——论潘天寿的诗与画》，硕士学位论文，中国美术学院，2014年。

[16] 涂芊：《饶宗颐〈长洲集〉研究》，硕士学位论文，华中师范大学，2013年。

[17] 张敏：《饶宗颐禅意诗学研究》，硕士学位论文，云南大学，2015年。

附录　现代中国画家诗人列表[①]

序号	姓名	生卒年	籍贯	文稿、诗词集
1	王振声	1842—1922	北京	《心清室诗存》
2	何维朴	1844—1925	湖南道县	《何诗孙手书诗稿》
3	吴昌硕	1844—1927	浙江安吉	《缶庐集》
4	陈宝琛	1848—1935	福建福州	《沧趣楼诗文集》《听水斋词》
5	席蘷	1849—1903后	四川彭县	《风雨吟草》
6	方旭	1851—1940	安徽桐城	《鹤斋诗存》
7	林纾	1852—1924	福建福州	《畏庐诗存》《林纾诗文选》
8	宋伯鲁	1854—1932	陕西礼泉	《海棠仙馆诗集》《海棠仙馆诗余》《焚余草》《蕤红词》
9	金蓉镜	1855—1929	浙江嘉兴	《潜庐诗集》《滮湖遗老集》
10	陈伯陶	1855—1930	广东东莞	《陈伯陶集》
11	徐世昌	1855—1939	天津	《退耕堂集》《水竹村人集》
12	郑文焯	1856—1918	辽宁铁岭	《冷红词》《瘦碧词》《补梅书屋诗稿》《瘦碧庵诗草》
13	范金镛	1857—1915	江西新建	《蝶梦词》《心香室诗钞》《沤道人题画诗》《范金镛诗词集》
14	潘飞声	1858—1934	广东番禺	《西海纪行卷》《天外飞槎录》《香海集》《海上秋吟》《柏林竹枝词》《说剑堂诗集》《海山词》《花语词》《长相思词》《饮琼浆馆词》《说剑堂词集》

[①] 很多人的生卒年不太好查，有些有好几种说法，笔者采证据最扎实的始妄录之，20世纪一二十年代有些人没有卒年，但按常理推算若还在世现在已百岁，但又苦于实在无确切材料，只得空出来，待将来有材料再补全。

续表

序号	姓名	生卒年	籍贯	文稿、诗词集
15	刘咸荣	1857—1949	四川成都	《静娱楼诗文存》《静娱楼诗存续刻》
16	侯汝承	1859—1937	河南杞县	《侯意园先生诗画金石纪念册》
17	俞明震	1860—1918	浙江绍兴	《觚庵诗存》
18	贺良朴	1860？—1938？	湖北赤壁	《贺良朴集》《贺履之诗词选》
19	曾熙	1861—1930	湖南衡阳	《大风堂存稿：曾熙书画题跋录》
20	张德瀛	1861—？	广东番禺	《耕烟词》
21	梁焱	1864—1927	江苏江都	《梁公约及其诗词》
22	伍德彝	1864—1927	广东南海	《松荅馆诗钞》《浮碧词》
23	齐白石	1864—1957	湖南湘潭	《白石诗草》
24	释宗仰	1865—1921	江苏常熟	《宗仰上人集》
25	程颂万	1865—1932	湖南宁乡	《楚望阁诗集》《美人长寿盦词》《石巢诗集》《鹿川诗集》《鹿川词》《定巢词》《鹿川文集》《程颂万诗词集》
26	陈古逸	1865—1941	云南泸西	《陈古逸先生书画诗文集》
27	黄宾虹	1865—1955	浙江金华	《宾虹诗草》
28	李瑞清	1867—1920	江西抚州	《清道人遗集》
29	王一亭	1867—1938	上海	《白龙山人题画诗》
30	赵熙	1867—1948	四川荣县	《香宋诗钞》《赵熙集》
31	何振岱	1867—1952	福建福州	《心自在斋诗集》《觉庐诗草》《我春室文集》《我春室诗集》
32	姚瀛	1867—1961	浙江余杭	《珍帚斋诗画稿》
33	龚韵珊	1868—？	福建福州	《长喜斋论画诗》
34	胡蕴	1868—1939	江苏昆山	《秋风诗卷》《画梅赘语》
35	张逸	1869—1943	广东番禺	《笔花草堂诗》《花痕梦影词》《豁尘词》《百花词草》
36	李铁夫	1869—1952	广东鹤山	《李铁夫诗联书法选集》
37	程学恂	1872？—1951？	江西新建	《影史楼诗存》《鶼恨集》《戊巳诗存》

续表

序号	姓名	生卒年	籍贯	文稿、诗词集
38	汪鸾翔	1872?—1962?	广西桂林	《秋实轩诗集》《秋实词钞》《秋石轩文集》
39	吴佩孚	1874—1939	山东蓬莱	《吴佩孚诗抄》《吴佩孚先生集》
40	应均	1874—1941	浙江永康	《应均诗集》《应均诗书画印集》
41	易孺	1874—1941	广东鹤山	《守愚斋题画轩诗词残存录》《大厂词稿》
42	钱名山	1875—1944	江苏常州	《名山集》《名山诗集》《谪星词》《星隐楼词》《海上词》
43	顾燮光	1875—1949	浙江绍兴	《非儒非侠斋诗文集》
44	夏敬观	1875—1953	江西新建	《忍古楼诗》《映庵词》《忍古楼文钞》
45	尚衍鎏	1875—1963	广东番禺	《尚衍鎏诗书画集》
46	陈师曾	1876—1923	江西义宁	《陈师曾先生遗诗》《陈衡恪诗文集》
47	姚华	1876—1930	贵州贵阳	《弗堂类稿》《弗堂诗》《古盲词》
48	孙云	1876—1941	天津	《梦仙诗稿》《梦仙诗稿续集》
49	柯璜	1876—1963	浙江黄岩	《柯璜诗文集》
50	经亨颐	1877—1938	浙江上虞	《颐渊篆刻诗书画集》
51	黄荣康	1877—1945	广东三水	《求慊斋文集》《求慊斋诗文续集》《凹园诗钞》《凹园诗钞续钞》《凹园词》《三水诗存》《击剑词钞》
52	金绍城	1878—1926	浙江湖州	《藕湖诗草》
53	李汝谦	1878—1931	山东济宁	《螺楼海外文字》
54	陈曾寿	1878—1949	湖北蕲水	《苍虬阁诗集》《旧月簃词》
55	释圆瑛	1878—1953	福建古田	《圆瑛大师全集》《一吼堂诗集》
56	方铿	1878—1958	上海	《志壶诗草》
57	江庸	1878—1960	重庆璧山	《百花山诗草》《南游诗草》《澹荡阁诗集》《江庸诗选》
58	张光	1878—1970	浙江温州	《红薇诗草》《红薇词》《忘忧仙馆诗钞》
59	何香凝	1878—1972	广东南海	《何香凝诗画集》《双清诗画集》

续表

序号	姓名	生卒年	籍贯	文稿、诗词集
60	蔡守	1879—1941	广东顺德	《寒琼遗稿》
61	丁仁	1879—1949	浙江杭州	《商卜文集联》《全韵画梅诗》《观山游水集卷》
62	高剑父	1879—1951	广东番禺	《蛙声集》
63	陈含光	1879—1957	江苏扬州	《人外庐文集》《墨斋诗稿》《含光诗乙集》《台游诗草》《含光俪体文稿》
64	李叔同	1880—1942	天津	《李叔同诗词集》《李叔同诗全编》
65	林鸿超	1880—1953	福建永定	《超庐题画诗钞》《超庐联语忆录》
66	朱怙生	1880—1953	浙江萧山	《题梅诗六百首》
67	路朝銮	1880—1954	贵州毕节	《瓠盦先生诗钞》
68	徐宗浩	1880—1957	北京	《石雪斋诗稿》
69	黄葆戉	1880—1968	福建长乐	《蔗香馆诗稿》
70	符铸	1881—1950	湖南衡阳	《晚静庐诗文集》
71	楼辛壶	1881—1950	浙江缙云	《楼辛壶诗书画印》
72	孙肇圻	1881—1953	江苏无锡	《箫心剑气楼诗存（附诗余）》《箫心剑气楼诗存辛未集》《箫心剑气楼纪事诗》《箫心剑气楼联语》
73	叶恭绰	1881—1968	广东番禺	《遐庵诗稿》《遐庵词》
74	余绍宋	1882—1949	浙江龙游	《寒柯堂集》
75	张宗祥	1882—1965	浙江海宁	《论书绝句》《铁如意馆诗钞》
76	黎葛民	1882—1978	广东佛山	《黎葛民诗书画集》
77	邓尔雅	1884—1954	广东东莞	《邓尔雅诗稿》
78	苏曼殊	1884—1918	广东中山	《燕子山僧诗集》《苏曼殊诗集》
79	郁华	1884—1939	浙江富阳	《静远堂诗》《静远堂诗画集》《郁曼陀陈碧岑诗抄》
80	金章	1884—1939	浙江吴兴	《濠梁知乐集》
81	胡汀鹭	1884—1943	江苏无锡	《闹红精舍遗稿》《胡汀鹭题画诗》
82	陈树人	1884—1948	广东番禺	《寒绿吟草》《自然美讴歌集》《战尘集》《专爱集》
83	孙墨佛	1884—1987	山东莱阳	《孙墨佛诗选》

续表

序号	姓名	生卒年	籍贯	文稿、诗词集
84	秦更年	1885—1956	江苏扬州	《婴闇诗存》
85	谢豪	1885—1940	江苏镇江	《湖上联吟草》《太湖吟啸录》
86	姜丹书	1885—1962	江苏溧阳	《丹枫红叶楼诗词集》
87	李耕	1885—1964	福建仙游	《李耕先生诗词遗作选编》
88	吕澂	1886—1959	江苏丹阳	《经典·吕凤子》
89	柳亚子	1887—1958	江苏苏州	《磨剑室文录》《柳亚子诗词选》
90	杨令茀	1887—1978	江苏无锡	《水远山长集》《三渡太平洋：杨令茀教授诗画集》
91	刘伯端	1887—1963	广东番禺	《沧海楼词钞》《心影词》《燕芳词册》
92	佃介眉	1887—1969	广东潮州	《佃介眉诗文集》
93	叶恂	1887—1982	浙江杭州	《藏山楼诗》《叶湄莘自书诗稿》
94	孙雪泥	1888—1965	上海	《雪泥诗集》
95	释太虚	1890—1947	浙江海宁	《庐山学：太虚庐山诗文集》《潮音草舍诗存》《昧盦诗录》《太虚诗集》
96	汪东	1890—1963	江苏苏州	《梦秋词》
97	谈月色	1891—1976	广东顺德	《梨花院落吟》《清闺秀艺文略》《谈月色诗钞》
98	潘静淑	1892—1939	江苏苏州	《绿草词》
99	鲍少游	1892—1985	广东珠海	《鲍少游诗词集》
100	朱孔阳	1892—1986	上海	《云间朱孔阳诗书画印集》
101	戴异	1893—1965	江苏扬州	《妙相词》(含《掠美集》《和庚子秋词》《妙相盦绮语》)
102	杨无恙	1894—1952	江苏常熟	《无恙后集》(含《无恙初稿》《无恙续稿》《无恙三稿》《光天集》《便埋庵集》《虚郭词》)
103	郑午昌	1894—1952	浙江嵊州	《郑午昌诗词集》
104	邓芬	1894—1964	广东南海	《蛰庐集》
105	吴湖帆	1894—1968	江苏苏州	《佞宋词痕》
106	瞿宣颖	1894—1973	湖南善化	《铢庵文存》《补书堂诗录》

续表

序号	姓名	生卒年	籍贯	文稿、诗词集
107	王德愔	1894—1978	福建福州	《琴寄室诗词》
108	王芝青	1894—1985	福建福州	《芳草斋诗书画集》
109	徐悲鸿	1895—1953	江苏宜兴	《徐悲鸿文集》
110	梁鼎铭	1895—1959	广东顺德	《战画室主诗集》
111	冼玉清	1895—1965	广东南海	《碧琅玕馆诗钞》
112	刘蘅	1895—1998	福建福州	《蕙愔阁词》
113	温倩华	1896—1921	江苏无锡	《黛吟楼遗稿》
114	溥儒	1896—1963	北京	《溥儒集》《寒玉堂诗集》《凝碧余音词》
115	彭醇士	1896—1976	江西高安	《素翁诗书画》《彭醇士先生遗墨选》
116	马漪	1896—1983	浙江永嘉	《马碧篁诗词选》
117	陈定山	1896—1989	浙江杭州	《留青诗记》《蝶野诗存》《醉灵轩诗集》《定山草堂诗》《萧斋诗存》《十年诗卷》《定山词》
118	刘海粟	1896—1994	江苏常州	《海粟诗词选》
119	潘天寿	1897—1971	浙江宁海	《听天阁诗存》《潘天寿诗存》
120	何敦良	1897—1982	福建福州	《赏晴楼诗词稿》
121	陈声聪	1897—1987	福建福州	《兼于阁诗》《壶因词》
122	王个簃	1897—1988	江苏海门	《霜茶阁诗》
123	严载如	1897—1992	上海	《渊雷室诗存》《写忧剩稿》《宣南游草》《云间两征君集》
124	孙星阁	1897—1996	广东揭阳	《十万山人诗书画选集》《十万山人诗文集》
125	邓散木	1898—1963	上海	《邓散木诗选》
126	吴承燕	1898—1968	江西宁冈	《爱吾庐主诗稿》《吴承燕诗书画集》
127	易君左	1898—1972	湖南汉寿	《君左诗存》《君左诗选》
128	丰子恺	1898—1975	浙江嘉兴	《丰子恺诗词选》《子恺诗词》
129	陈子奋	1898—1976	福建长乐	《颐谖楼诗稿》
130	张伯驹	1898—1982	河南项城	《丛碧词》《红毹纪梦诗注》

续表

序号	姓名	生卒年	籍贯	文稿、诗词集
131	方君璧	1898—1986	福建福州	《颉颃楼诗词稿》（附后）
132	林散之	1898—1989	江苏南京	《江上诗存》《林散之诗书画选集》
133	黄君璧	1898—1991	广东南海	《黄君璧题画诗》
134	谭建丞	1898—1995	浙江湖州	《澄园诗集》
135	谢觐虞	1899—1935	江苏常州	《青山草堂诗》《白菡萏香室词》《孤鸾词》
136	何漆园	1899—1970	广东顺德	《蝶花山馆诗草》
137	陆维钊	1899—1980	浙江平湖	《陆维钊诗词选》
138	张大千	1899—1983	四川内江	《张大千诗词集》
139	韩秋岩	1899—2001	江苏泰兴	《黄山攀登集》《青岛 苏州老年海冬泳集》《题画诗四百首》
140	吴弗之	1900—1977	浙江浦江	《吴弗之画中诗》
141	陶博吾	1900—1996	江西九江	《博吾诗存》《博吾联存》《题画诗抄》
142	黄孝纾	1900—1964	福建长乐	《匑厂文稿》《劳山集》《碧虑商歌》《匑厂词乙稿》《墨谑膏词》《霜腴诗稿》《延嬉室诗存》
143	朱复戡	1900—1989	上海	《海岳双栖——朱复戡诗文选集》
144	黄少强	1901—1942	广东南海	《黄少强诗钞》
145	秦伯未	1901—1970	上海	《谦斋诗集》
146	方人定	1901—1975	广东中山	《人定诗稿》
147	葛冰如	1901—1984	安徽怀宁	《凌寒阁吟草》《梦鸿楼诗草》
148	陈九思	1901—1999	浙江义乌	《转丸集》《转丸续集》《转丸二续》《转丸三续》
149	陈小翠	1902—1968	浙江杭州	《翠楼吟草》
150	郑曼青	1902？—1975	浙江温州	《曼髯三论》《玉井草堂诗》《玉井草堂诗续集》
151	诸乐三	1902—1984	浙江安吉	《希斋题画诗选》《希斋诗抄》《诸乐三诗集》
152	叶可羲	1902？—1985？	福建福州	《竹韵轩集》
153	陆小曼	1903—1965	江苏常州	《陆小曼诗文》《陆小曼诗·文·画》

续表

序号	姓名	生卒年	籍贯	文稿、诗词集
154	蒋彝	1903—1977	江西九江	《蒋仲雅诗》《重哑绝句》《蒋彝诗集》
155	张孝伯	1903—1983	安徽凤台	《遁天楼诗存》
156	潘伯鹰	1904？—1966	安徽怀宁	《玄隐庐诗》
157	李天行	1904—1983	江苏常州	《天行诗词》
158	卢前	1905—1951	江苏南京	《卢前诗词曲选》
159	陈运彰	1905—1955	上海	《纫芳簃词》
160	赵少昂	1905—1998	广东番禺	《赵少昂自写诗》《赵少昂诗书画》
161	陈琴趣	1905—2000	福建福州	《琴趣楼诗》
162	王克敌	1905—2002	江西泰和	《霜红老人诗词手稿》
163	关友声	1906—1970	山东济南	《嚶园词》
164	郭笃士	1906—1990	广东揭阳	《草草庐诗集》《草草庐诗词钞》
165	吴白匋	1906—1992	江苏扬州	《凤褐盦诗词》《热云韵语》
166	王闲	1906—1999	福建福州	《味闲楼诗词》《心印草稿》《翼斋诗草》《王闲诗词书画集》
167	周炼霞	1906？—2000	湖南湘潭	《螺川韵语》
168	申石伽	1906—2001	浙江杭州	《西泠石伽题画诗词集》
169	王均	1906—2003	江苏泰州	《退斋诗钞》《王退斋诗选》
170	邓白	1906—2003	广东东莞	《邓白全集》
171	白蕉	1907—1969	上海	《白蕉书画遗珍 自题诗卷》《济庐诗词稿》
172	宋大仁	1907—1985	广东中山	《宋大仁先生医史诗词集锦》
173	王康乐	1907—2006	浙江奉化	《王康乐题画诗文墨迹本》
174	余任天	1908—1984	浙江诸暨	《余任天西湖诗画》
175	程景溪	1908—1988	江苏无锡	《霞景楼诗存》《霞景楼同人唱和集》《霞景楼诗词续编待定稿》
176	陈鹤	1908—1992	福建莆田	《陈鹤诗词稿选》
177	黄稺荃	1908—1993	四川江安	《杜邻诗存》《杜邻存稿》
178	苏渊雷	1908—1995	浙江平阳	《苏渊雷书画诗文集》《钵水斋选集》《论诗绝句》
179	吴作人	1908—1997	江苏苏州	《吴作人作品集：书法诗词卷》
180	姚鑑民	1908—？	四川安岳	《姚鑑民诗词选》

续表

序号	姓名	生卒年	籍贯	文稿、诗词集
181	刘延涛	1908—2001	河南巩县	《刘延涛先生诗稿》
182	李圣和	1908—2001	江苏扬州	《漆室吟》《李圣和诗书画集》《李圣和诗词集》
183	施南池	1908—2003	上海	《施南池诗集》
184	王肇民	1908—2003	安徽萧县	《王肇民诗草》
185	沈叔羊	1909—1986	浙江嘉兴	《画髓室题画诗词选》
186	陆俨少	1909—1993	上海	《陆俨少诗文题跋手稿》
187	佘雪曼	1909—1993	四川巴县	《佘雪曼诗文书画集》
188	陈一足	1909—1995	四川宜宾	《艺苑留香：陈一足老先生诗书画选集》
189	王遐举	1909—1995	湖北荆州	《纪念王遐举诞辰一百周年——书画诗文集》
190	潘主兰	1909—2001	福建福州	《潘主兰诗书画印》
191	惠毓明	1909—2011	江苏无锡	《惠毓明画题咏录》
192	宋省予	1910？—1966	福建上杭	《红杏集：宋省予诗选》
193	李宝森	1910—1982	江苏镇江	《海天楼吟草》
194	邱及	1910—1984	广东揭阳	《南离子邱及》《红尘集》
195	张伏山	1910—1987	山东即墨	《张伏山题画诗文选》
196	应野平	1910—1990	浙江宁海	《应野平诗词》
197	谢稚柳	1910—1997	江苏常州	《鱼饮诗稿》《甲丁诗词》《壮暮堂诗钞》
198	阎丽川	1910—1997	山西太原	《阎丽川诗词选》
199	蔡若虹	1910—2002	江西九江	《若虹诗画》
200	尤其侃	1910—2006	江苏南通	《光朗堂诗草》
201	张纫诗	1911—1972	广东南海	《张纫诗题画诗集》《文象庐文集》《仪端馆词》
202	管锄非	1911—1995	湖南衡阳	《管锄非旧体诗词选集》
203	吕佛庭	1911—2005	河南泌阳	《江山万里楼诗集》（一、二）
204	徐邦达	1911—2012	上海	《徐邦达诗词集》
205	王兰若	1911—2015	广东揭阳	《爱绿堂诗草》
206	陈国钊	1912—1995	湖南长沙	《陈国钊题画诗稿》

续表

序号	姓名	生卒年	籍贯	文稿、诗词集
207	张南冥	1912—1997	江苏徐州	《西行吟草》《张南冥诗选》
208	武石	1912—1998	湖南湘潭	《武石诗草》
209	葛介屏	1912—1999	安徽合肥	《葛介屏书画金石诗文集》《竹虚草堂劫余剩稿》
210	关山月	1912—2000	广东阳江	《关山月诗选》《关山月诗集初编》
211	启功	1912—2005	北京	《启功韵语》《启功絮语》《启功赘语》
212	释竺摩	1913—2002	浙江乐清	《篆香室诗集》
213	吴藕汀	1913—2005	浙江嘉兴	《药窗纪事诗》《药窗词》
214	黄苗子	1913—2012	广东中山	《牛油集》《三家诗》
215	梁石峰	1913—2015	香港	《石峰诗集》《青草上人声——梁石峰诗词曲千首》
216	张充和	1914—2015	安徽合肥	《张充和诗文集》《张充和诗书画选》《张充和手抄梅花诗》
217	孙菊生	1913—2018	北京	《孙菊生诗词书画集》
218	吴万谷	1914—1980	湖南长沙	《超象楼诗》《吴万谷题画诗》《微沤集》
219	金月波	1914—1980	湖北沔阳	《金月波题画诗词选》
220	王秋野	1914—1991	浙江湖州	《王秋野：独自倚楼》
221	王西野	1914—1997	江苏江阴	《霜桐野屋诗词存》
222	张珩	1915—1963	浙江湖州	《张葱玉日记·诗稿》
223	马如兰	1915—1982	浙江温州	《马如兰诗选》
224	高冠华	1915—1999	江苏南通	《高冠华诗词集》
225	吴学愚	1915—2000	浙江湖州	《枫林晚唱诗词集》
226	赖少其	1915—2000	广东陆丰	《赖少其自书诗》《赖少其自书诗续集》《赖少其诗文集》
227	陈梅庵	1915—2002	天津	《陈梅庵诗文书画集》
228	金意庵	1915—2002	北京	《意庵诗草》
229	陈云谷	1915—2006	浙江乐清	《"蓉竹斋丛编"云谷先生纪念文集》
230	方镛声	1915—2008	浙江金华	《紫岩吟草》

续表

序号	姓名	生卒年	籍贯	文稿、诗词集
231	钱定一	1915—2010	江苏常熟	《壮云楼诗》《夷斋旅游诗》
232	昃如川	1916—1997	山东淄博	《匋盦先生书画诗文集》
233	赵蕴玉	1916—2003	四川阆中	《赵蕴玉诗书词选》
234	曹大铁	1916—2009	江苏常熟	《梓人韵语》《大铁诗残稿》《大铁词残稿》《菱花馆歌诗》
235	范韧庵	1916—2021	江苏海安	《范韧庵诗书画》
236	吕学端	1917—2004	江苏常州	《吕少春先生八十华诞诗书画印纪念集》
237	戴危叨	1917—2004	重庆	《竹下居诗钞》
238	张正	1917—?	安徽桐城	《松山书屋诗书画稿》
239	饶宗颐	1917—2018	广东潮安	《清晖集》
240	阮璞	1918—2000	湖北红安	《论画绝句自注》《苍茫自咏稿》
241	陈从周	1918—2000	浙江杭州	《山湖处处：陈从周诗词集》
242	齐佛来	1918—2004	湖南湘潭	《佛来吟草》《齐佛来画诗选》
243	汪刃峰	1918—2010	安徽全椒	《画者行吟》
244	娄师白	1918—2010	北京	《娄师白吟草》
245	葛岊	1918—?	北京	《顽石斋吟草》
246	郭苹	1918—?	江苏宝应	《金陵竹枝词》《画川诗词》
247	石鲁	1919—1982	四川仁寿	《石鲁手稿》
248	沈茹松	1919—1989	浙江嘉兴	《伺庼诗集》
249	蒋杏沾	1919—2000	浙江杭州	《江蓠诗集》
250	宋亦英	1919—2005	安徽歙县	《宋亦英诗词选》《春草堂吟稿》《春草堂诗词》
251	何叔惠	1919—2012	广东顺德	《何叔惠诗词选》《薇盦存稿》《三在堂诗书画册》
252	李亚如	1919—2003	江苏扬州	《泡影集》
253	顾植槐	1919—?	广东南海	《槐堂书画诗词篆刻选集》
254	朱庸斋	1920—1983	广东新会	《分春馆词》
255	钱原生	1920—1988	江苏泰州	《钱原生诗画》
256	汪曾祺	1920—1997	江苏高邮	《汪曾祺诗词选评》
257	徐小庵	1920—2002	浙江诸暨	《望月楼诗稿》《小庵诗选》

续表

序号	姓名	生卒年	籍贯	文稿、诗词集
258	朱子鹤	1920—2006	江苏常熟	《春来阁词》《春来阁题画绝句》
259	龚焰	1921—1997	福建宁德	《龚焰书画诗词选集》
260	马振	1921—2009	山东安丘	《马萧萧诗稿》
261	欧初	1921—2017	广东广州	《五桂山房诗文集》《五桂山房诗词集》
262	王前	1922—	辽宁海城	《论书绝句百首》《晴空鹤咏》
263	喻蘅	1922—2012	江苏兴化	《藿场喻门诗词》《喻蘅诗词桑榆集》
264	诸光逵	1922—2012	浙江海宁	《诸光逵画集》（题诗于画）
265	施仁	1922—2018	江苏常熟	《杞叟诗词钞》
266	张晓寒	1923—1988	江苏靖江	《张晓寒诗文集》
267	胡伯祥	1923—2010	四川广元	《胡伯祥诗词选集》
268	黄正襄	1923—2018	台湾淡水	《黄正襄诗画》《黄正襄即景诗赋集》
269	林锴	1924—2006	福建福州	《林锴诗集》（《苔纹集》《养苔吟》）
270	崔护	1924—2008	江苏太仓	《崔护诗词集》
271	王伯敏	1924—2013	浙江台州	《柏闽诗选》
272	俞秋水	1924—	江苏宝应	《俞秋水题画诗词集句》《俞秋水诗书画集》
273	周道南	1924—	江苏江都	《周道南诗书画集》《周道南诗书画集（续选）》
274	冯其庸	1924—2017	江苏无锡	《瓜饭楼诗词草》《瓜饭楼诗词选》《瓜饭楼西域诗词钞》
275	朱季和	1925—	江苏扬州	《朱季和诗书画集》（含书画篇、诗词篇、散曲书法扇面小品集）
276	王卉	1925—2016	浙江温州	《天趣园诗词》《南行诗词》《王卉诗词》《王卉书画诗词选集》
277	黄纯尧	1925—2007	四川成都	《黄纯尧题画诗稿》
278	王学仲	1925—2013	山东滕州	《王学仲书画旧体诗文选》《王学仲诗词选》
279	林曦明	1925—	浙江永嘉	《林曦明诗集》

续表

序号	姓名	生卒年	籍贯	文稿、诗词集
280	单人耘	1926—	江苏南京	《一勺吟：单人耘诗词选》《单人耘咏农诗词三百首》
281	刘国正	1926—2009	北京	《刘征诗书画集》《画虎居诗词》《刘征诗钞》
282	黄白丁	1927—	湖北英山	《黄白丁诗词选》《栖凤楼吟稿》
283	鲁慕迅	1928—2025	河南汝州	《慕迅题画诗稿》
284	俞律	1928—	江苏扬州	《菊味轩诗钞》《菊味轩诗钞外编》
285	周昌谷	1929—1985	浙江乐清	《周昌谷诗文集》
286	叶尚青	1930—	浙江玉环	《叶尚青诗稿》《苦茶阁诗词吟草》
287	吴灏	1930—	广东佛山	《梦帘香阁词》《小乘山房诗稿》《青灯论画》（画论卷、诗词卷、篆刻卷）
288	朱颖人	1930—2025	江苏常熟	《朱颖人题画诗册》
289	杨之光	1930—2016	上海	《杨之光诗选》
290	范敬宜	1931—2010	江苏苏州	《范敬宜诗书画》
291	林声	1931—	山东蓬莱	《林声自题画诗》《林声诗书画集》《灯下情思》《灯花吟草》
292	李白麟	1931—	广东开平	《李白麟山水诗词》
293	于太昌	1932—2014	江苏徐州	《山水行吟》
294	林声荣	1932—	浙江乐清	《林声荣诗书画集》
295	蒋永和	1933—	安徽巢湖	《石山轩诗词书画选》
296	卢坤峰	1934—2018	山东平邑	《林荫庐诗草》
297	赵国珍	1934—	河南郑州	《古风新韵》《田野诗词选》
298	乔修业	1934—	河北安平	《乔修业诗书画集：中华山水美》
299	蔡永源	1935—	福建莆田	《蔡永源诗书画集》
300	刘志钰	1937—	山东沂水	《刘志钰题画诗词选》
301	黄棠	1937—	广东南海	《画余吟草》
302	范曾	1938—	江苏南通	《范曾吟草》《范曾韵语》
303	陈冷月	1938—	福建福州	《陈冷月诗画集》《陈冷月绝句三百首》《陈冷月诗词歌赋书画集粹》
304	高济民	1939—	陕西榆林	《纱高在望：高济民禅诗集》

续表

序号	姓名	生卒年	籍贯	文稿、诗词集
305	耿刘同	1939—	江苏扬州	《丹青吟草：耿刘同诗选》
306	陈正元	1940—	湖南津市	《心源：画家陈正元旧体诗词四百首》
307	刘文劢	1940—	湖北武汉	《刘文劢诗词选》
308	王辛大	1940—	浙江东阳	《三友斋吟稿》
309	叶毓中	1941—	四川德阳	《叶毓中诗词三十六首》
310	范新亮	1941—	广东汕头	《范新亮诗书画选》
311	钟长生	1941—	浙江龙泉	《三友斋吟稿》（钟长生卷）
312	陈启业	1942—	山东济南	《陈启业诗书画集》《怀虚道人诗集》《淡静居诗稿》
313	陈醉	1942—	广东阳江	《诗书画意：陈醉绘画书法诗词选集》
314	王学明	1943—	天津	《买海居诗选》《王学明诗词选》
315	金元宝	1943—	浙江温州	《亦庐诗文书画集》
316	刘斯奋	1944—	广东中山	《蝠堂集林》《蝠堂诗词钞》
317	戴胜德	1944—	上海	《胜德诗书画选》
318	高山嵩	1945—	湖北襄阳	《南漳纪游》《伊庐诗草》《采撷诗思入画图：题画诗三百首》
319	程大利	1945—	江苏徐州	《师心居吟草》
320	陈云君	1946—	江西九江	《云君诗稿》《陈云君七言绝句选》《陈云君诗书画选集》
321	李国明	1946—	广东鹤山	《晴轩诗词百首》
322	陈玉圃	1946—	山东济南	《樗斋诗丛》
323	赵凤桐	1947—	河北定州	《赵凤桐诗词选》
324	钟耕略	1947—	广东东莞	《初醒集》
325	李秉正	1948—	湖北武汉	《李秉正诗画选》
326	陈永锵	1948—	广东广州	《群芳百韵：陈永锵百花画谱》《回眸》
327	覃明德	1949—	湖南靖州	《明德诗词集》
328	徐建融	1949—	上海	《长风堂集》(《诗词序跋卷》《书画作品卷》)

续表

序号	姓名	生卒年	籍贯	文稿、诗词集
329	柴寿武	1949—	天津	《柴寿武诗书画集》《百竹轩诗草》
330	冯大中	1949—	辽宁本溪	《大中诗钞》
331	洪君默	1951—	福建晋江	《衔远庐诗书画墨存》《书画衔远庐诗选》《衔远庐诗草》《衔远庐吟稿》
332	田旭中	1953—	四川成都	《弄翰余兴》
333	梁立华	1954—	山东胶州	《梁立华诗选》
334	关永宁	1954—	吉林吉林	《关永宁诗词选》
335	刘兴泉	1954—	安徽阜阳	《刘兴泉诗画》
336	陈传华	1955—	山东新泰	《陈传华诗书画集》
337	赵钲	1955—	江苏兴化	《画境诗情》《诗书画缘》
338	周逢俊	1955—	安徽巢湖	《松韵堂吟草》《松韵堂吟草》
339	董显阳	1956—	辽宁沈阳	《半哑素心斋诗词集》
340	林之源	1956—	浙江温州	《林之源诗书画印作品集》《冷香诗草》
341	祁海平	1957—	吉林长春	《歌且逍遥：祁海平诗词选》
342	李锐文	1959—	广东广州	《咏梅百韵：李锐文诗词书法作品集》
343	梅墨生	1960—2019	河北迁安	《一如诗词：梅墨生近年诗词精选》
344	陈平	1960—	北京	《瓶龛诗草》
345	蒋光年	1961—	上海	《蒋光年诗文集》《蒋光年诗书画选集》《丘溪吟草》
346	区广安	1961—	广东广州	《西樵山人题画诗选》
347	张凯彬	1961—	江西丰城	《张凯彬题画诗一百首》
348	罗渊	1961—	广东韶关	《罗渊诗书画集》
349	刘树勇	1962—	山东临朐	"老树画画"四季系列
350	王怀树	1964—	天津	《中国当代诗词国画作品集 八嚼道》
351	门焕新	1965—	河南商丘	《抱瓮灌园：门焕新诗书画》《守望田园》

续表

序号	姓名	生卒年	籍贯	文稿、诗词集
352	郑雪峰	1967—	辽宁兴城	《来鸿楼诗词》
353	邓石寒	1967—	江苏金坛	《山海居诗画》《石寒诗画》
354	曾初良	1967—	湖南湘乡	《大曾画话》《谁知我意在南山》
355	魏新河	1967—	河北河间	《孤飞云馆诗词集》《秋扇词》

后　记

从 2014 年开始这一研究课题，到现在已逾十年。我心中暗自做了决定，应该对这一研究对象有个交代。当时从李遇春教授处领命这一研究课题时，我一脸错愕，私下与同门商量该题目该如何进行。大家似乎都茫然无措，我知道这必将是一条孤独凶险的道路。一切从头开始，从画册开始，然后是各种研究资料和诗词集，本本地读过去、做标记，书架衣橱逐渐被摆满，慢慢地有了论文的框架结构。与导师商量提纲架构的过程中，内心也是几番挣扎。

2017 年属于重要节点。我拿出了论文定稿，通过了答辩，长舒了一口气。放了半年后，陆续将论文拆解，单篇投寄出去，想试试学术市场的反应。好在一切还算顺利，基本上的反馈都较为正面，论文也没有大改就面世，一颗悬着的心总算落了地。然而，即使到了这一步感觉还是有使命没有完成。三年疫情期间，难得能够脱离繁重的教学任务和各项杂务，坐下来再次梳理这一课题。重新对各个研究对象累积资料，一番操作下来，没有轻松多少，反而汗流浃背。当年完成论文时，颇有些志得意满，觉得自己穷极可能，搜罗到了眼见的大部分资料。不承想，再次翻扒挖找，又发现不少新货，数量是以前的数倍，其中还不乏较为重要的研究对象。这让我对这一研究课题有了新的认知，不敢再有怠慢。令人欣慰的是，虽然研究材料多了不少，但研究的基本框架并不需要做大的调整，继续沿着既定的"源流变"思路做下去，对材料做细部补充即可。

在缓慢的研究推进过程中，发现材料的乐趣还在其次，最让人兴奋的是有种触摸文脉的激动。这种文脉来自中国古代诗文，在我的手上一点点被编织、被延续，"文之大统"有个非常具象的感知，使命与责任这些以前看来有些笼统的概念变得具体可感。整理材料的过程中，间读文学文献学，知道自己用的就是文学文献学的方法论。若干年后，这些材料也将成为后继者的参考。唯恐有所遗漏，于是小心翼翼地拾掇起细小的麦穗颗粒归仓。其实有了前例，也不敢狂妄，抱着做一分有一分的心态，希望能较为完整地记录研究面貌。

本书最初的选题得益于李遇春教授的指点。从命题到架构，李老师都给予了相当多的关注和指导。李老师视野之开阔、治学之严谨，后学铭记于心。书稿完成后，也拿给了硕导王庆生教授过目。王老师当时冒着酷暑，手写了十多页的审稿意见。捧读再三，体味到言传身教之意义。两位导师为学之典范，学生将终身受用。在书稿修订过程中，文化艺术出版社的各位审读老师给予了切实的意见。

这一书稿可算作对该问题的基础性讨论，算是划定了相对明确的研究范围，深以为有继续探讨之必要。继续探索的历程感觉像秉灯夜行，照亮之处皆为盛景。此为研究之乐趣，也是支持我继续摸索前行的动力。

摇摇晃晃、蹒跚登阶，倏忽间生命走完大半。无论怎么走，总有家人的眼睛默默关注，所以心中并不慌乱。

本书受到以下项目资助：广东省哲学社会科学规划 2024 年度学科共建项目"岭南现代画家旧体诗词研究"（项目编号：GD24XZW06）、博士启动项目"中国现代旧体诗词的脉络与演进"（项目编号：R17076）、2021年国家级一流本科专业建设点－广东海洋大学"汉语言文学"（教高厅函〔2022〕14 号）。

是为后记。

叶澜涛

2024 年 7 月 14 日